ANNA HUSEN

My Dearest Enemy
The Heygate Girls

Roman

Besuchen Sie uns im Internet:
www.droemer-knaur.de

Originalausgabe Juli 2025
© 2025 Knaur Verlag
Ein Imprint der Verlagsgruppe Droemer Knaur GmbH & Co. KG
Maria-Luiko-Straße 54, 80636 München
Alle Rechte vorbehalten. Das Werk darf – auch teilweise –
nur mit Genehmigung des Verlags wiedergegeben werden.
Die Nutzung unserer Werke für Text- und Data-Mining
im Sinne von § 44b UrhG behalten wir uns explizit vor.
Redaktion: Christin Ullmann
Covergestaltung: Sarah Borchart, Guter Punkt, München
Coverabbildung: Sarah Borchart, Guter Punkt, München
unter Verwendung mehrerer Motive von Getty Images.
Abbildungen im Innenteil von Adobe Stock.com:
Blüte von Scisetti Alfio, dekorative Elemente von KatyaKatya
Satz und Layout: Adobe InDesign im Verlag
Druck und Bindung: CPI books GmbH, Leck
ISBN 978-3-426-28468-1

Kontaktadresse nach EU-Produktsicherheitsverordnung:
produktsicherheit@droemer-knaur.de

2 4 5 3 1

*Für alle, die groß träumen.
Macht weiter, gebt niemals auf.
Ich sehe euch.*

Kapitel 1
Amabel

**Heygate Boarding School,
Oktober 1860**

Ich liebte den Herbst mit seinen fallenden Blättern und dem harschen Wind ... Aber noch viel mehr liebte ich diese Tage, wenn der Sommer zurückkehren wollte, wenn die Sonne verzweifelt versuchte, noch einmal durch die dicke Wolkendecke zu gelangen. Wenn es nachts begann zu regnen und es sich so anfühlte, als würden die Erlebnisse des Sommers in der Dunkelheit fortgewaschen werden. Als würde der Himmel noch dunkler werden, als er schon war, und der Wind wispern: *Ich bin hier.*

Genau so eine Nacht war heute. Meine Finger tänzelten über die Fensterscheibe, die Gaslampe warf Schatten an die Wände, und ein Donnerwetter braute sich über dem Meer zusammen. Ich seufzte leise, während Gedanken durch meinen Kopf huschten wie Vögel auf ihrem Flug gen Süden.

Wer zur Hölle ist Harri?, fragte ich mich zum tausendsten Mal, und die Antwort war wie immer Schweigen.

Seit Lucies und Arthurs Verlobungsfeier waren nun zwei Wochen vergangen, und immer noch bekam ich diesen vermaledeiten Gedanken nicht aus dem Kopf. John, der mit seinem Studienkollegen über einen Harri gesprochen hatte.

Du sollst dich nicht mehr vor dir selbst verstecken und endlich mit der Wahrheit rausrücken.

Was war damit gemeint? Wieso sollte sich John – gerade

John Hold mit seinem faszinierenden Lächeln, unvergleichlichen Charme und diesen rabenschwarzen Locken – vor irgendetwas verstecken? Ich sollte dankbar sein, dass er mein Verlobter war. Aber ... ich konnte ihn nicht lieben, und selbst wenn ich es gekonnt hätte, musste ich mich damit abfinden, dass er mich doch immer nur abwies. Er zeigte mir keinerlei Zuneigung – von Anfang an schon nicht.

Es klopfte leise an meiner Zimmertür, und ich fuhr erschrocken zusammen. Mit einem leisen Quietschen schwang die Tür auf. Lucie trat ein, sie trug eine Lampe in der Hand und der schwache Schein des Lichts erhellte ihre ebenmäßigen Gesichtszüge. Gott, noch immer begann mein Herz ein wenig wehmütig zu klopfen, wenn ich sie ansah. Wenn ich daran dachte, dass ich Gefühle für sie entwickelt hatte, die über eine Freundschaft hinausgingen.

Aber das war in Ordnung. Ich hatte in den letzten Wochen viel mit Lucie über uns gesprochen und war im Reinen mit meinen Gefühlen. Ich liebte sie nicht, jedenfalls nicht so, wie ... ein Mann eine Frau lieben würde. Nein, sie war meine beste Freundin geworden.

»Was ... was tust du hier?«, fragte ich etwas ruppig. Doch Lucie schenkte mir nur ein gutmütiges Lächeln, schloss die Tür hinter sich und setzte sich zu mir auf die Fensterbank.

»Ich hatte Durst und wollte mir Wasser holen, da habe ich gesehen, dass in deinem Zimmer noch Licht brennt.« Sie stieß mich sanft mit der Schulter an. »Woran denkst du?«

Ich seufzte leise und legte meinen Kopf an die kühle Fensterscheibe. Es gab tausend Dinge. Aber ich konnte nichts davon wirklich in Worte fassen. Alles schien wie Nebel, den man versucht mit den Händen zu greifen – ein unmögliches Vorhaben.

»Denkst du an John?«, hakte Lucie sanft nach.

»Mhm ...«, machte ich nur und lauschte dem heftigen Wind,

der an den Ästen der Bäume zerrte. Dem Rumoren des Gewitters, das sich über uns zusammenbraute.

»Wir werden schon herausfinden, wer Harri ist«, sagte Lucie und ergriff meine Hand. »Und dann finden wir heraus, welches Geheimnis John verbirgt, aber vor allem ...«

Sie seufzte ebenfalls und legte ihre Stirn an meine. »Aber vor allem wirst du glücklich werden, Amabel. Das schwöre ich dir.«

Ich musste schmunzeln bei ihren Worten. Lucie hatte ein reines Herz, sie war die liebste Person, die ich kannte. Immer um die anderen besorgt, scherte sie sich zu wenig um ihr eigenes Herz. Nun hatte sie mit Arthur einen Mann gefunden, der sie verstand. Mit dem sie Freude und Leid teilen konnte. Ich freute mich wahrhaftig für sie, aber da war immer noch dieses merkwürdige Prickeln in meinem Nacken, wann immer ich Lucie und Arthur zusammen sah.

Mir war bewusst, dass dieses Gefühl Neid war, und ich schämte mich dafür, so zu empfinden. Ich wünschte mir auch, endlich jemanden zu finden, der mich lieben könnte. So, wie ich war. Eine Frau, der ich mich anvertrauen könnte. Eine Beziehung, die meine Adoptiveltern wahrscheinlich niemals erlauben würden. Und zu allem Überfluss war ich schon mit John verlobt.

John Hold, dessen Adelsfamilie über weitreichende Handelsbeziehungen verfügte, die ihnen hohes Ansehen und Reichtum verliehen. Er ging gemeinsam mit Lucies Verlobtem Arthur Smith einem wirtschaftlichen Studium nach, um irgendwann die Geschäfte von seinem Vater zu übernehmen.

John, der mit seinen zweiundzwanzig Jahren schon sehr erwachsen wirkte.

Und über den ich doch fast nichts zu wissen schien.

Ich schüttelte den Kopf, um die Gedanken an ihn zu vertreiben, und sah Lucie an.

»Danke, dass du für mich da bist ...«, flüsterte ich heiser.

Ohne Lucie würde ich mich hoffnungslos verloren in dieser Welt fühlen, die sich viel zu schnell drehte. Ich konnte mit diesem Tempo nicht Schritt halten, hatte jede Sekunde das Gefühl, das Gleichgewicht zu verlieren und in einen bodenlosen Abgrund zu fallen.

Lucie löste sich von mir und verschränkte ihre Hände ineinander. Sie musterte mich aufmerksam, dann glitt ihr Blick nach draußen. »Bald ist der Herbstball, da wirst du John wiedersehen. Und dann begeben wir uns auf Spurensuche …« Sie zwinkerte mir zu und klang dabei so begeistert, als wäre es ein Spiel für sie.

»Du klingst wie ein Detektiv«, murmelte ich halbherzig und gähnte erschöpft.

»Detektivin, wenn ich bitten darf«, korrigierte Lucie mich und lachte leise auf.

»Als ob Frauen so was könnten …«, entgegnete ich frustriert und pustete mir eine Haarsträhne aus dem Gesicht.

Lucie sah mich schweigend an, zog ihre Augenbrauen nachdenklich zusammen. »Wir können alles sein, was wir wollen, Amabel. Wir müssen nur dafür kämpfen.«

Lucie sagte diese Worte, um mich aufzuheitern. Das war nett von ihr, aber es änderte nichts an der Wahrheit. Denn wir konnten eben nicht alles sein. Als Frauen aus gutem Hause sollten wir nur eines sein: eine Ehefrau. Und dann auch Mutter. Und beides würde ich … niemals wahrhaftig sein können, denn ich konnte keinen Mann lieben. Doch diese Tatsache war mein Geheimnis und ich dazu bestimmt, John zu heiraten. Dann wäre ich eine unechte Ehefrau und würde eine verlogene Mutter werden. Herr im Himmel, diese Gedanken machten mich wahnsinnig.

Wie kleine Nadelstiche bohrten sie sich in meinen Kopf. Ich biss mir auf die Unterlippe und blinzelte hastig die Tränen weg, die sich in meinen Augen sammelten.

»Denkst du nicht, dass es gut wäre, wenn du mit deinen Eltern über deine Gefühle sprichst?«, fragte Lucie zaghaft. Ihre Stimme klang sanft, und sie beugte sich mir vorsichtig entgegen. Wie ein Tier, das sich bereit machte, sofort zu flüchten. Denn sie wusste, dass sie sich mit dieser Frage auf gefährlichem Terrain bewegte.

»Nein, das denke ich nicht.« Ich war selbst überrascht wegen der Schärfe in meiner Stimme und schlug erschrocken die Hand vor meinen Mund. »Tut mir leid«, murmelte ich betroffen und senkte den Blick.

Lucie rückte erneut ein Stück zu mir heran und zog mich in ihre Arme. »Das muss es nicht ...« Sie strich über meinen Rücken, und ich fühlte mich in ihren Armen geborgen. Noch nie hatte ich eine Freundin wie sie gehabt. Noch nie hatte ich mich einem Menschen völlig anvertraut.

»Aber ...«, setzte Lucie vorsichtig an, »deine Eltern sind dir doch wichtig, oder nicht?«

Ich hatte Mühe, den dicken Kloß in meinem Hals hinunterzuschlucken.

Lucie erhob sich und holte aus der Tasche ihrer Strickjacke ein kleines, in Tücher gewickeltes Päckchen hervor. Als sie es auswickelte, drang der süßliche Duft von Schokolade in meine Nase.

»Hast du Kuchen aus dem Speiseraum stibitzt?«, fragte ich und hob eine Augenbraue.

»Vielleicht ...« Lucie wiegte den Kopf hin und her, ein schelmisches Grinsen huschte über ihre Züge. »Kuchen hilft immer, jedenfalls hat das meine Mama gesagt.« Sie reichte mir ein Stück der Süßigkeit.

Kurz flackerte ein Schatten über Lucies grüne Augen, dann jedoch lächelte sie mich wieder offen an. Sie vermisste ihre Mutter, die erst vor drei Monaten gestorben war. Über den Verlust eines geliebten Menschen kam niemand so leicht hinweg. Das wusste ich selbst am besten.

Selbst nach all den Jahren – nun waren es fast fünfzehn – vermisste ich meine leibliche Mutter schmerzlich. Ich konnte mich kaum noch an sie erinnern. Sie war wie ein Schatten, der durch meinen Kopf geisterte, keine wirkliche Erinnerung. Aber dennoch sehnte mein Herz sich nach ihr.

»Natürlich sind meine Adoptiveltern mir wichtig«, nahm ich den Faden der Unterhaltung wieder auf und seufzte leise. »Sie haben mich nach dem Tod meiner Mutter in ihre Familie aufgenommen, sie haben mir alles gegeben, was ich brauchte. Ohne sie wäre ich in einem Waisenheim aufgewachsen. Ich hätte nicht den Stand in der Gesellschaft, den ich jetzt habe.«

Lucie verspeiste genüsslich ihr Kuchenstück, dann lehnte sie sich an die Fensterscheibe und zog die Beine an die Brust. Nachdenklich blickte sie mich an, sagte jedoch kein Wort.

»Nein, dieser Status in der Gesellschaft ist mir nicht das Wichtigste«, erklärte ich mich, weil ich ahnte, dass Lucie mich darauf hinweisen wollte. »Aber ich habe dadurch ein besseres Leben, eine Chance in dieser Welt. Und ich darf meine Eltern auf keinen Fall enttäuschen, sonst könnten sie am Ende noch bereuen, dass sie mich ... dass ich ...« Die Worte verhakten sich auf meiner Zunge, fühlten sich verbrannt an, wie Asche, die mit ihrem bitteren Geschmack meine Gedanken vergiftete.

»Oh, Amabel ...«, wisperte Lucie und schüttelte sanft den Kopf. »Das glaubst du doch selbst nicht, oder? Sie würden doch niemals bereuen, dass sie dich adoptiert haben. Du hast mir erzählt, dass sie das getan haben, weil sie dir die Liebe schenken wollten, die du verdient hast.«

Das war die Wahrheit. Das war das, was Claire, meine Adoptivmutter, mir immer wieder erzählt hatte. Sie sei meiner Mutter unendlich dankbar gewesen, dass sie ihre Kinder erzogen hatte, die leider alle früh den Tod gefunden hatten. Meine Mama muss eine wundervolle Gouvernante gewesen sein. Nicht nur freundlich und herzlich, sondern auch intelligent und wortgewandt. Claire erzählte mir immer wieder, wie sehr ich ihr ähnelte.

Wenn du deine Stirn krauszieshst und mit dem Finger gegen dein Kinn tippst, siehst du aus wie Catherina. Dann ist dein Blick ein wenig nach innen gerückt, und du scheinst am helllichten Tag zu träumen.

Das waren Claires Worte. Und auch wenn sie diese lieb meinte, wenn sie mir die Möglichkeit geben wollte, so meine Mutter in Erinnerung zu behalten, fühlte ich mich elend, wenn sie sagte, dass ich ihr ähnlich war.

Catherina.

Das war nur ein Name, den ich mit nichts verband als mit blassen Erinnerungen. Berührungen von warmen Händen und ein glockenhelles Lachen, das ich mit dem Gefühl von Glückseligkeit verband. Doch all dies kam mir oft vor wie ein ferner Traum, von dem ich nicht mal wusste, ob irgendetwas davon real oder alles nur eingebildet war.

»Trotzdem …« Ich fuhr mit den Fingern über die Fensterscheibe und biss mir auf die Unterlippe. »Ich darf sie nicht enttäuschen, ich muss eine gute Tochter sein. Auch wenn das bedeutet, dass ich John heiraten muss …«

Lucie verzog das Gesicht zu einer Grimasse, als hätte sie auf eine Zitrone gebissen, und würgte ihr letztes Stück Kuchen hinunter.

»Das ist Unsinn, und das weißt du ganz genau, Amabel.« Sie erhob sich und stemmte die Hände in die Hüften. Beinah sah sie aus wie unsere Hauslehrerin Mrs Ham. »Auch du hast es verdient, glücklich zu werden, und ich bin mir sicher, dass deine Eltern das verstehen würden. Außerdem gibt es viele andere Frauen, die so empfinden wie du. Es ist nichts … Verwerfliches.«

»Dafür, dass es so viele Frauen gibt, die wie ich empfinden, habe ich bisher wenige getroffen. Nämlich keine einzige«, antwortete ich schnippisch.

»Vielleicht hast du nur noch nicht gesucht.« Lucie beugte sich zu mir herunter und stupste mir auf die Nase. »Aber eines Tages wirst du deine Liebe finden.«

Ich stöhnte nur leise auf und verdrehte die Augen. »Das sagst du doch nur, weil du dich in Arthur verliebt hast und immer noch in dieser rosa Wolke festhängst.«

Lucie verschränkte die Hände hinter dem Kopf und sah mich an. »Vielleicht, aber ich glaube fest daran, dass es für jeden Topf einen Deckel gibt. Auch für dich, Amabel.«

»Netter Vergleich«, erwiderte ich lapidar, doch trotzdem schlich sich ein Lächeln auf mein Gesicht. »Was würde ich nur ohne dich machen?«

»Du wärst hoffnungslos verloren in dieser großen weiten Welt«, antwortete Lucie inbrünstig und lachte leise auf. »Und nun lass uns zu Bett gehen, damit wir morgen bei Madame Bloom ausgeschlafen sind, wenn wir uns schicke Kleider aussuchen dürfen.«

»Mir steht nicht der Sinn nach Schlaf.«

»Ich weiß, aber wir wollen doch nicht schon wieder Mrs Hams Ärger auf uns ziehen, wenn wir morgen früh nicht pünktlich erscheinen. Gerade jetzt, wo wir uns morgens selbst ankleiden müssen.«

Ergeben nickte ich nur und erhob mich ebenfalls. Mein Dienstmädchen hatte geheiratet, und Lucies Dienstmädchen Mimi lebte seit Kurzem im *Magdalena's House* – einem Heim für schwangere und ledige Frauen, die eine Zuflucht brauchten. Mimis Kind würde vielleicht noch in diesem Jahr zur Welt kommen. Somit waren Lucie und ich ohne Hilfe, denn es schien gerade nicht so leicht zu sein, neue Dienstmädchen zu finden. Doch wir wurden immer besser darin, uns gegenseitig Zöpfe zu flechten und die Kleider ordentlich zu schnüren. Auch unsere Zimmer hatten wir schon gemeinsam gereinigt, was ein Heidenspaß gewesen war.

»Gute Nacht, Amabel, träum schön«, sagte Lucie und schlich auf leisen Sohlen zurück in ihr Zimmer.

»Gute Nacht«, erwiderte ich und ließ mich in die weichen Kissen fallen.

Ich wandte den Blick zum Fenster hinaus in die finstere Nacht, lauschte dem fernen Donnergrollen und fragte mich, ob ich eines Tages auch meinen Weg finden würde. So wie Lucie es getan hatte. Ob ich auch irgendwann die Liebe meines Lebens finden würde oder am Ende doch in einer unglücklichen Ehe voller Trostlosigkeit leben musste.

Doch das wollte ich mir nicht vorstellen. Nein, ich wollte an eine gute Zukunft glauben. Daran, dass auch ich es wert war, genau so geliebt zu werden, wie ich war.

Der nächste Tag begrüßte mich mit strömendem Regen und einem wolkenverhangenen Himmel. Dunst stieg von den Bäumen auf, die das Heygate-Internat umsäumten. Schläfrig stand ich auf und ging sofort herüber in Lucies Zimmer, die ebenfalls schon wach war. Wir begannen damit, uns gemeinsam für den Unterricht zurechtzumachen. In schweigendem Einvernehmen, um den ruhigen Morgen nicht durch hastige Worte zu unterbrechen. Nur das Rascheln des Stoffes unserer Kleider war in der Stille zu vernehmen sowie das Plätschern des Wassers, das Lucie in die Waschschüssel füllte, und das Klackern der Haarspangen, die wir benutzten, um unsere Haare aufzustecken.

Als wir beide fertig zurechtgemacht waren, betrachteten wir uns kurz im Spiegel. Lucie neigte den Kopf zur Seite. »Das werde ich vermissen, wenn ich im nächsten Frühling nicht mehr hier bin …«, murmelte sie abwesend.

Ich schluckte schwer und sagte nichts. Lucie würde Arthur im Frühling heiraten. Nach den Osterfeiertagen. Dann würde sie Heygate verlassen und auf seinem Landgut leben, sie wäre fort, und ich wäre schon längst nicht mehr hier. Weil ich vor ihr heiraten sollte. Weil ich nicht mehr viel Zeit hatte, bis sich mein Leben für immer ändern würde.

»Oh ...« Lucie schlug sich die Hand vor den Mund und warf mir einen schuldbewussten Blick zu. »Ich wollte nicht ...«

»Schon in Ordnung«, winkte ich ab. Obwohl Tränen in meinen Augen brannten, erlaubte ich meinen Gefühlen nicht, die Überhand zu gewinnen.

Johns Familie hatte eine klassische Hochzeit im Winter festgelegt, wie es bei ihnen Tradition war. Mir blieben nicht mal mehr drei Monate, bis ich eine verheiratete Frau sein würde. Im Januar würde ich zu John nach London ziehen. Bei ihm leben und mit ihm ...

Übelkeit rumorte in meinem Magen, und ich unterdrückte ein Stöhnen.

Ich wollte nicht so viel an John und seine Familie denken. Daran, welchen Einfluss sie in London und auch in Southend durch ihre vielfältigen Beziehungen in einflussreichen Kreisen hatten.

»Vielleicht ...«, setzte Lucie an und unterbrach sich sofort wieder.

Sie wusste selbst, dass ein *Vielleicht* nichts ändern würde. Dass schon ein großes Wunder passieren musste, um meine Situation noch zu ändern.

»Lass uns nach unten gehen. Ich habe Susanne und ihren Mitschülerinnen versprochen, mir vor dem Frühstück noch ihre Hausaufgaben für Geschichte anzusehen.«

Lucie lächelte versonnen und drückte meinen Arm. »Du bist so gutmütig und geduldig, du solltest Lehrerin werden.«

Ich schnaubte belustigt und hakte mich bei ihr unter. Sie wusste genauso gut wie ich, dass man nicht eine verheiratete Frau und Lehrerin sein konnte. Alle Lehrerinnen waren entweder unverheiratet oder Witwen. Verheiratete Frauen arbeiteten nicht. Jedenfalls nicht mit einem gesellschaftlichen Status, wie wir ihn innehatten. Während in der Arbeiterklasse Frauen wie Männer gleichermaßen schufteten, würden wir Mädchen aus feinem Hause das niemals tun.

Wir verließen unser Zimmer und gingen die Wendeltreppe im Turm hinunter. Wortfetzen und Gespräche drangen an meine Ohren, als wir die Empfangshalle des Heygate-Internats erreichten. Der schwarze Boden glänzte wie frisch gewischt, und der Duft von Zitronen hing in der Luft.

»Amabel!«, ertönte da schon Susannes Stimme. Hastig lief sie auf uns zu. Ihr braunes Haar war zu zwei Zöpfen geflochten und zu Schnecken um ihren Kopf festgesteckt worden, die wild hin und her wippten. Als sie vor uns stehen blieb, schob sie ihre Brille ein Stück höher auf die Nase, während sie die Stirn krauszog. In diesem Augenblick ähnelte sie Mrs Ham frappierend. Ich konnte nicht recht glauben, dass ich so lange nicht bemerkt hatte, dass unsere Hauslehrerin ihre Tante war.

»Geht es dir gut?«, fragte Susanne scharfsinnig, und ihr Blick schweifte zu Lucie.

Diese zuckte jedoch nur die Schultern.

»Macht euch nicht zu viele Sorgen um mich«, schimpfte ich liebevoll und schüttelte belustigt den Kopf. »Ihr müsst mich nicht bemuttern ...«

Susanne schien sich da nicht so sicher, denn sie schaute mich weiterhin skeptisch an. Dieses schlaue Mädchen, das sich immer unbemerkt wie ein Schatten durch Heygate bewegte, hatte vor einigen Wochen Lucies und meinen Streit mitbekommen. Nur sie und Lucie wussten von meinen Gefühlen, und Susanne hatte einen großen Teil dazu beigetragen, dass wir wieder als Freundinnen zueinandergefunden hatten.

»Wenn du das sagst ...«, murmelte Susanne und schaute über die Schulter zurück.

Zwei Mädchen in ihrem Alter, die über den blauen Kleidern weiße Schürzen trugen, warteten am Eingang zur Bibliothek.

»Soll ich mir eure Hausaufgaben anschauen?«

»Das wäre lieb ...« Zögerlich sah Susanne mich an und drückte sich das Buch, welches sie mit sich herumgetragen hatte, an die Brust. »Du kannst das viel besser erklären als Mrs Ristman.«

Ich lachte leise auf und winkte ab. »Das glaube ich nicht, ich tue es nur lieber als Mrs Ristman. Du weißt doch: Sie ist der Meinung, dass junge Mädchen nichts über das Weltgeschehen wissen müssen. Es reicht, wenn ...«

»... wir wissen, wie man einen Haushalt ordentlich führt, eine Dinnerparty und einen Ball ausrichtet und welche Blumen man zu welchen Anlässen auf die Anrichte stellt«, beendete Susanne meinen Satz, und ihre Worte klangen wie eine auswendig gelernte Litanei, was sie vermutlich auch waren.

»Richtig!«, mischte sich Lucie ins Gespräch ein. »Und wenn ihr darauf keine Lust habt, dann werdet ihr einfach selbst Lehrerin ...« Sie zwinkerte Susanne zu, die ihr Kichern hinter der Hand versteckte.

»Ich gehe dann mit den Mädchen in die Bibliothek«, sagte ich zu Lucie und strich mir eine schwarze Haarsträhne aus dem Gesicht.

»Mach das ...« Lucies Blick glitt sehnsuchtsvoll nach draußen, und ein geheimnisvolles Lächeln stahl sich auf ihr Gesicht. »Ich glaube, ich gehe noch mal zu den Stallungen.«

»Aha?« Ich zog eine Augenbraue hoch und konnte mir ein wissendes Lächeln nicht verkneifen. »Kann es sein, dass ein gewisser Earl heute mit seinem Stallburschen vorbeikommt, um dem Internat neue Pferde zu verkaufen?«

Lucie lief knallrot an und fuhr sich nervös durch ihre störrischen blonden Locken. Ihre Finger verknoteten sich ineinander, und sie senkte den Blick. Es war niedlich. Wann immer sie vor anderen über ihren Verlobten sprach oder auf ihn angesprochen wurde, schien ihr Körper nicht mehr richtig zu funktionieren. Erst sobald sie mit ihm zusammen war, schien ihre Schüchternheit wie weggeblasen. Dann sprudelten die Worte nur so aus ihr heraus.

»Kann sein ...«, murmelte sie verlegen und schaute an sich herab.

»Lucie ...« Ich berührte sie kurz am Arm und lächelte sie an. »Du siehst wundervoll aus ... und jetzt geh schon, ehe Mrs Ham hier auftaucht.«

Grinsend zog Lucie mich in eine stürmische Umarmung und lief eilig zur Tür hinaus. Ich schaute ihr lächelnd hinterher, obwohl mein Herz laut aufseufzte. Noch einen Augenblick verharrte ich in der Empfangshalle, bevor ich Susanne in die Bibliothek folgte. Meine Gedanken sprangen wild umher wie Funken eines sterbenden Feuers. Doch ich bemühte mich, die Maske der ruhigen und braven Amabel weiterhin aufrechtzuerhalten, während es in meinem Inneren gefährlich brodelte.

Kapitel 2
Amabel

Southend-on-Sea, Madame Blooms Schneiderei

Hier, dieses dunkle Tannengrün wird Ihnen perfekt stehen, Miss Hastings.« Die geschäftstüchtige Madame Bloom war in ihrem Element. Sie bewegte sich wie ein aufgescheuchtes Huhn durch ihre imposante Schneiderei, wobei ihre Turmfrisur gefährlich wackelte, rief ihren Assistentinnen immer wieder etwas zu, zog Kleider von den Ständern und aus der Auslage und hielt sie uns hin.

Nun musterte sie mich eingehend, als ich das Kleid vor mir betrachtete.

Es war aus eher grobem, warm haltendem Stoff, der trotzdem verführerisch im Licht des Kronleuchters glänzte. Die Ärmel waren lang geschnitten, und eine Tournüre würde das Kleid um die Hüfte ausladender machen. Doch obwohl mir das Kleid gefiel, war ich nicht glücklich damit. Ich würde mir irgendwie verkleidet darin vorkommen.

»Es gefällt Ihnen nicht?« Madame Blooms fein gezupfte Augenbrauen schossen in die Höhe, und sie musterte mich aufmerksam.

»Ich …«, setzte ich an und stieß ein Seufzen aus, als der Blick der Schneiderin mich zu durchbohren schien. »Ich weiß nicht recht, mir ist bewusst, dass dies ein Herbstball ist, aber ich fühle mich nicht wohl in so dunkler Kleidung …« Ich biss mir auf die Unterlippe und wandte beschämt den Blick ab.

Das war nicht die Wahrheit, aber Madame Bloom schien die stumme Botschaft zwischen meinen Worten zu verstehen. Sie klatschte in die Hände und reichte das Kleid einer der anderen Frauen.

»Also etwas Farbenfrohes ...«, sinnierte sie und legte einen Finger an ihr Kinn. »Aber warm muss es sein, sonst holen Sie sich noch den Tod bei der Nässe dort draußen.«

Mein Blick glitt zum Fenster. Dicke Regentropfen rannen die Scheibe hinab, und der Himmel war ein einziges Chaos aus grauen Wolken und Donnergrollen. Genau das perfekte Wetter, um sich mit einem guten Buch auf einigen Decken vor den Kamin zu setzen und völlig in einer Geschichte zu versinken.

Doch ich stand hier auf einem Podest, genauso wie Lucie, Cecily und Clary sowie einige andere Mädchen aus unserer Klasse, um für den Herbstball angemessen eingekleidet zu werden.

Zu unserer aller Überraschung hatte uns jedoch nicht Mrs Ham begleitet, sondern eine neue Lehrerin, die vor wenigen Tagen in Heygate angekommen war. Miss Heartwell war Anfang zwanzig, eine unverheiratete Frau, die ihre Ausbildung zur Lehrerin in London an einem Seminar gemacht hatte. Ihr Kopf schien voll neuer Ideen für das Internat und unsere Lehrstunden zu sein, was dafür gesorgt hatte, dass sie innerhalb weniger Tage mit Mrs Ham in Konflikt geraten war.

Doch genau darum liebten die Schülerinnen Miss Heartwell. Sie war jung, brachte frischen Wind nach Heygate, und zudem war sie noch außerordentlich hübsch. Ihre gezwirbelten Locken hatten die Farbe von Kupfer, ihre Wangen waren rosig, die Wangenpartie markant, aber trotzdem sanft. Aber vor allem behandelte sie uns nicht wie dumme Mädchen, die von Wissen ferngehalten werden sollten, und das mochte ich sehr an ihr.

»Kann ich bei der Auswahl des Kleides für Miss Hastings behilflich sein?«, fragte nun Miss Heartwell und trat zu uns.

Madame Bloom wiegte den Kopf hin und her, dann nickte sie überraschenderweise. »Miss Hastings wünscht sich ein farbenfroheres Kleid als dieses Tannengrün. Aber natürlich muss es warm sein, am besten mit Wolle unterfüttert, denn Sie wollen sicherlich nicht, dass Ihre Mädchen nach dem Ball alle erkältet sind.«

Wenn mich eine Erkältung vor der Heirat bewahren könnte, dachte ich verdrossen und warf Lucie einen Blick zu, die auf einem Podest an der anderen Seite stand. Sie probierte gerade ein himmelblaues, weit fallendes Kleid an, das mit einem eckigen Ausschnitt ihr Dekolleté wunderbar betonte. Die Ärmel waren ebenfalls lang, und das Kleid schmiegte sich perfekt an ihren Körper. Vor einigen Monaten hätte der Anblick bei mir rasendes Herzklopfen verursacht, doch nun sah ich in Lucie nur meine beste Freundin, keine verlorene Liebe mehr.

Sie schien meinen Blick richtig zu deuten und schnitt eine belustigte Grimasse. Auch ohne Worte schaffte sie es, mir ein warmes Gefühl in der Magengegend zu verschaffen.

»Nun ...« Miss Heartwell sah mich neugierig an und drehte sich dann einmal um die eigene Achse. »Ich finde, Ihnen würde ein roséfarbenes Kleid sehr gut stehen, Miss Hastings. Ein wenig verspielt, aber mit klaren Formen und einem engen Schnitt.«

Verwirrt sah ich Miss Heartwell an, doch sofort stieß Madame Bloom einen Pfiff aus und verschwand in einer Ecke des Geschäfts. Ich schaute der Schneiderin irritiert hinterher, da tauchte sie schon wieder auf und hielt ein Kleid auf einem Haken in die Höhe, das mir den Atem stocken ließ.

Es war ein Traum aus Rosé. Der Stoff war um einiges dicker als bei meinen Sommerkleidern und gefüttert mit Wolle. Das Kleid glitzerte hinreißend, denn es bestand aus einem seidigen Material, hatte einen hochgeschlossenen, geschnürten Ausschnitt und lange Ärmel.

»Wie schön ...«, flüsterte ich entzückt und strich ehrfürchtig über das Kleid.

»Probieren Sie es an«, forderte Madame Bloom mich auf, und ich begab mich eilig hinter das Paravent.

Als ich das Kleid mithilfe einer der Assistentinnen angezogen hatte, trat ich wieder aufs Podest und wagte einen Blick in den Spiegel.

Ob meine Mama so ausgesehen hat?, fragte ich mich wehmütig. Das Kleid schmeichelte mir in jeder Hinsicht. Es passte perfekt zu meinem hellen Teint und meinen schwarzen Haaren, auch die langen Ärmel gefielen mir außerordentlich gut.

»Sehen Sie, Miss Hastings, es gibt für jeden ein passendes Kleid«, sagte Miss Heartwell und lächelte mich an.

»Ja, es ...«

»Du siehst hinreißend aus!« Lucie war zu mir herübergekommen und ignorierte geflissentlich die Proteste der Angestellten, die mit Nadeln hinter ihr herstakste.

»Danke ...«, murmelte ich leise und sah erneut in den Spiegel. Ich fühlte mich hübsch, doch irgendwie auch verloren. Denn tief in meinem Inneren wusste ich, dass John mir niemals so einen begeisterten Blick zuwerfen würde. Sicher würde er mein Kleid nicht als hinreißend bezeichnen, geschweige denn mich.

Ich drehte mich um die eigene Achse, als die Tür zur Schneiderei sich öffnete und die Klingel ertönte. Ein Schwall kalter Luft wehte herein, und eine junge Frau, etwa in meinem Alter, trat ein. Sie schenkte dem Trubel im Ladeninneren keinerlei Aufmerksamkeit, ging mit schnellen Schritten zum Empfangstresen und legte ein Kleid auf den Tisch.

»Hold mein Name«, sagte sie, und ihre Worte klangen abgehackt, wie mit einem Messer geschärft. »Ich soll dieses Kleid hier zur Änderung bringen, mir wurde gesagt, Sie wissen Bescheid.«

»Einen Moment ...«, setzte die junge Frau am Tresen an und blätterte durch das Auftragsbuch. »Ah, ja! Hier habe ich es, Miss Hold, ich ...«

»Wunderbar«, unterbrach die fremde Frau sie und nickte nur. »Lassen Sie uns bitte mitteilen, wenn das Kleid fertig ist.«

Dann wirbelte sie herum und steuerte den Ausgang des Ladens an. Ich wollte den Blick von ihr abwenden, doch ich konnte nicht. Ihre blonden Locken waren zu einem Zopf hochgesteckt, leicht rötliche Strähnen durchzogen das Haar, und auf ihrem Kopf thronte ein imposanter blauer Hut mit Federn. Sie trug ein dunkelblaues schlichtes Kleid, das trotzdem fein geschneidert aussah. Doch allein anhand ihres Verhaltens konnte man erkennen, dass sie zur Oberschicht gehörte.

Als die Frau schon eine Hand auf den Türgriff legte, schaute sie plötzlich zu mir, und ein winziges Lächeln umspielte ihre Züge. Der Blick aus ihren graublauen Augen schien mich regelrecht zu durchbohren, und mein Herz schlug plötzlich so schnell wie die Hufe eines galoppierenden Pferdes.

»Schickes Kleid«, sagte sie unvermittelt, tippte sich gegen den Hut und schenkte mir ein Grinsen.

Dann verschwand sie, und ich blieb wie vom Donner gerührt zurück.

»Sie hat Hold gesagt«, murmelte Lucie neben mir und zupfte mich am Arm.

»Was?«, fragte ich irritiert, verstand ihre Worte überhaupt nicht, denn das Bild dieses anmutigen und doch beinah ruppigen Mädchens hatte sich in mein Gedächtnis eingebrannt.

»Sie hat gesagt, dass sie etwas hierherbringt auf den Namen *Hold!*«, wiederholte Lucie ihre Worte, und endlich machte es klick in meinem Kopf.

»Das ist Johns Familie!«, rief ich etwas zu laut aus, sodass einige Mitschülerinnen den Kopf zu mir umdrehten. Erschrocken schlug ich mir die Hand vor den Mund und senkte den Blick, während Hitze in meine Wangen schoss.

»Blitzmerkerin«, murmelte Lucie grinsend und schaute zur Tür. »Kennst du sie? Vielleicht Johns Schwester oder so?«

»Glaubst du, ich wüsste nicht, wenn mein Verlobter eine Schwester hätte?«, fragte ich pikiert, während Madame Bloom mein Kleid genauer betrachtete und Nadeln hineinsteckte, um kleine Änderungen vorzunehmen.

»Na ja ...« Lucie hob die Hände und warf mir einen eigenartigen Blick zu. So, als würde sie sagen: *Du interessierst dich nicht für deinen Verlobten, möglicherweise weißt du nicht alles über seine Familie.*

Ich schnaubte undamenhaft, als ich das Podest verlassen durfte, und zog mich, gefolgt von Lucie, hinter das Paravent zurück.

»Ich habe wirklich nicht die geringste Ahnung, wer sie ist. Aber vielleicht finden wir das heraus, wenn wir auf dem Herbstball bei Johns Familie in London sind.«

»Wir werden nicht auf dem Anwesen der Familie Hold feiern«, entgegnete Lucie trocken.

Ich zuckte wie von einem Schlag getroffen zusammen.

»Was?«, krächzte ich verwirrt und kramte in meinem Gedächtnis, wann zum Teufel ich die Nachricht verpasst hatte, dass wir nicht zum Herbstball nach London fahren würden.

»Das heißt immer noch ›Wie bitte‹, du Dussel«, schalt mich Lucie liebevoll und grinste. »Der Ball wird auf Arthurs Anwesen stattfinden, denn der Vater deines Verlobten hat die hohen Herren der Politik am Datum des Herbstballs geladen.«

»Ah«, machte ich dümmlich und zog mir mein blaues Schulkleid wieder über.

»Das hat uns Mrs Ham vor einer Woche mitgeteilt.« Lucie musterte mich ernst und nahm mein Handgelenk. »Kann es sein, dass du mit deinen Gedanken in letzter Zeit überall und nirgends bist, Amabel?«

Das stimmte leider, und nun war ich mit meinen Gedanken auch noch bei dieser Frau mit den rotblonden Haaren und den sturmgrauen Augen.

Gott, warum schlägt mein Herz bloß so schnell, wenn ich an sie denke? Ich legte eine Hand auf meine Brust.

Lucie beugte sich vor und schaute mir tief in die Augen. »Du denkst an diese Frau«, bemerkte sie scharfsinnig, und Hitze flutete meinen Körper wie ein Feuer.

»Das ist Blödsinn«, erwiderte ich abweisend und straffte die Schultern. »Sie sah nur nett aus.«

»Nett?«, äffte mich Lucie nach und wackelte kokett mit den Hüften. »Nett fand ich Arthur auch, als ich ihn das erste Mal gesehen habe.«

»Ach, sei still!« Ich winkte ab und trat wieder hinter dem Paravent hervor.

Da ist nichts, da ist rein gar nichts, schärfte ich mir ein und räusperte mich. Sie war einfach hübsch gewesen, und das konnte ich nicht leugnen, eine schöne Frau ließ mein Herz halt ein wenig schneller schlagen. Da war nichts dabei. Ich würde einen Teufel tun und mich meinem aufgeregten Herzen hingeben, immerhin hatte ich genug andere Probleme.

»Fertig, die Damen?«, fragte Miss Heartwell und lächelte uns an.

»Ja, sind wir. Dürften wir noch ein wenig durch die Stadt spazieren?«, fragte Lucie eifrig und verschränkte die Hände hinter dem Rücken.

»Spazierengehen? Bei dem Wetter? Oder wollen Sie Ihr ehemaliges Dienstmädchen und Ihren Verlobten im *Magdalena's House* besuchen?«, hakte Miss Heartwell neugierig nach.

Lucie zog scharf die Luft ein.

»Miss Heartwell, es … woher wissen Sie …«, stammelte sie, und ich kicherte leise.

Wir waren uns beide himmelschreiend ähnlich, wenn uns etwas peinlich war und die Hitze uns in die Wangen schoss.

»Nun ...« Miss Heartwell räusperte sich. »Das ist doch kein Geheimnis, welchen Trubel Sie in den letzten Monaten in Heygate verursacht haben, oder?«

Sie schaute zwischen Lucie und mir hin und her, ihr Lächeln war weich, beinahe gutmütig.

»Das ...«, setzte Lucie an und seufzte dann leise. »Da mögen Sie recht haben, Miss Heartwell. Dürfen wir denn trotzdem ein wenig spazieren gehen?«

»Natürlich dürfen Sie!«, rief die junge Lehrerin und machte eine wegwerfende Handbewegung. »Erzählen Sie das nur nicht Mrs Ham. Seien Sie pünktlich in einer Stunde wieder zurück, damit wir alle gemeinsam mit den Kutschen zurückfahren können.«

»Versprochen!« Lucie hakte sich bei mir unter und zog mich beschwingt zum Ausgang der Schneiderei.

Die Türklingel schien uns zu verabschieden, als wir ins Freie traten. Wir setzten uns die Hüte gegen den Regen auf die Köpfe und blieben einige Sekunden wie versteinert auf dem Gehsteig stehen.

Der Regen hatte nachgelassen, und das Donnergrollen schien sich langsam zu entfernen, doch noch immer türmten sich die Wolken gefährlich am Himmel. Nervös rieb ich mir über die Arme, um die Gänsehaut zu vertreiben, während sich immer wieder das Bild dieser mysteriösen Miss Hold vor mein inneres Auge schob.

»Du denkst schon wieder an sie«, bemerkte Lucie grinsend, während wir über die Promenade spazierten und in die Southend Lane einbogen.

Diese Straße war die Lebensader von Southend, breit angelegt, sodass mehrere Kutschen und Karren auf ihr Platz fanden. Links und rechts von uns erstreckten sich Geschäfte wie

Schreibwaren- und Modeläden, kleine Schneidereien, das Telegrafenamt, Eckläden, in denen Speisen und Süßigkeiten verkauft wurden, sowie einige Kaffeehäuser und Bars.

»Tue ich nicht«, erwiderte ich ein wenig zu heftig und verschränkte die Arme vor der Brust. Wir blieben vor einem kleinen Geschäft mit allerlei Krimskrams und Spielzeug stehen. Geschnitzte Holzfiguren und eine Modelleisenbahn zierten das Schaufenster, und auf Lucies Gesicht machte sich ein rührseliger Ausdruck breit.

»Irgendwann, wenn ich selbst Kinder habe, werde ich hier für sie einkaufen. Sind die Figuren nicht niedlich?«

»Ich hätte nicht erwartet, dass du vom Thema ablenkst«, sagte ich, obwohl es mich nicht störte.

Sie schaute mich von der Seite an und zuckte mit den Schultern. »Wenn du über etwas nicht reden willst, dann ist es ohnehin sinnlos, dich danach zu fragen. Deswegen spreche ich lieber über Kinderspielzeug.«

Sie hakte sich wieder bei mir unter, und wir gingen am imposanten Theater von Southend vorbei. Das *Good Old Palace Theatre* war ein mehrstöckiges Gebäude aus braunrotem Backstein. Mehrere Eingänge, die mit Rundbögen verziert waren, führten ins Innere, und eine große Tafel pries die neusten Vorstellungen an. Mittig über dem Haupteingang gab es eine kleine Dachterrasse, links und rechts davon zwei kleine Kuppeltürme.

Ich liebte das Theater und hoffte inständig, dass Mrs Ham dieses Kulturerlebnis noch mal für uns möglich machen würde. Es war ewig her, dass ich mit meiner Klasse im Theater gewesen war. Die neuen Stücke waren laut Mrs Ham zu vulgär, nichts für den schwachen Verstand von jungen Damen aus gutem Hause.

»Du bist heute wirklich außerordentlich gesprächig«, merkte Lucie mit einem sarkastischen Unterton an und neigte den Kopf zur Seite.

»Wärst du mir böse, wenn ich nicht mit zum *Magdalena's House* kommen würde?«, platzte es aus mir heraus.

Lucie löste sich von mir. »Nein, überhaupt nicht. Möchtest du lieber deine Ruhe haben?«

Ich nickte missmutig, und Lucie schloss mich kurz in ihre Arme. »Wir treffen uns bei der Schneiderei«, sagte sie, hob die Hand zum Abschied und machte sich auf den Weg zu Mimi.

Ich blieb noch einen Augenblick mitten auf der Southend Lane stehen. Umgeben von schepperndem Lärm, Wortfetzen und dem Geruch von frischen Backwaren. Dann ging ich mit langsamen Schritten hinunter Richtung Wasser, passierte das *Royal Hotel* gegenüber dem Pier und spazierte die Brücke entlang. An deren Ende setzte ich mich auf eine Bank, deren Holz feucht war vom Regen, doch es kümmerte mich kaum, als die Kälte durch meinen Körper wanderte und der Stoff des Mantels nass wurde.

Der graue Himmel und das dunkle Meer schienen miteinander zu verschmelzen. Mein Herz fühlte sich bleischwer an.

Ach Mama, dachte ich traurig und verschränkte die Hände ineinander. *Warum hast du mir nichts zurückgelassen? Kein einziges Wort, an welchem ich mich festklammern könnte?*

Doch meine verstorbene Mutter antwortete mir nicht, stattdessen schwoll der Sturm in meinem Inneren zu einem Tosen an, das in meinen Ohren klingelte.

Was sollte ich nur tun? Ich liebte John nicht, hatte jedoch nicht die geringste Ahnung, was mit ihm los war.. Ich konnte ihn nicht lieben, aber wie sollte ich das meinen Adoptiveltern offenbaren? Und warum zur Hölle war John mir gegenüber so abgeneigt? Vielleicht gab es schon eine Frau in seinem Leben ... jemanden, der unter seinem Stand war. Und dieser Harri, von dem auf der Verlobungsfeier von Lucie und Arthur die Rede war, schien davon zu wissen.

Steh endlich zu dir selbst.

Das waren die Worte gewesen, die dieser Harri an John gerichtet hatte.

»Vielleicht liebt er wirklich eine andere«, murmelte ich in Gedanken versunken.

Doch das wäre eigentlich gut, das wäre vielleicht unser beider Rettung. Gemeinsam könnten wir unsere Eltern von dieser Verlobung abbringen, wenn John mich ebenfalls nicht heiraten wollte, wie es den Anschein hatte.

Leicht würde es sicherlich nicht werden. Johns Familie war angesehen und bekannt, in England alteingesessen. Seine Mutter besuchte Benefizveranstaltungen, und sein Vater reiste wegen des florierenden Handels herum.

»Wenn er eine andere liebt, dann sind Sie viel zu gut für ihn«, sagte eine weibliche Stimme und riss mich mit einem Schreck aus diesem Chaos in meinem Kopf. Ich hob verblüfft den Blick und schaute zum zweiten Mal an diesem Tag in graublaue Sturmaugen.

»Sie … Sie waren vorhin in der Schneiderei«, brachte ich über die Lippen und erhob mich schwankend.

Die wunderschöne Frau von vorhin stand mir gegenüber, musterte mich mit diesem koketten Blick und schob sich galant eine Haarsträhne hinters Ohr.

»In der Tat, gut kombiniert, Miss …?«

»Hastings, Amabel Hastings«, antwortete ich atemlos, während mein Herz Purzelbäume schlug.

Ein merkwürdiger Ausdruck huschte über die Gesichtszüge der Frau. Schnell und nur für den Bruchteil einer Sekunde ergriff sie meine Hand, legte einen winzigen Gegenstand hinein und drehte sich dann auf dem Absatz um.

»Ich wünsche noch einen schönen Tag, Miss Hastings. Lassen Sie sich nicht unterkriegen von den Männern dieser Welt.«

»Was?« Ich stand wie versteinert auf dem Pier, und ein eisiger Schauer rieselte meinen Rücken hinunter.

Ich habe sie schon wieder nicht nach ihrem Namen gefragt, fiel mir ein, und ich biss mir verärgert auf die Unterlippe.

Gott, ich konnte keinen klaren Gedanken fassen, dabei hatte ich diese junge Frau erst zweimal gesehen. Wie konnte das sein?

Ich runzelte die Stirn und öffnete die Hand, in die die Frau etwas hineingelegt hatte. Noch immer umgab mich das Rauschen des Meeres.

Was ist das?, fragte ich mich verwirrt und starrte auf meine Handinnenfläche.

Die Frau hatte einen winzigen Anhänger hineingelegt. Es war ein goldener Vogel, der seine Flügel ausbreitete. Die Arbeit war filigran, und das Gold glänzte matt im Regen.

Tausend Gedanken schwirrten durch meinen Kopf, während ich das Schmuckstück nachdenklich zwischen den Finger hin und her drehte. Da war eine Inschrift auf dem Vogel eingraviert.

Veritas in amore.
In der Liebe liegt die Wahrheit.

Ich kannte diese Inschrift, dieses Credo. Es war das von Johns Familie. Sie musste wirklich mit ihm verwandt sein. Aber warum zur Hölle ... Moment, nein ...

»Sie weiß, wer ich bin«, platzte es aus mir heraus, und ein Ehepaar, das gerade über den Pier spazierte, sah mich mit skeptischem Blick an.

Sie mussten denken, dass ich verrückt geworden war. Und vielleicht stimmte das auch. Ich stand hier mutterseelenallein auf dem Pier von Southend, sprach mit mir selbst und hielt einen Anhänger in der Hand, den mir eine völlig unbekannte Frau geschenkt hatte. Die mich allein mit ihren Worten und ihrem Anblick in den Bann gezogen hatte.

Wer in Gottes Namen bist du, schöne Fremde?, dachte ich verwirrt und schloss meine Finger um den goldenen Vogel.

Ich beschloss, das auf jeden Fall herauszufinden, koste es, was es wolle. Denn wenn ich ohnehin vor dieser großen Entscheidung stand, einem Abgrund gleich, konnte ich auch noch tiefer in die Finsternis hineintreten. Vielleicht würde sich mir dann auch wieder ein Licht offenbaren.

Kapitel 3
Amabel

Außerhalb von Southend-on-Sea, Grafschaft der Familie Smith, Oktober 1860

Ich mochte das Anwesen von Arthurs Familie. *Wie schön es ist*, dachte ich, obwohl ich es nicht zum ersten Mal betrachtete.

Lucie und ich stiegen gerade aus der Kutsche, und wieder konnte ich mich an dem Anblick nicht sattsehen, auch wenn ich bereits zu ihrer Verlobungsfeier hier gewesen war.

Um uns herum hielten mehrere Kutschen, aus denen weitere Gäste stiegen, die den Abend bei Arthurs Familie verbringen würden.

Die weißen und grauen Steine, aus denen die imposante Villa erbaut war, ließen mein Herz auf eine eigentümliche Weise zur Ruhe kommen. Sie glänzten wie Marmor. Der Anblick gefiel mir viel besser als die rote Fassade von Johns Zuhause.

»Bist du wirklich so gefesselt vom Hause meines zukünftigen Ehemannes?«, neckte mich Lucie, die meinen Blick bemerkt hatte.

Ich stieß ihr lächelnd meinen Ellbogen in die Seite und betrachtete erneut die meterhohen Fenster der Villa, den kleinen Turm, der sich linker Hand erhob, und die runde Grünfläche, die im Winter nur spärlich bepflanzt war. Doch in dem Springbrunnen badeten tatsächlich einige Vögel. Ich sog die kalte Luft ein und nahm den scharfen Geruch vom Rauch eines Kamins wahr, während Lucie und ich mit langsamen Schritten aufs Gebäude zugingen.

Arthur begrüßte am Eingang alle eintreffenden Gäste. Als er Lucies Hand zu seinem Mund führte, verharrten die beiden einen Tick länger in dieser zarten Berührung als angemessen.

»Guten Abend, mein Glücksmädchen«, flüsterte er Lucie zu, und sie schenkte ihm ein strahlendes Lächeln.

Dann wandte Arthur sich mir zu und grinste. »Ihnen auch einen wundervollen Abend, Miss Hastings.«

»Du Charmeur«, erwiderte ich und nickte ihm zu. »Ist mein Verlobter schon zugegen?«

Arthur schaute nach drinnen über die Schulter. »Ja, er ist bereits mit Morton in den Saal gegangen. Aber wie ich die beiden kenne, stehen sie nun auf dem Balkon und rauchen.«

Ich verzog das Gesicht und schüttelte den Kopf. Obwohl John abweisend mir gegenüber war, wenn es um Gefühlsbekundungen ging, so war er doch immer freundlich und höflich. Daher störte es mich auf eine merkwürdige Art und Weise schon, dass er rauchte, obwohl es bei jungen Männern beinah die Norm war.

»Gräm dich nicht, Amabel. Ich bin sicher, dass es hier eine Menge Ladys gibt, die mit dir tanzen wollen anstelle von John«, sagte Arthur und ließ den Blick wandern. »Das Kleid steht dir wundervoll.«

»Bei Gott!« Ich winkte lachend ab. »Solche Komplimente solltest du eher deiner Verlobten machen.«

Arthur lächelte sanft, beugte sich zu Lucie hinüber und hauchte ihr einen flinken Kuss auf die Wange. »Lucie weiß doch ohnehin, dass sie die Schönste für mich ist.«

Meine Freundin lief knallrot an, murmelte ein paar unverständliche Worte und ging eilig ins Innere der Villa.

»Jetzt hast du sie verlegen gemacht«, schalt ich Arthur lächelnd.

»Sag ihr, ich mache es mit einem Tanz wieder gut.«

Ich nickte ihm noch mal zu und folgte Lucie hinein. Warme Luft erfüllte meine Lunge. Mit einem dankbaren Nicken gab ich einem Dienstmädchen meinen gefütterten Wollmantel.

Die Empfangshalle war reichlich geschmückt mit wundervollen Blumenbouquets in Ozeanblau. Der dunkle Holzboden spiegelte das Licht der Kronleuchter, und leise Musik drang aus der großen Halle, die sich geradezu hinter der Treppe öffnete.

»Deswegen war es mir entgangen, dass die Villa von Arthurs Familie über einen Ballsaal verfügt. Die Türen waren beim letzten Mal geschlossen, und sie verschmelzen beinah mit der Treppe und der Wand.«

»Clever, oder?«, fragte Lucie und strich sich eine Haarsträhne hinters Ohr. »Arthur hat mir erzählt, dass es einige solcher geheimer Türen und Orte gibt. Ich bin schon ganz versessen darauf, diese Villa zu erkunden.«

»Du bist wirklich eine Detektivin.«

»Und genau deswegen machen wir uns jetzt auf die Suche nach diesem mysteriösen Harri.« Lucie zwinkerte mir zu und hakte sich bei mir unter.

Sie zog mich sanft mit zum Saal, wo wir Arthurs Mutter begrüßten, die mit einigen anderen Ladys auf einer Récamiere Platz genommen hatte und die Tänze der jungen Leute beobachtete.

Ich versuchte meinen hektischen Atem zu beruhigen, denn es grauste mir davor, auf John zu treffen. Als ich plötzlich eine ganz andere Stimme hinter mir vernahm, zuckte ich heftig zusammen.

»Amabel! Endlich haben wir dich in diesem Trubel gefunden.«

Mir stockte der Atem, und ich wirbelte herum. »Mutter ...«, wisperte ich heiser und sah sie an.

Ich empfand tausend Emotionen gleichzeitig, sie rauschten durch meinen Kopf und dröhnten laut in meinen Ohren. Mir wurde gleichzeitig warm und eiskalt ums Herz. Meine Adoptivmutter, Claire Hastings, trug ein dunkelblaues Kleid mit einer ausladenden Krinoline, die den Stoff um ihre Hüften aufbauschte. Der Schnitt war eher konservativ und betonte ihre weiblichen Rundungen. Ihr dunkelblondes Haar war zu einem eleganten Dutt hochgesteckt.

Erfreut lächelte sie mich an.

»Was ist denn das für eine Begrüßung?«, fragte sie, zog mich lachend in ihre Arme und hauchte mir einen Kuss auf die Wange. »Du siehst hinreißend aus.«

Ich nickte lächelnd, und mein Blick fiel auf meinen Adoptivvater, Sir Walter Hastings, der wie immer adrett, aber wenig prunkvoll gekleidet war. Gerader Rücken, konzentrierter Blick. Er konnte den Soldaten auch lange nach seiner Zeit beim Militär nicht wieder ablegen.

»Vater«, begrüßte ich ihn nun ebenfalls.

»Du siehst wirklich wunderschön aus, Amabel. John wird verzaubert sein.« Er hauchte einen Kuss auf meine Hand.

Ein Kloß bildete sich in meinem Hals, meine Kehle füllte sich mit ungesagten Worten, die schmerzhaft kribbelten.

Lucie neben mir räusperte sich.

»Du musst Lucie Farber sein«, sagte Claire und klatschte erfreut in die Hände. »Amabels beste Freundin, wie man hört. Und jemand, der für mächtig Trubel in Heygate gesorgt hat.«

Lucie machte eine wegwerfende Handbewegung und lächelte kokett. »Oh, das würde ich nicht sagen. Ich denke eher, dass Heygate ein wenig verschlafen war, bevor ich ankam. Aber ja, die bin ich, und ich habe Amabel fest in mein Herz geschlossen. Es freut mich sehr, nun auch ihre Eltern kennenzulernen.«

»Die Freude ist ganz unsererseits, junge Dame«, erwiderte

mein Vater. »Auch Sie sehen ebenso zauberhaft aus und warten sicherlich nur darauf, dass Ihr Verlobter bald fertig ist mit der Begrüßung der Gäste. Sagen Sie, wie lebt es sich hier in England für Sie? Ist es ein großer Unterschied zu Deutschland?«

»Ach ...«, begann Lucie zu erzählen, und während sie und mein Vater in Geplauder verfielen, ließ ich meinen Blick durch den reichlich geschmückten Ballsaal schweifen.

Ich versuchte, John in der Menschenmenge auszumachen, um mein Herz für den Moment zu wappnen, wenn er mich zum Tanz auffordern würde. Doch ich entdeckte ihn nicht. Vermutlich hatte Arthur recht und er stand gemeinsam mit diesem Morton rauchend auf einem der Balkone.

Ein Schaudern überkam mich, und im nächsten Moment wusste ich auch, wieso.

Mir stockte der Atem, und ich kniff die Augen zusammen. Zunächst glaubte ich, mir diese Gestalt einzubilden, doch die rotblonden Haare hätte ich überall wiedererkannt.

Die junge Frau aus der Schneiderei! Die unbekannte Miss Hold, dachte ich erfreut und gleichzeitig besorgt – denn was tat sie nur hier?

Ich umfasste Lucies Arm und unterbrach ihre Unterhaltung, die sie mit meinem Adoptivvater führte. »Bitte entschuldigt.« Ich sah meine Eltern mit einem kurzen reumütigen Lächeln an. »Wir haben unseren Verlobten versprochen, ihnen ein Glas Champagner zu holen, um auf unsere gemeinsame Zukunft anzustoßen.«

Lucie sah mich kurz mit zusammengezogenen Augenbrauen an, spielte aber die Scharade mit. »Natürlich! Das habe ich ganz vergessen. Bitte entschuldigen Sie uns, Mrs und Mr Hastings. Wir haben sicherlich heute Abend noch Gelegenheiten für einen Plausch.«

»Aber natürlich!« Claire zog uns beide kurz in ihre Arme. »Habt einen wunderschönen Abend.«

Dann wandte ich mich schnell ab, und Lucie folgte mir mit wackligen Schritten.

»Nicht so hastig!«, zischte sie mir zu. »Diese Absätze bringen mich noch um.«

»Nur die?«, fragte ich grinsend und ging mit Lucie in den hinteren Teil des Ballsaals, wo eine Treppe nach oben führte.

»Witzig«, murmelte Lucie und hielt inne, als wir am Fuß der Treppe angekommen waren. »Sag, was ist denn los? Du siehst aus, als wäre dir ein Geist über den Weg gelaufen.«

»Ich glaube, das trifft es gut«, erwiderte ich und seufzte. »Erinnerst du dich an Miss Hold aus der Schneiderei? Sie ist hier, ich habe sie eben gesehen.«

»Was?«, fragte Lucie verblüfft und schaute sich um. »Wo denn?«

»Sie ist gerade eben die Treppe hinaufgegangen, komm schnell mit!«

Gemeinsam huschten Lucie und ich hinauf, während unter uns die Musik anschwoll. Offenbar sollte bald der Eröffnungstanz beginnen. Eine Welle des schlechten Gewissens erfasste mich, als wir im oberen Stockwerk angekommen waren und ich Lucies Gesichtsausdruck sah.

»Du ... du willst sicherlich mit Arthur tanzen, daran habe ich nicht gedacht ...«, setzte ich an und biss mir auf die Unterlippe.

»Ach ...« Lucie stieß mir in die Seite und zwinkerte. »Ich kann noch den Rest meines Lebens mit Arthur tanzen, er wird es mir verzeihen, dass ich jetzt einmal nicht da bin. Und wer soll mich dafür schelten? Mein Vater ist in Lübeck, und Mrs Ham ist heute nicht hier.«

Damit hatte sie recht. Miss Heartwell hatte uns hierher begleitet, und sie war eine angenehmere Zeitgenossin als unsere alte Hauslehrerin. Ich atmete erleichtert aus und schaute mich auf dem Flur um. Es war totenstill. Nur die Gaslaternen flackerten an den Wänden. Ich spürte einen eisigen Luftzug unter dem Saum meines Kleides.

»Sie könnte auf dem Balkon sein«, flüsterte Lucie mir zu und zeigte auf das offen stehende Fenster am Ende des Ganges.

»Vielleicht ...«

Gemeinsam schlichen wir über den Flur wie Diebinnen und näherten uns der offenen Tür. Der dicke Teppich verschluckte die Geräusche unserer Schritte.

Wir blieben in einer kleinen Nische stehen, von der man das Fenster einsehen konnte. Ich zog scharf die Luft ein, als ich Miss Hold erkannte. Sie stand tatsächlich auf dem Balkon, aber sie war nicht allein! John war bei ihr.

In meinem Kopf begann sich alles zu drehen.

»Was tut sie hier?«, wisperte ich atemlos.

Lucie zuckte nur mit den Schultern.

»Die erste gesellschaftliche Veranstaltung, an der du seit langer Zeit teilnimmst ...«, sagte John zu der Frau, und sie stützte ihre Arme auf der Brüstung ab.

»Du weißt, dass ich mich schrecklich auf Bällen langweile, Johnny. Ich verabscheue die gehobene Konversation und würde viel lieber etwas Sinnvolles tun«, erwiderte sie, und beim scharfzüngigen Klang ihrer Stimme rieselte ein Schauer über meinen Rücken, während mein Herz davonzugaloppieren schien.

Johnny, sie hat ihn Johnny genannt, schoss es mir durch den Kopf, und ich wusste nicht, was ich darüber denken sollte. Augenscheinlich kannten die beiden sich sehr gut. Denn was die Frau als Nächstes tat, raubte mir schier den Atem.

John hatte sich ihr zugewandt und grinste sie an, wie er mich noch nie angelächelt hatte.

Was nichts zur Sache tut, weil du ohnehin keine Männer liebst, murmelte eine schnippische Stimme in meinem Kopf.

»Was wäre denn für dich sinnvoll?«, fragte John und legte seine Hand auf die Schulter der fremden Frau.

»Eine Partie Schach mit dir zum Beispiel.« Ihre Augenbrauen schossen in die Höhe, und sie lachte leise. Ihre schneeweißen Zähne blitzten auf in der Dunkelheit auf dem Balkon. »Es wird Zeit, dass ich dich mal wieder besiege, Johnny.«

»Dass ich nicht lache, das wirst du nicht schaffen, Harri.«

Es dauerte einen Augenblick, bis ich begriff. Ich keuchte auf, als die Erkenntnis wie klebrige Marmelade in meinen Verstand sickerte.

»Harri ist gar kein Mann!«, rief Lucie – viel zu laut.

John und Harri drehten sich zu uns um.

»Amabel ...« John legte die Stirn in Falten, und seine Gesichtszüge verdunkelten sich. »Habt ihr uns belauscht?«

»Nein, ich ... es ...«, stammelte ich, während sich Zorn und Schock in meinem Inneren zu einem glühenden Feuer vermischten.

»Das tut gar nichts zur Sache«, sagte Lucie und trat vor. Sie stemmte die Hände in die Hüften, wie Mrs Ham es immer tat, und schnaubte. »Denn Sie, Mr Hold, halten offenbar eine Menge vor Ihrer Verlobten geheim. Immerhin haben Sie uns bisher nicht mal Ihre ...«, Lucies Blick streifte zu der Frau, »Cousine, nehme ich an, vorgestellt.«

»Scharfsinnig«, lobte diese und trat vor. Sie machte einen linkischen Knicks und zwinkerte mir zu. »Harriett Hold, Johns Cousine. Man nennt mich Harri, unter Freunden.«

Hätte die Welt angefangen zu brennen, ich hätte nicht geschockter sein können. Ich starrte Harriett Hold nur an, während meine Hände anfingen zu zittern.

Gott bewahre, ich hatte geglaubt, dass Harri ein Mann war, doch stattdessen war diese ominöse Person, die John aufgefordert hatte, zu sich selbst zu stehen, seine Cousine. Und auf eine merkwürdige Weise änderte das alles. Denn sie schien viel mehr über John zu wissen als ich, und ich lechzte geradezu nach diesem Wissen.

Doch Harriett Hold sah mich nur mit diesem spitzbübischen Lächeln an und ging an mir vorbei.

»Es war schön, Sie kennenzulernen, die Damen!« Sie hob eine Hand zum Gruß und ließ mich allein zurück mit all der Verwirrung und meinem klopfenden Herzen, das aus meiner Brust herauszuspringen drohte.

Kapitel 4
Harriett

Früher oder später hätte sie es ohnehin erfahren. Dass ich diese ominöse Harri und Johns Cousine war. Es war dumm von mir gewesen, auf dem Pier in Southend mit ihr zu sprechen, aber irgendwie hatte ich nicht anders gekonnt. Da war etwas an dieser hübschen jungen Frau, das mich nicht losließ. Aber ich konnte nicht sagen, was es genau war.

Vielleicht war es ihr hinreißendes Lächeln, ihre langen Wimpern und ihre kirschroten Lippen. Oder das schwarze Haar, das sich wie Ebenholz über ihre Schultern ergossen hatte, an dem Tag auf dem Pier. Ihr verträumtes Gesicht, die Art, wie sie die Stirn krauszog.

John war bewusst gewesen, dass Amabel und ihre Freundin sie belauscht hatten am Tag von Lucies Verlobungsfeier. Ich hatte nicht stören wollen, aber ich war wütend auf John gewesen, auf diese Misere, in die er sich sehenden Auges hineinmanövriert hatte. Darüber, dass er nicht zu sich selbst stand.

Aber bist du denn besser als er?

Ich wollte schnellstmöglich dieser merkwürdigen Situation entfliehen, doch Amabel Hastings' Stimme hielt mich zurück.

»Moment!«, rief sie, und ich wollte mich abwenden, doch sie war schon bei mir und packte mich am Ärmel.

Ich zog überrascht die Augenbraue hoch. So viel Elan hatte ich von ihr nicht erwartet. »Was kann ich für die Dame noch tun?«, fragte ich betont höflich, obwohl meine Stimme zitterte.

»Können Sie erklären, was diese Scharade hier soll? Warum

Sie mir diesen Anhänger mit dem Wappen der Familie Hold gegeben haben. Warum zur Hölle Sie mir nicht gesagt haben, dass Sie Johns Cousine sind, als wir auf dem Pier waren, und warum Sie zu John gesagt haben, er solle ...«

»Das reicht, Amabel«, unterbrach John seine Verlobte scharf und trat zu uns. »Lass Harriett los und vergiss, was du am Tag von Lucies und Arthurs Verlobungsfeier gehört hast. Das tut nichts zur Sache und ist nur wieder eines von Harrietts Spielen.«

Ach? Spiele sind das jetzt?, dachte ich amüsiert und gleichzeitig genervt, denn John würde niemals über seinen Schatten springen. Dafür war er viel zu pflichtbewusst.

Der älteste Sohn der angesehenen Familie Hold. Der einzige Stammhalter der Hauptfamilie, das einzige weiße Schaf unter vielen schwarzen – wobei das auch nicht die Wahrheit war. Aber er hatte ein wenig recht.

Es war ein Spiel, jedenfalls auf eine Art und Weise. John und ich waren verwandt. Wir hatten den gleichen Großvater, der so viele Kinder gezeugt hatte, dass das Zählen manchmal schwerfiel. Ich war die jüngste Tochter des letztgeborenen Bruders von Johns Vater. Ein unbedeutendes Licht innerhalb der Familie Hold. Wir wohnten auf einem eher kleinen Grundstück außerhalb Southends. Denn mehr konnte sich meine Familie nicht leisten, nachdem mein Vater die Mitgift meiner Mutter verspielt, sich danach in den Alkohol geflüchtet hatte und gestorben war. Meine Mutter war nun an – wie die Ärzte es so fein nannten – starker Hysterie erkrankt und verbrachte ihren Lebensabend in einem Sanatorium in Bayern. Mein Bruder versuchte, die Schulden der Familie zu tilgen, was ihm eher mäßig gelang, auch wenn er sich bemühte.

Trotzdem hatte ich meine ganze Kindheit mit John verbracht. Vielleicht, weil man mich immer schon lieber abgeschoben hatte. Dieses verquere Mädchen, das sprach wie ein Junge und lieber Schach spielte, als zu sticken.

»Spielen?«, äffte Amabel John nach und schüttelte entrüstet den Kopf. Sie schnaubte unfein, ließ meine Hand los und verschränkte stattdessen die Arme vor der Brust. »Ich will endlich wissen, was das zwischen euch ist!«

Da ist nichts zwischen uns, nur mit uns, korrigierte ich sie in Gedanken, aber ich wagte es nicht, zu antworten.

Ich durfte John nicht dazwischenfahren, durfte sein Geheimnis nicht offenbaren. Das wäre nicht richtig, obwohl ich es am liebsten in die Welt hinausgeschrien hätte. Da weder John noch Amabel verdienten, dass diese arrangierte Ehe ihr Leben zerstören würde.

»Amabel, es …«, setzte John an und kratzte sich verlegen am Kopf, eine sanfte Röte zierte seine Wangen, und die schwarzen Haare standen ihm wirr vom Kopf ab. Es war nicht mehr viel übrig von dieser strahlenden Fassade, die er normalerweise aufrechterhielt.

»Möchtest du mit mir tanzen?«, fragte er nach einiger Zeit, und Amabels Gesichtszüge verzogen sich zu einem geradezu angewiderten Lächeln.

»Tanzen?«, wiederholte sie und schüttelte den Kopf. »Mit dir?«

»Ich bin dein Verlobter.«

»Du bist alles, nur nicht der Mann, mit dem ich tanzen möchte«, antwortete sie scharf, und ich konnte mir ein leises Lachen nicht verkneifen.

Auch Amabels Freundin Lucie zuckte ein Grinsen auf den Lippen.

»Und du!« Sie schaute mich erneut an und hob die Hand. Dieses Funkeln in ihren braunen Augen war wie die Sterne am Firmament. Da lag eine Wildheit in ihrem Blick, die mir schier den Atem raubte.

Gott, am liebsten hätte ich sie an mich gezogen, meine Lippen auf ihre gepresst und die Wärme ihres Körpers an meinem gespürt. Aber das war eher etwas, was ein Mann unserer Gesellschaft tun würde, und natürlich sehr übergriffig. Außerdem wusste ich nicht, ob Amabel ...

»Was ist mit mir?«, fragte ich und versuchte all die Gedanken, die sich in meinem Kopf breitmachten, zu vertreiben. Doch mein Herz schlug so laut, dass ich mir sicher war, Amabel müsste es hören.

»Du bist eine merkwürdige Frau«, stellte sie fest, und ihre Stimme klang dabei so sanft wie Seide auf der Haut.

»Hm?«, machte ich und hob kokett eine Augenbraue. »Wie schön, dass wir schon per *Du* sind, Miss Hastings.«

Amabel schnaubte erneut und tippelte mit einem Fuß nervös auf den Boden. Sie schaute mich immer wieder an, doch dann schaute sie auch wieder weg. Als wäre es ihr unangenehm, wenn sich unsere Blicke begegneten.

»Du spielst wirklich ein Spiel.« Amabel räusperte sich und sah zu John. »Ich habe nicht die Muße, mit dir zu tanzen. Aber ich habe auch keine Wahl, da meine Eltern zugegen sind, und es wäre nicht schicklich, wenn ich dir diesen Tanz verwehre. Doch es wird der letzte Tanz dieses Abends sein. Wieso, das kannst du meinen Eltern schön selbst erklären, wenn du dich ihnen vorstellst, und jetzt geht mir beide aus den Augen.«

»Ich nehme ungern Befehle an«, sagte ich mit einem Schmunzeln auf den Lippen.

Amabel funkelte mich giftig an.

»Es ist mir ziemlich einerlei, was *Sie* gerne tun oder nicht, Miss Harriett Hold. Aber da *Sie,* genauso wie John, Dinge vor mir geheim halten, möchte ich Ihre Gesellschaft lieber meiden. Haben Sie einen schönen Abend.«

Verblüfft starrte ich Amabel an und pfiff durch die Zähne. »Oh, die junge Lady nutzt ihre Stellung als zukünftige Frau eines Earls bereits aus.«

»Können Sie ein einziges Mal den Mund halten?«, warf mir Amabel an den Kopf und trat dabei nah an mich heran.

Viel zu nah, als dass es selbst für zwei Frauen noch schicklich gewesen wäre. Ich konnte ihren heißen Atem auf meiner Haut spüren, und ein Prickeln huschte über meinen Rücken.

Oh, Gott, bitte lass sie mich berühren dürfen, diese Frau ist zauberhaft, dachte ich sehnsüchtig, doch ich riss mich zusammen.

Ich durfte keinen Eklat provozieren, vor allem nicht mit der zukünftigen Ehefrau meines Cousins. Ich musste mich von Amabel Hastings fernhalten, egal was mein Herz dazu sagen würde.

»Bedauere, aber ich habe niemals gelernt, eine anständige Frau zu sein«, antwortete ich und zuckte mit den Schultern.

Amabel presste die Lippen aufeinander und musterte mich eingehend. Dann hob sie plötzlich die Hand und strich mir eine wirre Haarsträhne von der Stirn. Ihre Berührung war wie ein Funken, der mein Herz in Brand setzte. Ich keuchte erschrocken auf, überwältigt von diesem plötzlichen Gefühl, und konnte Amabel ansehen, dass es ihr ebenso ging.

»Ich wünschte ...«, flüsterte sie mit belegter Stimme, »dass es mir ebenso ergehen würde. Dann wäre meine Zukunft vielleicht eine andere.«

Es war, als würden ihre Worte uns in einen Kokon einschließen. Wie eine Sekunde, die sich zu einer Unendlichkeit ausdehnte.

Doch dann trat Amabel einen Schritt zurück, ließ ihre Hand sinken und neigte den Kopf zur Seite.

»Auf Wiedersehen, Miss Hold«, sagte sie mit fester Stimme und ging an John und mir vorbei hinaus auf den Balkon.

Sie ließ uns einfach stehen, ließ all diese Dinge, die sie nicht verstand, hinter sich. Und während ich sie so von hinten betrachtete, wurde mir bewusst, dass sie wahrscheinlich die

Stärkste von uns allen war. Denn ihr Rücken bebte, ihre Hände waren zu Fäusten geballt, aber sie zerbrach nicht. Nein, sie stand an der Brüstung wie ein Fels in der Brandung, und insgeheim wünschte ich mir, wie sie zu sein.

Champagner war keine Lösung, aber immerhin betäubte er meine Sinne genug, um einen Schleier über die Welt zu legen. Meine Gefühle stummzuschalten. Doch dieses Getränk hielt mich leider nicht von einer Dummheit ab. Ich stand am Rand der Tanzfläche im Erdgeschoss und betrachtete die Paare, die darauf herumwirbelten. Das Rascheln des Stoffes, die sanften Klänge der Musik, all das trieb mir Tränen in die Augen.

Ich könnte niemals mit jemandem so glücklich auf der Tanzfläche sein wie Amabels Freundin Lucie, die mit dem Hausherrn Arthur Smith den letzten Tanz des Abends eröffnete.

Gott, warum kann ich nicht wie die anderen sein?, fragte ich mich insgeheim, obwohl ich die Antwort auf diese Frage doch kannte.

Mein Vater hatte sie mir vor Jahren gegeben, bevor er dem Alkohol rettungslos verfallen war.

Du bist nicht wie die anderen, meine liebe Harri. Du bist etwas Besonderes. Du musst nicht ihrem vorgezeichneten Weg folgen, und du kannst lieben, wen du willst.

So sanft und beruhigend sich seine Worte auch anfühlten, so schmerzhaft waren sie auch. Weil sie nicht der Wahrheit entsprachen. Mein Bruder würde mich zwar niemals zu einer Hochzeit zwingen, weil wir ohnehin nicht die Mittel für eine anständige Mitgift hätten. Aber trotzdem schien mein eigenes Glück so weit entfernt.

»Sie mögen Amabel.« Ich schreckte auf und zuckte so heftig zusammen, dass ich ein wenig Champagner verschüttete.

»Was zur ...«, setzte ich an und drehte mich zu Amabels bester Freundin Lucie um. Ich hatte gar nicht bemerkt, dass sie ihren Tanz schon beendet hatte und nun neben mir stand. Es war offenbar viel Zeit vergangen, in der ich meinen eigenen Gedanken nachhing. »Wie kommen Sie auf solch einen Blödsinn?«, gab ich ruppig zurück und stürzte den letzten Rest Alkohol hinunter.

Lucie kicherte leise und schüttelte mit einem gutmütigen Lächeln auf den Lippen den Kopf. »Wie Sie Amabel in der Schneiderei angesehen haben, und wie Sie sie jetzt ansehen. Mit solch einer Sehnsucht, die ich das letzte Mal in den Augen meines Verlobten gesehen habe, als er dachte, dass er mich verlieren würde.«

»Schön für Sie.«

Lucie drehte den Kopf zu mir und hob eine Augenbraue. Sie schien nicht im Geringsten beleidigt.

Vertreiben durch Unhöflichkeit funktioniert also schon mal nicht, dachte ich grimmig, stellte das Glas in meiner Hand mit einem lauten Klirren auf den kleinen Beistelltisch und verschränkte die Hände vor der Brust.

»Wären Sie nun so freundlich, mich nicht weiter zu belästigen?«

»Belästigen?« Lucie lächelte mich honigsüß an und deutete auf die Tanzfläche. »Ich bin die Verlobte des Hausherrn, es ist meine Pflicht, gehobene Konversation mit unseren Gästen zu führen.«

»Hmpf.« Ich schnaubte und schaute mich nach einem Kellner oder einem Serviermädchen um. Wenn dieses Gespräch noch länger dauerte, brauchte ich definitiv mehr Champagner.

»Nun seien Sie doch nicht so griesgrämig. Ihr Cousin kann das viel besser ... gute Miene zum bösen Spiel machen, meine ich.«

Ich zog scharf die Luft ein und starrte Lucie Farber entsetzt an. Wusste sie etwa, dass John ... nein, das konnte nicht sein.

Ich war die Einzige, die es wusste. Die Einzige, der er sein Geheimnis anvertraut hatte. Weil er auch meines kannte. Wir waren eine verschworene Gemeinschaft. Niemand wusste, wie wir wirklich fühlten.

»Wie ... wie meinen Sie das?« Meine Stimme klang lange nicht mehr so selbstbewusst, wie ich es mir gewünscht hätte.

Lucie ließ den Blick über die Tanzfläche schweifen, wo Amabel noch mit John über den Boden zu schweben schien. Ihre Bewegungen waren anmutig und wunderschön.

»Wenn das Schicksal nicht so gemein wäre, dann wären die beiden ein wundervolles Paar. Aber das sind sie nicht. Jeder, der genauer hinschaut, ein wenig Putz von der Fassade abschabt, sieht, dass die beiden sich niemals lieben können.«

Das war überaus treffend formuliert. Ich biss mir auf die Zunge und sagte nichts. Ich durfte nichts sagen und musste diese verdammten Mauern um mein Herz wieder aufbauen. Ich durfte niemanden an mich heranlassen. Auch nicht Amabel Hastings.

Immerhin war sie Johns Verlobte und damit ohnehin tabu für mich.

»Sie sind ja plötzlich so schweigsam«, stellte Lucie fest, und ein belustigter Unterton schwang in ihrer Stimme mit.

»Und Sie reden zu viel«, zischte ich.

»Dann werde ich das sein lassen.« Lucie strich sich eine Haarsträhne hinters Ohr und trat noch einen Schritt auf mich zu. »Aber hören Sie mir jetzt genau zu, Miss Hold: Wenn Sie Amabel wehtun, dann werden Sie es mit mir zu tun bekommen. Denn Amabel ist meine beste Freundin, und ich habe sie bereits einmal verletzt, weil ich ihre wahren Gefühle nicht richtig deuten konnte. Was immer Sie und John verbergen, wir werden es herausbekommen, denn ich lasse nicht zu, dass Amabel unglücklich in dieser Ehe sein wird, nur weil ihr Verlobter ein Geheimnis verbirgt.«

Lucie Farbers Stimme war fest, scharf wie ein geschliffenes Messer, das über meine Haut kratzte. Ich schluckte schwer, wollte so viel erwidern, doch alle Worte blieben in meinem Hals stecken. Ich konnte nichts sagen, nur schweigend nicken.

»Sehr schön, dann verstehen wir uns. Haben Sie noch einen wundervollen Abend, Miss Hold. Das Dessert ist übrigens angerichtet.« Wieder tauchte dieses sanfte Lächeln auf Lucies Gesicht auf, dann wirbelte sie herum und ging zu ihrem Verlobten, Amabel und John.

Ich schaute ihnen hinterher. Mein Blick blieb erneut an Amabel hängen, mein Herz pochte heftig in meiner Brust, und meine Handinnenflächen wurden feucht.

Dann bemerkte ich, dass John mich ansah. Sein Blick war warm und gleichzeitig eiskalt, beinahe zerbrochen. Alles in mir tat bei diesem Anblick weh.

Ich will dich niemals verletzen, dachte ich, während eine verlorene Träne über meine Wange rann. *Du bist mein bester Freund auf der ganzen weiten Welt.*

Kapitel 5
Amabel

Heygate Boarding School

Die Kutsche kam mit einem dumpfen Ruckeln zum Stehen, und ich musste mehrmals blinzeln. Ich hatte auf der Rückfahrt zum Internat gedöst, und nun fühlten sich meine Glieder bleischwer an.

»Alles in Ordnung?« Lucie legte eine Hand auf mein Bein und sah mich an.

Ihre Wangen waren gerötet und die Haare ein wenig zerzaust. Ich war mir sicher, dass die Glücksgefühle in ihr geradezu übersprudelten. Doch sie hielt sich zurück, weil sie wusste, dass es mir nicht gut ging.

»Was war das heute bloß, Lucie? Welche Bedeutung hat Harriett in Johns Leben?«, murmelte ich erschöpft. »Denkst du, dass sie ...« Ich hielt inne, als die Tür zur Kutsche geöffnet wurde und Mrs Ham in der Dunkelheit auftauchte.

Sie hielt eine Laterne in der Hand, ihre Haare waren streng zurückgebunden, und ihre Miene wirkte verbittert.

»Sie sind spät«, stellte sie mit sichtlichem Missfallen fest und wedelte mit der Hand. »Nun kommen Sie schon! Sie gehören ins Bett.«

Eilig stiegen Lucie und ich aus, sprachen kein weiteres Wort miteinander und huschten zur Eingangstür, die uns Miss Heartwell aufhielt. Ein letztes Mal atmete ich gierig die frische und kühle Luft ein.

»Geht hinein und schlaft gut, Mädchen«, flüsterte sie uns zu. »Träumt süß von euren wunderbaren Verlobten.«

Lucie schenkte ihr ein dankbares Lächeln, doch in meinem Magen machte sich bei diesen Worten nur Übelkeit breit.

Nichts an John war für mich wunderbar. Doch ich nickte schweigend und beeilte mich, die Treppe zum Turm hinaufzukommen. Ich stieß die Tür zu unserem Zimmer auf, nur um im nächsten Augenblick von hellem Licht geblendet zu werden.

»Was in Gottes Namen?«, fragte ich irritiert und sah von den unzähligen Kerzen und Gaslampen, die in unserem Vorraum aufgestellt waren, zu Susanne, die auf der Chaiselongue saß und mich erwartungsvoll anblickte.

»Scht!«, wies mich Susanne zurecht, und Lucie schloss eilig die Tür hinter uns.

»Was machst du hier?«, zischte ich ihr zu und legte meine Stirn in Falten. »Du solltest im Bett sein.«

»Ja, Mrs Ham«, neckte mich Susanne grinsend und lehnte sich auf dem bequemen Sofa zurück.

Sie trug bereits ihr Schlafkleid und einen blauen Morgenmantel darüber. Ihre braunen Haare waren zu einem langen Zopf geflochten, der sich über ihre Schulter ergoss, und ihre Augen glänzten freudig.

»Noch mal: Was machst du hier?« Ich schaute zwischen ihr und Lucie hin und her, die sich neben Susanne setzte und die Beine übereinanderschlug. »Habt ihr das geplant?«

»Vielleicht.« Lucie zuckte mit den Schultern, grinste mich an und schnappte sich einen Keks von einem Teller auf dem kleinen Tisch.

Ich seufzte leise und setzte mich auf den Sessel, während die Anspannung wie eine Ladung Steine von meinen Schultern fiel. »Für mich?«

Lucie lächelte mich an und reichte mir ebenfalls einen Keks.

»Natürlich, wir haben uns gedacht, dass du nach diesem Ball ein wenig Aufmunterung brauchst, weil ...«

Sie musste nicht weitersprechen. Obwohl Susanne nicht alles mitbekommen hatte, schien auch sie zu wissen, dass ich John nicht liebte, dass ich generell keine Männer liebte und meine Ehe zum Scheitern verurteilt war. Gott, mein Leben war ein Scherbenhaufen. Und zu allem Überfluss konnte ich nicht aufhören, an Harriett Hold zu denken. An diese majestätische Frau mit den rotblonden Haaren und dieser geradezu ruppigen Art. An das Funkeln in ihren graublauen Augen, dieses Knistern zwischen uns.

Ich lehnte mich auf dem Sofa zurück, ließ mich von der Wärme der Kerzen einlullen und seufzte tief. Mein Blick kreuzte den von Susanne, die mich erwartungsvoll ansah.

»Du willst wirklich wissen, was passiert ist, du neugieriges Ding«, stellte ich fest.

»Ich war noch nie auf einem Ball, ich verzehre mich nach euren Geschichten«, erwiderte sie lächelnd.

Natürlich, Susanne war erst vierzehn Jahre alt, es würde noch einige Jahre dauern, bis sie mit ihren Mitschülerinnen an den ersten Festlichkeiten teilnehmen dürfte und in die Gesellschaft eingeführt werden würde. Sie war fast die ganze Zeit nur in Heygate.

»Wir haben getanzt, gelacht und geschlemmt«, antwortete ich trocken und biss in einen Keks. »Ein wundervoller Abend.«

Susanne schnaubte und schüttelte den Kopf. »Ich will die interessanten Dinge wissen.«

»Du bist viel zu neugierig. Ich sollte deiner Tante erzählen, was für ein aufsässiges Mädchen du bist.«

Susanne zog einen Schmollmund, schien aber nicht wirklich von meinen Worten beeindruckt. »Ich bin ihr ohnehin ein Dorn im Auge, weil ich meiner verstorbenen Mutter viel zu ähnlich bin. Aber das gilt wohl für uns alle, oder nicht?«

Schweigen legte sich über den Raum, und urplötzlich jagte eine Gänsehaut über meine Glieder. Bei Lucie war dies die Wahrheit. Sie war unwissentlich den Fußspuren ihrer Mutter gefolgt und hatte sich vor deren Tod mit ihr aussprechen können.

Aber ich ... für mich galt das nicht. Ich wusste beinah gar nichts über meine Mutter. Über Catherina Rusting, wie ihr Name vor der Hochzeit mit meinem ebenfalls verstorbenen Vater gewesen war.

»Wir haben ...«, setzte ich vorsichtig an und musste kurz innehalten, weil sich die Worte zäh auf meiner Zunge anfühlten. »Wir haben die Cousine meines Verlobten getroffen.«

Lucie warf mir einen irritierten Blick zu, als hätte sie nicht erwartet, dass ich Susanne von der Begegnung mit Harriett erzählen würde. Aber es war einerlei. All das würde nichts an meiner Lage ändern. Am Ende musste ich mich fügen wie alle Frauen.

»Er hat eine Cousine?«, fragte Susanne und beugte sich ein Stück nach vorne.

»Ja ...« Ich biss die Zähne zusammen und dachte erneut an Harriett. »Und irgendetwas verbergen die beiden vor mir.«

»Denkst du etwa ...« Susanne keuchte auf, und ihr Gesicht verzog sich zu einer Grimasse. »Könnten die beiden ... denkst du, sie sind ... ein Paar?«

Jetzt, wo Susanne meine Vermutung ausgesprochen hatte, klang sie so lächerlich wie schmerzhaft. Irgendetwas keimte in meinem Herzen auf, was ich nicht deuten konnte. Es war keine Eifersucht. Nein, ich empfand nichts für John. Aber vielleicht war es Enttäuschung. Dass er ein Geheimnis mit sich herumtrug, welches er offenbar mit Harriett, aber nicht mit mir teilen konnte.

»So ein ausgemachter Blödsinn!«, rief Lucie und schüttelte heftig den Kopf.

»Weißt du etwa Dinge, die ich nicht weiß?«

Lucie verknotete die Hände ineinander und zuckte mit den Schultern. »Nein, aber ich habe Harriett beobachtet, ich habe ein paar Worte mit ihr gewechselt und sie ...« Lucie atmete tief aus und sah mich ernst an. »Sie hat dich so angesehen, wie Arthur mich immer ansieht, wenn er denkt, ich bemerkte es nicht.«

Das kann nicht sein!, war der erste Gedanke, der durch meinen Kopf schoss. Ich schlang die Arme um meinen Körper und schüttelte vehement den Kopf. Denn ich wollte Lucies Worte nicht wahrhaben.

»Nein«, presste ich hervor und begann damit, meine komplizierte Flechtfrisur zu entwirren. »Das hat sie nie im Leben getan, sie ist eine abscheuliche, arrogante Person. Eine Frau, die versucht, andere mit ihrer ruppigen Art zu verwirren.«

Lucie hob eine Augenbraue und musterte mich eingehend. Es fiel mir schwer, ihren neugierigen Blick zu ertragen, also senkte ich den Kopf.

»Mhm ...«, machte Susanne und trank einen Schluck Tee. »Wahrscheinlich wirst du sie bald wiedersehen ...«

»Wieso das?« Mein Blick ging zu Susanne, die unbehaglich mit den Schultern zuckte.

»Nur so?« Es klang wie eine Frage. Sie verzog das Gesicht. Es wirkte beinahe so, als hätte sie etwas verraten, das sie nicht hätte verraten sollen.

»Nun spuck's schon aus!«, forderte ich Susanne auf, die leise seufzte und sich zu mir vorbeugte.

»Mrs Ham will eine neue Leibesertüchtigung für uns junge Mädchen im Internat einführen, einen Sport, den wir ausführen können, ohne dass wir auf die Etikette verzichten. Nicht so wie beim Reiten, wo sie allein die Reitkostüme schon scheußlich findet.«

»Ehrlich, Susanne, deine Tante lebt wirklich im letzten Jahrhundert«, murmelte Lucie pikiert. »Selbst Kaiserin Elisabeth reitet und gewinnt sogar Turniere. Was eine Kaiserin kann, das können wir wohl auch.«

»Ich weiß«, antwortete Susanne trocken und streckte sich. »Aber was soll ich tun? Sie wird sich nicht mehr ändern.«

Ich hob die Hände. »Können wir bitte auf das eigentliche Thema zurückkommen?«, mischte ich mich ins Gespräch ein.

»Ja, natürlich.« Susanne straffte die Schultern, griff in die Tasche ihres Morgenmantels und holte ein zerknittertes Stück Papier heraus. Es war die Seite eines Magazins, die sie auf den Tisch legte und glatt strich.

»Das *Cornhill Magazine*?«, fragte ich irritiert und neigte den Kopf fragend zur Seite. »Liest du etwa heimlich in Zeitschriften für verheiratete Frauen?«

Susanne schnaubte unfein. »Schön wäre es, aber nein. Meine Tante hat mir diese Seite aus dem Magazin gegeben, als sie mir etwas über die neue Leibesertüchtigung erzählt hat. Schaut: Hier im Artikel *Leben in einem Landhaus* steht es.« Sie räusperte sich, nahm die Seite in die Hand und begann vorzulesen. »Wenn das Wetter Sie dazu veranlasst, im Haus zu bleiben, spielen Sie doch eine Runde Badminton, also *Battledore and Shuttlecock,* aber mit unterschiedlichen Seiten und einer Schnur, die in der Mitte aufgehängt wird, etwa fünf Fuß über dem Boden. Dies wird großes Vergnügen bereiten.«

Für einen Augenblick herrschte eine blecherne Stille in unserem Zimmer. Dann zog Lucie scharf die Luft ein und schüttelte beinah ungläubig den Kopf.

»Wir sollen Federball spielen?«, fragte sie und verzog das Gesicht, als hätte sie auf eine saure Zitrone gebissen.

»Genau.« Susanne nickte ihr zu. »Doch das Spiel trägt hier in England nun nicht mehr den alten Namen *Battledore and Shuttlecock,* sondern Badminton. Weil es auf Badminton House in der Nähe von Bristol das erste Mal mit einer Schnur zwischen den Spielerinnen gespielt wurde.«

Ich konnte nur irritiert von Lucie zu Susanne schauen, während Erinnerungsfetzen vor meinem inneren Auge aufblitzten, die mich zusammenzucken ließen.

Ich kannte dieses Spiel, tief in meinem Herzen hatte ich eine Verbindung dazu, die in meinem Inneren verwurzelt schien. Als wäre sie schon immer da gewesen.

Eine Frau, in einem wunderschönen, eleganten Kleid in blassem Grün, die einen Schläger in der Hand hielt. Der Duft von deftigem Essen, von frisch gebackenem Brot und Lachen, das durch den Raum hallte. Das Kitzeln der Federn, aus denen der Federball war, als meine kleine Hand das erste Mal versuchte, ihn mit dem Schläger zu treffen, der Federball meine Nase streifte und zu Boden fiel. Es war ein Spiel der bürgerlichen Menschen gewesen, nicht der adligen Gesellschaft und ...

»Amabel?« Lucies Stimme riss mich beinah schmerzhaft aus diesem Strudel der Erinnerungen heraus, und ich keuchte erschrocken auf.

Mein Herz schlug heftig gegen meine Rippen, und mein Atem ging stoßweise. Meine Hände waren schweißnass, während ein eisiger Schauer über meinen Rücken rieselte. Ich spürte, wie Lucie ihre Hand auf mein Bein legte, und hob den Kopf.

»Ist alles ... du weinst ja ...«

Ich hob die Hand und wischte mit dem Finger über meine Wangen. Ich hatte nicht bemerkt, wie die Tränen über meine Augenlider geschwappt waren, doch nun schmeckte ich Salz auf den Lippen.

»Ich ...«, setzte ich an und musste mich räuspern, denn meine Stimme klang belegt, geradezu zum Zerreißen gespannt. »Ich kenne das Spiel aus meiner Kindheit. Meine Mutter hat es gespielt, als sie ... als sie noch ...« Ich konnte nicht weitersprechen und schlug die Hände vors Gesicht, während heftige Schluchzer meinen Körper erschütterten.

»Oh, Amabel …« Sofort war Lucie bei mir und zog mich in ihre Arme.

Geborgenheit flutete mein Herz, und nach einigen Minuten verebbten die Schluchzer. Ich löste mich vorsichtig aus Lucies Umarmung. Meine Wimpern waren mit Tränen verklebt, und es war, als würde ein bleischweres Gewicht auf meinem Körper liegen.

Susanne sah mich besorgt an und kaute unruhig auf ihrer Unterlippe herum. »Es tut mir leid, ich wollte nicht …«

Ich hob die Hand, um sie zu unterbrechen. »Das konntest du doch nicht wissen …« Eilig wischte ich mir die Tränen von den Wangen und atmete mehrmals tief durch. »Ich verstehe aber nicht, was die Einführung von Badminton an unserer Schule mit Harriett Hold zu tun hat.«

Meine Freundinnen gingen nicht darauf ein, dass ich ziemlich ungalant von meinen Tränen ablenkte. Sie schienen zu wissen, dass ich zu aufgewühlt war, um darüber zu sprechen.

»Nun …« Susanne wackelte grinsend mit den Augenbrauen. »Der Duke Beaufort von Badminton House scheint ein alter Freund von Harrietts Vater gewesen zu sein. Er möchte der Familie wohl unter die Arme greifen, denn dieser Familienzweig der Holds scheint in eher bescheidenen Verhältnissen zu leben.«

»Was du alles wieder weißt …« Lucie pfiff anerkennend durch die Zähne und trank einen Schluck Tee. »Du hast deine Ohren und Augen überall, Susanne.«

»Ich bin ja auch eine Detektivin«, erwiderte Susanne grinsend, richtete aber ihre Aufmerksamkeit wieder auf mich. »Jedenfalls sollen wir hier im Internat die Grundlagen des Spiels kennenlernen, und auf dem Grundstück von Harrietts Familie wird ein kleiner …«, sie wiegte den Kopf hin und her, »… Wettbewerb in Badminton ausgetragen. Es soll gleichzeitig eine Benefizveranstaltung sein, um den Kindern in Southend, die Hunger leiden, ein schönes Weihnachtsfest zu ermöglichen. Harriett Holds Familie leitet diese Veranstaltung. Meine Tante zahlt eine stattliche Summe an die Familie Hold, damit uns dieses Spiel beigebracht wird. Zudem werden natürlich viele Damen und Herren aus der höheren Gesellschaft geladen. Die Schülerinnen können sich präsentieren, und es ist wie eine ...«

»Brautschau«, unterbrach Lucie Susanne und spuckte das Wort förmlich aus. Als wäre es Gift auf ihrer Zunge.

»Genau ...« Susanne zuckte unbehaglich mit den Schultern.

Ich starrte sie nur entsetzt an, während die Erkenntnis in meinen Verstand sickerte.

»Das bedeutet ...«, würgte ich hervor und musste meinen Kragen lockern, weil ich das Gefühl hatte, keine Luft zu bekommen. »Harriett Hold kommt hierher, und ich werde Zeit mit ihr verbringen müssen, um Badminton zu lernen?«

Susanne nickte schweigend und knabberte an einem weiteren Keks.

Mein Magen schien sich umzudrehen, und Übelkeit kroch meine Kehle hinauf.

»Dein Verlobter wird übrigens auch dabei sein, Amabel«, sagte Susanne in mein Schweigen hinein.

»Das überrascht mich weniger. Die Beziehung zwischen Harriett und ihm scheint ziemlich intensiv zu sein«, erwiderte ich pikiert und verschränkte die Arme vor der Brust.

»Amabel ... ich glaube nicht, dass es so ist, wie du denkst ...«, versuchte Lucie es erneut, doch ich schüttelte energisch den Kopf.

»Wenn ihr beide mich nun entschuldigt, es war ein ereignisreicher Abend, und ich bin müde ...«

Susanne zog die Nase kraus, erhob sich dann aber eilig, winkte uns noch zu und schlich aus dem Zimmer hinaus.

»Lass mich dir wenigstens noch helfen, das Ballkleid auszuziehen«, sagte Lucie, und ich nickte. In unserem Zimmer half sie mir aus dem dicken Stoff und verabschiedete sich mit einem schweigenden Nicken von mir.

Als sie fort war, gaben meine Beine einfach so nach, und ich sackte auf dem Boden zusammen. Es war etwas unhöflich von mir gewesen, Lucie und Susanne so abrupt wegzuschicken, doch ich wusste, dass sie es verstehen würden. Ich brauchte Ruhe für mich, um meine Gedanken zu sortieren, doch das fiel mir unglaublich schwer. Und diese verdammten Erinnerungsfetzen, die durch meinen Kopf flogen wie ein Schwarm Vögel, setzten mir ebenfalls zu.

Meine Mutter war gestorben, als ich fünf Jahre alt gewesen war. Ich konnte mich kaum an sie erinnern. All die Dinge, die ich wusste, hatte ich von Claire erzählt bekommen. Es war immer so gewesen, als schienen diese ersten fünf Jahre meines Lebens, die ich mit meiner Mutter verbracht hatte, wie fortgewischt. Wie Buchstaben, die man in den Sand schrieb, bevor sie vom Meer weggespült wurden.

Doch nun waren da diese Bilder in meinem Kopf. Der Klang von Mutters Stimme; ein seidenes Kleid, das ich scheinbar anprobiert hatte, denn ich konnte beinah noch die Weichheit des Stoffes unter meinen Fingerspitzen spüren.

Und Federball. Meine Mutter hatte es mit mir zusammen in unserer kleinen Wohnung gespielt. Ich war mir ganz sicher.

Ich schniefte leise und schloss die Augen, ließ mich von der Erschöpfung einlullen. Es schien wie ein ironischer Wink des Schicksals, dass dieses Spiel nun wieder in mein Leben trat. Dass Harriett Hold hierherkommen würde, um es uns beizubringen. Als würde uns irgendetwas aufeinander zutreiben.

Doch ich glaubte nicht an Vorhersagungen oder Schicksal. Nein, das war völliger Blödsinn. Doch es war ein merkwürdiger

Zufall, dass ich nun das Spiel meiner Kindheit erneut lernen würde – das konnte ich nicht leugnen.

Vielleicht ist es ja ein Wink des Himmels von dir, Mama, dachte ich wehmütig und schleppte mich mit letzter Kraft ins Bett. Es dauerte nicht mal eine Minute, dann schwappte mein Geist hinüber in die Finsternis des Schlafes.

Kapitel 6
Amabel

Heygate Boarding School, einige Tage später

Seit Tagen bewegte ich mich durch Heygate wie eine gefühlskalte Maschine, und meine Welt schien mit grauen Schlieren überzogen. Aber als ich nach dem Mittagessen mit Lucie und den anderen Mädchen auf den Hof hinaustrat, blendete mich die goldene Sonne. Es war ein wunderschöner Herbsttag, fast ohne Wind und mit strahlend blauem Himmel, doch konnte man bereits spüren, dass es langsam kälter wurde.

»Ich bin mir immer noch nicht sicher, ob ich eine Verfechterin von Leibesertüchtigung bin«, murmelte Lucie neben mir und schlang die Arme um den Körper. »Außerdem ist mir kalt.«

Ich legte die Stirn in Falten und stieß sie in die Seite. »Wir werden ohnehin drinnen spielen, so hat Susanne es doch vorgelesen, oder hast du das vergessen?«

»Ja, aber ...«

»Bedauere, die Damen, aber wir werden Ihre ersten Lektionen in Badminton draußen vornehmen«, unterbrach uns da eine Stimme, die mir nur zu vertraut vorkam.

Harriett Hold tauchte vor uns auf, als hätte der liebe Gott sie mit einer Hand hochgehoben und einfach vor uns fallen gelassen. Wie ein Geist. Ein ziemlich hübscher Geist.

Oh, Gott, verdammtes Herz! Hör auf damit, schalt ich mich

selbst und bemühte mich um einen verkniffenen Gesichtsausdruck.

»Wie ... wie bist du hierhergekommen?«, sprach Lucie meine stille Frage aus.

Harriett verschränkte die Hände vor der Brust und bewegte ihren Kopf zur Seite, ihre rotblonden Haare ergossen sich wie Gold über die Schultern, und mit einem verschmitzten Grinsen entblößte sie ihre schneeweißen Zähne.

»Ich bin Kutsche gefahren, und dann habe ich mit Ihrer Lehrerin Mrs Ham über den Ablauf der Unterrichtsstunden gesprochen ...« Sie zwinkerte uns zu. »... und über mein Honorar.«

»Sag ich doch: arrogant und abscheulich«, zischte ich Lucie zu und verdrehte die Augen.

»Warum werden wir bei dieser Kälte draußen spielen?«, fragte nun Clary und trat vor. Ihr war sichtlich kalt, denn das spanische Mädchen war unser britisches Wetter immer noch nicht richtig gewohnt.

»Der Tanzsaal ist belegt mit den jüngeren Mädchen, die ihre ersten Stunden nehmen. Die Bibliothek hat Mrs Ham untersagt zu benutzen, und im Speisesaal müsste man zu viel umräumen. Oder wollen die Damen Tische und Stühle schleppen?«

Ein Murren flog über die Reihen der Mädchen hinweg, und die meisten senkten die Köpfe.

»Also nicht?« Harriett lächelte zuckersüß und zuckte mit den Schultern. »Sehen Sie, deswegen spielen wir draußen auf der freien Grünfläche hinter dem Internat.«

»Aber dort gibt es keine Netze«, merkte Lucie an und verschränkte die Arme vor der Brust.

»Sie brauchen auch erst mal keine Netze«, stellte Harriett klar. »Zuallererst mache ich die Damen vertraut mit Schläger und Federball, dann spielen Sie ein wenig gemeinsam.«

»Und Sie sind wirklich befähigt, uns dieses Spiel beizubringen?«, fragte Clary unzufrieden. Immerhin war Harriett kaum älter als meine Mitschülerinnen und ich, sicher gerade erst Anfang zwanzig.

»Natürlich bin ich das. Und nun kommen Sie!« Harriett ignorierte die spürbare schlechte Laune unter uns Schülerinnen und spazierte mit leichten Schritten zur Rückseite des Gebäudes.

»Ich hasse sie«, spuckte ich aus und schüttelte den Kopf. »Wieso mag John sie überhaupt?«

»Du hasst sie nicht«, bemerkte Lucie und hakte sich bei mir unter. »Außerdem ist Hass ein großes Wort, das solltest du nicht benutzen.«

Ich schnaubte nur zur Antwort und ballte die Hände zu Fäusten. Ich wollte nicht in Harrietts Nähe sein, denn allein der Klang ihrer Stimme machte mich schier wahnsinnig. Mein Körper reagierte konträr zu meinem Kopf, und ich wollte um jeden Preis verhindern, dass ich ihr zu nahe kam. Ich hatte schon genug Probleme, da brauchte ich nicht noch Harriett Hold, die mein Leben durcheinanderwirbelte.

Sie hat dich angesehen, wie Arthur es bei mir tut.

Lucies Worte vom Abend des Herbstballs kamen mir in den Sinn, doch ich wollte ihnen keine Beachtung schenken. Das konnte gar nicht sein. Als ob Harriett Hold auch nur irgendetwas für mich empfinden würde, als ob sie auch ...

Wir erreichten die freie Grünfläche hinter dem Gebäude, und ich schüttelte heftig den Kopf, als könnte ich damit die Gedanken vertreiben, die sich dort eingenistet hatten.

»So ...« Harriett stellte sich neben eine große Holztruhe, die sie öffnete und so Badmintonschläger und die dazu passenden Federbälle zum Vorschein brachte.

Harriett holte einen der Schläger heraus und hielt ihn in die Höhe. »Mit diesem Schläger spielen Sie Badminton. Er ist rund, wie die Damen sehen können. Der Griff ist in Leder eingebunden und dies hier ...« Sie deutete auf die Schlagfläche und schaute dabei mich an. »Was für ein Material ist das?«

Die anderen Mädchen wandten ihre Köpfe in meine Richtung. Ich räusperte mich. »Pergament«, antwortete ich mit fester Stimme. Harriett nickte anerkennend.

Gott, wie konnte es sein, dass ich sie gleichzeitig verabscheute und unglaublich attraktiv fand? Mein Herz schlug Purzelbäume, und meine Kehle zog sich zusammen, als Harriett immer noch nicht den Blickkontakt mit mir unterbrach.

»Korrekt«, sagte sie und schnipste mit den Fingern.

Dann holte sie einen Federball aus der Truhe. »Dies ist der Federball, diesen müssen Sie mit dem Schläger treffen. Er hat, wie Sie sehen können, einen runden Kopf, die Federn sind von Hühnern. Sein Gewicht ist eher leicht, aber schwer genug, um ihn hin und her zu schlagen. Fangen Sie!«

Harriett warf mir den Federball zu, und ich fing ihn mühelos. »Geben Sie mir doch gleich einen Schläger, Miss Hold, dann kann ich es ausprobieren.« Irgendetwas in mir hatte Feuer gefangen, und ich verspürte den Drang, Harriett zu zeigen, dass ich Badminton spielen konnte.

Ich wollte selbst sehen, dass diese Erinnerung an meine Mutter und daran, wie sie mit mir Federball spielte, keine Illusion gewesen war. Dass mein Körper sich an dieses Spiel erinnern konnte.

Harriett kicherte leise und holte einen weiteren Schläger hervor. »Diese Herausforderung nehme ich gerne an.« Sie winkte mich zu sich, und wir stellten uns links und rechts von der Truhe auf.

»Schauen Sie alle genau zu, dann lernen Sie gleich etwas«, sagte Harriett zu den anderen Mädchen und nickte mir zu. »Lassen Sie uns beginnen, Miss Hastings.«

Ihr Lächeln drang tief in mein Herz ein, das tief aufzuseufzen schien, und meine Hand, die den Federball hielt, zitterte ein wenig.

Nicht jetzt, hör auf, schärfte ich mir ein und beruhigte meinen rasselnden Atem. Dann schlug ich auf. Und es fühlte sich ganz leicht an. Als hätte ich nie in meinem Leben etwas anderes getan.

Der Ball flog in hohem Bogen zu Harriett, die ebenfalls den Schläger hob und ihn zu mir zurückbeförderte. Der Stoff ihres schlichten Kleides raschelte leise. Nachdem wir den Ball einige Mal hin und her gespielt hatten, waren ihre Wangen gerötet, und auf ihrer hellen Haut glänzten Schweißperlen.

Es war ganz still um uns herum. Als wäre die Zeit eingefroren, als wären wir eingeschlossen in einem Kokon. Mein Körper schien sich wie von selbst zu bewegen, und das Spiel wurde mit der Zeit wilder. Wir spielten in stillem Einverständnis nicht mehr mit-, sondern gegeneinander. Dadurch mussten wir uns mehr bewegen, die Schläge der anderen erahnen. Mein Puls beschleunigte sich, und ein Dröhnen setzte sich in meinen Ohren fest.

»Sie … sind wirklich gut«, lobte Harriett mich außer Atem, während sie den Ball nicht außer Acht ließ. Ihr Schlag war kräftig, hatte einen leichten Linksdrall, und ich rutschte im feuchten Gras aus, sodass ich den Federball nicht erwischte und er zu Boden fiel.

»Aber leider noch nicht gut genug für mich.« Harriett kam auf mich zu, stemmte die Hände in die Hüften und grinste mich an. »Ich bin bereit für eine baldige Revanche, Miss Hastings.«

Hitze schoss in meine Wangen, als ich mich langsam erhob und einige Grashalme von meinem Kleid wischte. »Sehr gerne, Miss Hold«, flüsterte ich Harriett zu und beugte mich zu ihr vor. »Und wenn ich gewinne, dann verraten Sie mir, welches Geheimnis Sie und John vor mir verbergen.«

Harriett keuchte auf, und ihre graublauen Augen verengten sich. Für den Bruchteil einer Sekunde dachte ich, dass sie mich von sich stoßen würde, denn Wut schien sich in ihrem Blick abzuzeichnen. Dann jedoch zupfte ein Lächeln an ihren Lippen, sie trat einen Schritt zurück und hielt mir die Hand hin.

»Abgemacht, Miss Hastings.«

Ich starrte sie erschrocken an, denn ich hatte nicht erwartet, dass sie diese Wette annehmen würde. Dass es so leicht sein würde. Doch ich ergriff ihre Hand, und es war, als würden Funken zwischen uns sprühen. Als müsste jedes Mädchen um uns herum unsere schlagenden Herzen hören, die in schnellem Takt zu tanzen schienen.

Eilig löste Harriett sich von mir, klatschte in die Hände und wandte sich den übrigen Schülerinnen zu. »Nehmen Sie sich alle einen Schläger, suchen Sie sich eine Partnerin und nehmen Sie dann ebenfalls einen Federball. Probieren Sie erst mal aus, wie es ist, gemeinsam zu spielen. Falls eine von Ihnen übrig bleibt, schließt sie sich einer Zweiergruppe an.«

Meine Mitschülerinnen gingen alle zu der Truhe und zerstreuten sich dann auf der Grünfläche. Ich stand immer noch atemlos bei Harriett und konnte den Blick nicht von ihr lassen.

»Haben Sie schon mal Badminton gespielt, Miss Hastings?« Harriett drehte sich zu mir und verschränkte die Arme vor der Brust.

Sie sah hinreißend aus mit diesen leicht zerzausten Haaren und den geröteten Wangen, ihre Sturmaugen entfachten ein Feuer in mir, und obwohl mein Verstand sie nicht mögen wollte, rebellierte mein Körper dagegen.

»Ich …« Nervös strich ich über eine imaginäre Falte in meinem Kleid und senkte den Blick.

Hitze schoss in meine Wangen, und die Worte verhakten sich auf meiner Zunge. Ich zögerte, ihr etwas über meine Mutter zu erzählen, über diese fernen Erinnerungen, die plötzlich meinen Geist gestreift hatten.

»Meine Mutter hat früher dieses Spiel geliebt«, platzte es dann doch aus mir heraus. Ich schlug die Hand vor den Mund.

»Und nun nicht mehr?« Harriett trat wieder einen Schritt näher zu mir, und ihre sonst so verhärteten Gesichtszüge schienen mit einem Mal sanft.

»Sie ist tot.« Es fiel mir nicht schwer, diese Worte auszusprechen, denn diese Tatsache war schon so lange Teil meiner Lebensrealität, dass sie mich nicht mehr schmerzte. Was schmerzte, waren all die verlorenen Erinnerungen. All die Zeit, an die ich mich kaum erinnern konnte, weil ich zu klein gewesen war.

Harriett verzog das Gesicht, strich mit einer Hand über meinen Arm und lächelte matt. »Das tut mir leid, Miss Hastings.« *Wie kann jemand so ruppig und gleichzeitig so sanft sein?*, fragte ich mich und zog scharf die Luft ein bei der Berührung.

»Muss es nicht.« Ich straffte die Schultern und schüttelte den Kopf. »Es ist schon lange her, und ich habe eine gute Familie, die sich um mich kümmert.«

»Ja, Claire und Walter Hastings, die Sie an John verschachert haben.«

Mein Mund klappte auf bei dieser Frechheit, und ich ballte die Hände zu Fäusten. »Nehmen Sie das zurück!«, forderte ich, doch Harriett zuckte nur schweigend mit den Schultern.

»Sie sind eine unmögliche Person!«

»Amabel ...« Lucie war neben mir aufgetaucht und berührte mich am Arm, versuchte meinen Zorn im Zaum zu halten. Doch das würde ihr nicht gelingen. Die Wut wirbelte durch meinen Verstand, und gleichzeitig schrie mein Herz auf.

»Sie können von mir halten, was Sie möchten, Miss Hastings.« Harriett seufzte leise, und dieses gefährliche Schmunzeln zupfte an ihren kirschroten Lippen. »Es ist mir einerlei, denn das Ansehen meiner Familie ist bereits verwirkt. Das hier – das Badmintonturnier auf unserem Anwesen, die Zuwendungen dieses Internats für den Unterricht, den ich leiste, all das – ist vermutlich die letzte Möglichkeit, um wieder festen

Boden unter den Füßen zu bekommen für uns. Wenn nicht ...« Ihre Worte klangen verbittert, ihr schönes Gesicht verzerrte sich zu einer Maske der Wut. »Dann verschachert mich mein Bruder sicherlich auch an den nächstbesten Mann, der sich mit einer kläglichen Mitgift zufriedengibt, weil er sonst niemals eine Frau abbekommt.«

Es war, als würden ihre Worte tief in mich eindringen. Als rührten sie dort irgendetwas, was selbst mir lange verborgen war. Da war so viel Schmerz in Harrietts Worten, so viel Zorn in ihrem Gesicht. Und ich bildete mir ein, dass ihre Sturmaugen verräterisch glänzten, so als würde sie mit sich kämpfen, um die Tränen zurückzuhalten.

»Das ...«, begann ich, doch Harriett wirbelte herum und beachtete mich nicht weiter.

Stattdessen ging sie zu den anderen Mädchen, beobachtete sie bei den ersten Versuchen mit Schläger und Federball.

»Was zur Hölle war das?«, sprach Lucie neben mir die offensichtliche Frage aus. »Die hat genauso ein wankelmütiges Temperament wie du.«

»Oi!«, rief ich aus und vergaß dabei völlig mein Benehmen, die Tatsache, dass dieser raue Akzent, diese derben Worten schon lange aus meinem Kopf verbannt waren. »Ich habe kein ...«

»Ach nein?« Lucie zog eine Augenbraue in die Höhe, und ein kleines Lächeln zeigte sich auf ihren Lippen. »Du hast ›Oi‹ gesagt ...«

Ich senkte den Kopf und biss die Zähne fest aufeinander, sodass meine Kiefer knirschten. Lucie hatte leider wie so oft recht, aber das wollte ich nicht zugeben.

»Na komm ...« Lucie ergriff meine Hand. »Es wird Zeit, dass du mir beibringst, wie man Badminton spielt.«

Ich nickte mit einem schwachen Lächeln auf den Lippen, und wir positionierten uns einige Meter voneinander entfernt.

Ich schlug den Federball vorsichtig auf, doch Lucie reagierte zu langsam, und er segelte neben ihr auf den Boden.

»Irgendwie sah das leichter aus, als du es mit ihr gespielt hast ...« Sie zeigte auf Harriett, die sich mit im Rücken verschränkten Händen zwischen den anderen Mädchen hindurchbewegte, hin und wieder anhielt und ihnen Hinweise gab.

»Wir probieren es noch mal ...«, sagte ich und ließ Lucie aufschlagen.

Es dauerte nur einige Minuten, bis sie den Dreh heraushatte und den Federball traf. Sie stellte sich ziemlich geschickt an.

»Weißt du, was ich nicht verstehe?«, fragte Lucie, während der Ball zwischen uns hin und her flog.

»Was denn?«

»Wieso sie?« Ihr Kopf ruckte zu Harriett. »Wieso bringt sie uns diese Leibesertüchtigung bei und nicht ihr Bruder oder irgendein in Badminton versierter Sportler, der das schon länger ausübt?«

Mir lag eine Antwort auf der Zunge, doch bevor ich zu sprechen ansetzte, stand Harriett schon neben uns.

»Weil Mrs Ham nicht wollte, dass ein Mann, den Sie nicht kennen, Sie in Badminton einführt ...« Harriett räusperte sich und neigte den Kopf zur Seite. »Sie scheint eine unausgesprochene Abneigung gegen Männer zu haben, wenn Sie mich fragen. Außerdem fehlte ihr die Zeit, uns zu beaufsichtigen, und stellen Sie sich doch mal vor: Eine ganze Klasse Schülerinnen allein mit einem Mann, da könnte weiß Gott was passieren!«

Sie dramatisierte offensichtlich und hatte Spaß daran, sich über Mrs Ham lustig zu machen.

»Aber natürlich ...« Lucie schnaubte unfein und zog die Schultern hoch. »Aber eines ihrer Mädchen mit einem Mann zu verheiraten, den sie noch nie in ihrem Leben gesehen hat, ist natürlich was ganz anderes.«

»Aber natürlich!« Harriett klatschte grinsend in die Hände. »Eine Hochzeit ist ein heiliger Bund, unwichtig, ob man sich gewogen ist, oder liege ich damit falsch, Miss Hastings?«

Ich begriff nicht, warum sie mich gerade jetzt wieder an John Hold erinnern wollte, doch Lucie stöhnte leise auf und deutete hinter mich. Ich drehte mich langsam um, nur um mich im nächsten Moment Auge in Auge mit John wiederzufinden.

Und seiner Mutter Cassandra Hold.

Herr im Himmel, wie schlimm konnte dieser Tag noch werden?

Kapitel 7
Amabel

Ich zwang mich zu einem Lächeln, hob die Hand und winkte John sowie seiner Mutter zu, während sich Übelkeit in meinem Magen zu einer Kugel zusammenballte. Sie kamen just in diesem Moment um die Ecke des Internatsgebäudes herum und steuerten den Platz an, wo wir spielten. Schon von Weitem konnte ich sie erkennen und sie mich leider auch.

»Oh, wie schön!«, sagte Harriett mit ironischem Unterton. »Cousin John und Tante Cassandra, wir sollten sie begrüßen, oder denken Sie nicht, Miss Hastings?«

»Vielleicht sollten Sie einfach Ihren Mund halten, Miss Hold, und sich weiter um Ihre Aufgabe hier kümmern«, zischte ich ihr zu.

Harriett riss die Augen auf, sah mich einen Moment entsetzt an, bevor sie schallend anfing zu lachen.

»Sie gefallen mir wirklich, Miss Hastings! Eine Schande, dass Ihr Temperament und Ihre Liebenswürdigkeit an John völlig verschwendet sind.«

»Woher wollen Sie das wissen?«

Harrietts Blick wurde warm, und ihre Sturmaugen musterten mich eingehend. Dann trat sie auf mich zu und beugte sich vor. Ihr Atem kitzelte an meinem Ohr, und ein Schauer rieselte meinen Rücken hinunter.

»Sie mögen auch keine Männer, Miss Hastings …«, wisperte sie mir zu, »das sehe ich Ihnen an der Nasenspitze an.«

Tränen schossen mir in die Augen, und ich fühlte mich, als

wäre ich in der Zeit eingefroren. Ein Kribbeln huschte über meine Glieder, während Harrietts Worte in meinen Verstand sickerten.

Sie mögen auch keine Männer.

Ihre Worte hallten in mir nach, während alles um mich herum still wurde. Ich bemerkte nur noch am Rande, wie Harriett zu John und seiner Mutter lief. Hörte ihre Stimmen kaum noch und hatte Mühe, mich aus dieser Trance loszureißen.

Erst als John vor mir stand und meine Hand ergriff, schien ich wieder zum Leben zu erwachen. Galant hauchte er mir einen Kuss auf den Handrücken, der jedoch nur ein unangenehm schauriges Gefühl bei mir auslöste.

»Ich wünsche dir einen schönen Tag, Amabel ...«, sagte er und sah mich aus diesen dunklen blauen Augen an, in denen keinerlei Gefühl zu erkennen war.

»Wie wunderbar, dass du mich besuchen kommst ...«, würgte ich hervor und nickte ihm zu. »Ich freue mich sehr.«

Wie viele Lügen kann man in einen Satz packen?, fragte mich eine schnippische Stimme in meinem Kopf.

»Ja, ich habe gehört, dass Harriett heute ebenfalls zu Besuch sein wird, um euch die Feinheiten des Badminton zu erklären«, sagte er und strich über sein dunkles Jackett.

Daher weht also der Wind, dachte ich missmutig und verschränkte die Arme vor der Brust, um sie sofort wieder sinken zu lassen, als Cassandra neben ihren Sohn trat.

Seine Mutter war eine wunderschöne, anmutige Frau Mitte vierzig. Ihre Frisur saß perfekt, und Spangen funkelten in dem hellen Haar. Sie trug ein schlichtes Promenadenkleid aus dunkelblauem Stoff, der um ihre Gestalt waberte wie Wasser.

»Es ist so schön, dich wiederzusehen, Amabel«, begrüßte sie mich und zog mich in eine liebevolle Umarmung.

Der Kloß in meiner Kehle wurde größer, und ich hatte das Gefühl, nicht mehr sprechen zu können. Johns Eltern waren wunderbar, und das machte mein Dilemma nicht leichter. Herzlich und lieb hatten sie mich als ihre zukünftige Schwiegertochter empfangen, als wir uns das erste Mal begegnet waren.

»Ich freue mich ebenso ...«, nuschelte ich und wich Cassandras Blick aus, als sie sich von mir löste.

»Du siehst ein wenig erschöpft aus, Amabel«, stellte sie fest und legte eine Hand an mein Kinn. »Isst du auch genug? Bist du nicht genug an der frischen Luft oder bereitet dir hier am Internat etwas Kummer?«

Mir bereitet meine Verlobung Kummer, meine bevorstehende Hochzeit, die mich innerlich zerreißt.

Das waren die Worte, die ich gerne gesagt hätte, doch natürlich konnte ich das nicht. Ich durfte die Familie Hold und meine Eltern nicht enttäuschen. All die Zuwendung, die sie mir entgegengebracht hatten, konnte ich nicht einfach mit Füßen treten.

»Nein ...« Ich schüttelte den Kopf und blinzelte die Tränen fort. »Es ist alles in Ordnung, ich bin nur ein wenig kaputt von der ersten Badmintonstunde und natürlich etwas nervös wegen ...« Ich schlug die Augen nieder, überkreuzte die Hände und hoffte, so ein eingeschüchtertes Mädchen abzugeben, als ich kurz zu John und dann wieder zu Boden schaute.

Cassandra verstand sofort und strich über meinen Arm. »Natürlich bist du nervös wegen der anstehenden Hochzeit, meine Liebe. Aber es wird wunderbar, bald suchen wir gemeinsam ein Kleid aus, ach, ich freue mich schon so, dass ich meinen Sohn endlich unter die Haube bekomme ...«

Ich glaube kaum, dass es wunderbar wird ...

Mein Blick glitt zu John, der heftig zusammengezuckt war. Er warf seiner Mutter einen fast schon vernichtenden Blick zu, den Cassandra jedoch nicht bemerkte – oder ignorierte.

»Mutter ...« Seine Stimme klang vorwurfsvoll, und er verdrehte die Augen. »Das muss doch jetzt nicht vor Amabel sein ...«

»Wieso nicht?«, fragte ich neugierig nach und sah ihn an. »Hast du dich bisher etwa gegen eine Heirat gesträubt?«

»Amabel!« Nun klang Cassandra entrüstet und schüttelte mit aufgeblasenen Wangen den Kopf. »So etwas solltest du deinen zukünftigen Ehemann nicht fragen.«

Ich sollte am besten gar nichts fragen und meinen Mund halten, wie eine gute Ehefrau das tut, dachte ich mit Bitterkeit im Herzen.

»Aber es interessiert mich doch.« Ich klimperte kokett mit den Augen. »Ist die Ehe etwa nichts für dich, liebster John?«

Cassandra neben mir zog scharf die Luft ein, und ich wusste, dass ich mich gerade auf gefährlichem Terrain bewegte, aber ich konnte nicht anders. Ich wollte John ein wenig herausfordern, ich wollte wissen, warum er diese Ehe mit mir genauso verabscheute, wie ich es tat. Ob es da eine andere Frau in seinem Leben gab.

Vielleicht eine heimliche Liebschaft, eine Beziehung, die entgegen allen gesellschaftlichen Konventionen war. Mit der Köchin des Hauses oder einem Dienstmädchen. Bei Gott, es erschien mir sehr unwahrscheinlich, aber es wäre eine Möglichkeit, diese Farce einer Ehe doch noch annullieren zu können.

John warf mir einen missbilligenden Blick zu und fuhr sich durch die weizenblonden Haare, dann räusperte er sich und setzte ein genauso charmantes wie falsches Lächeln auf.

»Die Ehe ist für jeden Mann und jede Frau etwas, liebste Amabel. Deswegen freue ich mich sehr auf unsere Hochzeit. Ich denke aber auch, dass jeder von uns noch etwas Zeit braucht, um sich an diese neue Situation zu gewöhnen.«

Was für eine kryptische Antwort. Meine Fragen hatten mir nichts eingebracht.

»Da hast du vermutlich recht, John«, antwortete ich mit leiser Stimme und beugte mich zu ihm. »Oder gibt es da etwas,

was ich vor unserer Eheschließung wissen sollte? Irgendwelche dunklen Geheimnisse?«

Aus den Augenwinkeln sah ich, wie John knallrot anlief und eilig zwei Schritte zurücktrat. Fahrig strich er sich übers Jackett und hustete. »Nein, oder Mutter?«

Verflixt, Cassandra hatte meine Worte gehört und musterte mich nun mit einem Stirnrunzeln. Das Lächeln war von ihren Lippen wie fortgewischt.

»Wie kommst du auf solche Dinge, Amabel?«, fragte sie streng. »Wer hat dir bloß solche Flausen in den Kopf gesetzt? Deine Eltern sagten beim Ball schon, dass du völlig durch den Wind gewesen bist. Vielleicht solltest du vorab schon auf unser Grundstück in London ziehen, im Gästezimmer schlafen und dich mit deiner künftigen Umgebung vertraut machen. Heygate scheint nicht mehr der richtige Ort für dich zu sein.«

»Was? Nein!«, rief ich aus, und mein Herz pochte wild gegen meine Rippen. »Cassandra, das war nicht ...«

»Ich bekenne mich schuldig, Tante Cassandra!«, flötete da eine andere Stimme.

Harriett trat neben mich, legte eine Hand auf ihre Brust und macht einen linkischen Diener, bevor sie mir ein kokettes Lächeln zuwarf, das mich erneut in tiefe Verwirrung stürzte.

»Harriett?« Cassandra zog die Augenbrauen zusammen und klang wenig überrascht von dieser Aussage.

»Bitte verzeih!« Harriett machte eine dramatische Geste mit ihren Händen.

Was hat sie vor?, fragte ich mich und presste die Lippen aufeinander, damit nicht noch ein freches Wort meiner Kehle entschlüpfte.

»Ich habe Amabel auf dem Ball in der Villa der Familie Smith kennengelernt ...«, begann Harriett und klimperte mit den Wimpern. »Wir haben uns über die bevorstehende Hochzeit mit John unterhalten, und dabei haben wir über meine Familie gesprochen ...«

Sie machte eine dramatische Pause und senkte den Blick, wirkte für einen Moment unsicher und verletzlich.

Harriett Hold ist die beste Schauspielerin auf der ganzen Welt, schoss es mir durch den Kopf, als sie mir einen Blick zuwarf und kurz dieses verschmitzte Lächeln auf ihren Lippen erschien. Dann jedoch wurde sie wieder ernst und sah ihre Tante an.

»Du weißt, dass meine Familie in keinem guten Licht dasteht, Tante Cassandra. Amabel und ich haben über dunkle Familiengeheimnisse gesprochen, und ich sagte ihr, sie solle aufpassen, dass John keines hat. Das war ein blöder Scherz von mir ... ich habe Amabel scheinbar verunsichert. Ich habe verdrängt, dass junge Frauen so kurz vor der Hochzeit solche Dinge für bare Münze nehmen ... verzeih, Tante Cassandra. Das liegt vermutlich daran, dass ich niemals selbst in den Genuss einer Hochzeit kommen werde ...«

Wie kann man nur so gut lügen?

Ich konnte Harriett nur anstarren und musste neidlos anerkennen, dass die Geschichte, die sie Johns Mutter auftischte, durchaus plausibel klang. Auch wenn keines ihrer Worte der Wahrheit entsprach.

»Nun ...« Cassandra wirkte ein wenig überfordert mit der Situation und drückte Harrietts Hand. »Sag doch nicht, dass du niemals heiraten wirst, meine Liebe. Ich bin sicher, dass eure Familie wieder zu altem Ansehen finden wird und ein Mann um deine Hand anhält.«

»Danke, Tante Cassandra«, flüsterte Harriett mit erstickter Stimme und wischte sich eine Krokodilsträne aus den Augen. »Aber bitte zürne Amabel nicht, es war meine Schuld.«

Cassandra wandte sich mir zu und räusperte sich. »Ich kann verstehen, dass eine Hochzeit große Verunsicherung hervorruft bei jungen Damen, Amabel. Aber sei versichert: Mein Sohn ist ein guter und ehrbarer Mann, der keine dunklen Geheimnisse verbirgt. Er wird dich sehr glücklich machen.«

Nicht in diesem Leben, lag mir auf der Zunge, doch ich nickte und senkte demütig den Kopf. Ich war zu weit gegangen, und gerade Harriett war es, die mich aus dieser misslichen Lage gerettet hatte. Doch warum nur?

Weil sie dich so ansieht wie Arthur mich, wenn er denkt, ich sehe es nicht.

Erneut streiften Lucies Worte meine Gedanken, doch ich schob sie schnell zur Seite. Als ob ich mein Herz jemals an so eine wankelmütige Person wie Harriett Hold verlieren würde. Nein, dann zog ich es doch vor, John zu heiraten.

»Nun gut.« Cassandra seufzte leise und hakte sich bei ihrem Sohn unter. »Wenn du deine Badmintonübungen hier beendet hast, Amabel, dann zieh dich bitte um und begleite uns nach Southend. Wir möchten gemeinsam mit dir im *Royal Hotel* speisen. Danach werden wir zur Schneiderin gehen, damit wir neue Kleider für deine Garderobe nach der Hochzeit anfertigen lassen können. Ebenso habe ich das Hochzeitskleid, welches seit Generationen in unserer Familie vererbt wird, mitgebracht, auch dieses müssen wir noch anpassen lassen.«

»Ich wollte eigentlich fragen, ob ich nicht das Hochzeitskleid meiner verstorbenen Mutter ...«, setzte ich an, doch der Blick, den mir Cassandra zuwarf, brachte mich zum Schweigen.

»Sei so gut und tu, was man dir sagt, Amabel.« Cassandra lächelte mich an, doch ihre Worte ließen keinen Spielraum für irgendwelche Ideen meinerseits. »Wir warten in der Bibliothek auf dich.«

Mit diesen Worten drehte sie sich um und spazierte mit John davon. Ich stand wie vom Donner gerührt da und schaute ihnen hinterher, während Wut sich in mir aufstaute und ich am liebsten laut aufgeschrien hätte. Die Idee mit Mutters altem Hochzeitskleid war mir vor einigen Tagen gekommen. Ich wusste, dass Claire einige Dinge meiner verstorbenen Mutter aufgehoben hatte, die sie mir zur Hochzeit schenken wollte. Das Kleid war eines davon, und ich hätte es gern getragen. Aber offenbar musste ich mich an die Traditionen der Familie Hold halten. Ich hatte ihren Wünschen zu entsprechen, statt meine eigenen zu äußern, weil ich nur ein kleines Rädchen in dieser Gesellschaft war.

»Nun ... ich würde sagen, das war Rettung in letzter Sekunde, oder?« Harriett zwinkerte mir von der Seite zu, und ich drehte mich zu ihr um.

»Warum hast du das getan?«, zischte ich und verschränkte die Arme vor der Brust. Mir fiel auf, dass ich unweigerlich – vermutlich vor Wut – zum Du gewechselt war und Harriett nun weniger förmlich ansprach.

Ich sollte ihr dankbar sein, aber da war irgendetwas an Harriett Hold, das mich ängstigte. Sie war eine gute Lügnerin, eine Schauspielerin, und das machte jedes Gespräch mit ihr gefährlich. Als würde man über die dünne Eisschicht eines zugefrorenen Sees laufen und jeder Schritt könnte der letzte sein, bevor man versank.

»Bitte?« Harriett hob eine Augenbraue, und ein amüsiertes Lächeln umspielte ihre Züge. »Hätte ich das nicht tun sollen?«

Ich seufzte genervt auf und verdrehte die Augen. Die anderen Mädchen spielten immer noch Badminton und hatten kaum beachtet, dass mein zukünftiger Ehemann hier aufgetaucht war. Nur Lucie stand etwas abseits von uns und musterte Harriett beinahe neugierig.

»Wieso hilfst du mir?«, fragte ich und legte die Stirn in Falten. »Dazu hast du keinen Grund. John ist dir wichtig, nicht ich. Es müsste dich doch nicht stören, wenn seine Mutter mir weniger wohlgesinnt ist.«

»Mhm ...«, machte Harriett. »Ich glaube, das siehst du falsch.«

Ich starrte sie nur an, verstand nicht, was sie meinte, und wartete darauf, dass sie weitersprach.

»John ist mir wichtig, er ist vermutlich der wichtigste Mensch in meinem Leben. Weil er mich akzeptiert, wie ich bin. Weil ich meine ganze Kindheit mit ihm verbracht habe. Aber du, Amabel Hastings ...« Harriett ging einen Schritt auf mich zu und berührte meine Hand. Ihre Finger strichen federleicht über meine Haut, und ich keuchte erschrocken auf.

Tausend Gefühle wirbelten in mir auf, und ich hatte erneut das Gefühl zu erstarren. Nicht mehr Herr über meinen Körper zu sein.

»Du bist etwas ganz Besonderes ...«, flüsterte Harriett mir zu. »Willst du vielleicht mit mir ausgehen?«

Ich konnte nicht mehr atmen. Ich konnte keinen Finger rühren und starrte Harriett nur an. Ihre graublauen Augen, die wie ein Donnergrollen über mich hinweghuschten. Die feine Kinnpartie, die hohen Wangenknochen. Diese kleine Narbe über ihrer rechten Augenbraue. Die kirschroten Lippen.

Oh, Gott, ich glaube, es ist um mich geschehen, dachte ich entzückt und gleichzeitig wütend.

Ich wollte mich nicht verlieben. Ich wollte nie wieder mein Herz an eine Frau verlieren. Ich wollte nie wieder so leiden, wie es bei Lucie der Fall gewesen war.

Aber gleichzeitig wollte ich geliebt werden.

Ohne dass ich mich verstellen musste.

»Was?«, presste ich hervor, als meine Zunge wieder der Bewegung mächtig war.

»Du hast mich schon verstanden, Miss Hastings«, wisperte Harriett mir zu. »Tante Cassandra wäre dankbar, wenn wir uns anfreunden, da bin ich mir sicher. Immerhin werden wir viel

Zeit miteinander verbringen, wenn du und John verheiratet seid.«

Wie soll mein Herz das überleben?, fragte ich mich und biss mir auf die Innenseite der Wange. Jeden Tag in diese Sturmaugen zu sehen, mich danach zu verzehren, diese Frau zu berühren, aber es nicht zu können.

»Ich würde sehr gerne …«, setzte ich an, als mir Harrietts Worte in den Sinn kamen.

Sie mögen auch keine Männer.

Gott, wie hatte ich so taub sein können? Ich hatte diese Worte nur auf mich bezogen. Doch das waren sie nicht.

Auch keine Männer.

Hatte Harriett damit wirklich sich selbst gemeint? Stand hier vor mir etwa wirklich eine Frau, die genauso empfand wie ich? Die ihr Herz ihr ganzes Leben lang hatte verbergen müssen? So richtig konnte ich das nicht glauben, und eigentlich wirkte Harriett auch viel zu losgelöst, viel zu frei, um den gleichen Schmerz zu empfinden wie ich.

»Du würdest gerne …?« Harriett neigte den Kopf zur Seite und sah mich ernst an. Einige Strähnen ihres rotblonden Haares fielen ihr in die Stirn. Sanftheit zeichnete ihr Gesicht.

»Ich hätte sehr gerne eine Freundin in der Familie Hold«, sagte ich anstelle meiner eigentlichen Worte. Ich konnte nicht mit ihr ausgehen. Das gehörte sich nicht. Wir sollten dieses Wort nicht mal in den Mund nehmen, jedenfalls nicht von Frau zu Frau. Denn ich war verlobt.

Aber wenn ich ohnehin bald nur noch ein schweigender Schatten an Johns Seite sein sollte, denn war es einerlei. Dann konnte ich in den nächsten Wochen auch mit Harriett Zeit verbringen und so vielleicht mehr über John herausfinden. Denn egal, was er sagte – ich glaubte immer noch, dass er ein Geheimnis hatte.

»Wie schön!« Harriett klatschte begeistert in die Hände.

»Dann spreche ich nachher mit Tante Cassandra und setze sie über meinen Vorschlag in Kenntnis. Sie wird mit Sicherheit begeistert sein.«

Harriett wirbelte herum und ging zu den anderen Schülerinnen, die immer noch Badminton spielten. Plötzlich gab sie sich wieder wie eine völlig andere Person, als hätte man einen Schalter umgelegt.

Lucie trat neben mich und räusperte sich. »Hast du gerade …?« Sie ließ den Satz auströpfeln und stieß mir ihren Ellbogen in die Seite.

»Es schadet nicht, wenn ich mich mit den übrigen Familienmitgliedern der Holds gut stelle«, antwortete ich mit eiserner Stimme.

»Natürlich, und da kommt Harriett Hold genau recht, die dir unfeine Dinge zuflüstert und dein Herz zum Flattern bringt.«

»Lucie!«, zischte ich meiner besten Freundin zu, die nur mit Mühe ein Kichern unterdrücken konnte.

Ich stöhnte auf und strich mir eine Haarsträhne hinters Ohr. Meine Hände zitterten ein wenig, und mein Herz war in Aufruhr geraten. Gott, was tat ich hier nur?

»Aber im Ernst …« Lucie ergriff meine Hände und zog mich auf der Wiese ein Stück weiter von den anderen Mädchen fort, hinein in den Schatten des Internatsgebäudes.

Urplötzlich wurde mir kalt, und ich schlang die Arme um mich.

»Ich will nicht, dass du eine Grenze überschreitest«, sagte Lucie und verschränkte ihre Finger mit meinen. »Ich weiß, dass du John nicht lieben kannst, dass du Frauen liebst, aber du solltest nicht …«

»Ich sollte was genau nicht?«

»Du weißt, was ich meine, Amabel. Harriett scheint dich zu mögen, sie schaut dich immerzu an, sie … wenn ihr gemeinsam Zeit verbringt und euch ineinander verliebt, dann ...«

»Ich werde mich niemals in Harriett Hold verlieben«, unterbrach ich Lucie mit schneidender Stimme. »Niemals, hörst du!« Das war eine bescheuerte Lüge angesichts der Tatsache, dass meine Gefühle in Harrietts Nähe verrücktspielten. Aber ich war fest entschlossen, diese Tatsache zu verdrängen.

»Das habe ich bei Arthur auch gedacht«, antwortete Lucie trocken.

»Das ist etwas anderes!«

»Inwiefern?«, hakte sie mit einem leicht spöttischen Unterton in der Stimme nach.

»Ich könnte sowieso niemals mit Harriett zusammen sein, das weißt du ganz genau. Ich habe ohnehin keine Wahl, außer John zu heiraten. Lass mir doch diese kurzen Augenblicke, in denen ich mich noch frei fühlen kann ...«

»Man hat immer eine Wahl, Amabel.« Lucie fuhr sich mit der Zunge über die Lippen und sah zu Harriett. »Ich will dir dein kleines Glück nicht nehmen, doch du musst bedenken, welche Konsequenzen es hätte, wenn du Harriett näherkommst, als ...«

Sie brauchte nicht weiterzusprechen, denn ich wusste um die Konsequenzen. Vielleicht wären gerade sie ein Ausweg. Doch dann würde ich Claire und Walter nicht nur enttäuschen, sondern auf eine Weise Verrat an ihnen begehen. An all der Fürsorge und der Liebe, die sie mir geschenkt hatten.

»Ich werde aufpassen«, sagte ich nur und ballte die Hände zu Fäusten. »Aber vielleicht kann Harriett mir wirklich mehr über John erzählen.«

»In Ordnung.« Lucie nickte und lächelte schwach. »Doch pass auf dein Herz auf, Amabel.«

Sie schloss mich kurz in ihre Arme und ging dann zurück zu den anderen Schülerinnen. Ich verweilte noch einen Augenblick im Schatten. Beobachtete Harriett, die Clary gerade zeigte, wie man den Schläger richtig hielt.

Mit einer Hand auf meinem Herzen spürte ich das Pulsieren unter meinen Fingerspitzen und musste unwillkürlich lächeln. Vielleicht gab es doch noch Hoffnung für mich. Irgendeinen Weg, aus diesem goldenen Käfig zu entkommen, der mich gefangen hielt.

Kapitel 8
Harriett

**Southend-on-Sea, Villa von Harrietts Familie,
Ende Oktober 1860**

Ich bin eine Träumerin.
Eine verlorene Träumerin, die ihr Herz schon viel zu oft verschenkt hatte. Die ihre Tränen weglächelte und fortwährend so tat, als würde sie nichts bekümmern. Die ihren Vater, der ihr immer Geschichten vorgelesen hatte, an den Alkohol verloren hatte. Und ihre Mutter, die mit ihr immer die wunderschöne Natur bewundert hatte, an die Hysterie.
Kurzum: Ich war ein hoffnungsloser Fall.
Seufzend bettete ich meinen Kopf auf die Hände und stierte hinaus in die langsam nachlassende Finsternis des anbrechenden Morgens.
»Was bedrückt dich in dieser Herrgottsfrühe, Harri?«, hörte ich hinter mir.
Die Stimme gehörte meinem älteren Bruder Augustus. Ich schaute kurz auf, musterte ihn von Kopf bis Fuß und lächelte schwach.
Augustus hatte sein Aussehen von unserem verstorbenen Vater geerbt: die etwas zu groß geratene Nase, die hohe Stirn, die scharfkantigen Wangenknochen und das beinah schwarze Haar. Nur die Augen hatte er von unserer Mutter geerbt: dieses Graublau, welches einen geradezu zu durchdringen schien.
Mein Bruder trug einen dunkelblauen Morgenmantel, die

zerzausten Haare standen ihm vom Kopf ab, und er roch nach kaltem Tabakrauch.

»Guten Morgen, Brüderchen«, sagte ich und schenkte ihm frischen Kaffee in eine der Tassen, die auf dem Tisch standen.

»Du hast meine Frage nicht beantwortet«, stellte er fest und trank genüsslich einen Schluck.

»Mhm ...«, machte ich und seufzte erneut. »Ich habe heute eine Verabredung mit Amabel Hastings.«

»Mit Johnnys Verlobter?«

»Nenn ihn nicht Johnny, er ist kein kleines Kind mehr.«

»So unversöhnlich bist du morgens normalerweise nicht, dir muss wirklich eine große Laus über die Leber gelaufen sein.« Augustus stieß mich in die Seite und schenkte mir dieses verschmitzte Lächeln, das auch unser Vater immer aufgesetzt hatte.

»Ich glaub, ich habe mich in sie verguckt«, nuschelte ich in meine Kaffeetasse und wich Augustus' Blick aus.

»In Johns Verlobte?« Ihm sprangen beinah die Augen aus den Höhlen.

Ich machte eine wegwerfende Handbewegung.

»Es ist sicherlich nichts, und ich bilde mir das alles ein.«

Mein Bruder schien nicht überzeugt von meinen Worten und stöhnte leise auf. »Harriett, du darfst nicht ...«

»Ich weiß!«, unterbrach ich ihn scharf, erhob mich und knallte meine Handflächen auf die Tischplatte. »Ich darf nie irgendetwas! Keine Sorge, ich werde mich schon nicht zu etwas Unzüchtigem hinreißen lassen, das die Zuwendungen von Rupert und Cassandra Hold an uns in Gefahr bringt!«

Mein Atem ging stoßweise, und Hitze stieg in meine Wangen. Augustus wusste von meinen Gefühlen. Schon immer wusste er, dass ich anders war, und er hatte mich niemals dafür verurteilt. Doch wir wussten beide, dass ich mit Amabel ein gefährliches Spiel eingehen würde.

»Harri ... ich habe doch nicht ...«, setzte Augustus an und hob abwehrend die Hände. »Ich will nur nicht, dass du dir falsche Hoffnungen machst. Weißt du denn überhaupt, ob Amabel auch lieber Frauen mag?«

»Das tut sie!«, zischte ich meinem Bruder zu. »Ganz sicher tut sie das. Es gibt Gerüchte ... aber vielleicht hast du mir ja schon einen passenden Mann gesucht und willst deswegen nicht, dass ich mich verliebe!«

In diesem Augenblick war ich himmelschreiend ungerecht zu meinem Bruder. Aber manchmal kehrten sich all diese geplatzten Träume in meinem Inneren nach außen, verwandelten sich in grenzenlose Wut, und dann explodierte ich einfach so.

Augustus verzog das Gesicht und stand langsam auf. Vorsichtig legte er eine Hand auf mein Handgelenk und zog mich in seine großen starken Arme. Ich presste meinen Kopf an seine Brust.

»Du hast Angst, Harri«, stellte er leise fest.

Ich wusste nicht, wie mir geschah, doch im nächsten Augenblick kullerten dicke Tränen über meine Wangen. Im nächsten Moment schniefte ich unkontrolliert, krallte meine Hände in den Morgenmantel meines Bruders und zog seinen vertrauten Duft nach Kiefernnadeln und kaltem Tabak in meine Nase.

»Gott ... habe ich solche Furcht in dir ausgelöst, als ich darüber sprach, dass es uns mit diesem Badmintonturnier auf unserem Grundstück gelingen muss, unsere finanzielle Lage zu verbessern? Glaubst du wirklich, dass ich sonst nach einem passenden Mann für dich suchen müsste?«

»Ja«, würgte ich hervor, und meine Kehle zog sich enger zusammen. Meine Zunge kam mir bleischwer vor. »Ich will nicht heiraten, Gus ... ich kann nicht mit einem Mann ...« Ich wusste, dass dieses Turnier, das Geld, welches uns die Familien für Kost und Logis zahlen würden, und das Honorar des Internats unser letzter finanzieller Anker waren. Aber ich konnte einfach nicht heiraten, niemals.

»Du weißt doch genau, dass ich dich niemals wegschicken würde ...« Er löste sich von mir und umfasste mein Kinn mit seinen Fingern. »Es ließe sich schon jemand finden, der eine Einigung eingehen würde, um nur den äußeren Schein einer Ehe zu wahren. Oder denkst du wirklich, ich würde dich verscherbeln wie ein Pferd?«

Nein, das dachte ich nicht, aber manchmal war diese Wut in mir stärker als alles andere. Da wollte ich auch nur ein glückliches Leben führen, ohne mir Gedanken über die Zukunft zu machen.

Ich schüttelte matt den Kopf, ließ mich wieder auf den Stuhl fallen und seufzte schwer.

»Sie ist wunderschön«, flüsterte ich heiser und nippte an meinem Kaffee. »Und sie kann richtig biestig sein, beinahe gemein. Aber dann ist da dieses Leuchten in ihren Augen, das mich in den Bann zieht.«

»Gott bewahre ...« Gus setzte sich stöhnend neben mich. »Es hat dich wirklich erwischt ... Harri, das ...«

»Ich weiß«, unterbrach ich ihn abermals und schnaubte frustriert. »Ich werde schon nichts tun, was uns in Konflikt mit Tante Cassandra bringt. Ich versprech's.«

Ich konnte meinem Bruder an der Nasenspitze ansehen, dass er mir kein Wort glaubte. Denn er kannte mich mein ganzes Leben lang, und wenn ich in einer Sache nicht gut war, dann darin, Versprechen zu halten.

»Denkst du denn ...« Augustus räusperte sich und fuhr sich durch die dunklen Haare. »Empfindet sie wirklich genauso, oder sind das nur Gerüchte?«

Ich zuckte mit den Schultern, und ein Frösteln huschte über meine Glieder. »Ich weiß es nicht mit Sicherheit. Aber wenn du mich fragst, was mein Gefühl sagt, dann: Ja, sie empfindet genauso. Sie will John nicht heiraten und er sie im Übrigen auch nicht.«

»Bitte?«

Ich biss mir auf die Unterlippe und wandte den Blick ab, schaute hinaus zur Sonne, die sich langsam am Horizont erhob. Geradezu schüchtern schien sie die Welt mit ihrem Licht erhellen zu wollen, und der Himmel über den Wiesen und Feldern färbte sich von Blutrot in Goldgelb. Ein prächtiges Farbenspiel, welches sich da vor meinen Augen abzeichnete. Gott, manchmal war die Welt so schön, dass es mir Tränen in die Augen trieb.

»Harriett, was meinst du damit, dass John Amabel Hastings auch nicht heiraten will?«, hakte mein Bruder nach, und die Tonlage seiner Stimme hatte sich verändert.

Es war gefährliches Terrain, wenn er mich *Harriett* nannte. Sehr gefährlich.

Ich schaute zu Gus und zwang mich zu einem Lächeln. »Nichts ...«, antwortete ich und winkte ab. »Er ist nur nervös wegen der Hochzeit und hat bisher noch keinen Zugang zu Amabel gefunden, auch wenn er sich bemüht.«

Lügnerin, Lügnerin, Lügnerin, schrie eine spöttische Stimme in meinem Inneren, doch ich ignorierte sie.

Dies war Johns und mein kleines Geheimnis, und ich würde einen Teufel tun und es in die Welt hinausposaunen. Nein, das musste er selbst tun. Irgendwann, wenn er den Mut dazu aufbringen könnte. Obwohl ich Gus gut genug kannte, um ihm anzusehen, dass er vielleicht etwas ahnte.

»Mhm ...« Nachdenklich fuhr mein Bruder über eine Kerbe im Holztisch und neigte den Kopf zur Seite.

So, wie Mama es immer getan hatte, wenn sie nachdachte. Gus ähnelte ihr sehr, und das machte den Schmerz in meinem Herzen nur noch schlimmer. Gott, wie ich sie vermisste. Ihre weisen Worte und ihre sanfte Stimme. Aber sie würde wahrscheinlich nie wieder zu uns zurückkehren. Das hatte der Arzt des Heilsstifts in Bayern in einem Brief an Gus vor einiger Zeit mitgeteilt.

Mutter machte zwar Fortschritte in der Heilung ihrer Hysterie – wobei ich immer noch nicht daran glaubte, dass sie wirklich an dieser Krankheit litt, sie war schlicht und ergreifend verzweifelt gewesen, als sie ihren Mann an den Alkohol verloren hatte –, doch nun schien ihr Körper nicht mehr zu wollen. Der Arzt hatte geschrieben, dass ihr Herz und ihre Lunge schwach seien und sie noch in der Einrichtung bleiben müsste.

Es machte mich schier wahnsinnig, dass wir im Ungewissen blieben, ob sie jemals zu uns zurückkehren würde. Und zu allem Überfluss zehrten die Kosten für das Sanatorium auch noch unsere letzten Ersparnisse auf.

Unsere Großmutter mütterlicherseits übernahm zwar die meisten Kosten für die Behandlung ihrer Tochter, denn sie war Witwe und verfügte über das ihr hinterlassene Vermögen. Doch beim Tilgen der Schulden, die Vater gemacht hatte, unterstützte sie uns nicht. Insgeheim hasste sie uns sogar, denn wir waren die Brut dieses Mannes, der ihre Tochter ins Unglück gestürzt hatte.

»Ich mache mir nur Sorgen, dass du dich selbst in Gefahr bringst, Harri ...«, sagte Gus in die bleierne Stille hinein.

Ich versuchte, unbekümmert mit den Schultern zu zucken.

»Kein Sorge, mein Herz ist ein Fels in der Brandung, und ich werde schon über keine Grenze gehen. Dafür ist Amabel Hastings außerdem auch viel zu gut erzogen.«

Hoffte ich jedenfalls, denn ich war es nicht. Wenn ich die Gelegenheit gehabt hätte, meine Lippen auf ihre zu legen, ich hätte es getan. Das schlechte Gewissen gegenüber John hätte mich geplagt, aber ich hätte es trotzdem getan. Weil allein ihr Anblick meine ganze Welt ins Wanken brachte.

»Wenn du das sagst ...« Gus erhob sich und streckte die Glieder. »Wann trefft ihr euch?«

»Um die Mittagszeit in Southend. Das Treffen ist mit Tante Cassandra abgesprochen. Wir sollen in die Schneiderei gehen, um die Änderungen an Amabels Hochzeitskleid zu begutachten. Dann werden wir ein wenig durchs Dorf flanieren, im *Royal* einen Kaffee trinken, und vielleicht treffen wir auch noch John, der ohnehin geschäftlich in Southend unterwegs ist ...«

»Dann hab einen schönen Tag, Schwesterchen ...« Gus beugte sich zu mir hinunter und hauchte mir einen Kuss auf den Schopf. »Aber gib gut auf dich und dein wankelmütiges Herz acht.«

Mit diesen Worten verließ er den Salon, und ich blieb allein zurück. Langsam erhob ich mich und setzte mich auf die gepolsterte Fensterbank. Meine Fingerspitzen tänzelten über die Scheibe, und ich richtete den Blick nach draußen über die Felder hinweg, die sich bis zum Wald erstreckten, der unser Grundstück umsäumte.

Gib auf dein wankelmütiges Herz acht.

Das hatte Mama auch immer zu mir gesagt, als sie noch bei uns gewesen war. Denn als kleines Kind hatte ich mein Herz leichtfertig an jeden verschenkt, hatte jedem meine Zuneigung geben wollen – und als ich älter wurde, hatte ich damit nicht aufgehört. Und nun ... nun wollte ich ausgerechnet Amabel Hastings eines der letzten Bruchstücke dieses Herzens schenken?

Was hast du nur an dir, was mich so fasziniert?, fragte ich mich im Stillen und lehnte den Kopf an die Fensterscheibe. Doch ich erhielt keine Antwort, und so nahm ich mir vor, genau das herauszufinden.

Für Ende Oktober war es noch ausgesprochen warm, als ich mittags in Southend eintraf, und das Wetter zeigte sich von seiner freundlichsten Seite. Der Himmel war strahlend blau, nur mit wenigen Wolken gespickt, und die Sonne schien golden auf mich herab.

Ich stand am Aufgang des Piers, schaute durch die Schaufenster der kleinen Geschäfte, während Herren und Damen an mir vorbeihuschten, um in eines der Warmbäder zu gehen. Dampfschiffe fuhren vorbei, und auf dem Pier herrschte reges Treiben, obgleich er nicht so überlaufen war wie im Sommer.

Nur der Strand lag verwaist da. Niemand wollte mehr bei diesen Temperaturen baden, und so standen die Badekarren verloren an der Wasserkante. Stattdessen waren nun die Warmbadehäuser beliebt bei den gut situierten Menschen der Gesellschaft. Der Geruch von Badesalzen drang mit einem Schwung warmer Luft aus den kleinen Häuschen, wann immer sich die Tür öffnete.

Ich seufzte leise, als jemand mich an der Schulter antippte, und wirbelte herum.

»Guten Tag.« Amabel stand vor mir, ein winziges Lächeln zierte ihre Lippen, und einige schwarze Haarsträhnen umrahmten ihre feinen Gesichtszüge. Sie trug ein roséfarbenes Promenadenkleid, welches hochgeschlossen war, mit schwarzen gestickten Blumen, die den Saum zierten, und dazu passende Handschuhe. Ihren dunklen Mantel, der beinah etwas zu groß wirkte für ihre schmale Gestalt, trug sie offen.

»Guten ... Tag ...«, murmelte ich und wich ihrem Blick aus.

Herrgott, wo war meine Schlagfertigkeit nur hin verschwunden? Ich benahm mich wie ein verliebtes Schulmädchen.

Das bist du auch, neckte mich eine Stimme in meinem Kopf.

Als ich den Blick hob, musterte Amabel mich neugierig und legte den Kopf schräg.

Gott, ihr Hals ist schön, dachte ich versonnen und versuchte im selben Augenblick, diesen Gedanken aus meinem Kopf zu bekommen.

»So schüchtern auf einmal, Miss Harriett?«, fragte sie neckend. Mein Herz machte einen Hüpfer.

»Ich ...«, setzte ich an, doch sofort gingen mir die Worte aus, und mein Kopf füllte sich mit weißer Leere.

»Wenn ich mich recht erinnere, hast du mich doch gefragt, ob wir miteinander ein wenig durch Southend flanieren. Jetzt bin ich doch etwas enttäuscht, dass du kein Wort hervorbringst.«

Damit hatte sie leider recht. Aber ich erinnerte mich kaum noch an den Augenblick, als ich sie gefragt hatte, ob sie mit mir ausgehen wolle. Der Moment war wie weggewischt. Offenbar hatte mein Herz bei dieser Frage die Überhand gehabt, während mein Kopf sich ausgeschaltet hatte.

»Nun ...« Ich räusperte mich und ließ den Blick schweifen. »Wir sollten zuallererst die Schneiderei von Madame Bloom ansteuern, um die Änderungen an deinem Hochzeitskleid zu begutachten, oder nicht?«

Amabel presste die Lippen aufeinander, und der Glanz in ihren nussbraunen Augen verschwand.

»Ja«, antwortete sie abweisend und ballte ihre Hände zu Fäusten, »das wäre vermutlich eine gute Idee.«

Ich bin so eine Närrin, schimpfte ich mich selbst und hielt Amabel am Handgelenk fest, die gerade herumwirbelte und losgehen wollte.

»Bitte warte!« Meine Stimme klang zittrig, und ich konnte diese gekünstelte Höflichkeit zwischen uns nicht ertragen.

Amabel funkelte mich an und starrte auf meine Hand, die ihren Arm festhielt. Für den Bruchteil einer Sekunde hatte ich die Befürchtung, dass sie sich losreißen und davonstürmen würde. Doch dann entspannte sich ihre Haltung wieder, und ihre Schultern sackten herab.

Wir sahen uns schweigend an, unsere Blicke verhakten sich ineinander, und ich strich vorsichtig über ihren Arm. Der Stoff ihres Handschuhs war weich, und ich konnte den dezenten Duft eines fruchtigen Parfums wahrnehmen.

»Ich wollte dir diese Worte nicht an den Kopf knallen, dich daran erinnern, dass du vor einer unausweichlichen Veränderung in deinem Leben stehst, Amabel ...«, flüsterte ich und ließ wider Willen ihren Arm los.

»Ich weiß«, antwortete sie so leise, dass ihre Worte kaum zu mir durchdrangen. »Das will nie jemand, aber es passiert trotzdem.«

Ich schluckte den dicken Kloß hinunter, der sich in meinem Hals gebildet hatte. Am liebsten hätte ich Amabel in meine Arme gezogen. Sie an mich gepresst und ihr Gesicht mit Küssen bedeckt. Sie beschützt vor dieser Welt, die für uns Frauen nichts übrig hatte als Schweigen und Gehorsam.

»Kannst du mir verzeihen, wenn ich dich im *Royal Hotel* auf ein saftiges Stück Kuchen einlade?«, fragte ich vorsichtig und versuchte mich an einem kleinen Lächeln.

Amabel sah mich mit in Falten gelegter Stirn an, ein kleiner Seufzer entrann ihren Lippen. »Ja, das kann ich. Auch wenn ich lieber eine deftige Mahlzeit essen würde, ich bin am Verhungern.«

»Füttern sie euch im Internat nicht?«, fragte ich grinsend.

Amabel schlug mir gegen die Schulter.

»Wir sind keine Tiere, Miss Harriett!« Doch sie lachte auf, und wie von selbst hakte sie sich bei mir unter.

Als wären wir Freundinnen, dachte ich bekümmert, denn das war das Einzige, was wir jemals sein durften. Jedenfalls so lange, bis John vielleicht endlich zu sich selbst stehen konnte.

»Mir kommt es aber manchmal vor, als wärt ihr Tiere«, führte ich aus und wartete kurz, ob Amabel meine Worte als Affront wahrnahm.

Doch in ihrem Blick lag nur Neugier. »Weil wir die gleichen Uniformen und Frisuren tragen und schön im Gänsemarsch hintereinanderlaufen, wenn Mrs Ham es uns befiehlt, meinst du?«

»So ungefähr.« Ich wiegte den Kopf hin und her, grinste Amabel erneut an. »Ich war nie auf einem Mädcheninternat, weil dafür nicht genug Geld da war. Ich bin mit John und meinem Bruder aufgewachsen. Eine Lady zu sein, habe ich nie gelernt.«

»Ich hätte es vermutlich auch nicht gelernt, wenn Claire und Walter mich nicht adoptiert hätten, nachdem meine Mutter gestorben war ...« Sie verstummte urplötzlich, und ihr Gesichtsausdruck schien sich zu verhärten. Als müsste sie eine Maske überstreifen, die ihre wahren Gefühle versteckte.

Wir sind wie unterschiedlich gepolte Magneten, dachte ich traurig, als wir die Straße überquerten. *Sie hat gelernt, Mauern um ihr Herz zu bauen, und ich habe es, ohne groß nachzudenken, verschenkt. Und doch scheinen wir den gleichen Schmerz zu fühlen.*

»Vermisst du deine Mutter, dein Zuhause?«

Amabel schüttelte den Kopf, und wir machten kurz halt, bevor wir die Schneiderei betraten. »Ich kenne nichts anderes als Southend und London. Ich kann mich kaum an meinen Vater erinnern, der starb, als ich ganz klein war. Und meine Mutter ist gestorben, als ich fünf Jahre alt war. Ich kann mich nur noch verschwommen daran erinnern, wie wir Badminton gespielt haben, und an deftiges, bürgerliches Essen.«

Ihre Worte drangen tief in mein Herz ein, schienen dort all die verborgenen Gefühle, die ich manchmal sogar vor mir selbst versteckte, hervorzuholen. Ich spürte, wie Tränen in meinen Augen brannten, und blinzelte heftig.

»Ist ... ist alles in Ordnung?« Amabel sah mich besorgt an und berührte mich am Arm.

Ich zuckte erschrocken zusammen und biss mir auf die Unterlippe, um mit aller Macht diese aufkeimenden Gefühle zu verscheuchen.

»Tut mir leid ...« Ich trat einen Schritt zurück und hob abwehrend die Hände. »Ich habe nur an meine eigene Mutter gedacht.«

Was?, schien eine Stimme in meinen Gedanken zu kreischen, und ich schnappte nach Luft.

Normalerweise sprach ich nicht über meine Mutter. Ich sprach auch nicht über meinen toten Vater und über all die Narben, die mein Herz zierten.

Und doch waren mir diese Worte einfach rausgerutscht. Weil Amabels Nähe irgendetwas mit mir machte, das ich nicht begreifen konnte.

Zögerlich sah Amabel mich an und strich über ihren Mantel. »Deine Mutter ...« Sie stockte und seufzte leise. »Sie lebt nicht bei euch, oder?«

»Hat man dir erzählt, was für ein Schandfleck meine Familie für die restliche Familie Hold ist?«, fragte ich und erschrak selbst bei der Schärfe, die in meiner Stimme lag. Dieses Kapitel meines Lebens war ebenfalls etwas, worüber ich nicht sprach. Und worüber auch niemand sonst das Recht zu reden hatte, denn es war zu schmerzhaft.

»Nein ...« Amabel schien mir meine Worte nicht krummzunehmen. Sie legte den Kopf schräg, eine kleine Falte zeigte sich auf ihrer Stirn, und mein Herz schlug erneut viel zu schnell. »Niemand hat mir etwas erzählt, was ich nicht wissen sollte. Es war nur eine Mutmaßung, denn so, wie deine Stimme bei diesen Worten klang, so wie du in die Ferne geschaut hast, habe ich vermutet, dass deine Mutter weit weg ist, aber nicht tot.«

Sie hatte mit ihren Worten wie mit einem Pfeil präzise ins Schwarze getroffen. Es wirkte beinah so, als hätte sie Übung im Beobachten anderer Menschen. Als wüsste sie genau, was andere dachten.

»Das stimmt ...« Ich schlang meine Arme um mich, weil mich plötzlich Kälte erfasste. »Sie ist in Bayern in einem Heilsstift, dort wird sie wegen Hysterie und anderen Krankheiten behandelt.«

Amabels Augenbrauen schossen in die Höhe, und ich erwartete ein »Es tut mir leid«. Eine Floskel, die alle benutzten. Hohle Worte, ohne dass jemand sie ernst meinte.

Doch das tat Amabel nicht. Nein, sie trat näher an mich heran, und obwohl alles in mir schrie, dass ich zurückweichen sollte, bewegten sich meine Beine nicht. Ich war wie festgefroren am Boden.

Amabel hob ihre Arme, zog mich an sich und strich sanft über meinen Rücken. »Ich hoffe, dass sie irgendwann zu dir zurückkehren wird, Harriett. Dass du sie wieder in deine Arme schließen kannst, weil es unendlich schmerzhaft ist, wenn man einen Menschen vermisst und sich nach seiner Nähe sehnt.«

Ihre Worte kitzelten meine Haut, strichen über meine Seele wie die sanfte Berührung einer Feder. Nun brannten die Tränen nicht mehr in meinen Augen, nein sie rannen über meine Wangen und fielen zu Boden. Ein Schniefen entkam meinen Lippen, und in meinem Bauch breitete sich eine Wärme aus, die ich bis dahin noch nie gefühlt hatte.

»Das ... das hat noch nie jemand zu mir gesagt, wenn ich von meiner Mutter erzählt habe«, flüsterte ich mit rauer Stimme. Als Amabel sich von mir löste, wischte sie zärtlich die Tränen von meinen Wangen und lächelte.

»Dann hast du bisher keine guten Menschen getroffen, Harriett«, murmelte sie. Ihre Hand wanderte meinen Arm hinab, und sie verschränkte ihre Finger mit meinen. »Ich glaube, du brauchst wirklich eine Freundin.«

»Wärst du denn gerne meine Freundin?«

Gott, was tue ich hier?, dachte ich verwirrt, doch ich schien keine Macht mehr über meine Worte und Gedanken zu haben. Da war nichts mehr in meinem Kopf außer Amabel Hastings. Ihr wunderschönes Gesicht und ihre sanfte Stimme.

»Ja, das wäre ich sehr gerne«, antwortete Amabel, drückte meine Hand und zog mich erneut in ihre Arme, bevor wir losgingen und die Schneiderei erreichten.

Ich stolperte ihr hinterher, meine Finger noch immer mit ihren verschränkt, und dachte darüber nach, wie ungerecht diese Welt doch war. Dieses Mädchen war ein Geschenk des Himmels, dieses Mädchen schien alles zu sein, was ich brauchte, und doch würde sie meinen Vetter heiraten.

Nein, flüsterte mein Herz. *Das kannst du ändern, du darfst dieses Gefühl, das du hast, wenn du in Amabels Nähe bist, nicht loslassen.*

Ich hatte den Worten genau gelauscht. Doch während die Wärme in der Schneiderei mich einlullte und Amabel meine Hand losließ, fragte ich mich, ob ich stark genug wäre, dieses Gefühl mit beiden Händen zu umklammern und nicht gehen zu lassen …

Kapitel 9
Amabel

Ja, das wäre ich sehr gerne.

Oh, Himmelherrgott! Hatte ich das wirklich gesagt? Hatte ich gesagt, dass ich gerne Harriett Holds Freundin wäre?

Und noch so viel mehr, murmelte eine Stimme in meinem Inneren, während ich ein warmes Gefühl in meinem Bauch spürte.

Ich erinnerte mich an die Worte, die ich zu Lucie gesagt hatte. Dass ich mich niemals in Harriett Hold verlieben würde, dass sie arrogant und abscheulich war. Aber das war eine große Lüge gewesen. Nichts an Harriett war schrecklich, nein, sie war nur – so schien es mir – ein tief verletztes Mädchen. Eine Frau, die ihr Herz auf der Zunge trug, es zu verschenken schien, als ob es nichts bedeutete.

Die warme Luft in der Schneiderei ließ mich kurz schwindeln, wobei ich mir nicht sicher war, ob es nicht auch an Harrietts Anwesenheit lag.

Ich bewegte mich wahrlich auf dünnem Eis. Denn natürlich wirkten wir von außen wie Freundinnen, die gemeinsam flanieren gingen, aber mein Herz schien etwas anderes zu verlangen. Etwas, was ich nicht haben konnte. Nicht haben *durfte*.

»Miss Hastings!« Madame Blooms Stimme durchbrach die Stille, und ehe ich michs versah, stand sie vor mir und gab mir beide Hände. »Wie schön, dass Sie da sind. Wir haben bereits alle Änderungen am Hochzeitskleid vorgenommen. Kommen Sie ...«

Überrumpelt stolperte ich der Schneiderin hinterher und sah zu Harriett, die uns mit gemächlichen Schritten und herabgezogenen Mundwinkeln folgte. Sie schien sich nicht wirklich wohl in ihrer Haut zu fühlen. Mir ging es nicht anders. Nach der gestrigen Badmintonstunde hatte Cassandra mich zur Schneiderei geschleppt. Dorthin hatte sie bereits zuvor das Hochzeitskleid ihrer Familie schicken lassen, und ich hatte es anprobieren müssen.

Madame Bloom führte mich zu einem Paravent im hinteren Teil der Schneiderei und wies mich an, mich zu entkleiden. Ich tat wie geheißen, obwohl meine Hände zitterten wie Espenlaub und meine Gedanken wild durcheinandertanzten.

»Hier ist das schöne Stück!« Die Schneiderin tauchte wieder auf und hielt mir das Kleid hin.

Ich musste an mich halten, um nicht laut aufzustöhnen, und zwang mich zu einem Lächeln, welches jedoch sogleich auf meinen Lippen zerbrach.

»D-danke«, stammelte ich und ergriff vorsichtig das Hochzeitskleid.

Madame Bloom half mir beim Anziehen, der Stoff raschelte leise und fühlte sich weich an auf meiner Haut, doch meine Kehle schnürte sich zu. Die Schneiderin schnürte das Hochzeitskleid am Rücken zu, und mit wackligen Schritten trat ich hinter dem Paravent hervor.

Ich zögerte einige Sekunden, bevor ich den Kopf hob und mich im Spiegel betrachtete.

Warum empfinde ich nichts, wenn ich mich so sehe?, fragte ich mich im Stillen, obwohl mein Herz die Antwort kannte.

Weil ich John nicht heiraten will, weil er niemals die Liebe meines Lebens sein wird.

»Du siehst schön aus ...« Harriett erschien neben mir und betrachtete mich eingehend. »Sehr elegant.«

Auch ihr kamen diese Worte schwer über die Lippen, und

ich sah noch einmal in den Spiegel. Das Kleid wirkte ein wenig altmodisch mit seinen langen Ärmeln und den Stickereien an Ausschnitt und Saum. Aber der Stoff schien zu funkeln wie Schneeflocken in der Sonne. Es saß dank Madame Bloom nun perfekt, betonte meine Figur auf hinreißende Art und Weise. Der Stoff fiel in mehreren Lagen um meine Füße herum.

Ich drehte mich einmal um die eigene Achse.

»Sie sehen entzückend aus, Miss Hastings!«, rief Madame Bloom und sah mich strahlend an. »In diesem Kleid wird Ihre Hochzeit ein unvergesslicher Tag.«

»Sicherlich ...«, antwortete ich leise.

»Möchten Sie noch eine weitere Änderung vornehmen?« Die Schneiderin sah mich aufmerksam an. »Ich kann die Ärmel noch kürzen oder einige weitere Stickereien hinzufügen, wenn Sie wünschen.«

Ich schüttelte den Kopf. »Nein, so ist es wunderbar, haben Sie vielen Dank, Madame Bloom.«

Es war alles andere als *wunderbar*, aber Cassandra hatte mich angewiesen, dass nur der Schnitt des Kleides angepasst werden durfte, sonst nichts. Es sollte das Hochzeitskleid bleiben, welches seit Generationen in der Familie Hold weitervererbt wurde. Es war nicht mein Kleid, und ich würde mich niemals darin geborgen fühlen.

Madame Bloom nickte. »In Ordnung, dann hole ich eine passende Hülle und packe Ihnen das Kleid ein.«

Sie verschwand hinter einem Vorhang, und ich blieb mit Harriett allein zurück. Ein tiefes Seufzen entrann meinen Lippen.

»Dann hast du schon mal etwas Altes«, sagte Harriett und ging um das Podest, auf welchem ich stand, herum.

»Etwas Altes?«, fragte ich verständnislos.

Harriett blieb genau vor mir stehen, stemmte die Hände in die Hüften und musterte mich eingehend.

»*Something old, something new, something borrowed, something blue*«, sagte sie in leichtem Singsang.

Natürlich, der alte Hochzeitsbrauch, den die meisten Frauen an diesem besonderen Tag nicht missen wollten.

»*And a lucky sixpence in your shoe*«, vervollständigte ich den Reim und musste wider Willen grinsen.

»Genau.« Harriett reichte mir ihre Hand und half mir vom Podest.

Nun, da ich keine Handschuhe mehr trug, war diese zarte Berührung, Haut auf Haut, wie ein Funkenregen, der auf mich niederprasselte. Es fühlte sich so gut an, sie zu berühren. *Viel* zu gut.

»Ich kann dir etwas leihen«, sagte Harriett und holte etwas aus ihrer Tasche hervor.

Ich sah sie fragend an, ergriff aber die Kette, die Harriett mir entgegenhielt. Es war eine Münze mit einem kleinen Loch, durch das eine Schnur gefädelt worden war. Eine goldene, fremdartige Münze, die ich noch nie gesehen hatte.

»Woher stammt die?«

Harriett zuckte mit den Schultern. »Ich habe nicht die geringste Ahnung. Aber sie hat meinem Vater gehört, und seinem Vater vor ihm ... es ist ein Glücksbringer in unserer Familie.«

»Aber dann kannst du ihn mir doch nicht leihen.« Ich hielt ihr die Münze wieder hin. »Der soll doch dir Glück bringen.«

Harriett schüttelte den Kopf, umschloss meine Hand mit ihren beiden Händen und drückte die Münze wieder an meine Brust. »Du brauchst es doch mehr als ich, oder nicht? Dieses kleine Quäntchen Glück, eine Hoffnung, an der du dich festklammern kannst.«

Ich schluckte schwer und starrte in Harrietts graublaue Augen. Wie ein Sturm nahm mich dieser Blick gefangen, und meine Kehle wurde trocken. Ich öffnete den Mund, doch nur ein Krächzen erfüllte die knisternde Stille zwischen uns.

»Du brauchst nichts zu sagen«, wisperte Harriett und ließ meine Hände los. Sanft strich sie mit ihren Fingern über meine Wange. »Diese Welt ist so ungerecht, oder nicht?«

Bitte, bitte küss mich, flehte ich in Gedanken, als unsere Blicke sich ineinander verhakten, und wollte mich zu Harriett vorbeugen. Doch irgendetwas hielt mich auf.

Das letzte Fünkchen Anstand vielleicht, das fest in mir verankert war. Oder die Angst, dass ich, wenn ich einmal über diese Grenze getreten wäre, niemals zurückgehen könnte.

»Ja«, flüsterte ich stattdessen und trat einen Schritt zurück, während sich meine Augen mit Tränen füllten. Das ganze Gewicht der Welt schien auf meinen Schultern zu lasten.

»Die Damen? Ist alles in Ordnung?«

Wir fuhren auseinander, und ich starrte Madame Bloom geschockt an, während Tränen auf meinen Wangen klebten. Und erneut war es Harriett, die mich aus dieser misslichen Situation rettete.

»Natürlich!«, rief sie überschwänglich und drückte meine Hand. »Amabel ist nur überwältigt von diesem Kleid und ihrer nahenden Hochzeit. Ihre Gefühle spielen ein wenig verrückt, das kennen Sie sicherlich von Ihren Kundinnen!«

Madame Bloom sah Harriett milde an und nickte lächelnd. »Ja, das kenne ich nur zu gut. Sie glauben kaum, wie viele schniefende junge Frauen hier bei mir stehen, wenn sie das erste Mal ihr Hochzeitskleid anprobieren. Warten Sie einen Moment, ich habe Taschentücher.«

Sie eilte davon, und ich wischte mir hastig die Tränen von den Wangen, schmeckte diese salzige Traurigkeit auf meinen Lippen und sah Harriett an.

»Danke«, nuschelte ich heiser.

Sie drückte meine Hand fester. »Dafür nicht, Freundin«, wisperte sie mir verstohlen zu, als Madame Bloom wieder erschien und mir Tücher reichte.

Ich drehte mich um, schnäuzte geräuschvoll und tupfte mir die Tränen von den Wangen. »Vielen Dank, Madame Bloom.«

»Sehr gerne, junge Dame ...« Sie tätschelte meinen Arm und lächelte breit. »Seien Sie unbesorgt, Ihr Hochzeitstag wird unvergesslich werden, der schönste Tag Ihres Lebens.«

Unvergesslich – daran zweifelte ich nicht. Doch er würde niemals schön sein, eher grausam und voll falscher Versprechungen. Ich wusste nicht, ob ich den ganzen Tag dieses falsche Lächeln aufrechterhalten konnte oder es irgendwann einfach verrutschen würde.

»Das hoffe ich«, sagte ich jedoch und atmete tief durch.

»Dann lassen Sie mich Ihnen jetzt aus dem Kleid helfen, damit wir das schöne Stück für Sie einpacken können.«

Ich folgte der Schneiderin hinter das Paravent, ließ mir von ihr helfen, das Kleid abzustreifen, und hatte in diesem Augenblick das Gefühl, wieder befreit atmen zu können.

Hastig streifte ich mein schlichtes Promenadenkleid wieder über und ging wieder zu Harriett. Wir standen schweigend nebeneinander, nur äußerlich ruhig, während Madame Bloom das Kleid sorgsam in einem Kleidersack verstaute, sodass der teure Stoff nicht in Mitleidenschaft gezogen wurde.

Harriett streckte die Hand hinter ihrem Rücken aus und suchte meine Finger. Ich konnte mir ein kleines Lächeln nicht verkneifen, als wir uns zärtlich berührten, beinahe unschuldig, und verstohlene Blicke tauschten.

So viel dazu, dass du niemals über diese Grenze gehen wirst und dich niemals in Harriett Hold verguckst, dachte ich.

»Ich werde das Kleid ins Heygate-Internat liefern lassen, Miss Hastings. Dann müssen Sie es nicht durch Southend tragen. Meine Bezahlung habe ich bereits von der Familie Hold erhalten. Und ich freue mich sehr über die Einladung zu Ihrer Hochzeit.«

Sie hielt eine der Einladungskarten hoch, die Johns Familie

bereits vor einigen Wochen verschickt hatte. Das hochwertige Papier glänzte weiß und war bedruckt mit rosenförmigen Verzierungen. Der Schreiber hatte seine schönste Handschrift für die Einladungen benutzt. Ich biss mir auf die Unterlippe, als Übelkeit in meinem Magen rumorte, und hoffte inständig, dass ich die Schneiderei schnell verlassen konnte.

»Wir freuen uns ebenfalls, dass Sie bei unserer Hochzeit zugegen sein werden. Haben Sie vielen Dank und noch einen wunderbaren Tag, Madame Bloom.«

»Das wünsche ich Ihnen auch, die Damen!«, rief die Schneiderin uns noch hinterher, denn ich hatte bereits die Tür aufgestoßen und hörte das Klingeln der Glocke über meinem Kopf mit einem Gefühl der Befreiung.

Draußen atmete ich gierig die kühle Herbstluft ein und lehnte mich erschöpft an die Wand. Mein Herz rumpelte, und als ich eine Hand auf meine Stirn legte, glühte sie regelrecht.

»Das war scheußlich«, stieß Harriett hervor. Sie verzog das Gesicht zu einer Grimasse und verdrehte theatralisch die Augen.

Ich lachte leise auf. »Madame Bloom kann ja auch nichts dafür, dass ich John ...«

Ich brach abrupt ab und heftete den Blick auf meine Schuhe. Gegenüber Harriett hatte ich noch nicht offen darüber gesprochen, was ich beim Gedanken an die Hochzeit fühlte. Ich wollte John nicht schlecht machen, denn ich wusste, dass er ein guter Mensch war. Ein guter Mann, nur nicht für mich.

»Mhm ...«, machte Harriett und stieß mir den Ellbogen in die Seite. »Es war ziemlich anstrengend mit Madame Bloom, oder? Was hältst du davon, wenn ich dich zurück zum Internat begleite und wir uns erneut verabreden? Du könntest mich auf unserem kleinen Anwesen besuchen, dort können wir ein wenig Badminton üben, und du erzählst mir mehr über deine Mutter ...«

Die Worte schienen ihr spielend leicht über die Lippen zu kommen. Mein Herz machte einen gefährlichen Hüpfer, als ich sie ansah.

Ich *wollte* sie wiedersehen. Immer und immer wieder. Ich wollte, dass sie meine Hand nahm, dass sie nicht aufhörte zu sprechen und mich anzulächeln. Aber ich durfte mich nicht in diesen Gefühlen verlieren.

Am Ende gab es ja doch keine Hoffnung. Ich musste John heiraten.

Aber was, wenn es doch Hoffnung gibt?, schien eine Stimme in mir zu flüstern. Ich stieß mich von der Hauswand ab.

»Das wäre eine schöne Idee, wobei ich immer noch glaube, dass ich diesen kleinen Badmintonwettbewerb gewinnen werde.« Ich zwinkerte Harriett zu, die mich angrinste.

»Wenn ich mitmachen würde, dann würdest du mit Sicherheit nicht gewinnen.«

»Wollen wir wetten?« Ich streckte meine Hand aus.

Harriett zögerte, sie zu ergreifen.

»Ich werde nicht bei dieser Brautschau mitmachen.« Ihre Stimme hatte einen eisigen Unterton angenommen, der jedoch nicht mir, sondern dieser ungerechten Welt zu gelten schien.

»Musst du nicht, aber du könntest trotzdem dabei sein.« Ich nickte ihr zu. »Einfach so, zum Spaß.«

»Und was, wenn ich gewinne?«, fragte sie und schürzte die Lippen.

»Dann …«, ich lehnte mich zu ihr vor, und eine eigenartige Form von Mut überkam mich, »… wirst du die Erste sein, die mir einen Kuss von den Lippen stiehlt.«

Oh, Gott, hab ich das gerade wirklich gesagt?

Ja, hatte ich. Definitiv. Denn Harriett lächelte mich breit an und zögerte keinen weiteren Augenblick, meine Hand zu ergreifen.

»Die Wette gilt«, raunte sie mir zu, und ihr heißer Atem ließ mich erschaudern.

Wo zur Hölle habe ich mich nur wieder hineinmanövriert?, fragte ich mich ein wenig verzweifelt. Aber immerhin könnte ich die Wette aus der ersten Badmintonstunde auch noch gewinnen. Dann müsste Harriett mir Johns Geheimnis offenbaren.

»In Ordnung«, willigte ich mit klopfendem Herzen ein und schüttelte Harrietts Hand. »Ich freue mich drauf.«

Wir sahen uns noch einige Sekunden schweigend in die Augen, bis sie meine Hand losließ. »Dann werde ich die Dame jetzt zurück ins Internat begleiten, wenn Sie gestatten.«

Harriett hielt mir ihren Arm hin, und ich ergriff ihn, ohne zu zögern. Weil es sich mit ihr leicht und trotzdem so schwer anfühlte. Weil ich glaubte, dass wir beide gleichermaßen mit dieser ungerechten Welt schwer zu kämpfen hatten. Aber vor allem, weil da etwas an Harriett Hold war, das mich auf eine merkwürdige Art und Weise faszinierte.

Ich wollte wissen, wer sie hinter dieser lustigen Fassade war. Hinter diesen schnippischen Worten und dem kleinen Grinsen. Ich wollte wissen, wer Harriett Hold wirklich war, egal, ob ich dafür über eine Grenze gehen musste.

Die Sonne hatte sich hinter dicken Wolken versteckt, als wir Heygate erreichten. Ein Frösteln huschte über meine Glieder.

Einige jüngere Mädchen waren in den Blumenbeeten zugange, und von der Wiese hinter dem Gebäude vernahm ich Rufe und den Klang von Federbällen, die auf Schläger trafen.

»Deine Mitschülerinnen scheinen fleißig zu üben«, bemerkte Harriett.

»Nun ...« Ich blieb mitten zwischen den Blumenbeeten stehen und sah sie an. »Für viele Mädchen ist dieser kleine Wettbewerb und die Brautschau eine gute Gelegenheit, einen potenziellen Ehemann von sich zu überzeugen.«

Harriett rümpfte die Nase und verschränkte die Arme vor der Brust. »Ich bin der Meinung, dass niemand einen Mann von sich überzeugen sollte. Dass wir uns einfach der Liebe hingeben sollten.«

»Das passt zu dir«, stellte ich lächelnd fest. »Aber die wenigsten von uns haben eine Wahl.«

Harriett sah mich schweigend an, und ihre Mundwinkel wanderten ein wenig nach unten. »Ich weiß«, murmelte sie leise und stieß einen tiefen Seufzer aus. »Aber ich kann doch von einer besseren Welt träumen, oder nicht?«

»Natürlich kannst du das, aber ...«

»Amabel!«, rief jemand. Ich wirbelte herum und sah Susanne, die auf mich zukam.

»Susanne?« Ich sah sie an.

»Du bist wieder da.« Sie schaute zwischen mir und Harriett hin und her, dann huschte der Hauch eines Lächelns über ihr Gesicht. »Lucie hat mir gesagt, dass du in der Stadt bist, um dein Hochzeitskleid anzuprobieren. Darf ich es nachher sehen?« Die Augen des jüngeren Mädchens leuchteten auf.

»Natürlich darfst du, aber so besonders ist es nicht.« Ich schüttelte lächelnd den Kopf. »Es wird auch erst später hierher geliefert.«

Das Mädchen war eine hoffnungslose Romantikerin. Sie träumte davon, sich genauso rettungslos in einen Mann zu verlieben, wie es Lucie mit Arthur geschehen war.

»Vielen Dank!« Susanne verschränkte die Hände ineinander und senkte kurz den Blick. »Aber sag ...« Zögerlich hob sie den Kopf und sah mich ein wenig zerknirscht an. »Hast du heute noch Zeit, uns bei Französisch und unseren Tanzstunden zu helfen?«

Ich lächelte breit, trat an Susanne heran und legte ihr eine Hand auf die Schulter. »Aber natürlich, ich verabschiede mich nur noch von Harriett und dann ...«

»Ach!«, unterbrach Harriett mich überschwänglich und trat ebenfalls einen Schritt nach vorne. »Ich würde liebend gerne sehen, wie du den Mädchen Tanzschritte beibringst. So zauberhaft, wie du auf dem Ball getanzt hast, musst du eine Koryphäe sein.«

Mir klappte der Mund auf, doch alle Worte, die ich gerne gesagt hätte, blieben mir in der Kehle stecken.

Sie hat mich auf dem Ball beim Tanzen beobachtet.

Hitze stieg in meine Wangen.

»Ich …«, setzte ich an, doch Harriett ging schon an mir vorbei und zog Susanne mit sich.

»Zeig mir doch den Tanzsaal, junge Lady, du musst wissen, ich war nie auf einem Mädcheninternat und habe nicht die geringste Ahnung, wie die Dinge hier ablaufen. Sag, dürft ihr euch überhaupt ohne Erlaubnis eurer Lehrerinnen außerhalb der Mauern bewegen? Oder kann ich mir euch vorstellen wie im Turm gefangene Prinzessinnen, die auf die Rettung durch einen holden Prinzen warten müssen und ihre Tage mit Sticken und Tanzen verbringen?«

Ich hörte Susanne hinter vorgehaltener Hand kichern, und sie setzte zu einer Antwort an, die ich nicht mehr hörte. Jemand tippte mir auf die Schulter, und ich wirbelte erneut herum.

»Lucie!«

»Du bist rettungslos verloren, Amabel Hastings«, stellte meine Freundin trocken fest und verschränkte die Arme vor der Brust.

»Ich habe nicht … wir haben gar nichts …«

»Eure Wangen sind gerötet, ihr habt glänzende Augen und Himmelherrgott, wer bleibt freiwillig hier in Heygate, um anderen Mädchen beim Tanzen zuzusehen?«, zählte Lucie all die Dinge auf, die auch durch meinen Kopf wirbelten. »Sie bleibt deinetwegen hier.«

»So ein Blödsinn«, erwiderte ich ruppig, konnte jedoch nicht verhindern, dass meine Stimme ein wenig wankte. Als würden meine Worte auf einem dünnen Seil balancieren.

»Soll man seine beste Freundin anlügen?« Lucies fein gezupfte Augenbrauen schossen in die Höhe.

Ich schnaubte unfein. »Nein, aber ...« Beim Blick über die Schulter zurück sah ich Susanne und Harriett, die gerade durch das Tor ins Gebäude verschwanden, dann schaute ich wieder zu Lucie.

»Sie ist wunderbar«, platzte es aus mir heraus, und ein Grinsen zupfte an Lucies Lippen.

»Wunderbar? Bis vor einigen Tagen war sie noch abscheulich.«

»Das war gelogen«, murmelte ich missmutig.

»Ach?«, fragte Lucie mit einem sarkastischen Unterton in der Stimme. »Das hätte ich gar nicht gedacht.«

»Du bist gemein.« Ich zog einen Schmollmund.

Lucie lachte leise, als sie mich in ihre Arme zog.

»Ich will nur, dass du auf dich aufpasst, Amabel«, wisperte sie in mein Ohr. »Wenn du Harriett magst und sie dich mag, dann ist es mir einerlei, wie ihr eure Zeit miteinander verbringt. Doch bitte vergiss nicht, dass du verlobt bist. Ich will einfach nicht, dass du dich in diesem Sturm der Gefühle verirrst.«

Ich nickte an Lucies Schulter, erwiderte jedoch nichts. Denn dafür war es bereits zu spät.

Ich bin mitten in den Sturm hineingefahren, dachte ich erschöpft und gleichzeitig voller Energie. *Ich bin wirklich rettungslos verloren, aber vielleicht ... vielleicht kann Harriett Hold mein Anker sein in diesem stürmischen Meer, das sich unsere Welt nennt.*

Kapitel 10
Amabel

**Heygate Boarding School,
Anfang November 1860**

Musik erfüllte den Tanzsaal, während die Mädchen sich über das Parkett bewegten und ihre Schulkleider leise raschelten. Ich wippte mit dem Fuß im Takt auf und ab, beobachtete Susanne und ihre Freundinnen, während ich immer wieder Hinweise gab, wenn sie einen falschen Schritt machten oder ihre Bewegungen zu schnell wurden.

Der Wiener Walzer war ein langsamer, sehr anmutiger Tanz, der viel Körperkontakt mit sich brachte. Das gefiel vielen älteren Damen der feinen Gesellschaft immer noch nicht, aber der Tanz hatte sich gerade bei den jüngeren Leuten durchgesetzt. Er gehörte nun zum Standardrepertoire eines jeden Balls, und die Mädchen sollten ihn besser bis zur Perfektion beherrschen.

»Susanne, du musst …«, wollte ich gerade ansetzen, doch da war es schon zu spät. Sie war ihrer Mitschülerin auf die Füße getreten, und beide stolperten.

»Susi!«, rief ihre Tanzpartnerin Mary entrüstet und pustete sich eine Strähne ihres dunkelblonden Haares aus der Stirn. »Du bist wirklich ein Trampel.«

»Mary …« Meine Stimme klang ein wenig vorwurfsvoll.

Mary seufzte. »Tut mir leid, das war sehr unfreundlich von mir«, sagte sie an Susanne gewandt, die jedoch nur mit den Schultern zuckte und abwinkte.

»Nein, ich bin ein Trampel. Ich kann einfach nicht tanzen, mich wird niemals ein Mann haben wollen.« Susanne schob die Unterlippe vor und wandte den Blick auf den Boden.

»Das ...«, setzte ich an, unterbrach mich aber sogleich. Ich nickte dem Klavierspieler zu, der extra für die Tanzstunden nach Heygate kam, und klatschte in die Hände. »Wir machen eine halbe Stunde Pause, holt euch einen Tee aus der Kantine, schnappt etwas frische Luft, und danach machen wir weiter.«

Die Mädchen zerstreuten sich in Windeseile, nur Susanne blieb zurück und ließ sich achtlos auf den Boden sinken. Sie stützte den Kopf auf die Hände und schaute gedankenverloren zum großen Spiegel, der an der Wand hing.

»Susanne ...« Ich ließ mich neben ihr nieder und legte ihr eine Hand auf die Schulter.

»Ich kann nicht tanzen«, wiederholte sie trotzig. »Und ich will es auch gar nicht ...«

Ich strich über ihren Rücken und wartete darauf, dass sie weitersprach, um mir zu sagen, was sie denn eigentlich wollte.

»Ich würde viel lieber Klavier spielen, hinter dem Trubel sein und nicht direkt dabei ...«, murmelte Susanne.

Ich konnte ihre Worte gut nachvollziehen. Mir erging es oft nicht anders. Auch ich stand ungern im Mittelpunkt und war lieber eine stille Beobachterin. Doch durch die Verlobung mit John hatte ich lernen müssen, wie es war, mitten im Licht zu stehen und von allen Seiten angesehen zu werden.

»Du möchtest lieber Klavier spielen?«, wiederholte ich zaghaft. »Hast du das hier in Heygate gelernt?«

Wir hatten zwar alle Musikunterricht, und die meisten Mädchen konnten ein paar Töne auf einer Harfe spielen, aber bisher wusste ich noch von keinem, das sich freiwillig gemeldet hätte, um am Klavier zu spielen. Mrs Ham ließ lieber den professionellen Klavierspieler kommen.

»Nicht hier in Heygate«, sagte Susanne, und ihre Worte klangen spitz, beinahe beleidigt.

»Wo dann?«

»Meine Mutter hat es mir beigebracht«, murmelte sie und zog die Knie an die Brust. »Sie war eine begnadete Klavierspielerin, sie ist mit meinem Vater durchs Land gefahren, hat Konzerte mit ihm gegeben. Sie waren sogar in Übersee, aber …« Ihre Stimme wurde ganz leise, und ein Zittern erschütterte ihren Körper. »Sie sind nie wieder zurückgekehrt.«

Dumpf erinnerte ich mich an den Augenblick, als Lucie und ich so schlimm gestritten hatten und Susanne sich eingemischt hatte. Erst in diesem Moment war uns bewusst geworden, dass sie Mrs Hams Nichte war. Damals hatte Susanne etwas über ihre verstorbene Mutter gesagt.

»Deswegen bist du hier in Heygate, oder?«, fragte ich sanft.

Susanne hob den Kopf. Winzige Tränen spiegelten sich in ihren Augen wider. »Ja … ihr Schiff ist gesunken, sie sind gestorben, und ich habe nur noch meine Tante …« Beinah hilflos zuckte Susanne mit den Schultern. »Ich glaube, es war ihr gerade recht, dass sie mich unter ihre Fittiche nehmen konnte. Dass ich hier in Heygate lebe und sie mich zu einer anständigen Frau erziehen kann.«

Susanne schniefte und wischte sich unfein mit dem Ärmel ihres blauen Kleides über die Nase.

»Weißt du …« Ich legte meinen Arm um sie und zog sie noch ein Stück näher zu mir. »Manchmal passieren grausame Dinge im Leben, und wir können nichts dagegen machen. Wir fühlen uns verloren in dieser viel zu großen Welt, die uns ungerecht erscheint. Aber es gibt Momente, da müssen wir Dinge tun, die wir nicht wollen, weil sie uns die Chance auf ein besseres Leben geben. Deine Tante will mit Sicherheit das Beste für dich, und du wirst bei deinem ersten Ball in einem Jahr, wenn du mit den anderen Mädchen in die Gesellschaft eingeführt wirst, von einem Jungen zum Tanz aufgefordert werden.« Ich zwinkerte ihr aufmunternd zu, doch Susanne lächelte nicht.

Sie sah mich nur neugierig an. »Dinge tun, die wir nicht wollen?«, echote sie. »Zählt deine Hochzeit mit John Hold auch dazu?«

Himmel, dieses Mädchen ist viel zu gescheit für diese Welt, dachte ich zerknirscht. Ich wollte eigentlich nicht an John und mein eigenes Dilemma denken.

»Nun ...«, begann ich unschlüssig, wusste nicht wirklich, was ich sagen sollte, doch jemand rettete mich aus dieser misslichen Lage.

»Ja, das zählt dazu«, sagte Lucie, die im Türrahmen stand. »Aber erzähl's niemandem, in Ordnung, Susanne?« Sie hielt den Zeigefinger erhoben, wie Mrs Ham es immer tat, wenn sie mit uns Schülerinnen schimpfte. »Sonst muss ich deiner Tante erzählen, dass du zu viel auf die Gerüchte unter den Schülerinnen gibst, und das gehört sich doch nicht für eine feine Lady, oder?«

»Ha!« Susanne schnaubte unfein, konnte sich aber nun ein Grinsen nicht mehr verkneifen. »Also habe ich recht!« Sie erhob sich eilig, wandte sich mir zu und schien ihren eigenen Kummer vergessen zu haben. »Und diese Frau? Diese Harriett Hold, Johns Cousine, magst du sie?«

Ich spürte, wie ich rot wurde, und wandte eilig den Blick ab. Allein der Gedanke an Harriett ließ mein Herz in der Brust tanzen und schien mich um den Verstand zu bringen – auf eine gute, aber eigentümliche Art und Weise.

Ich konnte selbst jetzt noch ihren Blick auf mir spüren, mit dem sie mir bei der letzten Tanzstunde vor einigen Tagen zugesehen hatte.

»Bring sie nicht in Verlegenheit, Susi!« Lucie legte den Arm um sie. »Du weißt doch, wie die jungen Ladys sind ...«

»Witzig«, murmelte ich abweisend und erhob mich ebenfalls. »Aber was machst du überhaupt hier?«, fragte ich an Lucie gewandt. »Wolltest du heute nicht Clary zum Bahnhof begleiten, um dich dort von ihr zu verabschieden?«

Unsere Mitschülerin würde einen jungen Lord aus Yorkshire heiraten, die Hochzeit fand auf seinem Gut statt, und dorthin reiste sie heute ab. Cecily hatte uns vor zwei Wochen ebenfalls verlassen, und nun waren nur noch Lucie und ich von unserer kleinen Gruppe übrig. Alle begannen einen neuen Abschnitt ihres Lebens, ehelichten einen Mann und planten ihre Zukunft. Nur ich ... ich schien irgendwie auf der Strecke zu bleiben oder am Ende eine dieser unglücklichen Ehefrauen zu werden, die an allem rummäkelten, weil sie mit ihrem Leben unzufrieden waren.

»Das habe ich auch, aber du wirst es nicht glauben: Clarys Verlobter ist hierhergefahren, um sie abzuholen, damit sie sich auf der Zugfahrt nicht so allein fühlt und sie ein wenig Zeit gemeinsam haben. Ist das nicht herzerwärmend und romantisch?« Lucie drehte überschwänglich eine Pirouette. »Beinah so romantisch wie das Badmintonspiel zwischen dir und Harriett.«

Wäre sie nicht meine beste Freundin, ich glaube, ich hätte sie am liebsten davongejagt. Nicht, weil ihre Worte nicht der Wahrheit entsprachen, sondern weil es mir beinahe wehtat, wie gut Lucie darin war, meine innersten Gefühle zu erraten. Sie neckte mich auf diese liebevolle Art, wie nur Freundinnen es konnten.

»Das ist wirklich sehr lieb von Clarys Verlobtem. Ich wünsche mir, dass mein zukünftiger Mann auch so freundlich ist ...«, sagte Susanne und ging zum Klavier, ließ ihre Finger über die Klaviertasten streichen, spielte jedoch keinen Ton. Sehnsüchtig berührte sie das Musikinstrument, aber über ihr Gesicht huschte ein Ausdruck der Furcht, als würde sie sich nicht trauen zu spielen.

»Das wird er mit Sicherheit.« Lucie lächelte sie an und schaute sich im Tanzsaal um, gerade so, als würde ihr jetzt erst auffallen, dass er leer war. »Wo sind die anderen Mädchen?«

»Ich habe sie eine Pause machen lassen, weil Susanne ein wenig … Probleme mit dem Tanzen hatte …«, klärte ich Lucie auf.

»Wie schön, noch jemand, dem Tanzen genauso wenig liegt wie mir«, sagte sie an Susanne gewandt. »Aber keine Sorge, mit dem richtigen Tanzparter – oder der richtigen Partnerin – wirst du wunderbar tanzen, du wirst über den Boden schweben und dich wohlfühlen wie nie.«

Susanne verzog das Gesicht und hob die Schultern, als wäre ihr eine Laus über die Leber gelaufen. »Ich glaube, ich verzichte.«

Lucie sah wieder mich an. »Aber warum ich eigentlich hier bin, ist …« Sie deutete aus dem Fenster und lächelte mich an. »Du hast Besuch, deine Verabredung wartet auf dich.«

»H-Harriett?« Ich rannte augenblicklich zum Fenster, wo ich mein Gesicht an die Scheibe presste. Als ich Harriett entdeckte, konnte ich nicht anders, als zu winken. Mein Herz konnte anscheinend nicht erwarten, sie wiederzusehen.

Harriett hob den Kopf und winkte zurück, und mein Herz schien laut aufzuseufzen.

»Ihr seid wirklich niedlich zusammen«, stellte Lucie neben mir fest.

»Nein, sind wir gar nicht …«, antwortete ich ausweichend.

»Wenn du meinst.« Lucie legte den Arm um mich und drückte mich kurz an sich. »Pass einfach auf dein Herz auf, das sage ich dir jetzt jedes Mal.«

»Jaaa«, antwortete ich gedehnt, obwohl ich dankbar war, dass meine beste Freundin so auf mich achtgab und sich um mich sorgte.

»Dann los, ab mit dir!« Lucie wollte mich mit wedelnden Armen hinausscheuchen.

»Aber ich muss die Tanzstunde doch zu Ende bringen.«

»Das mache ich!« Grinsend straffte Lucie die Schultern. »Mrs Ham wird begeistert sein.«

Ich verdrehte lachend die Augen, woraufhin auch Susanne mich mit einer Handbewegung zum Gehen aufforderte.

»In Ordnung, ich geh schon. Aber Susanne ...« Ich sah das Mädchen noch mal an und zeigte auf das Klavier. »Spiel, wenn dein Herz danach verlangt. Solange du noch hier bist, bist du noch nicht den vielen Erwartungen der Welt an dich ausgesetzt, diese Zeit solltest du nutzen.«

Ich erntete einen verdutzten Blick von Lucie, doch von Susannes Kummer musste ich ihr später berichten. Fürs Erste genügte es mir, dass das Mädchen mir ein warmes Lächeln schenkte und einen ersten zaghaften Ton auf dem Klavier spielte.

»Das mache ich, danke dir, Amabel.«

Ich nickte ihr zu und lief eilig aus dem Tanzsaal. Mit beinahe tänzelnden Schritten ging ich die Treppe hinunter und stieß die Tür schwungvoll auf. Ich wollte Harriett sehen, mein Herz verzehrte sich danach, Zeit mit ihr zu verbringen. Solange ich noch nicht verheiratet war, übertrat ich auch noch keine Grenze.

Das redest du dir zumindest ein, murrte eine Stimme in meinem Kopf, die ich hastig fortschob.

»Miss Hastings«, begrüßte Harriett mich mit diesem neckenden Unterton in der Stimme, als ich zu ihr ging.

»Guten Tag, Miss Hold«, antwortete ich in der gleichen Tonlage und berührte sie flüchtig am Arm. »Möchtest du mich nach oben begleiten? Ich würde mich gerne noch umziehen, bevor wir uns zu deinem Anwesen begeben.«

Harriett verzog kurz das Gesicht. »Es ist ein kleines Anwesen, bitte erwarte nicht zu viel.«

Ich beugte mich lächelnd zu ihr. »Ich würde auch Zeit mit dir in einer Besenkammer verbringen«, flüsterte ich.

Harriett riss die Augen auf, und ein schelmisches Lächeln

umspielte ihre Lippen. »Sie werden richtig anrüchig, Miss Hastings.«

Das stimmte allerdings. Es war, als hätte ich mit Harriett all meine Konventionen über Bord geworfen. All diese Dinge, die ich mir mein halbes Leben lang eingeredet hatte – dass eine Frau heiraten musste, um glücklich zu sein; dass es die größte Ehre war zu heiraten und ich nichts anderes vom Leben zu erwarten hatte – all das schien wie fortgeblasen, aus meinen Gedanken getilgt.

»Nun ... das liegt an Ihnen, Miss Hold«, antwortete ich und ergriff ihren Arm. »Nun komm schon!«

Ich zog Harriett mit mir ins Gebäude und führte sie die Treppenstufen im Turm hoch. Mrs Ham wusste Bescheid, dass ich Harriett von nun an öfter treffen und sie auf Ausflüge begleiten würde. Cassandra und meine Adoptivmutter Claire hatten unsere Hauslehrerin um Erlaubnis dafür gebeten, weil es wichtig für mich war, eine Freundin in der Familie Hold zu haben.

Wenn sie nur wüssten, schoss es mir durch den Kopf, als ich die Tür zu meinem Zimmer aufstieß.

Harriett trat hinter mir ein und pfiff durch die Zähne, während sie sich in unserem kleinen Vorraum umschaute. »Edel. Ich sehe, den Mädchen des Heygate-Internats wird nur das Beste geboten.«

Vielleicht bildete ich es mir ein, aber ich glaubte, eine Spur Neid aus ihrer Stimme herauszuhören. Das kam mir merkwürdig vor, denn im Gegensatz zu den Mädchen hier war Harriett freier in ihren Entscheidungen. Sie war keine Gefangene eines Internats, die nur zu bestimmten Zeiten das Gelände verlassen durfte. Aber auf der anderen Seite konnte ich es irgendwie verstehen. Harriett hatte nie eine Schule für höhere Töchter besucht, und auf eine komische Art und Weise war das etwas, was uns Mädchen zusammenschweißte.

Wenn man fremde Gleichaltrige auf einem Ball traf, kam

man schnell über die Bildung ins Gespräch. Erzählte sich von den Schulen und Internaten, die man besucht hatte, und jede von uns konnte grausige oder lustige Geschichten über diese Zeit erzählen. Harriett konnte dies nicht.

»Möchtest du dich setzen?« Ich zeigte auf die Chaiselongue am Fenster. »Ich kann dir leider nichts zu trinken anbieten, denn Lucie und ich sind aktuell ohne Dienstmädchen, aber wenn du Durst hast, dann gehe ich in die Küche und ...«

»Amabel«, unterbrach Harriett mich sanft und trat zu mir. »Du musst mich nicht bedienen, es ist alles gut.«

Ich atmete stoßweise aus, legte eine Hand auf meine Brust und spürte meinen flatternden Herzschlag unter den Fingerkuppen.

»Bitte entschuldige, ich ...«, setzte ich zerknirscht an und senkte den Blick.

»Deine Erziehung, ich verstehe schon. Aber wenn wir zusammen sind, dann kannst du die Pflichten einer guten Frau vergessen. Wenn ich hungrig oder durstig bin, dann sage ich es schon oder hole es mir selbst.« Harriett strich sanft über meine Schulter, und ich hob den Kopf.

Gott, wie war das hier nur passiert? Wieso konnte ich mich nicht an ihrem Anblick sattsehen? An den spitzen Wangenknochen, dieser kleinen Nase und den Sturmaugen. Ihre rotblonden Haare waren zu einem Dutt gebunden, einige lose Strähnen umspielten dennoch ihr Gesicht, legten sich wie Sonnenstrahlen auf ihr Schlüsselbein.

Sie ist so schön, und ich glaube, sie weiß es nicht mal, schoss es mir durch den Kopf. Wie von selbst verschränkte ich meine Finger mit den ihren.

»Was ist?«, fragte Harriett in die knisternde Stille zwischen uns hinein.

»Nichts, nur ... ich mag dich«, sagte ich und konnte sie nur anlächeln.

Die Worte waren schneller aus meiner Kehle entkommen, als ich darüber hatte nachdenken können.

Harriett sah mich beinah traurig an und atmete geräuschvoll aus. »Ich dich auch, Amabel, vielleicht ...« Sie ließ den Satz auströpfeln, doch ich wusste genau, was sie sagen wollte, denn ich fühlte genauso.

Vielleicht sogar zu viel.

Es war, als würden wir beide auf einem dünnen Drahtseil balancieren, mit der Gefahr im Nacken, dass wir uns beide in eine Situation hineinbewegten, die uns alles kosten könnte.

Aber was ist ein Funken Liebe gegen den Sturz in die Dunkelheit?

Ich hatte keine Ahnung, woher diese Worte stammten, aber sie schienen tief aus meinem Inneren an die Oberfläche meines Bewusstseins zu dringen. Wie ein Licht in der schlimmsten Finsternis.

»Dann setz dich einfach, ich kleide mich nur schnell um, damit wir uns auf den Weg machen können.« Ich ließ Harrietts Finger los und ging in mein Zimmer.

Eilig zog ich eines meiner Ausgehkleider aus dem Schrank, betrachtete es einen Augenblick und kam dann zu der Entscheidung, dass es ohnehin einerlei wäre, was ich trug. Harriett legte keinen Wert auf bestimmte Kleidung, und ansonsten würde ich hoffentlich niemanden treffen, der das tat. Ich zog das dunkelgrüne Kleid an und versuchte, die Schnüre am Rücken zuzubinden, doch es misslang mir kläglich.

»Soll ich dir helfen?« Harriett stand im Türrahmen, die Arme vor der Brust verschränkt, und betrachtete mich schmunzelnd.

»Du kannst dich auch weiter über mich lustig machen«, erwiderte ich schnippisch.

Harriett lachte hell auf. Dieses Lachen klang wie tausend Glockenschläge, wie eine Symphonie in meinen Ohren, doch auch etwas rau, als würde Harriett nicht oft lachen. Als müsste ihr Körper erst mal wieder lernen, wie man sich so unbeschwert seinen Gefühlen hingab.

Harriett kam auf mich zu, und ihre Absätze klackerten leise auf dem Parkettboden. Vorsichtig stellte sie sich hinter mich und begann mit geschickten Fingern mein Kleid zuzuschnüren. Ich betrachtete sie dabei im Spiegel, während jede Berührung heiße Schauer durch meinen Körper sandte.

Sie schob die Zunge ein wenig zwischen die Lippen, ihre Sturmaugen waren verengt und die Stirn vor Konzentration gerunzelt. Ich spürte ihren Atem im Nacken und konnte den Blick nicht von ihr lassen.

»Das ist komplizierter, als ich es mir vorgestellt hatte«, murmelte Harriett leise und schaute auf. Unsere Blicke begegneten sich im Spiegel, und es war, als würden wir in stummem Einklang tausend Worte miteinander austauschen.

»Das haben Lucie und ich am Anfang auch gedacht ...«, erwiderte ich leise, »aber ich finde, du machst das ziemlich gut ...«

»Oh? Ein Lob von Miss Hastings?« Harrietts Augenbrauen wanderten nach oben, und sie lächelte mich an. »Dass ich das noch erlebe ...«

»Du bist manchmal wirklich blöd ...«, sagte ich und drehte mich um, als Harriett mein Kleid fertig geschnürt hatte.

Wir standen uns so nah gegenüber wie auf dem Herbstball. Viel *zu* nah und doch gleichzeitig *so* weit entfernt.

»Wieso machst du mich so verrückt?«, flüsterte Harriett heiser.

Ich fuhr mir über die Lippen und seufzte leise. »Ich weiß es nicht ... aber du machst mich auch verrückt, Harriett. Auf die schönste und gleichzeitig schlimmste Art.«

Bitte, bitte küss mich, flehte ich in Gedanken, als meine Augen an ihren kirschroten Lippen hängen blieben. Der Gedanke nistete sich so tief in meinem Herzen ein, dass er mir die Luft zum Atmen raubte.

Ich wollte es. Ein einziges Mal wollte ich ihre Lippen auf meinen spüren. Ein einziges Mal wissen, wie es sich anfühlte, eine Frau zu küssen. Endlich wissen, ob diese Begierde, die schon so lange in mir schlummerte, dafür sorgen würde, dass ich mich frei fühlte. Geliebt.

»Das kann ich so nur zurückgeben, Miss Hastings«, wisperte Harriett und beugte sich noch ein Stück weiter zu mir.

Oh, Gott, passiert das wirklich?, dachte ich verwirrt und war dennoch unglaublich bereit für diesen Augenblick.

Kurz bevor Harriett ihre Lippen auf meine legen wollte, hörte ich das Quietschen der Tür, und wir traten auseinander.

»Kleinen Augenblick, Susanne … ich ziehe nur mein Reitkostüm an und dann …« Lucies Stimme verstummte abrupt, und sie schielte in mein Zimmer hinein.

Ihre Augenbrauen schossen in die Höhe, während sie sich gegen den Türrahmen lehnte.

»Ich nehme an, ich störe?«, fragte sie geradezu lächerlich sarkastisch und versteckte ihr Grinsen hinter der Hand.

»Nein, überhaupt nicht. Wir wollten uns sowieso auf den Weg machen«, antwortete Harriett, wobei sie die Schultern straffte und Lucie herausfordernd anfunkelte. »Oder sind Sie da anderer Meinung, Miss Farber?«

Lucie schaute Harriett amüsiert an und verschränkte die Arme vor der Brust. »Nein, bin ich nicht. Aber nächstes Mal: Schließen Sie doch die Tür.« Sie sah mich an und lächelte vorsichtig.

Es war dieses Lächeln, das mir immer und immer wieder sagte: *Pass auf dein Herz auf. Geh nicht über diese Grenze, bevor du nicht mit deinen Eltern gesprochen hast.*

Und ich wusste, dass Lucie recht hatte. Gott, es erschien mir so weise, mit meinen Eltern zu sprechen, doch mein Herz fürchtete sich davor. Als würde das Gespräch alles zerstören und die Finsternis mich am Ende doch verschlingen.

»Wir ... wir machen uns jetzt auf den Weg ...«, murmelte ich und strich mir fahrig eine Haarsträhne aus dem Gesicht. »Mrs Ham weiß Bescheid, und so kann ich auch schon den Spielort unseres kleinen Badmintonwettbewerbs begutachten.«

»Natürlich. Viel Spaß wünsche ich den Damen.« Lucie stieß sich vom Türrahmen ab und ging winkend in ihr Zimmer.

»Man könnte ein wenig Angst vor deiner besten Freundin bekommen.« Harriett verzog den Mund. »Sie ist gruselig, schaut immer so drein, als würde sie alles wissen und ...«

Sie biss sich auf die Unterlippe. Für einige Sekunden fürchtete ich, dass wieder Harrietts ruppige Fassade überhandnehmen, ihr Gesicht wieder zu einer Maske werden würde, doch dem war nicht so.

Sie stand einfach nur da, wirkte ein wenig verloren in meinem Zimmer, und ich konnte nicht anders, als meine Hand auf ihren Arm zu legen.

»Lucie kennt mich nur besser als die meisten Menschen und weiß, was mich beschäftigt. Sie sorgt sich um mich, dass ich ... dass es ... wir ...« Mein Gestammel ergab keinen Sinn, doch Harriett schien zu wissen, was ich meinte.

Natürlich, wie könnte sie auch nicht? Wir beide mussten das Gleiche fühlen. Es konnte nicht sein, dass nur ich mich so seltsam zu ihr hingezogen fühlte. Dass nur ich dieses Knistern zwischen uns spürte und nur mein Herz nach mehr verlangte.

»Ich verstehe, dann hat sie ihre Worte wirklich ernst gemeint«, murmelte Harriett und schaute sich in meinem Zimmer um.

»Ihre Worte? Hat Lucie etwas zu dir gesagt?«

»Nein, das ist nicht wichtig. Wir sollten uns auf den Weg machen, oder nicht?« Harriett stand vor meiner Kommode und hatte das Bild von meinen Adoptiveltern und mir entdeckt.

»Ihr seht sehr glücklich aus ...« Sie drehte sich zu mir und hielt den Bilderrahmen in die Höhe.

Augenblicklich zog sich meine Kehle zusammen. Diese schwere Last, die ich mit mir herumtrug, rumorte in meinem Magen.

Das Bild zeigte mich, Claire und Walter in London, beim Picknick im Hyde Park. Walter hatte einen Korb mit allerlei Leckereien bestellt. Ich konnte mich noch gut an die warmen Sonnenstrahlen erinnern, die meine Haut kitzelten. Die weiche Decke unter meinen Fingern und den Geruch des deftigen Essens. Er hatte meine Leibspeise, einen Shepherd's Pie, für mich bestellt. Nur für mich, für dieses kleine verlorene Mädchen, das nun ohne seine Mutter leben musste.

»Das war kurz nach dem Tod meiner Mutter, nachdem Claire und Walter mich adoptiert hatten. Ich war sehr traurig – das haben sie mir jedenfalls erzählt, denn ich kann mich nicht erinnern –, und Walter hat extra von unserer Köchin zu jeder Gelegenheit bürgerliche Gerichte zubereiten lassen, um mir eine Freude zu machen, um diese Erinnerung an meine Mutter am Leben zu erhalten.« Tränen sammelten sich in meinen Augen, und ich presste die Hand vor den Mund.

Ich hatte nicht erwartet, dass mich diese Erzählung so mitnehmen würde. Ich hatte Lucie diese Geschichte noch nie erzählt, weil ich normalerweise jeden Gedanken an meine Mutter verdrängte. Aber bei Harriett waren mir diese Worte einfach so rausgerutscht.

»Amabel ...« Harriett stellte den Bilderrahmen eilig zur Seite, schien aber nicht richtig zu wissen, wie sie mich trösten konnte. Sie stand da, hob die Hände, trat einen Schritt auf mich zu und dann wieder zurück. »Das ... das habe ich nicht gewollt. Ich wollte dich nicht zum Weinen bringen, Amabel, ich ...«

Ihre Unbeholfenheit war beinah niedlich. Sie konnte offenbar so wenig mit den Gefühlen anderer Menschen umgehen und löste gleichzeitig so viele in mir aus.

Ich schniefte noch einmal und wischte mir über die Wangen. »Das ist nicht deine Schuld«, versicherte ich und ging auf sie zu. »Es ist alles in Ordnung, nur manchmal überkommen mich diese Gefühle einfach so. Da wünschte ich mir, dass ich mehr Zeit mit meiner Mutter gehabt hätte. Claire und Walter haben mich immer gut behandelt, mich geliebt wie ihr eigenes Kind, aber ...« Ich zuckte mit den Schultern und ergriff Harrietts Hände.

»Ist wirklich alles gut?«, fragte sie erneut und schob die Augenbrauen zusammen.

»Ja«, sagte ich und strich Harriett dann sanft über die Stirn. Ich traute mich, ihr einen winzigen, flüchtigen Kuss auf die Wange zu hauchen. »Und nun komm, ich will dich doch im Badminton besiegen ...«

Zum Glück entlockte ich Harriett damit ein vorsichtiges Lachen. »In Ordnung, du hast es nicht anders gewollt, Miss Hastings.«

Sie ging an mir vorbei und öffnete die Tür. Ich schaute noch einmal auf das Bildnis von Claire, Walter und mir, und ein kleines Lächeln zupfte an meinen Lippen.

Ich sollte wirklich mit euch sprechen, dachte ich wehmütig, und meine Finger strichen über das Glas des Bilderrahmens. *Immerhin seid ihr meine Eltern. Die einzigen, an die ich mich erinnern kann.*

Kapitel 11
Harriett

Southend-on-Sea, Villa von Harrietts Familie

Ich hatte sie zum Weinen gebracht. Gott, ich war solch ein Trampel. Wie konnte sie mich nur trotzdem mit einem Lächeln ansehen, mit dieser Sanftheit in ihren Augen?

»Ist etwas?«, fragte Amabel, die meinen Blick bemerkt hatte. Ich zuckte eilig mit den Schultern.

»Nein, nichts. Wir sind gleich da.«

Amabel schaute aus dem Fenster der Kutsche, und als diese noch einmal nach rechts abbog und die Pferde langsam zum Stehen kamen, schlug mein Herz mit einem Mal ein wenig schneller. Ich verknotete die Hände ineinander und versuchte, einen unbeteiligten Gesichtsausdruck zu machen.

Die Kutsche kam mit einem Rumpeln zum Stehen, und die Tür wurde geöffnet.

»Die Damen, wir sind da.« Der Kutscher half uns aus dem Gefährt.

Amabel betrachtete das kleine Herrenhaus neugierig, während meine Kehle sich zusammenzog und ich den Blick abwandte. Mein Zuhause war mir peinlich. Es war lange nicht so prunkvoll wie die Villa von Johns Familie. Oder die von Lucies Verlobtem, nein, dieses Herrenhaus war ein kleines, trauriges Gebäude mit modrigen Wänden und quietschenden Fenstern.

»Wie schön«, sagte Amabel jedoch, als wir auf das Haus zugingen.

Ich hielt inne. »Schön?«, wiederholte ich fassungslos und ließ den Blick über die graue Fassade schweifen. Die Fenster im oberen Stockwerk waren mit Staub bedeckt, denn dort wohnte niemand, und wir konnten uns ohnehin kaum Personal leisten. Von der Haustür blätterte ein wenig die Farbe ab, und der Vorgarten lag trostlos da.

Amabel lächelte mich breit an. »Ja, schön«, sagte sie und neigte den Kopf zur Seite.

Blasses Sonnenlicht umrahmte ihre Gesichtszüge und ließ ihr schwarzes Haar glänzen, und ein kleines Grübchen zeigte sich auf ihrer Wange.

»Dieses Haus muss sehr alt sein, in ihm stecken sicherlich eine Menge Geschichten. Ich würde sie gerne alle hören.«

Mein Mund klappte auf, und ich starrte Amabel verdutzt an, während sie die Hand nach mir ausstreckte und mich auffordernd ansah.

»So ... so habe ich noch nie darüber gedacht«, wisperte ich, und der kalte Novemberwind schien meine Worte in den grauen Himmel davonzutragen.

»Nun komm und zeig mir dieses Haus.«

Sie ist wie ein Gedicht, schoss es mir durch den Kopf, als ich Amabels Hand ergriff. *Wie das schönste Gedicht, das ich jemals gelesen habe.*

Mit Amabel an meiner Seite fühlte es sich leicht an, die knarzende Haustür aufzusperren. Selbst der muffige Duft, der sich im Teppich festgesetzt zu haben schien, störte mich dieses Mal nicht. Gaslampen tauchten den Eingang in dämmriges Licht, und aus dem Salon konnte ich das Geklapper von Geschirr vernehmen.

»Harri?« Augustus' Stimme ließ mich zusammenzucken, denn ich hatte eigentlich gehofft, dass er noch nicht von seinem Geschäftsessen zurück war.

Schritte drangen an mein Ohr, und im nächsten Augenblick

zuckte Amabel heftig zusammen und ließ sofort meine Hand los. Sie schien ein Stöhnen zu unterdrücken. Ich konnte ihre Reaktion gut nachempfinden, denn neben meinem Bruder stand plötzlich auch John im Türrahmen zum Salon.

»Amabel?« John kratzte sich am Kopf, und seine schwarzen Haare standen in alle Richtungen ab.

Ach du Schande, dachte ich und ballte die Hände zu Fäusten. *Wieso zur Hölle hat Augustus John mit hierhergebracht?*

Ich warf meinem Bruder einen vernichtenden Blick zu, doch Gus zuckte nur milde lächelnd mit den Schultern und sah mich seinerseits so an, als würde er sagen: *Du hast versprochen, nicht über diese Grenze zu gehen, Harriett. Sei nicht so dumm.*

Ich seufzte gequält und sah zwischen John und Amabel hin und her. Keiner der beiden machte Anstalten, sich zu bewegen. Sie schienen beide zu Eis erstarrt und erdolchten sich mit Blicken.

»John, wie schön, dass du auch hier bist!« Ich klatschte erfreut in die Hände, obwohl ich alles andere als Freude empfand. »Tante Cassandra hielt es für eine gute Idee, wenn ich Amabel ein wenig besser kennenlerne und sie mit mir eine Freundin in der Familie Hold findet. Heute wollten wir gemeinsam eine Runde Badminton spielen. Immerhin wird der Wettbewerb des Heygate-Internats hier bei uns ausgerichtet.«

»Das hat mir Mutter schon mitgeteilt«, sagte John mit ruhiger Stimme und kam langsam auf uns zu.

Er ergriff Amabels Hand und hauchte einen Kuss darauf. Sie rührte sich immer noch nicht, ihre Miene war wie versteinert.

»Wie schön, dich hier zu sehen, Amabel. Wie geht es dir?«, fragte John.

»Sehr gut«, erwiderte sie abweisend und verschränkte die Hände vor der Brust. »Doch ich denke, ich sollte mich wieder auf den Rückweg zum Internat machen …«

»Nein!«, platzte es aus mir heraus, und alle drei schauten mich irritiert an. »Ich meine ...«, ich räusperte mich, »wir sind doch gerade erst angekommen. Lass uns im Salon einen Tee trinken, und dann spielen wir ein wenig Badminton. Außerdem wolltest du von den Geschichten erfahren, die sich im Mauerwerk dieses Hauses verstecken.«

Amabel schürzte die Lippen und schaute mich mit einem Kopfschütteln an. Als wäre sie mir böse, dass ich ihre Worte wiederholt hatte. Als wären diese Worte nur für mich und niemand anders bestimmt gewesen.

»Die Geschichten, die im Mauerwerk dieses Hauses stecken?«, fragte John amüsiert und schaute sich um. »Dafür müsstest du dein ganzes Leben hierbleiben, Amabel, denn es sind viele Geschichten.«

»Wie schön, dass du das weißt«, antwortete Amabel spitz.

Innerhalb eines Wimpernschlags veränderte sich ihre Haltung. Sie legte eine lächelnde Maske auf, straffte die Schultern und ging zu meinem Bruder.

»Ich freue mich sehr, Ihre Bekanntschaft zu machen, Mr Hold. Haben Sie vielen Dank für die Einladung.« Ihre Stimme war zuckersüß, und sie schlug die Augen nieder, genauso, wie es von einer Dame erwartet wurde.

Gus legte eine Hand auf seine Brust und verneigte sich ein wenig. »Die Freude ist ganz meinerseits, Miss Hastings. Harriett hat mir bereits von Ihnen erzählt. Kommen Sie doch mit in den Salon, dann kann ich Ihnen eine Tasse Tee servieren lassen, und vielleicht fällt mir auch schon die ein oder andere Geschichte ein, die sich im Mauerwerk verbirgt.«

Gus zwinkerte Amabel zu, und sie nickte erfreut. Gott, selbst mein Bruder war gut darin, andere Menschen um den Finger zu wickeln. Amabel schien es kaum abwarten zu können, so viel Abstand wie möglich zwischen sich und John zu bringen, und so folgte sie Gus in den Salon. Ihre Schritte verklangen langsam, und ich blieb mit John im Eingangsbereich stehen, während tausend unausgesprochene Dinge durch meinen Kopf wirbelten und meine Gedanken vergifteten.

»John ...«, setzte ich nach einiger Zeit an, als das Schweigen erdrückend wurde.

»Sie hasst mich«, stieß John hervor und fuhr sich durch seine schwarzen Locken. Mit einem frustrierten Schnauben lehnte er sich an die Wand. Ein trauriges Lächeln umspielte seine Züge.

»Das tut sie nicht.« Ich ging auf meinen besten Freund zu und zog ihn in meine Arme.

Sein gehetzter Atem kitzelte an meinem Ohr, und sein Körper bebte.

Diese Last ist zu schwer für ihn, dachte ich traurig. *Sie wird ihn irgendwann unter sich begraben, und dann bleibt nichts von ihm mehr übrig.*

»Wie kannst du das wissen?«, murmelte John und löste sich von mir. »Schau sie dir doch an. Sie will kein Wort mit mir reden, sie meidet mich und würde mit jedem anderen Menschen lieber Zeit verbringen als mit mir.«

»Wundert dich das denn?« Die Worte waren meinen Lippen entwichen, bevor ich darüber hatte nachdenken können. »Bitte entschuldige, John. Ich wollte nicht ...«

»Nein«, unterbrach er mich unwirsch. »Es stimmt, und Amabel hat jedes Recht, mich zu hassen, weil ich ihr nie die Liebe geben kann, die sie verdient hätte.«

»Aber sie dir doch auch nicht!«, rief ich verzweifelt und schlug mir die Hand vor den Mund, als ich realisierte, was ich da gesagt hatte.

Welches Geheimnis ich in die Welt hinausposaunt hatte.

»Was?«, fragte John und kniff die Augen zusammen.

»Vergiss, was ich gesagt habe«, murmelte ich und wollte mich abwenden. Johns Arm schnellte vor, und er packte mich am Handgelenk. Die Berührung tat nicht weh, und trotzdem war es, als würde mein Körper unter Strom stehen.

»Nein, das vergesse ich nicht, Harri«, raunte John. »Denn du meinst damit nicht die Tatsache, dass Amabels Liebe mir nichts bedeuten kann, oder?«

»Doch, das meinte ich.«

Du bist eine miserable Lügnerin, dachte ich schnippisch und stieß zischend die Luft aus.

John musterte mich eingehend, und ich konnte ihm an der Nasenspitze ansehen, dass er mir kein Wort glaubte. Wie auch? Wir waren zusammen aufgewachsen, er kannte mich besser als jeder andere Mensch.

»Du solltest wirklich daran arbeiten, besser zu lügen«, meinte John und ließ mein Handgelenk los.

Erkenntnis huschte über seine feinen Gesichtszüge. Er lehnte sich gegen den Türrahmen. »Deswegen verbringst du so viel Zeit mit ihr«, stellte er fest und klang dabei nicht im Geringsten verletzt, nur resigniert. »Weil sie das Gleiche empfindet wie du, weil sie Frauen liebt.«

Nun war es raus. Die Worte verweilten in der stickigen Luft zwischen uns, bis sie zu schwer wurden und dumpf zu Boden fielen. Mein Herz schlug langsamer, alles erschien mir wie eingefroren in der Zeit.

»Ja«, flüsterte ich und schlang die Arme um mich selbst, weil mir urplötzlich eiskalt war. »Aber ich werde nichts tun, was eure Ehe gefährdet, ich werde nicht …«

John stieß sich vom Türrahmen ab und zog mich in seine starken Arme, strich über meinen Kopf.

»In was für ein schreckliches Dilemma haben wir uns da bloß reingeritten?«, fragte er und lachte leise auf. »Diese Familie besteht wahrlich nur aus schwarzen Schafen.«

»Das ist nicht lustig«, nuschelte ich an seiner Brust.

»Ein wenig schon, oder nicht?« John löste sich von mir, und

ein kleines Lächeln zupfte an seinen Lippen. »Was willst du nun tun, Harri?«

»Ich?« Meine Augenbrauen wanderten in die Höhe, und ich neigte den Kopf zur Seite. »Wäre es nicht an der Zeit, dass du etwas tust? Mit deinen Eltern sprichst, zum Beispiel? Oder Amabel endlich die Wahrheit erzählst ... vielleicht könnt ihr euch dann arrangieren, oder deine Eltern lösen die Verlobung auf und dann ...«

»Wie stellst du dir das vor?«, unterbrach John mich hitzig und breitete die Arme aus. »Ich bin für meine Eltern der einzige Erbe. Es ist meine Pflicht, dieses Erbe anzutreten, Kinder zu zeugen und ...«

»Zum Teufel mit dieser Pflicht!«, rief ich, während der altbekannte Zorn in meinem Inneren mich einzunehmen schien. »Du solltest doch glücklich sein und ...«

»Wenn ihr weiter in der Lautstärke miteinander streitet, dann könnt ihr Amabel auch gleich alles erzählen.« Gus war in der Tür zur Diele aufgetaucht und schnalzte missbilligend mit der Zunge. »Ihr benehmt euch wie kleine Kinder, die keine Erziehung genossen haben.«

»Sagt der Richtige«, erwiderte ich schnippisch und funkelte meinen Bruder an.

»Ach? Jetzt bin ich schuld an diesem Dilemma?«

»Nein, aber warum ist das alles so ungerecht? Wieso dürfen wir denn nicht lieben, wen wir wollen?« Die Flut von Gefühlen drohte mich zu überrollen. Und in diesem Augenblick wurde mir erst bewusst, was ich da gesagt hatte. Was mein Bruder alles mit angehört hatte. Ich sah alarmiert zu John, der meinen Bruder musterte.

»Du hast es gewusst, oder, Gus?«, fragte John. »Schon immer?«

Mein Bruder nickte und fuhr sich mit der Hand über den Nacken. »Ich habe es geahnt. Harri hat vor einigen Wochen etwas erwähnt, das mir nicht mehr aus dem Kopf ging. Deswegen ...« Schweigend sah er uns an und seufzte dann leise. »Wisst ihr, was wirklich helfen würde? Ehrlichkeit. Mit euch selbst, mit Amabel und mit euren Familien.«

»Das kann ich nicht ...« John ließ die Schultern sinken und ballte die Hände zu Fäusten. »Ich wäre die größte Enttäuschung, die diese Familie jemals gesehen hat.«

Gus lachte rau auf, ging zu John und klopfte ihm auf die Schulter. »Da mach dir mal keine Sorgen, diesen Titel haben Harriett und ich schon auf unsere Kappe genommen.«

Versöhnlich lächelte John meinen Bruder an, schien aber nicht komplett überzeugt von seinen Worten zu sein.

»Ehrlich, ihr könntet es wenigstens versuchen. Ich finde, Amabel ist eine sehr umgängliche Person, die es wert ist, zu erfahren, was euch bedrückt. Warum du ihr keine Liebe schenken kannst, John, und ...« Gus' Blick wanderte zu mir, und ich senkte eilig den Kopf, da meine Wangen glühten.

»Hast du dich in sie verliebt?« Es war Johns Stimme, die so leise an mein Ohr drang, dass ich kurz nicht wusste, ob diese Worte wirklich an mich gerichtet waren.

»Nein.« Die Lüge kam mir dieses Mal spielend leicht über die Lippen, und auch die Tränen, die in meinen Augen brannten, schwappten nicht über meine Lider.

Weil diese Lüge für John war. Weil ich nicht riskieren konnte, nicht riskieren *durfte,* dass diese Ehe meinetwegen in die Brüche ging. Ich durfte nicht auch noch Johns Zukunft zerstören.

Die Stille um uns herum war erdrückend, bis ich plötzlich das Klappern von Absätzen hörte und Amabel neben meinem Bruder auftauchte.

Nein, bitte lass sie meine Worte nicht gehört haben, flehte ich in Gedanken.

Amabel lächelte mich nur scheu an und hielt einen Badmintonschläger in die Höhe.

»Da mir niemand beim Tee Gesellschaft leisten will, dachte ich mir, wir könnten auch mit unserem Spiel anfangen. Ich habe diesen im Salon entdeckt.«

»Wir ...«, setzte ich an, doch Amabel schüttelte den Kopf und zuckte nur mit den Schultern.

»Ihr habt Geheimnisse vor mir, und so gerne ich sagen würde, dass mir das einerlei ist, wäre das nicht die Wahrheit. Ich würde gerne wissen, was euch beide beschäftigt. Aber wenn ihr mir das nicht sagen wollt, muss ich es akzeptieren. Trotzdem würde ich mich freuen, wenn wir ein wenig spielen ...« Sie sah zu John, der Amabel immer noch nicht in die Augen sehen konnte. »Vielleicht hat mein Verlobter die Muße, uns zuzuschauen?«

»Sehr gerne«, würgte John hervor, »aber, Amabel ...«

»Nein.« Sie hob die Hand und schien sich zu einem Lächeln zwingen zu müssen, das langsam, aber sicher von ihren Lippen bröckelte. »Ich will es nicht hören. Jedenfalls nicht, solange es nicht die Wahrheit ist. Aber weißt du, John? Ich habe mich in der ersten Zeit seit unserer Verlobung bemüht, einen Zugang zu dir zu finden, eine gute Verlobte zu sein. Doch du hast mich immer wieder von dir gestoßen, sodass ich irgendwann genauso abweisend geworden bin wie du. Dennoch würde es mich wirklich freuen, wenn wir uns annähern könnten. Wenn nicht als Ehepaar, dann vielleicht als Freunde?«

Sie ließ John gar nicht erst zu einer Erwiderung ansetzen, sondern zog sich ihren Mantel wieder über und ging Richtung Ausgang. Als sie an mir vorbeihuschte, sah sie mich kurz an, berührte mich unauffällig am Arm und flüsterte: »Nun komm, Miss Hold, wolltest du mich nicht im Badminton besiegen, damit du mir einen Kuss von den Lippen stehlen kannst?«

Verdattert blieb ich im Eingangsbereich stehen und sah Amabel hinterher, die aus der Tür ins Freie trat. Ihre Worte surrten wie ein Schwarm Mücken durch meinen Kopf.

Wie kann sie nur so ruhig bleiben?, fragte ich mich, *wieso fällt es ihr so leicht, all die Geheimnisse hinzunehmen?*

Vielleicht, weil es wirklich einerlei ist. Weil wir Menschen nur ehrlich sein können mit anderen, wenn wir dazu bereit sind. Amabel weiß das, sie weiß, dass Ehrlichkeit nur durch Gefühle entstehen kann.

Diese Erkenntnis war erschütternd, und ich zog scharf die Luft ein.

John stand immer noch wie ein verlorener kleiner Junge da.

»Ich werde ihr nicht sagen, warum du sie nicht lieben kannst. Das liegt in deiner Verantwortung, John«, sagte ich mit fester Stimme. »Aber glaube mir, wenn ich sage, dass sie ein guter Mensch ist. Du solltest lernen, ihr zu vertrauen. Verletze ihre Gefühle nicht noch mehr.«

John zuckte hilflos mit den Schultern, nickte dann aber. »Ich werde es versuchen.«

Das genügte mir fürs Erste. Ich schnappte mir ebenfalls meinen Mantel vom Haken und den alten Badmintonschläger, der neben der Kommode stand.

»Dann werden wir nun eine Runde spielen, die Herren. Wir freuen uns über Zuschauer.« Ich deutete einen linkischen Knicks an und lief eilig hinaus, Amabel hinterher, die auf der Rückseite unseres kleinen Herrenhauses schon die Grünfläche entdeckt hatte, auf der wir die Netze aufgestellt hatten.

Ihre Finger strichen über die feinen Maschen, und sie drehte den Schläger in der Hand hin und her.

»Amabel ...« Ich war etwas außer Atem nach den schnellen Schritten. »Du hättest auch warten können.«

Sie drehte sich zu mir um und schenkte mir ein mattes Lächeln. »Ich habe mein ganzes Leben lang gewartet ...«

»Wie bitte?« Ich strich mir die Haare aus dem Gesicht. »Was meinst du damit?«

Amabel zuckte mit den Schultern. »Ich habe mein Leben

lang darauf gewartet, dass ich dasselbe empfinde wie die anderen Mädchen. Dass ich mich auch in einen Mann verlieben würde. Bis ich begriffen habe, dass das niemals geschehen wird. Ich habe darauf gewartet, dass ich aufhöre, mich selbst zu belügen ... weißt du, was ich Lucie an einem unserer ersten Tage an den Kopf geworfen habe, als sie sagte, dass sie nicht heiraten will?«

Ich schüttelte stumm den Kopf, denn ich wollte Amabel nicht in ihren Gedankengängen unterbrechen. Sie schien über ihre Gefühle sprechen zu wollen, und jeder Augenblick, in dem sie das tat, war unglaublich kostbar für mich.

»Ich habe ihr gesagt, dass es das größte Glück ist zu heiraten, die größte Ehre, und ich habe es ihr übel genommen, dass sie das nicht wertschätzen konnte ...« Amabel lachte traurig auf. »Ich bin so eine Lügnerin, aber das will ich nicht mehr sein. Ich will mich verändern, Harri ...«

Harri.

Die Art, wie sie meinen Namen aussprach, ließ einen Schauer über meinen Rücken rieseln. Ihre Stimme war sanft und zugleich rau, wie eine Umarmung.

»So hast du mich noch nie genannt«, sagte ich leise und ging auf Amabel zu.

»Ich mag den Spitznamen. Er gibt dir etwas Wildes, Feuriges. Zeigt, wer du hinter dieser lachenden Fassade wirklich bist ...«, erwiderte sie und trat ebenfalls einen Schritt auf mich zu.

Der Wind fegte zwischen uns hindurch, ließ unsere Kleider rascheln und trug unsere Worte davon. Ich sah in Amabels haselnussbraune Augen, und ein Lächeln huschte über ihre Lippen. Gott, wie gerne hätte ich diese Lippen geküsst, mich völlig fallen gelassen.

Aber du darfst nicht, erinnerte mich eine bittere Stimme an die Wahrheit.

Ich räusperte mich.

»Nun lass uns anfangen, immerhin willst du doch den Schulwettbewerb im Badminton gewinnen, oder nicht?« Ich holte den Federball hervor, sah, wie Amabels Mundwinkel hinabsanken, und spürte ihre Enttäuschung wie Eis auf meiner Haut.

»In Ordnung.« Sie straffte die Schultern, während wir uns auf beiden Seiten des Netzes aufstellten.

»Bereit?«, fragte ich sie.

»Jederzeit«, antwortete Amabel und hielt den Schläger so fest umklammert, dass ihre Fingerknöchel weiß hervortraten.

Ich schlug auf, und der Federball flog in hohem Bogen über das Netz. Amabel parierte sofort. Sie war flink, bewegte sich grazil, beinah als würde sie tanzen. Aber mit viel mehr Nachdruck und Kraft, als wenn sie über die Tanzfläche wirbelte.

Der Ball flog wieder zu mir zurück, ich traf ihn, und für einige Minuten war nichts zu hören außer unserem Keuchen und dem monotonen *Dong*, wenn der Ball auf den Schläger traf.

Amabel und ich beobachteten uns ganz genau, und mein Herz schlug kräftig, geradezu wild wie ein Löwe in meiner Brust.

Aus den Augenwinkeln nahm ich wahr, wie Gus und John sich zu uns gesellten und sich auf der Grünfläche nahe dem Netz niederließen.

Mein vorlauter Bruder konnte es sich nicht verkneifen, uns hin und wieder etwas zuzurufen, doch seine Scherze schienen Amabel kaum zu beeindrucken. Sie spielte mit Leidenschaft, wirkte völlig gelöst. Gerade schlug sie den Federball wieder zu mir zurück, doch für den Bruchteil einer Sekunde war sie abgelenkt, wirbelte nicht schnell genug herum, als ich den Ball wieder über das Netz schlug, und verpasste ihn knapp.

Mit einem Keuchen kam Amabel zum Stehen und schaute mich an. Schweißperlen rannen über ihre Stirn, und ihre Augen funkelten wie Sterne.

»Ich habe schon wieder gewonnen!«, rief ich und schlüpfte unter dem Netz durch.

»Wie schade …«, raunte Amabel mir zu, »aber hier kannst du mir noch keinen Kuss von den Lippen stehlen. Außerdem ist dies noch nicht das offizielle Turnier. Ich werde schon noch gewinnen, damit du mir Johns Geheimnis offenbarst.«

Hitze stieg mir in die Wangen, und ich wandte den Blick ab. Ich hatte völlig vergessen, dass wir auf dem offiziellen Turnier gegeneinander spielen würden, um diesen Kuss oder die Wahrheit. Ich musste gewinnen, denn ich wollte Amabel unbedingt küssen. Gott, ich sehnte mich so danach.

»Beim nächsten Mal werde ich dich offiziell besiegen, du wirst schon sehen«, sagte ich und strich kurz über ihren Arm.

»Das wird sich zeigen, aber …« Amabel zögerte kurz und schaute zu John, der gerade aufstand. »Ich würde John gerne beim nächsten Mal mit einladen, wenn wir uns wieder treffen.«

»Wie bitte?«, krächzte ich verwirrt. »Warum?«

Amabel ergriff meine Hand und umarmte mich. »Weil ihr beide ein Geheimnis habt und ich herausfinden will, was es ist. Und weil ich gerne zusätzlich zu einer Freundin auch einen Freund in der Familie Hold hätte.«

Kurz starrte ich sie fassungslos an, doch dann verstand ich. Sie verabscheute John nicht. Nein, dafür war Amabel viel zu sanft, viel zu besonnen. Was sie verabscheute, waren die Geheimnisse, die Tatsache, dass John ihr gegenüber nie Gefühle gezeigt hatte und nicht ehrlich mit ihr war.

»Das …«, setzte ich an, doch da stand John schon neben uns.

»Du hast dich gut geschlagen, Amabel.« Er nahm ihre Hand und hauchte einen Kuss darauf. »Beim nächsten Mal gewinnst du sicherlich gegen Harriett.«

»Möchtest du beim nächsten Mal dabei sein, wenn Harriett und ich uns treffen? Dieses Mal war es nur Zufall, dass du hier warst ...«, fragte Amabel geradeheraus, und John riss die Augen auf.

»Ich?«

»Ja, du. Oder siehst du hier noch einen Earl, mit dem ich verlobt bin?«

»Nein, aber ...« John hob die Hände und zuckte beinah verzweifelt mit den Schultern. »Du hasst mich, du willst keine Zeit mit mir verbringen, Amabel. Und ich verstehe das, denn ich ...«

»Ich hasse dich nicht, du Dummkopf«, unterbrach Amabel ihn sanft und legte eine Hand an seine Wange. »Ich kann dich nur niemals wirklich lieben, John, und das tut mir leid. Aber ich habe das Gefühl, dass du mich ebenfalls nicht lieben willst oder kannst ... doch vielleicht könnten wir Freunde sein? Wenn wir schon in einem gemeinsamen Ehebett enden?«

Amabel kicherte leise und sah John aufmerksam an, der erneut zur Salzsäule erstarrt war.

»Du hasst mich ... nicht?«, fragte er. Mein bester Freund schien so verwirrt wie lange nicht mehr.

Amabel schüttelte den Kopf. »Nein. Ich habe gedacht, dass ich dich hassen würde. Aber das stimmt nicht, du bist kein schlechter Mann, und Hass ist ein viel zu großes Wort. Nur würde ich dich gerne besser kennenlernen, dich besser verstehen.«

»Das ...« John fuhr sich durch die Haare und seufzte leise. »Es würde mich freuen, wenn wir uns besser kennenlernen, Amabel.«

Eigentlich hätte bei diesen Worten mein Herz laut aufschreien müssen, doch das tat es nicht. Nein, in meinem Inneren war es ruhig wie die spiegelglatte See an einem herrlichen Sommertag.

Ich freute mich für John, denn vielleicht war dies ein Schritt in die richtige Richtung. Vielleicht konnte er ehrlich mit Amabel sein, wenn sie sich besser kannten.

»Dann ist es abgemacht.« Amabel klatschte erfreut in die Hände. »Beim nächsten Mal treffen wir uns zu dritt. Das ist doch auch für dich in Ordnung, oder, Harriett?«

»Natürlich«, beeilte ich mich zu sagen und lächelte. »Gemeinsam ... wie die drei Musketiere.«

Bei diesen Worten huschte sowohl über Amabels als auch über Johns Gesicht ein Schmunzeln, und ehe ich michs versah, zog mich Amabel in ihre Arme.

»Ich mag dich wirklich sehr, Harriett«, flüsterte Amabel, und obwohl sie nicht weitersprach, wusste ich, dass der Satz noch weiterging.

Vielleicht zu sehr.

Das waren die Worte, die sie gerne ausgesprochen hätte, und mir ging es nicht anders. Deswegen hoffte ich inständig, dass noch ein Wunder passieren würde. Dass wir alle drei uns nicht verlieren würden in dieser großen, weiten Welt.

Dass wir vielleicht wirklich wie die Musketiere durch dick und dünn gehen könnten.

Kapitel 12
Amabel

Heygate Boarding School, einige Tage später

Dunkle Gewitterwolken brodelten am Himmel, und ein Blitz zuckte über das Meer hinweg. Am geöffneten Fenster lauschte ich dem Regen, den Klängen des Herbsts, und ein kleines Lächeln huschte über meine Züge. Schon immer liebte ich diese Jahreszeit. Aber ich musste auch unwillkürlich an Harriett denken.

Ich erhob mich von der Fensterbank und ging die Treppenstufen im Turm hinunter. Heute würde ich mich mit Harriett und John treffen, und darauf freute ich mich schon sehr, fieberte diesem Tag entgegen. In den Aufenthaltsräumen des Internats herrschte reger Trubel. An diesem regnerischen Sonntagvormittag hielten sich die Mädchen drinnen auf, waren in der Bibliothek oder den Fluren unterwegs. Einige spielten sogar Badminton in der Halle, um noch ein wenig an ihren Fertigkeiten zu feilen.

Ich zog den dicken Mantel enger um mich und spazierte nach draußen, steuerte die Rückseite des Internats an und ging zu den Stallungen.

Dort ritt Susanne trotz des miserablen Wetters auf einem Pony. Lucie und Arthur lehnten am Gatter und schauten ihr zu.

»Amabel!«, rief Lucie, als sie mich sah, und lief auf mich zu. »Wie schön, dass du uns mit deiner Anwesenheit beehrst«, begrüßte sich mich mit leicht ironischem Unterton.

Ich zog einen kleinen Schmollmund. Seit ich John bei Harriett zu Hause begegnet war, waren meine Gedanken bei den beiden gewesen. Ich hatte im Unterricht mit körperlicher, aber nicht geistiger Anwesenheit geglänzt und ansonsten nur die Tanzstunden für die jüngeren Mädchen weiterhin überwacht.

Mrs Ham schien es immer noch für eine gute Idee zu halten, dass ich ihnen beim Unterricht half und sie bei Fragen zum Lernstoff unterstützte. Sie hatte sogar gesagt, dass ich eine gute Lehrerin geworden wäre.

So wie meine Mutter, hatte ich in diesem Augenblick gedacht. Denn auch Mama war Lehrerin und Gouvernante gewesen, hatte Kindern Wissen vermittelt. Obwohl ich kaum Erinnerungen an sie hatte, schlug ich wohl nach ihr.

»Ich wollte einmal vorbeischauen«, murmelte ich. »Denn gleich fahre ich wieder zu Harriett. John kommt dieses Mal ebenfalls dazu.«

Lucie neigte nachdenklich den Kopf, schwieg sich aber aus, so wie sie es schon beim ersten Mal getan hatte, als ich ihr von unserem Plan erzählt hatte. Doch das war in Ordnung, denn ich wusste, dass Lucie mich mit ihrer Skepsis nur beschützen wollte.

Doch genauso, wie sie ihrem Herzen gefolgt war, musste ich das jetzt auch tun.

»Was werdet ihr unternehmen?« Arthur war neben Lucie aufgetaucht, seine roten Haare standen wirr in alle Richtungen ab. Er legte einen Arm um Lucies Schulter und sah mich neugierig an.

»Wir wollten eigentlich ein Picknick machen, aber ...« Ich deutete auf den wolkenverhangenen Himmel und zuckte mit den Schultern.

»Vielleicht wird das Wetter noch besser«, meinte Arthur leichthin. »Ansonsten werdet ihr mit Sicherheit auch einen schönen Tag drinnen verbringen können. Ich habe gehört, dass das Anwesen, auf dem Harriett lebt, unserer Villa ähnlich ist, mit vielen versteckten Türen und Gängen. Ein Spukhaus.«

Er zwinkerte mir zu, und Lucie verdrehte grinsend die Augen. »Amabel soll einen schönen Tag haben und sich nicht fürchten müssen.«

»Ich fürchte mich nicht vor Spukhäusern.« Ich verschränkte die Arme vor der Brust und funkelte meine beste Freundin selbstbewusst an. »Und selbst wenn, ich habe doch ...« Ertappt biss ich mir auf die Zunge.

»Harriett in deiner Nähe?«, ergänzte Lucie.

»Sei nicht so gemein. Du wärst doch auch froh, dass ich in deiner Nähe bin, wenn es spuken würde.«

»So meine ich das doch gar nicht, ich sorge mich nur um Amabels Gemüt«, erwiderte Lucie sanft.

»Gemüt?« Ich zog eine Augenbraue hoch und versuchte mein Lächeln zu verbergen. »So nennt sich das jetzt also?«

Lucie sah mich an und berührte mich kurz am Arm. »Ich bin nur verwundert, dass John auch dabei sein wird. Ich dachte, du kannst ihn nicht ausstehen ...«

»Das habe ich bei Harriett auch gedacht, aber das scheint nicht die Wahrheit zu sein. Ich möchte ihn besser kennenlernen und habe das Gefühl, dass er mit Harriett zusammen gelöster ist, befreiter irgendwie.«

»Mhm ... dann hab einen schönen Tag.« Lucie lächelte mich an und umarmte mich kurz.

»Danke, den werde ich sicherlich haben«, erwiderte ich und nickte Arthur zu. »Pass gut auf sie auf. Und auf Susanne auch, sie scheint ein wenig übermütig beim Reiten zu sein.«

»Das habe ich gehört!«, rief Susanne und kam mit dem Pony nahe dem Gatter auf unserer Höhe zum Stehen. »Außerdem bin ich das nicht! Ich war heute sehr gut beim Tanzen, oder nicht? Da habe ich mir die Freiheit beim Reiten verdient.«

»Das hast du wirklich.« Ich lächelte sie an und musste an Susannes ziemlich passable Tanzschritte im Saal denken. Immer wieder war ihr Blick zum Klavier hinübergehuscht, so sehnsuchtsvoll, dass es mir beinah das Herz brach.

»In Ordnung, die Droschke ist sicherlich schon vorgefahren. Ich mache mich auf den Weg.« Mit einem Winken verabschiedete ich mich von meinen Freunden und ging wieder zum Hauptgebäude. Ich war bereit, nun mit meinen hoffentlich neuen Freunden ein wenig Zeit zu verbringen.

Southend-on-Sea, Anwesen von Harrietts Familie

»Wir sind da, junge Lady«, riss mich der Kutscher aus meinem Tagtraum, als er die Tür der Droschke öffnete.

Erschrocken zuckte ich zusammen und griff nach meinem Retikül, dann stieg ich mit wackligen Beinen aus. Ich war nervös.

Mein Atem ging stoßweise, und meine Handinnenflächen wurden feucht. Was, wenn das Geheimnis, das Harriett und John teilten, doch größer war, als ich es mir vorstellen konnte? Wenn es mein ganzes Weltbild erschüttern würde, wenn John ein Verhältnis mit einer Bediensteten hatte oder noch Schlimmeres?

Gäbe es denn etwas Schlimmeres?, fragte eine Stimme in meinen Gedanken. Doch darauf wusste ich keine Antwort.

»Amabel!« Es war John, der mich aus meinen Gedanken riss. Er stand in der Eingangstür und winkte mir fröhlich zu, so ganz anders als sonst.

»Guten Tag«, sagte ich mit brüchiger Stimme und ging auf ihn zu.

Johns Kleidung war lange nicht so adrett wie üblich. Er trug eine beige Stoffhose und ein schwarzes Hemd, dessen Ärmel hochgeschoben waren. Die Haare standen ihm vom Kopf ab, doch seine eisblauen Augen leuchteten, als würde er sich freuen, mich zu sehen.

»Wie geht es dir? War die Fahrt angenehm?«, fragte er und nahm mir meinen Mantel ab, als wir eintraten.

»Ja, war sie.« Ich legte die Stirn in Falten und sah ihn fragend an. Das waren mehr Fragen, mehr Worte, als er in all den Monaten bisher an mich gerichtet hatte.

»Habe ich dich verschreckt?« John biss sich auf die Lippen und sah mich zerknirscht an.

»Ich bin nur ein wenig überrascht, dass du ...« Ich wedelte mit der Hand.

»Dass ich so viel mit dir rede?«, mutmaßte John. »Weißt du, deine Worte an mich letztens haben etwas verändert. Ich bin sehr erleichtert, dass du mich nicht hasst, obwohl ich so eisig zu dir war.«

»Nun ...« Ich sah mich in der Halle um, lauschte der Stille in den Mauern und seufzte. »Ich würde es begrüßen, wenn du mir die Wahrheit erzählen würdest, aber für jetzt begnüge ich mich damit, dass wir Freunde werden können.«

Obwohl ich bereits eine Vermutung hatte, was der Grund für Johns Verhalten war. Aber ich wollte es von ihm selbst hören. Ich wollte, dass er ehrlich zu mir war.

Diese Vermutung war mir gekommen, als ich darüber nachgedacht hatte, dass John und ich uns gar nicht so unähnlich einander gegenüber verhielten. Und wir vielleicht ähnlich fühlten ...

»Das freut mich.« John hielt mir seinen Arm hin.

Da erklangen hektische Schritte, und im nächsten Augenblick warf Harriett ihre Arme um meinen Hals.

»Amabel!« Ihre Stimme überschlug sich fast, und ich musste kichern. »Endlich bist du da, ich habe dich vermisst.«

Ich dich auch, viel zu sehr, dachte ich wehmütig und strich sanft über ihren Rücken.

Aus den Augenwinkeln sah ich, dass John uns mit einem Schmunzeln betrachtete. Da war keine Eifersucht oder Abneigung in seinen eisblauen Augen zu erkennen.

Harriett löste sich von mir und strich über meinen Arm. »Wie geht es dir? Üben die Mädchen fleißig Badminton? Gus bereitet alles vor, damit das Turnier Anfang Dezember stattfinden kann!«

»Sie üben wirklich fleißig«, bestätigte ich ihre Frage. »Einige sind wirklich aufgeregt, gerade die, die noch nicht verlobt sind.«

»Ach, sie werden mit Sicherheit einen guten Mann finden. Es werden viele Leute kommen.« Harriett grinste mich an und beugte sich erneut zu mir. »Aber du wirst die Beste sein.«

Ich senkte eilig den Blick, denn in Harrietts graublaue Augen zu schauen brachte mich um den Verstand. Ich wollte sie so sehr, aber irgendwas hielt mich immer noch auf. Wie von unsichtbaren Fäden wurde ich zurückgehalten, als wäre ich nur eine Marionette, nicht fähig, meine eigenen Entscheidungen zu treffen.

»Du bringst sie in Verlegenheit, Harri«, schalt John sie und verschränkte die Hände hinter dem Kopf. »Und nun kommt, ich verhungere ...«

Er ging an uns vorbei in Richtung Salon. Ich konnte ihm nur zutiefst irritiert hinterhersehen, denn er wirkte völlig anders als sonst. Ich hatte John noch nie so entspannt und ruhig erlebt.

»Alles gut?«, fragte Harriett und verschränkte wie von selbst ihre Finger mit meinen.

»Ist das wirklich der John Hold, den ich kenne?«

Harriett seufzte leise, und Wehmut funkelte in ihren graublauen Augen. »Du hast ihn nie so gesehen, wie er wirklich ist. Das ist der John, den ich kenne. Der mein ganzes Leben lang an meiner Seite war.«

Ich nickte und folgte Harriett schweigend in den Salon. Er war eher spärlich eingerichtet, ohne viel Prunk, und das gefiel mir. Ich mochte die alte Einrichtung, die gedeckten Farben der Sofas und Chaiselongues. Die Vorhänge waren dunkelblau, genau wie die Tischdecke auf dem großen Holztisch. Es gab Blumenvasen auf den Fensterbänken, einige Bilder zierten die Wände, aber ansonsten wirkte es wirklich wie ein kleines Spukhaus mit Staub auf den Anrichten und flackernden Lichtern.

»Wo gehen wir hin?«, fragte ich, als wir den Salon durchquerten. »Essen wir nicht hier?«

Harriett schüttelte den Kopf und zog mich mit sich. »Nein, wir speisen im Wintergarten.«

Den hatte ich bei meinem letzten Besuch noch nicht kennengelernt, als Augustus, Harrietts Bruder, mich in den Salon geführt und mir dort Tee serviert hatte. Harriett und Augustus verfügten nur über wenig Personal, das hatte ich schon mitbekommen. Es gab eine Köchin und ein Dienstmädchen, aber mehr nicht. Kein Diener, der Augustus beim Ankleiden half, kein Butler, der die Türen öffnete, nicht mal eine Hausdame, die alle Vorgänge kontrollierte.

All das konnte sich die Familie nicht mehr leisten.

Wir gingen durch eine große Flügeltür, und im nächsten Augenblick keuchte ich überrascht auf.

»Das ...«, setzte ich an, doch mir fehlten die Worte.

Ich war beinah geblendet von der Schönheit des Wintergartens. Das blasse Sonnenlicht spiegelte sich in den Fenstern, die den Raum einfassten. Mehrere Sofas und Sessel waren in der Mitte angeordnet und mit flauschigen Kissen bedeckt. Ein dicker dunkelblauer Teppich war am Boden ausgelegt, und überall standen Pflanzen. Wunderschöne, exotische Blumen in den buntesten Farben. Grüne Schlingpflanzen und sogar einige Beerensträucher konnte ich entdecken, die natürlich im Moment keine Früchte trugen. Es roch nach herben Gewürzen und duftete süßlich nach Blumen.

»Wie schön es hier ist«, wisperte ich ehrfurchtsvoll und setzte mich auf eine Récamiere.

»Dies ist unser kleines Refugium«, sagte Harriett und breitete eine große Decke auf dem Boden aus. »Setz dich, wir machen unser Picknick hier drinnen.«

Ich ließ mich auf den Boden sinken, und John holte einen großen Picknickkorb hervor, aus dem wundervolle Gerüche strömten. Mein Magen knurrte leise, und ich senkte beschämt den Kopf.

Harriett lachte. »Die Lady Amabel ist hungrig«, stellte sie grinsend fest, und ich stieß ihr meinen Ellbogen in die Seite.

»Du bist schrecklich«, murmelte ich und strich mir eine Haarsträhne aus dem Gesicht.

»Aber genau deswegen magst du mich.« Harriett grinste mich an und zwinkerte mir zu, was mein Herz dazu brachte, heftig gegen meine Rippen zu pochen.

Gott, wieso fühlt sich das hier so gut an?, fragte ich mich, und meine Finger strichen über die dicke Wolldecke, während heiße Schauer über meinen Rücken rieselten.

Bisher hatte ich mich nur mit Lucie so wohlgefühlt. So sehr wie ich selbst. Befreit, ohne diese Maske und die Gedanken an meine Adoptiveltern, die ich um jeden Preis stolz machen wollte. Doch in diesem Augenblick, zwischen den Pflanzen auf einer weichen Decke und in dieser Wärme, die um uns herum flirrte, fühlte ich mich geborgen.

Eine kleine Welt für sich innerhalb dieser viel zu großen Realität. Ein Moment, den ich wie die Szenerie in einer Schneekugel festhalten wollte.

»So die Damen!« John öffnete den Picknickkorb und reichte jeder von uns einen Teller und Besteck. Er lächelte uns dabei freundlich an. »Dann lasst uns essen. Ich habe viele Leckereien bei einem Restaurant in London bestellt, die Picknickkörbe herrichten.«

»Dein Reichtum in allen Ehren«, sinnierte Harriett, und ein wenig Bitterkeit schwang in ihrer Stimme mit.

»Ach liebste Cousine, für dich scheue ich doch keine Mühe!« John strich sanft über Harrietts Arm und schenkte ihr ein versöhnliches Lächeln. »Sei nicht so griesgrämig, das Turnier wird euch wieder auf die Beine helfen. Immerhin zahlen die feinen Herrschaften der jungen Ladys euch dafür eine Menge Geld.«

»Ich hoffe es«, murmelte Harriett und schnappte sich eine Schüssel mit Früchten. Eilig schob sie sich eine Weintraube in den Mund und stützte die Hände hinter sich ab, um zum gläsernen Dach hinaufzuschauen.

John schüttelte mit einem Lächeln auf den Lippen den Kopf und holte frisches Baguette, Feigensenf, Käse und allerlei andere Dinge aus dem Korb heraus.

Die Düfte kitzelten in meiner Nase. Ich brach mir ein Stück Baguette ab, strich Honig darauf und biss hungrig ab. Schweigend begannen auch John und Harriett zu essen.

Ich probierte mich durch die vorzüglichen Speisen, vor allem der Ziegenkäse schmeckte sehr gut. Er war ein wenig scharf, und der Geschmack prickelte auf meiner Zunge.

Als ich mich zurücklehnte, verlor ich fast das Gleichgewicht und stieß gegen Harriett, die mich lächelnd stützte. Ehe ich michs versah, waren unsere Gesichter so dicht beieinander, dass ich ihren Atem auf meiner Haut spüren konnte. Ihre Finger wanderten meinen Arm hinauf, und alles in mir fühlte sich zum Zerreißen gespannt an, während ein Prickeln über meine Haut huschte.

»Vorsichtig, Miss Amabel ...«, murmelte Harriett mit rauer Stimme und beugte sich nah an mein Ohr. »Sonst stehle ich dir jetzt schon einen Kuss von den Lippen.«

Hektisch richtete ich mich wieder im Sitzen gerade und

strich fahrig über mein Kleid. Ich schaute zu John, der jedoch konzentriert eine Scheibe geräucherten Schinken auf sein Baguette legte und genüsslich davon abbiss.

»Du solltest sie zeichnen«, sagte er in die knisternde Stille zwischen uns.

»Wie bitte?« Ich schaute verwirrt zwischen Harriett und John hin und her.

Harri hatte sich ebenfalls gerade hingesetzt und schob einige Krümel von ihrem Kleid auf die Decke. Sie hielt den Kopf gesenkt, schien tief in Gedanken versunken.

»Das geht nicht ...«, murmelte sie leise.

Ich verstand immer noch kein Wort.

»Warum?«, fragte John neugierig, aber auch irgendwie herausfordernd.

»Du weißt genau, warum«, erwiderte Harriett schnippisch und wollte sich erheben, doch John bekam ihr Handgelenk zu fassen und sah ihr tief in die Augen.

»Vielleicht ist dies der Moment, in dem du alle Scheu vor deinen Gefühlen fallen lässt, Harri.«

»Ich unterbreche euer Wortgefecht nur ungern, aber ich schätze es nicht, die Unwissende im Raum zu sein«, sagte ich pikiert und verschränkte die Arme vor der Brust.

Johns und Harris eindringliche Blicke wandten sich mir zu, doch keiner von ihnen sagte ein Wort. Ich schob die Unterlippe vor, sah wahrscheinlich aus wie ein beleidigtes Kind, doch das war mir herzlich egal.

John räusperte sich und ließ Harrietts Handgelenk los. »Harriett ist eine begnadete Malerin, und ich bin der Meinung, dass sie dich zeichnen sollte.«

»Mich?« Meine Stimme überschlug sich fast, und ein Knoten zog sich in meinem Magen zusammen. In meiner Vorstellung war es etwas sehr Intimes, wenn jemand eine andere Person porträtierte. Hitze huschte über meine Glieder.

»Ja, dich, Amabel«, erwiderte John und sah zwischen mir und Harriett hin und her.

Ich schwieg und biss mir auf die Unterlippe. Mein Blick huschte zu Harriett, die sich noch eine Weintraube in den Mund schob und mich ebenfalls nicht ansehen konnte.

»Ich kann auch gehen, wenn es den Damen unangenehm ist, wenn ich dabei zuschaue«, schlug John leichthin vor und erhob sich. »Ich wollte ohnehin noch einen Kuchen für uns backen.«

»Du kannst backen?« Ich riss überrascht die Augen auf.

»Ha!«, rief er und beugte sich zu mir herunter, seine Hand strich ganz sanft über meine Schulter, und er funkelte mich mit diesen eisblauen Augen an. »Das hätten Sie nicht gedacht, Miss Amabel, dass Ihr zukünftiger Ehemann solch verborgenes Talent hat, oder nicht?«

Seine Stimme war neckend, aber nicht böswillig. Er war wirklich ein ganz anderer John als sonst. So losgelöst, als würde er in sich ruhen. Und ich konnte ihn verstehen. Wahrscheinlich war diese Zeit hier – mit Harriett und jetzt auch mit mir – die einzige, bei der er keine Maske tragen musste. In der er sein konnte, wer er wollte.

Darin ähnelten wir drei uns. Wir alle trugen Masken, hatten Mauern um unsere Herzen gebaut und verbargen, wer wir wirklich waren.

»Das ... das hätte ich wirklich nicht gedacht ...«, stammelte ich und musste grinsen. »Was wirst du denn backen?«

Ein Lächeln zupfte an Johns Mund. »Zitronenkuchen. Frag Harri, sie wird dir sagen können, wie gut der ist. Ich geh dann mal an die Arbeit.«

Pfeifend und mit tänzelnden Schritten verließ er den Wintergarten und ließ uns allein zurück. Unbehaglich rutschte ich auf der Decke herum, tastete mit den Fingern nach Harrietts Hand und berührte sie vorsichtig.

Sie fuhr zusammen, wagte es aber endlich, mich anzusehen. »Wenn du nicht möchtest, dass ich dich zeichne, ist es in Ordnung, aber ich ... weißt du, Amabel, es ...«

Ich beugte mich zu ihr, sah ihr tief in diese Sturmaugen, die mich immer in ihren Bann zogen, und hauchte Harriett flink einen Kuss auf die Wange. Ihre Haut war warm und weich, der leichte Duft eines Parfums drang in meine Nase.

»Ich möchte, dass du mich zeichnest, Harri ...«, flüsterte ich heiser und lächelte. »Ich möchte, dass du alles tust, was dich glücklich macht und unsere Zeit gemeinsam noch kostbarer macht.«

Als sie mich ansah, glaubte ich, dass Tränen in ihren graublauen Augen funkelten. Harriett schniefte und wischte sich eilig über die Wangen.

»Du ... du kannst dich dort auf den Schemel setzen bei den Blumen ...«

Meine Beine fühlten sich wie Pudding an, als ich aufstand. Jeder Schritt war ein wackliges Unterfangen, und Aufregung kribbelte in meinen Gliedern. Noch nie hatte jemand sich die Zeit genommen, mein Gesicht auf Papier zu zeichnen.

Ich setzte mich auf den Schemel und drehte mich zu Harriett, die einen Block und einen Kohlestift aus der Schublade einer Anrichte geholt hatte.

»Du bewahrst die Zeichenutensilien hier auf?«, fragte ich überrascht.

»Ich zeichne immer hier ... der Wintergarten ist mein Lieblingsplatz ...« Sie stockte kurz und schluckte schwer. »Meine Mutter und ich haben hier früher viel Zeit zusammen verbracht.«

»Oh ...«, machte ich ein wenig dümmlich, wusste aber auch nicht, was ich sonst noch sagen sollte. Fahrig wischte ich mir einige Haarsträhnen aus dem Gesicht, die sich aus meiner Frisur gelöst hatten.

»Nein, nicht ...« Harriett legte den Zeichenblock zur Seite und kniete sich vor mich. »Lass die Haarsträhnen, wo sie sind. Du bist wunderschön, so wie du hier sitzt, und die schwarzen Strähnen lassen dich wild erscheinen ... ein wenig rebellisch ...« Sie lächelte verschmitzt und strich mit den Fingern über meine Wangen.

Ich konnte kaum noch atmen, meine Hände zitterten, und alles, jede Faser in meinem Körper schrie danach, mich zu Harriett vorzubeugen. Aber ich fürchtete, dass ich dann diesen Augenblick zerstören würde. Dass es wie bei Lucie sein und wieder alles zerbrochen vor mir liegen würde.

Also ließ ich stumm zu, dass Harriett meine Haarsträhnen wieder nach vorne schob, beobachtete sie dabei, wie sie meine Haltung ein wenig korrigierte und sich dann wieder auf der Decke niederließ.

Konzentriert schaute sie auf das schneeweiße Papier, und ihre Hand flog nur so darüber, als sie zu zeichnen begann. Sie öffnete ein wenig den Mund, und ihre Zunge schob sich zwischen die kirschroten Lippen, während eine kleine Falte ihre Stirn zierte.

Die Stille zwischen uns fühlte sich in meinem Herzen an wie Geborgenheit. Wie eine Zuflucht. Nichts war zu hören außer unserem leisen Atem und dem Kratzen der Kohle auf dem Papier. Hin und wieder hob Harriett den Blick und schaute mich an, und dann konnte sie nicht anders, als zu lächeln.

Ich wagte es nicht, mich zu bewegen, beobachtete sie nur eingehend, und mein Herz verliebte sich von Sekunde zu Sekunde stärker in diese wunderbare Frau.

Eine Wolke schob sich vor die Sonne, und ein Blitz zuckte über uns hinweg. *Ja*, dachte ich, während die Welt um uns herum dunkel wurde, *diese Frau will ich lieben. Mit dieser Frau will ich die Wunder der Welt entdecken, koste es, was es wolle.*

Kapitel 13
John

Der herrliche Duft des Kuchens drang aus dem Ofen, und ich schaute kurz auf die Sanduhr, bevor ich auf leisen Sohlen aus der Küche zurück zum Wintergarten ging. Unsere Köchin Rosie war nicht zugegen, aber sie hatte mir, bevor sie zum Einkaufen ging, erlaubt, die Küche zu benutzen.

Ich blieb am Eingang zum Wintergarten stehen, lehnte mich mit verschränkten Armen in den Türrahmen und beobachtete Harriett und Amabel. Insgeheim fragte ich mich immer noch, was ich hier tat, warum ich Amabels Einladung angenommen hatte. Aber tief in meinem Inneren kannte ich die Antwort.

Weil es ein kleines Stück Freiheit war, mit ihnen hier zu sitzen. Ich war dankbar, dass Amabel mich nicht hasste, obwohl ich ihr viel zu oft die kalte Schulter gezeigt hatte. Denn ich konnte mich einfach nicht überwinden, ihr die Wahrheit zu sagen.

Ein Lächeln schlich sich auf mein Gesicht, als ich Harrietts konzentrierten Blick sah. Und Amabel, wie sie ganz ruhig dasaß und die Stille zwischen den beiden fast zu knistern schien. Gott, sie wären ein hinreißendes Paar. Sie waren so aufeinander und auf diesen Augenblick konzentriert, dass sie mich nicht bemerkten. Als wäre die Welt um sie herum ganz still.

Einfach entzückend.

Und dieser Gedanke beunruhigte mich nicht im Geringsten, obwohl er das sollte. Doch ich wusste, dass beide sich zurückhielten, dass sie wie von unsichtbaren Fäden gesteuert nicht über diese eine Grenze gehen wollten, die alles verändern würde.

Aber ich hätte es ihnen nicht übel genommen. Ich sah Harriett an der Nasenspitze an, dass sie sich in Amabel verguckt hatte. Sie hielt sich für mich zurück, was mich schmerzte. Das hatte ich nie gewollt.

Harriett war die Einzige, die den Grund kannte, warum ich Amabel nicht lieben konnte: *weil ich keine Frau lieben konnte.* Mein ganzes Leben lang hatte ich mich zu Männern hingezogen gefühlt, hatte mich immer gefragt, was mit mir falsch war. Bis ich Harriett von meinen Ängsten erzählt und sie mir verbal eine heftige Kopfnuss verpasst hatte, mir erklärte, dass ich völlig in Ordnung war. Denn sie liebte Frauen, und daran war nichts falsch oder schlimm. Wie eine Piratin hatte sie dagestanden, in den alten Hosen ihres Bruders, mit vor Dreck starrenden Händen, weil wir wieder den ganzen Nachmittag im Wald verbracht hatten. Wir waren schon keine Kinder mehr gewesen, benahmen uns aber bei unseren Touren durch den Wald gerne noch so. Blätter hingen in ihren rotblonden Haaren, sie hatte mich wütend angefunkelt bei ihren Worten und in ihre Arme gezogen.

Gott, Harriett war meine beste Freundin. Die Einzige, die wusste, wie sehr ich mich verstellte. Und nun ... nun musste sie das Gefühl haben, zwischen mir und Amabel zu stehen. Ein falscher Schritt, und sie würde nicht nur diese Ehe gefährden, sondern auch Amabels guten Namen in Verruf bringen.

Das ist nicht gerecht, dachte ich traurig und biss mir auf die Unterlippe.

Ich hätte all dies ändern können, wenn mir nur nicht der Mut dazu gefehlt hätte. Ein einziges Wort von mir, und meine Eltern hätten die Verlobung gelöst. Es gab eine Reihe von jungen Frauen, die mich geheiratet hätten, aber es hätte nichts an meiner Situation geändert.

Aber vor allem wollte ich Amabels Leben nicht zerstören, denn man würde ihr die Schuld geben, wenn die Ehe gelöst würde. Man gab immer den Frauen die Schuld, denn das war die einfachste Lösung.

»Beobachtest du uns etwa?« Harrietts neckische Stimme riss mich aus meinen Gedanken, und ich zuckte zusammen.

»Nein, ich …«, setzte ich an und kratzte mich verlegen am Kopf. »Vielleicht ein wenig.«

Harriett kicherte leise, und auch auf Amabels Lippen lag ein Grinsen.

»Ein wahrer Charmeur«, sagte Harriett und zeichnete unbeirrt weiter.

Ich ging zu ihr und schaute ihr über die Schulter. Es wunderte mich nicht, was ich sah, aber ihr Talent beeindruckte mich immer wieder. In den fein geschwungenen Linien konnte man schon erkennen, dass es Amabels Gesicht war, das sie da zeichnete. Die dunklen Augen, die schmale Gesichtspartie mit den hohen Wangenknochen, die Haare, die wie Schatten um ihre Gesichtszüge flirrten.

Ich beugte mich zu Harriett hinunter und legte eine Hand auf ihre Schulter. »Weißt du …«, flüsterte ich, »ich wäre euch nicht böse, wenn ihr über diese Grenze geht. Ich würde mich freuen, wenn du dein Herz an die Richtige verschenkst.«

Harrietts Hand hielt inne. Sie hob den Kopf, sah mir in die Augen und presste die Lippen aufeinander.

»John …«, murmelte sie heiser und zuckte geradezu hilflos mit den Schultern. »Das geht nicht …«

»Doch, das geht.«

Ich wusste nicht recht, warum ich das sagte. Warum ich sie dazu ermutigte. Vielleicht, weil dadurch meine eigene Feigheit in den Hintergrund rückte. Weil ich mir erhoffte, dass wir für dieses Dilemma eine Lösung finden würden. Aber vor allem, weil ich diese beiden Frauen glücklich sehen wollte.

Ich hatte mich lange nirgends so gelöst gefühlt wie in ihrer Nähe. Als wäre ich zerbrochen und die beiden setzten mich mit ihrer Anwesenheit Stück für Stück wieder zusammen.

»Jetzt möchte ich es aber auch sehen!« Amabel stand schwungvoll auf und kam zu uns.

Sie hielt sich an meiner Schulter fest, als sie sich hinunterbeugte, und zog beim Blick auf die Zeichnung scharf die Luft ein.

»Das ...«, setzte sie an, und ihre Hand auf meiner Schulter zitterte ein wenig. »Das ist wunderschön, Harriett.«

Tränen funkelten in Amabels Augen.

»Danke ...«, murmelte Harriett und verwischte mit dem Finger ein paar Linien auf dem Papier. »Aber es ist noch nicht fertig ... wir beenden das ein anderes Mal.«

Sie schlug den Block zu. Ihre Wangen waren gerötet, meine beste Freundin schien beinah ein wenig beschämt zu sein, obwohl sie dazu keinen Grund hatte.

»Oh ...« Amabel nahm ihre Hand eilig von meiner Schulter und sah mich irritiert an. Sie schien erst jetzt zu bemerken, dass sie mir so nah war wie lange nicht mehr. Und nichts an dieser Berührung war erzwungen. »Ich wollte nicht ...«

Meine Augenbrauen wanderten in die Höhe. »Du kannst deine Hand auch dort lassen, ich habe nichts dagegen ...«, sagte ich ein wenig neckend. Amabel verdrehte die Augen.

»Dein Ego hätte ich gerne.« Sie schnaubte belustigt und ergriff Harrietts Hand, zog sie auf die Füße und umarmte sie.

»Du bist eine großartige Zeichnerin, Harri«, sagte sie und strich Harriett über den Rücken.

Harriett bettete ihren Kopf auf Amabels Schulter, linste zu mir und streckte ihre Hand aus.

»Du kannst auch dazukommen. Zu dritt umarmt es sich besser ...«

Ich riss die Augen auf und wollte schon den Kopf schütteln, als Amabel zu mir sah und liebevoll lächelte.

»Ich hätte ebenfalls nichts dagegen.«

Ich lachte leise auf und umarmte die beiden Mädchen, wobei ich die Wärme spürte, die von ihnen ausging.

Lieber Gott, dachte ich und schloss ganz kurz die Augen. *Bitte, lass mich mutig genug sein, um meinen Eltern die Wahrheit zu sagen. Nicht nur für mich, sondern für diese beiden hier, denen ich all das Glück dieser Welt gönne.*

So standen wir eng umschlungen da, einige Sekunden – oder waren es doch schon Minuten? –, und erst als der Geruch des Kuchens in meiner Nase kitzelte, löste ich mich eilig aus der Umarmung.

»Ich muss den Kuchen aus dem Ofen nehmen!«, rief ich und stürzte zur Küche, begleitet vom heiseren Lachen der beiden, die mir folgten. Mit schnellen Handgriffen öffnete ich die Ofenklappe, schnappte mir ein dickes Tuch und zog den Kuchen heraus.

Erleichtert seufzte ich auf, als ich sah, dass ich genau rechtzeitig reagiert hatte. Der Zitronenkuchen duftete herrlich und war goldbraun gebacken – einfach perfekt. Mein Herz machte einen kleinen Hüpfer, als ich ihn anschnitt.

»Das duftet vorzüglich …« Amabel sah mir lächelnd zu. »Ich bin ehrlich überrascht, dass du so gut backen kannst.«

Ich zuckte mit den Schultern und holte drei kleine Teller aus dem Schrank hinter mir heraus. Es war nicht verwunderlich, dass Amabel so wenig von mir wusste, immerhin hatte ich sie auf Abstand gehalten. Ich wollte einen tiefen Graben zwischen uns schaffen, damit ich mich nicht noch mehr verlor und ihr jeden Tag ins Gesicht lügen musste.

Ich wollte das nicht mehr. Aber noch fehlte mir der Mut, mein Leben zu ändern.

»Jetzt weißt du es.« Ich reichte Amabel einen Teller und eine Gabel und zwinkerte ihr zu. »Ich hoffe, es mundet, die Lady.«

Amabel sah mich eindringlich an und seufzte leise. Sie stellte ihren Teller sogleich auf dem Tresen ab und kam auf mich zu. Dicht vor mir blieb sie stehen, und ich schaute zu ihr hinunter. Ich war einen ganzen Kopf größer als sie, doch wie sie so vor mir stand, mit diesem konzentrierten Blick aus ihren haselnussbraunen Augen, wirkte sie dennoch ein wenig einschüchternd.

»Weißt du was, John Hold?«, fragte sie.

Ich schüttelte den Kopf und linste zu Harriett, die jedoch nur kaum merklich nickte, als würde sie sagen: *Lass es geschehen. Sei ihr ein Freund, wenn du ihr schon niemals ein Ehemann sein kannst.*

Amabel lächelte matt und berührte meine Wange. »Du bist gar kein so übler Mann, wie ich gedacht habe. Ich glaube, dass du ein guter Freund bist und ich dich gernhaben kann, aber ...«

»... du willst mich trotzdem nicht heiraten«, beendete ich ihren Satz und legte meine Hand auf die ihre.

Ich wusste ganz genau, dass wir beide bei dieser Berührung nichts empfanden. Jedenfalls keine Liebe, nein, das Einzige, was jemals zwischen uns existieren würde, war Freundschaft.

»Korrekt.« Amabel nickte und zog mich ganz kurz in ihre Arme. »Aber damit schaffen wir es, uns vielleicht zu arrangieren.«

Arrangieren.

Ich verabscheute dieses Wort. Es sorgte für ein unangenehmes Kribbeln in meinem Nacken. Ich stieß einen leisen Seufzer aus, als Amabel sich von mir löste.

»Nun denn ...« Amabel strich über ihr Kleid und straffte die Schultern. »Wir sollten den Kuchen probieren, denn ich bin sehr gespannt, ob er so gut schmeckt, wie er duftet.«

In stillem Einvernehmen setzten wir uns an den Tresen und begannen zu essen, obwohl der Kuchen noch ziemlich heiß war. Ich hörte ein leises »Hm« von Amabel, die ihre Lippen zu einem genüsslichen Lächeln verzog. Auch Harriett stürzte sich regelrecht auf den Kuchen, und so war ich zufrieden.

Backen war meine Leidenschaft, eine ungewöhnliche Leidenschaft für einen zukünftigen Earl, die mir meine Mutter immer auszutreiben versucht hatte. Aber das war ihr nicht gelungen. Nicht als meine Eltern mich ins Internat außerhalb von London geschickt und mich gezwungen hatten, Cricket zu spielen. Nicht als sie der Internatsleitung gesagt hatten, man sollte mich von der Küche fernhalten, und auch nicht, als beide der Meinung waren, man müsste aus mir einen angesehenen Mann machen, der nicht das Backen liebte, sondern sich für die politischen Themen im Land und seine Verantwortung als Earl interessierte.

Bei diesen Erinnerungen verzog ich unwillkürlich das Gesicht, und ein dumpfer Knoten zog sich in meinem Magen zusammen. Ich schaute zu Amabel und Harriett, und mir wurde schmerzlich bewusst, dass wir alle drei Opfer der Erwartungen anderer Menschen waren.

»Woran denkst du?«, fragte Harriett, nachdem sie in Sekundenschnelle ihren Kuchen vertilgt hatte und sich noch ein Stück abschnitt.

»Mhm ...« Ich stützte den Kopf auf meine Hände. »Daran, dass ich gerne Bäcker geworden wäre.«

Die Worte waren mir einfach entschlüpft, und ich blinzelte verwirrt. Das hatte ich noch nie laut ausgesprochen, doch offenbar machte die Anwesenheit der Mädchen irgendetwas Merkwürdiges mit meinem Herzen.

Amabel lehnte sich auf ihrem Stuhl zurück und musterte mich. »Das kann ich mir gut vorstellen. Du mit einer Schürze um den Bauch in einer kleinen Bäckerei mit Stuckfenstern, inmitten des süß-klebrigen Geruchs von Keksen und Torten.«

»Sag, wenn du die Wahl hättest, was würdest du gerne tun? Wer wärst du gerne, Amabel?«

Sie fuhr sich mit der Zunge über die Lippen und kratzte mit dem Finger über eine Kerbe im Tisch.

»Ich wäre gerne Lehrerin ...«, flüsterte sie mit gesenktem Blick. »Ich mag es, die jüngeren Mädchen bei ihren Aufgaben zu unterstützen und ihnen etwas beizubringen. Ja, ich glaube, ich wäre eine gute Lehrerin.«

»Und du könntest ihnen auch noch Badminton beibringen«, mischte Harriett sich in die Unterhaltung und grinste.

Amabel verdrehte seufzend die Augen und stieß Harriett ihren Ellbogen in die Seite. »Du bist wirklich einmalig, Harriett Hold.«

Eine leichte Röte zierte Harrietts Wangen. Meine Cousine und beste Freundin hatte es wirklich schwer erwischt. Aber vielleicht war Amabel auch die erste Frau, die Harrietts Herz mit Sorgfalt behandeln würde. Die all die Liebe, die Harri ihr gab, nicht einfach wegwerfen würde wie all die anderen Frauen zuvor.

Harriett ging offen damit um, dass sie keine Männer, sondern Frauen mochte. Im Gegensatz zu mir hatte sie sich nie darum geschert, was die Leute über sie sagten. Vielleicht, weil der Ruf ihrer Familie ohnehin zerstört war, nachdem ihr Vater vor seinem Tod alles Geld verspielt hatte.

Bevor er den Freitod gewählt hat, wisperte eine dunkle Stimme in meinen Gedanken, die ich eilig aus meinem Kopf verbannte.

Darüber sprach Harriett nicht, sogar mir hatte sie nicht anvertraut, wie ihr Vater gestorben war. Ich konnte mir gut vorstellen, dass Amabel diejenige sein könnte, der Harriett sich anvertraute.

»Und du?«, fragte Amabel und sah Harriett neugierig an. Sie klimperte kokett mit den Augen und stützte den Kopf auf die Hände. »Du wärst Malerin, oder? Hättest ein wundervolles kleines Atelier an einer Straßenecke und würdest den ganzen Tag zeichnen.«

»Mhm ...«, machte Harriett nachdenklich und wickelte sich eine Haarsträhne, die sich aus ihrem Zopf gelöst hatte, um den Finger. »Ich würde lieber den ganzen Tag nur dich zeichnen, aber damit mache ich kein Geld.«

Amabel klappte der Mund auf. Sie starrte Harriett an, bevor sie eilig ihrem Blick auswich.

Mit einem Grinsen, das ich mir nicht verkneifen konnte, schnitt ich mir noch ein Stück Kuchen ab. Es war tatsächlich eine gute Idee gewesen, Zeit mit den beiden zu verbringen. Und außerdem verdiente Amabel dieses kleine Glück, wenn sich unser Leben in wenigen Wochen, kurz vor dem Weihnachtsfest, für immer ändern würde.

»Das nächste Mal könnten wir ein wenig durch Southend spazieren und die Läden erkunden«, schlug Harriett leichthin vor und lehnte sich in ihrem Stuhl zurück.

»Oder wir gehen ins Theater!«, rief Amabel begeistert und klatschte in die Hände. »Ich war so lange nicht mehr im Theater, und bald wird die Weihnachtsgeschichte aufgeführt, das wäre so schön!«

Ich schaute zwischen den beiden hin und her, runzelte die Stirn und fuhr mir durch die Haare. »Ihr wollt ... das noch mal machen? Mit mir?«

Beide schauten mich verwirrt an. Schweigen breitete sich zwischen uns aus, das in meinen Ohren dröhnte. Und dann brachen Harriett und Amabel in Gelächter aus.

»Natürlich!«, rief Harriett zwischen zwei Lachern und musste sich aufrichten.

»Denkst du, dass wir dich einfach wieder gehen lassen?«, fragte Amabel belustigt und legte ihre Hand auf meine. »Jetzt, wo wir anfangen, Freunde zu werden?«

Freunde.

Das Wort hallte in meinen Gedanken wider, wie ein Mantra, das sich immer und immer wiederholte.

Freunde. Freunde. Freunde.
Tränen brannten urplötzlich in meinen Augen, und ich wandte beschämt den Kopf ab.
»John?« Amabels sanfte Stimme drang wie in Watte gepackt zu mir durch. Ich hörte, wie sie aufstand und eine Hand auf meine Schulter legte. »Haben wir etwas Falsches gesagt?«
Ich schüttelte stumm den Kopf und presste die Lippen so fest aufeinander, dass meine Zähne knirschten.
»Nein«, würgte ich nach einigen Atemzügen hervor und wischte mir fahrig über die Wangen. »Ich glaube nur ... dass ich bisher noch nicht viele Freunde hatte, außer Harriett natürlich. Mit den meisten Studienkollegen bin ich nur locker bekannt und ...« Meine Kehle zog sich zusammen, ich konnte nicht weitersprechen.
Amabel legte ihre Arme um mich und bettete ihr Kinn auf meinen Kopf.
»Ach John Hold ...«, flüsterte sie, und ich glaubte, ein Lächeln in ihrer Stimme zu hören. »Du bist wahrlich ganz anders, als ich gedacht habe. Aber ich verstehe dich gut. Ich hatte auch kaum Freundinnen, bevor Lucie in mein Leben getreten ist. Aber jetzt sind da Harriett und du ... ich möchte diese Zeit genießen, ich möchte nicht ständig daran denken, was die Zukunft bringt, und mir Sorgen um alles machen ...«
Ich hatte ihren Worten genau gelauscht, und sie berührten irgendetwas in meinem Herzen. Ganz tief in mir. In diesem sensiblen Teil von mir, den ich so lange versucht hatte zu unterdrücken.
»Dann lasst uns gerne wieder etwas gemeinsam unternehmen ...«, murmelte ich heiser und sah Amabel an, als sie sich von mir löste.
Ich sah mit einem Mal viel mehr in ihr als nur meine Verlobte. Als nur diese verhasste Verpflichtung.
»Du bist wirklich ein Idiot«, schimpfte Harriett mich sanft

und erhob sich ebenfalls. »Du weißt gar nicht, wie liebenswert du wirklich bist.«

Sie stellte sich neben Amabel und legte ihren Arm auf deren Schulter ab. Beide Frauen lächelten mich an und umarmten mich noch einmal.

»Freunde, hörst du?«, wisperte Harriett mir zu.

Ich nickte lächelnd.

»Ja, Freunde«, antwortete ich und genoss dieses Gefühl der Wärme, das sich in meinem Inneren breitmachte.

Und obwohl in diesem Augenblick alles gut zu sein schien, wusste ich doch, dass dieser Moment vorübergehen würde. Dass wir die Zeit nicht anhalten und für immer in diesem Kokon aus Glückseligkeit leben konnten.

Doch dann kamen mir Amabels Worte in den Sinn.

Ich möchte diese Zeit genießen, ich möchte nicht ständig daran denken, was die Zukunft bringt, und mir Sorgen um alles machen.

Vielleicht könnte ich das auch. Im Moment leben. Im Jetzt. Jedenfalls so lange, bis ich meinen Verpflichtungen und der Wahrheit ins Auge sehen musste. Aber jetzt wollte ich diese Wärme in meinem Herzen einschließen und daran glauben, dass alles sich irgendwann zum Guten wenden würde.

Kapitel 14
Amabel

**Southend-on-Sea, Mitte November,
einige Tage vor dem Badmintonturnier**

»Amabel? Hörst du mir überhaupt zu?« Lucies Worte rissen mich aus meinen tiefen, verworrenen Gedanken, und ich blieb wie angewurzelt auf dem Gehsteig stehen.

Ich blinzelte mehrmals und sah meine beste Freundin irritiert an, bis mir wieder einfiel, dass wir schon beim *Magdalena's House* waren.

»Ja?«

»War das eine Frage?« Lucie verdrehte die Augen, hakte sich bei mir unter und stieß mich mit der Schulter an.

»Bist du in Gedanken bei Harriett?«, fragte sie zwinkernd.

Ich seufzte leise. »Nicht nur bei ihr ...«

Lucie legte die Stirn in Falten, und ihre Augenbrauen schossen in die Höhe. »Denkst du etwa an John?«

Ich wiegte den Kopf hin und her, während Lucie eine Bank vor dem *Magdalena's House* ansteuerte und wir uns setzten. Es war ein frostiger Tag, dunkle Wolken brodelten am Himmel, und die ersten winzigen Schneeflocken segelten auf den Boden herab.

»Es ist mir wirklich ein Rätsel, wie Mrs Ham auf die glorreiche Idee kommen konnte, einen Badmintonwettbewerb im Winter durchzuführen«, sprach Lucie weiter, als ich nicht antwortete.

Ich wusste es zu schätzen, dass sie nicht nachbohrte, obwohl die Neugier in ihren grünen Augen funkelte.

»Es wird ein großes Zelt auf dem Grundstück von Harrietts Familie aufgebaut, dort drinnen werden die Spiele ausgetragen und Essen aufgetischt«, erklärte ich und schlug mir die Hand vor den Mund, weil die Worte aus meinem Mund gerutscht waren, bevor ich hatte nachdenken können. Ich wollte Lucie eigentlich gar nichts über dieses Treffen von Harriett, John und mir erzählen. Nicht, weil ich ihr nicht vertraute, sondern weil ich selbst all diese Gefühle in mir nicht in Worte fassen konnte. Doch nun hatte ich angefangen, über die Organisation des Turniers zu erzählen, und Lucie würde jetzt auch alles andere wissen wollen.

»Hat Harriett dir das erzählt, bei eurem Treffen mit John?« Lucie drehte sich zu mir und ergriff meine Hände. »Nun erzähl schon! Ich platze vor Neugier. Dein Verlobter lässt sich auch jedes Wort aus der Nase ziehen, hat Arthur mir erzählt.«

»Du hast Arthur auf John angesetzt?« Ich schüttelte fassungslos, aber auf eine merkwürdige Art und Weise auch belustigt den Kopf.

»Nicht so richtig …« Lucie zog einen kleinen Schmollmund und klimperte mit den Augen. »Aber du erzählst so wenig, und ich bin viel zu neugierig. Deswegen habe ich Arthur gefragt, ob John ihm etwas erzählt, weil sie doch gemeinsam studieren. Aber John ist so schweigsam wie ein Baum.«

»Ein Baum?« Nun waren es meine Augenbrauen, die in die Höhe schossen. »Woher kommt dieser merkwürdige Vergleich?«

»Findest du nicht, dass er wie ein Baum ist? Stattlich, hochgewachsen und tief verwurzelt mit seinen Idealen, wie mir scheint. Aber manchmal habe ich das Gefühl, dass er gerne seine Äste ausstrecken würde, damit die Blätter vom Wind davongetragen werden …«

»Das war ... poetisch«, sagte ich und schüttelte den Kopf.
»Liest du neuerdings Gedichte?«
»Du machst dich über mich lustig!« Lucie verschränkte ihre Hände vor der Brust.
»Nein ...«, erwiderte ich und konnte dennoch nicht verhindern, dass ein kurzes Lachen aus mir herausbrach. »Vielleicht ein bisschen ...«
Lucie grummelte etwas Unverständliches, schenkte mir dann aber ein versöhnliches Lächeln.
Ich lehnte mich auf der Bank zurück. »Wenn ich mit Harriett zusammen bin, fühlt es sich so an, als würde die Welt stillstehen. Mein Herz fühlt sich frei mit ihr an, alles, was mich betrübt, scheint dann vergessen ... Klingt das merkwürdig?«
»Nein ...« Lucie strich über ihr zitronengelbes Promenadenkleid, welches unter dem dicken Mantel hervorlugte, und ergriff meine Hand. »Das klingt wunderschön, Amabel. So fühle ich mich, wenn ich in Arthurs Nähe bin. Es freut mich, dass du dich mit Harriett genauso fühlst ... du magst sie sehr, oder?«
Himmel, ich mochte sie mehr, als für uns beide gut war. Ich hatte mich in Harriett Hold verliebt, befand mich wie in einem Sturm auf hoher See, der mein Herz jederzeit zum Kentern bringen konnte. Und doch konnte ich nicht genug von diesem gefährlichen Sturm bekommen.
»Ich glaube ...«, setzte ich vorsichtig an und musste mich räuspern, denn die Worte verhakten sich auf meiner Zunge. »Ich glaube, ich habe mich in sie verliebt, Lucie.«
Diese Worte hätten schön klingen müssen in meinen eigenen Ohren, sie hätten mein Herz höherschlagen lassen müssen, doch sie klangen todtraurig. Sie schmeckten bitter, nach Hoffnungslosigkeit und Verlorensein.
»Amabel ...« Lucie strich mir eine Haarsträhne aus dem Gesicht und drängte mich sanft, sie anzusehen. »Das ist doch schön ...«

»Ist es das?« Meine Stimme war scharf, und sogleich taten mir meine Worte leid. Ich biss mir auf die Unterlippe und wandte den Blick ab. »Wie soll ich so weiterleben? Ich habe mich in Johns Cousine verliebt, und jedes Mal, wenn ich ihr gegenüberstehe, will ich sie küssen. Gott, mein Herz verzehrt sich nach ihr, aber es käme mir wie Verrat an John vor, obwohl ich ihn doch niemals lieben kann. Und ich … es ist alles so kompliziert und … was würden meine Eltern sagen, wenn ich …« Mir gingen die Worte aus, und nur ein heiseres Krächzen entkam meinen Lippen noch, während Tränen in meinen Augen brannten.

»Das hat lange auf deinem Herzen gelastet«, sagte Lucie, und ich sah sie an.

Ihre blonden Locken wogten um ihre feinen Gesichtszüge, und die grünen Augen musterten mich eingehend. Ich nickte schwach, während ich mir hastig die Tränen von den Wangen wischte, die nun doch über meine Lider geschwappt waren.

»Und du hast es mir nicht erzählt, weil du …?« Lucie ließ den Satz unvollendet, obwohl ich in ihrem Blick erkennen konnte, dass sie die Antwort auf diese Frage schon wusste.

»Du hast genug gelitten in den letzten Monaten«, flüsterte ich heiser und schniefte unfein. Ich hatte Lucie nicht davon erzählen wollen, weil ich sie nicht mit meinem Leid belasten wollte. Sie war jetzt glücklich mit Arthur, nachdem sie erst kürzlich ihre Mutter verloren hatte. Da sollte sie nicht auch noch meinen Kummer schultern.

Schnee wirbelte um uns herum und verfing sich in meinem schwarzen Haar, während die Kälte meine Glieder hinaufkroch und der Klang der Kirchenglocken mich erzittern ließ.

»Ach Amabel …« Lucie zog mich sanft in ihre Arme und strich über meinen Rücken. »Weißt du, ein weiser junger Mann hat mal zu mir gesagt, dass jeder Schmerz gleich viel wert ist. Dass man seinen eigenen Kummer nicht kleinreden sollte. Du kannst mir doch immer alles erzählen, das weißt du doch …«

Ich nickte an Lucies Schulter. »War dieser weise Mann dein Verlobter?«

»Ja, Arthur kann ziemlich weise sein, wenn er denn will.«

Wir verharrten schweigend in dieser Umarmung, während mein Herzschlag sich langsam beruhigte, obwohl noch tausend Worte durch meinen Kopf stoben.

»Aber ...«, setzte ich vorsichtig an und löste mich von Lucie. »Was soll ich denn tun?«

Sie presste die Lippen aufeinander und wiegte den Kopf hin und her. Ich konnte förmlich spüren, dass sie etwas sagen wollte, aber nicht wusste, wie.

»Nun sag schon, was du sagen willst ...« Ich sah Lucie ernst an, und sie stieß ein Schnauben aus.

»Du willst es ohnehin nicht hören, Amabel. Ich habe dir vor dem Ball im Oktober schon gesagt, dass du mit deinen Eltern sprechen sollst ... weil du niemals mit John glücklich sein wirst, und ich will dich nicht unglücklich sehen ...«

Unwillkürlich ballte ich die Hand zur Faust und wandte den Blick ab. Ich schaute auf meine Schuhspitzen und die Schneeflocken, die über den Boden wirbelten. Mein Herz fühlte sich schwer wie Blei an.

Lucie hatte recht, aber ich konnte mich nicht überwinden, mit Claire und Walter zu sprechen. Gott, ich liebte sie. Sie waren beinahe die einzigen Eltern, an die ich mich erinnern konnte. Die Erinnerungen an meine Mutter Catherina waren so verschwommen wie ein Bildnis, welches ins Wasser gefallen war. An meinen Vater konnte ich mich überhaupt nicht erinnern, denn er war gestorben, als ich noch nicht mal »Papa« hatte aussprechen können.

Ich fürchtete, dass ich für Claire und Walter eine Enttäuschung sein würde. Sie hatten mich voller Liebe aufgenommen, mir die verlorenen Eltern ersetzt und mir ein gutes Leben geschenkt.

Was, wenn ich sie verlieren würde, weil mein Wunsch war, die Verlobung mit John zu lösen, weil ich Frauen liebte?

»Ich habe Angst«, würgte ich nach einiger Zeit des Schweigens hervor und schlang die Arme um mich.

»Meine Mutter hat immer gesagt, wenn du Angst hast, ist es ein Zeichen dafür, dass du genau das tun solltest«, erwiderte Lucie sanft.

»Deine Mama war wirklich sehr weise ...«, wisperte ich und seufzte.

»Mhm ... ich glaube, wir werden alle irgendwann sehr weise durch die Dinge, die wir erleben. Ich weiß, dass du Angst hast, Amabel, aber ist diese Angst es wert, dass du den Rest deines Lebens unglücklich bist?«

Nein, wollte ich gerne sagen, aber schwieg doch.

Irgendwie fehlte mir der Mut. Gott, ich wäre gerne so mutig und entschlossen wie Harriett, aber das war ich nicht.

Ich schaute in den grauen Himmel, während Schneeflocken mein Gesicht benetzten. Dachte an Harriett und John und wie schön es mit den beiden gewesen war. Wie John sich langsam mir gegenüber öffnete. Da war etwas, das er vor der Welt verborgen hielt, und ich wollte herausfinden, was.

»Aber sag ...« Ich drehte mich zu Lucie um, die schweigend neben mir saß und fasziniert das Schneetreiben beobachtete. »Du hast mir gar nicht erzählt, warum du mit mir zum *Magdalena's House* wolltest.«

Es war Samstag, und wir hatten den ganzen Tag über keinerlei Verpflichtungen. Doch eigentlich hatte ich ausschlafen und in der großen Halle im Internat ein wenig Badminton üben wollen. Es wurmte mich, dass ich bisher noch nicht gegen Harriett gewonnen hatte, und ohne einen Sieg würde ich nicht erfahren, was sie und John vor mir geheim hielten.

Doch auf der anderen Seite war auch eine Niederlage beim Turnier gegen Harriett ziemlich verlockend, weil es bedeuten würde, dass sie mir einen Kuss von den Lippen stehlen würde. Allein bei dem Gedanken prickelte eine Hitze in meinem Nacken, und mein Herz schlug wild gegen meine Rippen.

»Nun ...«, Lucie erhob sich schwungvoll und deutete zur Tür des *Magdalena's House,* »weil heute Nacht ein kleines Wunder zur Welt gekommen ist.«

Ich erhob mich ebenfalls. »Mimi ...«

Das junge Dienstmädchen stand im Türrahmen. Sie trug ein schlichtes Kleid und einen dunklen Mantel. Ihre roten Haare waren zu einem Zopf geflochten, der über ihre Schulter fiel. In ihren Armen hielt sie ein kleines Bündel.

»Du hast dein Kind geboren!«, rief ich aus und lief die Treppenstufen hinauf. »Warum hast du mir das nicht früher gesagt, Lucie?«

»Weil ich es selbst heute Morgen erst durch den Botenjungen erfahren habe. Und weil du sehr beschäftigt mit deinen eigenen Gedanken bist, aber genau deswegen wollte ich mit dir nach Southend.«

Ich sah Mimi an, die ein wenig erschöpft, aber überglücklich aussah.

»Es freut mich, dass Sie beide mich besuchen«, sagte sie.

Neugierig betrachtete ich das Kind. Ein winziger roter Haarflaum zierte den Kopf, und die kleinen Hände waren zu Fäusten geballt.

»Ist es ...« Neugierig sah ich Mimi an, die sich umwandte, um hineinzugehen.

»Es ist ein Mädchen, meine kleine Lucinda ...«, antwortete sie, als wir eintraten. Im Gemeinschaftsraum des Hauses brannte ein Feuer im Kamin, und der Duft von Tee stieg mir in die Nase. Einige Frauen saßen auf Chaiselongues oder an Stickrahmen, zwei kleinere Kinder tollten durch das Zimmer.

»Lucinda?« Ich schaute über die Schulter zu Lucie, die mir voller Rührung in den Augen zunickte.

»Ich konnte es fast nicht glauben, als ich den Brief von Mrs Waring gelesen habe ...«

Mrs Waring, die Leiterin des *Magdalena's House*, hatte das Frauenstift damals ins Leben gerufen und kümmerte sich noch immer um die Belange der Einrichtung.

Mimi setzte sich mit der kleinen Lucinda in einen Schaukelstuhl und wiegte das Kind. »Ich habe Ihnen so viel zu verdanken, Miss Lucie. Da erschien es mir richtig, mein Kind nach Ihnen zu benennen.«

Eine leichte Röte zierte Lucies Wangen. »Das habe ich gerne getan, Mimi, das weißt du doch genau.«

Mimi nickte lächelnd. »Natürlich weiß ich das, aber ich möchte der kleinen Lucinda irgendwann erzählen, von wem sie ihren Namen hat und wieso sie so ein gutes Leben hat.«

Mir stiegen die Tränen in die Augen, während ich der Kleinen sanft über den Kopf strich. Gott, sie war goldig. Und Mimi hatte es Lucie zu verdanken, dass sie die Kleine nun im Arm halten konnte. Denn meine beste Freundin hatte sich nicht abhalten lassen, auf den Spuren ihrer verstorbenen Mutter zu wandeln und das *Magdalena's House* zu unterstützen.

»D-danke«, murmelte Lucie und setzte sich zu uns.

Schweigend beobachteten wir Lucinda dabei, wie sie sich in den Armen ihrer Mutter streckte und die Augen ein wenig öffnete.

»Ich bin so dankbar, dass es ihr gut geht. Sie ist mein größter Schatz ...«, flüsterte Mimi und hauchte ihrer Tochter einen Kuss auf die Stirn. »Und ich bin froh, dass wir so lange hierbleiben können, bis ich wieder bereit bin zu arbeiten.«

»Aber Mimi ...« Lucie runzelte die Stirn und schüttelte den Kopf. »Du musst nicht so schnell wieder arbeiten. Mein Vater schickt dir doch Geld, und wir werden auch eine Wohnung für dich finden und ...«

»Nein«, unterbrach Mimi scharf. »Miss Lucie, ich schätze

sehr, was Sie für mich getan haben. Und ich bin dankbar für die Zuwendung Ihrer Familie, aber ich möchte diese nur so lange in Anspruch nehmen, wie es nötig ist. Wenn Sie mich als Ihr Dienstmädchen zurücknehmen wollen, dann würde ich mich freuen, aber ansonsten werde ich mir eine andere Arbeit suchen. Ich will auf meinen eigenen Beinen stehen, damit ich Lucinda ein gutes Vorbild sein kann.«

Ich starrte Mimi sicherlich genauso entgeistert an, wie Lucie es tat. Doch ich konnte ihr Bestreben auch gut verstehen. Meine Mutter hatte das Gleiche gewollt wie Mimi. Sie hatte auch nach meiner Geburt weiter als Gouvernante gearbeitet, um mich zu versorgen.

»Das …«, setzte Lucie an und seufzte leise. »Natürlich, das verstehe ich, Mimi. Aber bitte vergiss niemals: Wenn du meine Hilfe brauchst, dann bin ich da.«

»Das vergesse ich nicht, Miss Lucie. Das ist sehr gütig von Ihnen. Ich hoffe, dass Lucinda genauso mutig wird wie Sie.«

Tränen traten in Lucies Augen, und sie nickte schweigend. Ich ergriff die Hand meiner besten Freundin und drückte sie fest. Sie wollte immer allen helfen, für alle da sein. Es fiel ihr mit Sicherheit schwer, Mimi nicht alle Zuwendung zu schenken, die möglich war.

»Außerdem …«, Mimi wiegte ihre Tochter sanft hin und her, »ist die Schule dann schon offen, wenn Lucinda größer ist. Dann ist sie dort gut aufgehoben.«

»Schule?«, fragte ich verwirrt.

Doch anstatt Mimi antwortete eine andere, mir sehr bekannte Stimme, die mein Herz sofort schneller schlagen ließ.

»Das Gebäude neben dem *Magdalena's House* steht leer. Ich habe gehört, dass Mrs Waring es kaufen und eine Schule sowie eine Betreuungsmöglichkeit für die kleineren Kinder dort einrichten will.«

»Harriett!« Ich wirbelte herum.

Da stand sie, in einem fliederfarbenen Kleid, einem schwarzen Mantel und einem dicken Schal um den Hals. Schnee hatte sich in ihren rotblonden Haaren verfangen, und ihr kokettes Grinsen sorgte dafür, dass ich meinen Blick kaum von ihr abwenden konnte.

»Was tust du hier?«, fragte ich und wollte am liebsten auf sie zustürmen und sie in meine Arme schließen, doch ich hielt mich zurück.

»Dich suchen«, antwortete sie lächelnd und ging zu Lucie und Mimi. »Und Sie auch, Miss Lucie ... das ist aber ein niedliches Kind ...« Sie schaute Lucinda an.

Mimi legte die Stirn in Falten. »Vielen Dank, Miss ...?«

»Harriett Hold!«, stellte Harriett sich in ihrem stürmischen Übermut vor. »Es freut mich, Sie kennenzulernen, Miss ...«

»Kein Miss«, korrigierte Mimi sie mechanisch. »Einfach nur Mimi.«

»Niemand ist ›einfach nur‹, Miss Mimi.« Harriett strahlte das Dienstmädchen an, das nun wiederum mir einen Blick zuwarf. Ich schüttelte matt den Kopf.

»Harriett Hold ist die Cousine meines Verlobten John Hold.«

Mimi nickte schweigend, und Lucie ergriff das Wort.

»Warum haben Sie uns gesucht, Miss Harriett? Und wieso erfahre ich erst jetzt von Mrs Warings Plänen, eine Schule hier neben dem *Magdalena's House* zu eröffnen?«

»Vielleicht, weil Sie zu beschäftigt damit sind, Ihr Hochzeitskleid auszusuchen?« Harriett zwinkerte Lucie zu und wackelte mit den Augenbrauen. »Jedenfalls habe ich Sie deswegen gesucht, weil Arthur draußen wartet.«

»Wie bitte?« Lucie klang beinah etwas beleidigt, und erneut zierte Röte ihre Wangen. »Arthur wird doch nicht ...« Nachdenklich biss sie sich auf die Unterlippe. »Wobei, ich habe mich noch nicht mal für einen Schnitt beim Kleid entschieden ...«

»Sehen Sie?« Harriett lächelte galant und zuckte mit den Schultern. »Aber nehmen Sie es ihm nicht übel, dass er mir davon erzählt hat. Er freut sich sehr auf die Hochzeit ...«

Ihr Blick glitt zu mir und schien zu sagen: *Im Gegensatz zu John.*

Ich schluckte schwer, denn nun kroch die altbekannte Furcht über meine Glieder. John wartete draußen auf mich, und auch wenn wir bei Harriett zu Hause eine geradezu wundersame Zeit zu dritt gehabt hatten, war es anders, wenn wir uns in der Öffentlichkeit begegneten.

Dann schien sich wieder diese Dunkelheit über seine Züge zu legen, und er verhielt sich abweisend.

»Nun ...« Lucie räusperte sich und sah mich an. »Dann lassen wir dich wieder allein und zur Ruhe kommen, Mimi. Aber wir besuchen dich bald wieder ...« Sie strich über Lucindas Kopf und lächelte Mimi an.

»Vielen Dank, dass Sie mich alle besucht haben. Ich habe mich sehr gefreut.« Mimi lächelte selig und drückte ihre Tochter an die Brust.

Wir verabschiedeten uns von Mimi und traten wieder hinaus ins Freie. Der Schneefall war heftiger geworden, doch dafür zeigte sich nun über dem Meer die Sonne, wo sich die Wolken schon verzogen hatten. Ich schlug den Kragen meines Mantels hoch und ging mit vorsichtigen Schritten die Treppe hinunter, als ich spürte, wie Harrietts Finger die meinen streiften.

»Wie geht es dir?«, flüsterte sie mir zu, und ihr Atem huschte einem warmen Schauer gleich über meine Haut.

»Ich habe dich vermisst«, erwiderte ich leise und war selbst überrascht, wie ehrlich ich war.

»Oh?« Harrietts Mund verzog sich zu diesem süffisanten Grinsen, das ich so liebte. »Ich fühle mich geehrt, Miss Amabel.«

Allein ihre Worte, die so sanft waren wie die Berührung einer Feder, sorgten dafür, dass Hitze durch meine Glieder schoss.

Ich hielt an und verlor mich in Harrietts dunklen Augen, in dieser Finsternis, die mich sanft liebkoste. Am liebsten hätte ich über ihre hohen Wangenknochen gestrichen, meine Finger durch dieses erdbeerblonde Haar gleiten lassen und dann in ihren Nacken gelegt.

Wie kann man jemanden so begehren?, fragte ich mich und fuhr mit meiner Zunge über die Lippen. *Wie ist es möglich, dass ich ihr innerhalb eines Wimpernschlags so verfallen bin?*

Wenn meine Sehnsucht nach Harriett sich weiterhin steigerte, würde ich mich in große Schwierigkeiten hineinmanövrieren.

»Miss Amabel, Miss Lucie ...« Arthur trat vor, hauchte mir galant einen Kuss auf den Handrücken und zog Lucie in seine Arme. »Wie geht es euch?«

»Sehr gut«, antwortete Lucie selig. »Mimi hat ein gesundes Mädchen zur Welt gebracht und sie Lucinda genannt.«

Arthurs Augenbrauen schossen in die Höhe, und ein Schmunzeln zeigte sich auf seinen Lippen. »Lucinda? Nach dir?«

Lucie schlug die Augen nieder und wurde erneut rot. »Ja«, flüsterte sie.

»Ach, mein Glücksmädchen.« Arthur küsste sie auf den Scheitel, und mein Herz schrie leise auf.

Ich wusste genau, dass ich neidisch war auf ihre Beziehung. Weil sie diese offen zeigen konnten. Weil sie sich liebten und der Welt genau das offenbarten. Ich konnte das nicht, obwohl ich es so gerne wollte.

»Das sind wirklich wunderbare Neuigkeiten.« John trat vor und ergriff ebenfalls meine Hand.

Schnee hatte sich in seinen schwarzen Haaren verfangen, und er musterte mich eingehend aus seinen blauen Augen. Unwillkürlich dachte ich an unsere gemeinsame Zeit auf Harrietts Anwesen, an diese Ruhe, die sich zwischen uns ausgebreitet hatte. Daran, wie John Harriett und mich in seine Arme gezogen hatte.

»Du scheinst tief in Gedanken versunken zu sein«, bemerkte John, und ich zuckte zusammen.

»Ich ...«, setzte ich an und stieß die angestaute Luft aus meinen Lungen. »Was tut ihr hier?«

»Dürfen wir unsere Verlobten nicht in Southend besuchen?«, fragte John lächelnd, doch in seinen blauen Augen erkannte ich, dass da mehr hinter seinem Besuch steckte.

»Doch, natürlich ...« Ich verschränkte die Hände vor dem Körper, und es fröstelte mich. »Aber ...«

John fuhr sich nachdenklich übers Kinn und seufzte leise. »Unsere Eltern kommen zu Besuch.«

Es dauerte einige Sekunden, bis mir die Tragweite seiner Worte bewusst wurde, und ich zog scharf die Luft ein.

»Wie bitte?«

»Deine Eltern und meine Eltern sind mit dem Zug auf dem Weg nach Southend. Sie wollen mit uns heute Abend ins *Royal* gehen, um gemeinsam ein schönes Dinner einzunehmen.«

Oh nein, dachte ich entsetzt und schüttelte wie in Trance den Kopf. Ein Essen mit meinen und Johns Eltern. Ein Essen, bei dem ich eine Maske auflegen müsste. So tun müsste, als wäre ich John zugewandt, obwohl ich kaum die Augen von Harriett lassen konnte.

»Und meine Mutter möchte, dass Harriett bei diesem Essen ebenfalls zugegen ist, da ihr nun Freundinnen seid.«

Die Art und Weise, wie John das Wort *Freundinnen* aussprach, ließ mich erahnen, dass ihm bereits bewusst war, dass da mehr zwischen Harriett und mir war.

Viel mehr.

»Wie ... schön«, sagte ich mechanisch und senkte den Blick. »Dann sollte ich besser nach Heygate zurückkehren, um mich ordentlich anzukleiden.«

»Nein, das solltest du nicht.« Harriett tauchte neben mir auf und legte einen Arm um meine Schulter. »Genau deswegen sind wir nämlich hier. Wir wollten den heutigen Tag mit dir verbringen, und da wir Arthur am Bahnhof getroffen haben, dachten wir, ein Ausflug zu fünft wäre eine willkommene Abwechslung.«

»Bitte?« Nun war ich vollends verwirrt.

»Das klingt nach einer wunderbaren Idee!«, mischte Lucie sich ins Gespräch ein und sah zwischen Harriett und mir hin und her. »Habt ihr schon Pläne?«

»Ein Ausritt!«, antwortete Harriett begeistert und klatschte in die Hände.

Ihre Nähe ließ meine Glieder erzittern, und mein Nacken prickelte. Mein Blick blieb an ihren kirschroten Lippen hängen. Wie gerne hätte ich eine Hand auf ihre Wange gelegt.

»Ausreiten?« Die Idee kam mir äußerst merkwürdig vor, und ich trat einen Schritt von Harriett weg. »Bei dem Wetter?«

»Gott, du bist wirklich eine angepasste Lady«, schalt Harriett mich mit einem Grinsen. »Traust du dir etwa nicht zu, im Schneetreiben zu reiten?«

Ihre Worte klangen neckend und angriffslustig und ließen ein Lächeln auf meinen Lippen erscheinen. »Du bist wirklich unverwechselbar«, sagte ich und straffte die Schultern.

»Stets zu Diensten.« Harriett machte einen linkischen Diener. Einige Schneeflocken verfingen sich in ihren Haaren, und eine landete auf ihrer Nase. Ich konnte nicht anders, hob die Hand und wischte sie vorsichtig weg.

Die Berührung sandte einen Schauer durch meine Finger, und ich verlor mich in Harrietts Augen. Die Zeit schien für einige Sekunden stillzustehen. Da waren nur noch sie und ich. Nur noch diese winzigen Augenblicke zwischen uns, die so kostbar waren. Die ich in meinem Herzen einschließen wollte.

Ich wusste nicht, wie viel Zeit vergangen war, als ein Räuspern an mein Ohr drang und ich eilig meine Hand zurückzog.

John trat neben uns und berührte mich flüchtig am Arm. »Nun denn, die Damen. Wir nehmen eine Kutsche zu Arthurs Anwesen, dort warten die Pferde schon auf uns.«

Ich nickte heftig und wandte mich eilig ab, denn meine Wangen waren erhitzt, und ich hatte das Gefühl, als würde mein Herz sogleich aus meiner Brust springen.

Zittrig holte ich Luft, als ich zwischen Lucie und Harriett die Straße hinunter zur Promenade ging, wo wir eine Droschke nehmen wollten. John und Arthur liefen vor uns.

Dieser Moment fühlte sich surreal an, vor allem als Lucie an mir vorbei Harriett neugierig musterte.

»Sagen Sie, Miss Harriett …«, setzte sie an.

»Ja?« Harriett zog sich gerade ihre Handschuhe an und hielt im Gehen inne.

Wir fielen ein Stück hinter John und Arthur zurück.

»Werden Sie gut auf Amabel achtgeben und nicht mit ihren Gefühlen spielen?«

»Lucie!«, zischte ich entsetzt, doch sie machte nur eine Handbewegung, als würde sie ein lästiges Insekt verscheuchen.

»Ich muss diese Frage stellen«, sagte Lucie mit bitterernster Stimme und verschränkte die Arme vor der Brust. »Amabel ist meine beste Freundin.«

Harriett neigte den Kopf und sah kurz zu mir, dann lächelte sie Lucie an.

»Das werde ich«, sagte sie mit der Hand auf ihrem Herzen, »ich verspreche es hoch und heilig. Bei mir ist Amabels Herz sicher.«

Ich wollte am liebsten im Erdboden versinken, denn auf der einen Seite sorgten ihre Worte dafür, dass sich Hitze in meinem ganzen Körper ausbreitete und sich ein Lächeln auf mein Gesicht stahl. Auf der anderen Seite war es mir unsagbar peinlich.

Und irgendwie fühlte ich mich auch ein wenig hoffnungslos, denn wir würden niemals zusammen sein können. Nicht so, wie wir es uns wünschten.

»Das beruhigt mich«, entgegnete Lucie und nickte zufrieden. »Das ist das Einzige, was ich wissen wollte. Nun kommt schon, sonst fallen wir zu weit zurück.«

Lucie lief eilig hinter Arthur und John her, die schon bei der Promenade angekommen waren. Harriett und ich standen kurz schweigend nebeneinander, als sie plötzlich ihre Hand in meine schob.

»Ich meine das ernst«, flüsterte sie und sah mir tief in die Augen. »Ich mag dich mehr, als ich sollte, Amabel. Aber ich werde niemals etwas tun, was dich verletzen könnte.«

Ein dicker Kloß bildete sich in meinem Hals, und ich versuchte zu schlucken, aber meine Kehle war wie zugeschnürt.

Ich mag dich mehr, als ich sollte.

Harrietts Worte wirbelten durch meinen Kopf, und ich konnte sie nur ansehen und mich in diesen Sturmaugen verlieren. Ich hoffte, dass ich den Mut aufbringen würde, mit meinen Adoptiveltern zu sprechen und ihnen meine wahren Gefühle zu offenbaren, denn sonst wäre ich verloren.

Kapitel 15
Amabel

Die Stute namens Aphrodite, auf der ich saß, schnaubte leise, als ich die Zügel etwas fester in die Hand nahm und wir alle in gemächlichem Trab von Arthurs Anwesen losritten.

Sanfte Sonnenstrahlen glitzerten auf dem Schnee, und ein kalter Wind wirbelte sanft um mich herum. Meine Finger zitterten ein wenig, obwohl sie in dicke Wollhandschuhe eingepackt waren. Aber die Schönheit der Natur verzauberte mich.

Wir steuerten einen Waldweg an, Arthur voraus, der die Gegend am besten kannte. Er ließ sein Pferd kurz vorm Waldpfad anhalten und schaute sich zu uns um. »Alle bereit?«, fragte er.

Wir nickten ihm zu, und ich linste zu John, dessen Pferd neben meinem stehen geblieben war. Seine Wangen waren von der Kälte gerötet, und er schenkte mir ein zaghaftes Lächeln.

Ich erwiderte es vorsichtig und betrachtete meinen Verlobten eingehend. Er war mir immer noch ein Rätsel. Die Zeit mit ihm in Harrietts Villa war schön gewesen, und ich hatte seine Nähe genossen. Nicht auf die Art, wie man Zeit mit seinem Verlobten genoss, sondern auf eine freundschaftliche Weise. Genau das wollte ich in Wirklichkeit. Dass er mein Freund war, jemand, den ich um Rat fragen konnte.

Aber er ist dein zukünftiger Ehemann, wisperte eine Stimme in meinen Gedanken, und ich zuckte innerlich zusammen.

Eilig ließ ich Aphrodite angaloppieren und ritt Arthur hinterher. Durch die kahlen Äste der Bäume fiel das Sonnenlicht und tanzte auf dem Waldweg umher. Ich hörte das leise Zwitschern von Vögeln, und der Geruch von Schnee und Laub drang in meine Nase.

Mit wirbelnden schwarzen Haaren ließ ich das Pferd immer schneller galoppieren und vergaß alles um mich herum. Die Luft war eisig, und Aphrodites Schnauben setzte sich wie ein Mantra in meinem Kopf fest. Die Bäume um uns verwandelten sich in schemenhafte Schatten, während wir Arthurs Pferd hinterherjagten, hinauf auf eine Anhöhe im Wald.

Mir wurde schmerzhaft bewusst, wie viel Glück ich doch gehabt hatte, dass Claire und Walter mich adoptiert und mir ein gutes Leben ermöglicht hatten. Nach Vaters und Mutters Tod wäre ich ansonsten in ein Waisenheim gekommen, ich hätte niemals die Möglichkeit auf solch ein Leben gehabt: Reitunterricht, Ausritte mit diesen stattlichen Tieren, die Schulbildung in Heygate, selbst die Verlobung mit John. Andere Frauen hatten nicht solch ein Glück, sie mussten ein viel schwereres Leben führen als ich.

Und doch betrübte mich mein eigenes Leben.

»Amabel ...«, sagte John.

Wir waren auf der Anhöhe zum Stehen gekommen. Von hier oben konnte ich weit über Southend hinwegblicken. Selbst das Meer konnte ich sehen, die stürmischen Wellen, die sich am Strand brachen.

Alles wirkte viel kleiner, viel weiter entfernt. Ich sah zu John, der neben mir haltgemacht hatte. Etwas abseits von uns nahe einem Baum waren Lucie und Harriett von ihren Pferden gesprungen, weil sie ein paar Eichhörnchen im Dickicht entdeckt hatten und diese beobachten wollten.

»Ja?«, sagte ich und betrachtete meinen Verlobten.

Die schwarzen Haare hingen ihm in die Stirn, und seine Wangen glühten förmlich. In seinen blauen Augen erkannte ich einen beinahe wehmütigen Glanz.

»Geht es dir gut?« Die Frage war vorsichtig formuliert, und John sah mich nachdenklich an.

»Ja ...«, antwortete ich leise und seufzte. »Ich weiß nicht, ich bin ein wenig aufgeregt wegen des Dinners im *Royal*.«

John kam mit seinem Pferd näher an meines heran, ließ die Zügel los und griff nach meiner Hand.

Diese plötzliche Nähe löste nicht dieses vertraute Kribbeln in mir aus, das ich spürte, wann immer Harriett mich berührte. Aber trotzdem schien sich eine sanfte Wärme in mir auszubreiten.

In den letzten Tagen war mir ein merkwürdiger Gedanke gekommen. Eine winzige Ahnung, die sich wie ein Schleier über mich gelegt hatte. Doch bisher hatte mir der Mut gefehlt, diese Gedanken in Worte zu fassen.

»Vielleicht beruhigt es dich, wenn ich dir sage, dass ich auch ein wenig nervös bin«, sagte John und drückte meine Hand.

Ich erwiderte nichts, sondern sah ihn nur an. Betrachtete diesen schönen Mann, der da im Sattel saß und in dessen Augen doch keinerlei Liebe für mich lag – genauso wenig, wie ich Liebe für ihn empfinden konnte.

Weil er vielleicht selbst keine Frauen lieben konnte.

Dieser Gedanke erschien mir immer wahrscheinlicher. John wirkte nicht wie der Typ Mann, der eine heimliche Liebschaft mit einem Dienstmädchen hatte. Außerdem war ich mir fast sicher, dass mir Harriett diese Tatsache nicht verschwiegen hätte.

Wenn John genauso empfand wie ich, wenn er selbst keine Frauen lieben konnte, sondern nur Männer, dann war das etwas, was er mir selbst erzählen sollte. Wann immer er dafür bereit war.

»John ...«, setzte ich vorsichtig an und atmete zittrig aus. »Der Tag auf Harrietts Anwesen war sehr schön ...«

»Das finde ich auch ...« Er ließ meine Hand immer noch nicht los, während Schneeverwirbelungen über die Anhöhe huschten und die Stille des Waldes um uns herum zu surren schien.

»Ich habe nachgedacht ...« Ich räusperte mich und sah auf unsere Hände, legte mir vorsichtig die Worte zurecht. »Und ich möchte dir sagen, dass ich dich als Freund sehr gerne mag, John. Dass ich froh bin, dass wir diesen Tag miteinander verbracht haben, aber dass ich nicht glaube, dass wir jemals eine gute Ehe miteinander haben könnten ...«

Ich bewegte mich auf dünnem Eis mit diesen Worten. Alles, was ich sagte, war ein Affront gegenüber John. Und wenn er mir plötzlich nicht mehr wohlgesinnt war, könnte er seinen Eltern erzählen, dass sie doch nicht so eine gute Braut für ihn ausgesucht hatten.

Wobei, das wäre eigentlich gut, dachte ich und verdrehte die Augen bei diesem blöden Gedanken. Das löste keines meiner Probleme.

»Mhm ...« John fuhr sich mit der anderen Hand über sein Kinn. »Das denke ich ebenfalls ...«

Ich zog scharf die Luft ein und rutschte auf dem Damensattel unruhig hin und her.

»Sag, John ...« Ich sah ihm fest in die Augen und straffte die Schultern. »Kann es sein, dass du keine Frauen ...«

»Amabel!« Harrietts Ruf ließ mich heftig zusammenzucken, und sosehr ich diese Frau auch mochte, hasste ich sie in diesem Augenblick für ihr unsagbar schlechtes Timing.

John ließ abrupt meine Hand los und lenkte sein Pferd in die Richtung, in die Arthur galoppiert war. Ein derber Fluch entglitt meinen Lippen, als Harriett bei mir angekommen war.

Sie schaute mich mit hochgezogenen Augenbrauen an.

»Hab ich gestört?«

Ich verdrehte die Augen und rutschte von Aphrodite hinunter. Der Schnee knirschte unter meinen Stiefeln, und ich schüttelte matt den Kopf.

»Nein ... wobei, vielleicht ein wenig ...«

Harriett musterte mich eingehend, öffnete den Mund und schloss ihn sogleich wieder. Ihre Sturmaugen sahen mich traurig an, und sie senkte den Kopf.

»Entschuldige ...«, murmelte sie leise, ganz untypisch für sie. »Ich habe nicht ...«

»Harri«, unterbrach ich sie mit einem Schmunzeln und trat näher zu ihr heran. »Das ist doch nicht schlimm, was denkst du denn schon wieder?«

Sie hob den Kopf, während unsere Hände sich miteinander verschränkten. Ein gequälter Seufzer entrann ihrer Kehle. »Du und John ... ihr werdet heiraten und dann ...«

»Sch«, machte ich und legte einen Finger auf ihre kirschroten Lippen. »Darüber denken wir jetzt nicht nach, in Ordnung? Weißt du, ich habe John nur fragen wollen, ob es ihm geht wie mir ...« Ich beobachtete Harriett ganz genau, um jede Regung, die sich in ihrem Gesicht zeigte, aufzunehmen.

Sie musste es wissen, wenn es so war. Denn sie war Johns beste Freundin, sie kannte ihn, seit er ein Kind war.

Doch ihre Sturmaugen verrieten nichts. Ihr Mundwinkel zuckte nicht, ihr ganzer Körper blieb ruhig. Stattdessen strich sie mit dem Daumen über meinen Handrücken und lächelte nur.

»Ich verstehe ...«, wisperte Harriett leise und beugte sich noch ein Stück näher zu mir. Sie hauchte einen Kuss auf meine Wange und trat dann einen Schritt zurück. »Vielleicht wird deine Geduld belohnt.«

»Wie bitte?«, fragte ich verständnislos, doch Harriett streckte mir wortlos ihre Hand entgegen.

Ich legte die Stirn in Falten und starrte auf ihre geöffnete Hand. »Eine Blume?«, stellte ich fest. »Deswegen hast du mich gerufen? Wieso blüht die überhaupt im Winter? Müsste die nicht schon längst ...« Ich zuckte mit den Schultern.

Harriett schnaubte und verdrehte die Augen. »Ich habe sie in einem hohlen Baum entdeckt, ganz versteckt vom Moos. Es ist der letzte Trieb, ein letztes Aufraffen, bevor sie vergeht. Das ist ein Vergissmeinnicht, und es ist blau.«

Es dauerte einige Zeit, bis es klick in meinem Kopf machte.

»Etwas Altes, etwas Neues, etwas Geliehenes, etwas Blaues«, sagte ich den alten Hochzeitsspruch auf und ergriff die kleine blaue Blume. »Du denkst immer noch daran ...«

Tränen sammelten sich in meinen Augen, weil diese Situation surreal war. Ich wollte nicht heiraten, ich wollte frei sein und Harriett lieben dürfen. Aber auf der anderen Seite hatte ich bisher zwei Geschenke für diese Hochzeitstradition von ihr bekommen.

Die alte Münze, die in ihrer Familie vererbt wurde. Und nun ein Vergissmeinnicht.

»Etwas Altes und etwas Neues finde ich auch noch für dich«, sagte sie. »Ich weiß, normalerweise trägt man ein blaues Strumpfband, aber ich finde, diese Blume passt viel besser zu dir.«

Sie steckte die Blume vorsichtig in den geflochtenen Haarkranz, der meinen Kopf zierte, und strich über meine Schläfe. »Ein Vergissmeinnicht steht für eine dauerhafte Verbindung, für Liebe und Treue ...«

»Harriett ...«, wisperte ich mit brüchiger Stimme, und nun rann doch eine einzelne, verlorene Träne über meine Wange.

Sie zuckte mit den Schultern und wischte die Träne fort. »Das passt zu uns, oder?«

Das tat es wirklich. Ich berührte die Blume vorsichtig. »Ich danke dir ...«

Wir standen uns noch einige Sekunden schweigend gegenüber, während mein Herz wieder heftig zu klopfen begann und sich nach tieferen Berührungen sehnte.

Nach *mehr* als nur diesen gestohlenen Augenblicken.

»Die Damen? Störe ich?« Lucie tauchte hinter Harriett auf, doch wir sprangen nicht auseinander, sondern verweilten mit verhakten Blicken und ineinander verschränkten Fingern.

Denn es war jetzt einerlei. Jeder konnte sehen, dass wir etwas füreinander empfanden. Dass wir uns nacheinander sehnten. Und ich hatte ohnehin nicht mehr das Gefühl, dass es John stören würde, auch wenn das schlechte Gewissen dennoch an mir nagte.

»Nein, du störst nicht«, antwortete ich und trat nun doch ein Stück zurück. »Harriett hat mir nur ein Geschenk gemacht.«

Lucie betrachtete die Blume lächelnd, ihr Blick glitt zwischen uns beiden hin und her.

»Wie schön ...« Sie schaute zu John und Arthur, die ebenfalls von ihren Pferden abgestiegen waren und schwatzend durch den Schnee gingen.

»Wir müssen zurück, oder?« Ich verzog das Gesicht zu einer Grimasse, als Lucie auf ihre Armbanduhr sah und nickte.

»Wenn du dich noch umziehen willst vor dem Essen, dann müssen wir leider zurück.«

Ich sah mich auf der Lichtung um. Nur schwerlich konnte ich mich von dieser Schönheit losreißen. Von der ruhigen Natur und von Harriett, deren Atem auf meiner Haut kitzelte.

»Nun denn ...« Harriett räusperte sich und straffte die Schultern. »Ich wünsche euch heute einen schönen Abend.«

»Kommst du denn nicht mit?« Ein eisiger Schauer huschte über mich hinweg.

»Nein, dies ist ein Essen zwischen zukünftigen Eheleuten und ihren Familien. Da gehöre ich nicht hin.« Ihre Worte klangen hohl in meinen Ohren, und eine gewisse Traurigkeit schwang darin mit.

»Aber Harriett, du solltest doch mitkommen und ...« Ich streckte die Hand nach ihr aus, doch sie wandte sich ab.

»Schon in Ordnung, ich will nicht mit. Wir sehen uns doch in einigen Tagen beim Badmintonwettbewerb. Wenn du magst, kannst du einen Tag früher anreisen und uns beim Aufbau helfen. Immerhin bist du wahrscheinlich die Gewinnerin des Turniers und brauchst kein weiteres Training am Tag vorher, da kannst du uns gern unterstützen.«

»Und was ist mit mir?« Lucie stemmte in einer übertriebenen Geste die Hände in die Hüften.

Harriett kicherte. »Bitte entschuldigen Sie meine Ehrlichkeit, Miss Lucie, aber ich glaube nicht, dass Sie gewinnen könnten. Außerdem ist die Brautschau doch ohnehin nichts für Sie.«

Für mich auch nicht, dachte ich wehmütig, als unsere Blicke zu Arthur und John glitten. Aber natürlich meinte Harriett ihre Worte ganz anders. Lucie hatte Arthur und war glücklich mit ihm. Ich hatte John und war es nicht.

»Mhm ...« Lucie neigte den Kopf zur Seite, und ein kleines Lächeln zeigte sich auf ihren Lippen. »Da mögen Sie recht haben, Miss Harriett.«

Wir standen noch einige Minuten schweigend zusammen, während jede von uns ihren eigenen Gedanken nachhing. Als John und Arthur zu uns kamen, stiegen wir wieder auf die Pferde und ritten zurück.

Die Stute schnaubte leise auf dem Rückweg, und ich stierte auf Johns Rücken. Ich fragte mich, ob er mir offenbaren würde, wie er wirklich empfand, oder ob wir diese Scharade bis zu unserer Hochzeit aufrechterhalten würden.

Nervös strich ich mir über das dunkelrote Kleid mit ausladender Krinoline und rückte den farblich passenden und federbesetzten Hut auf meinem Kopf zurecht. Meine Hände waren feucht, und mein Herz drohte aus meiner Brust zu springen, als die Kutsche, die mich zum *Royal* fuhr, mit einem Rumpeln haltmachte.

»Die Dame ...« Der Kutscher reichte mir seine Hand und half mir beim Aussteigen.

Dankend nickte ich ihm zu und reichte ihm einige Münzen, während ich mit kleinen Schritten über den Gehsteig ging. Die Schuhe mit den hohen Absätzen waren neu und drückten ein wenig.

»Amabel!«, hörte ich da schon die Stimme meiner Mutter, die gemeinsam mit meinem Vater Walter vor dem Restaurant auf mich gewartet hatte.

Vater trug einen dunklen Anzug, und sein braunes Haar war adrett zurückgekämmt. Seine grünen Augen glänzten freudig, als er mich kurz in seine Arme zog. Claire hauchte mir links und rechts einen Kuss auf die Wange und ergriff meine Hände.

»Du siehst zauberhaft aus, mein Kind!«

Mein Kind.

Manchmal sorgten diese Worte dafür, dass mir warm ums Herz wurde. Dass ich mich geborgen fühlte. Wie eingewickelt in eine weiche Decke, eine Tasse Tee in der Hand, vorm prasselnden Feuer.

Dann gab es Augenblicke, in denen dieser Ausspruch nur eine eisige Gänsehaut auf meinen Gliedern verursachte. In denen mein Herz schwer wurde und Wehmut mich erfasste. Dann huschten die verschwommenen Erinnerungen an meine Mutter durch meinen Geist, und ich bildete mir ein, ihre Stimme zu hören.

Ich war Claires und Walters Kind. Das wusste ich, doch manchmal, da fragte ich mich, ob ich auch *genug* war. Lady *genug*, angepasst *genug*, perfekt *genug*.

Oder ob ich nicht doch eine große Enttäuschung für sie war. Immerhin wäre aus mir nie eine Lady geworden, wenn sie mich nicht adoptiert hätten. Nein, wenn Mutter nicht gestorben wäre, dann wäre ich vielleicht auch Lehrerin geworden oder Dienstmädchen für eine reiche Familie. Ich hätte niemals unter diesem Zwang gestanden, einen Mann zu ehelichen. Doch so war ich nun mit einem Earl verlobt.

»D-danke«, presste ich hervor und sah Claire an. Ihre dunkelblonden Haare fielen in grazilen Wellen über ihre Schultern, und das blaue Kleid aus Seide schmeichelte ihrem Körper.

»Ist alles in Ordnung mit dir, Amabel?« Sie legte ihre Hand unter mein Kinn und hob sanft meinen Kopf. »Bist du nervös?«

Ich nickte schweigend, denn die Wahrheit konnte ich nicht aussprechen. Dass ich am liebsten nicht hier gewesen wäre und mich diese Scharade langsam um den Verstand brachte.

Weil ich mich in Harriett Hold verliebt hatte.

»Du musst dir keine Sorgen machen, mein Kind.« Claire strich sanft über meine Wange. »Cassandra und ihr Mann Rupert sind mit John schon hineingegangen. Wir wollten draußen auf dich warten, weil ich mir sicher war, dass du ein wenig aufgeregt bist. Aber dies ist nur ein schönes gemeinsames Abendessen ...«

Ist es eben nicht, lag mir auf der Zunge, doch ich zwang mich zu einem Lächeln.

»Ich freue mich«, sagte ich leise und hatte das Gefühl, dass die Lüge mich von innen auffressen würde.

»Nun, dann lasst uns hineingehen.« Walter öffnete die Tür zum Hotel, und wohlige Wärme erfasste mich, als wir eintraten.

Der Empfangsbereich des Hotels war mit dunkelrotem Teppich ausgelegt, der die Geräusche unserer Schritte zu verschlucken schien. Die Mitarbeitenden trugen adrette Kleidung – dunkle Hosen oder Röcke, weiße Blusen und Westen darüber, auf denen das Emblem des Hotels in Gold aufgedruckt war. Ich folgte meinen Eltern am Empfangstresen vorbei in den Speisesaal, wo uns ein livrierter Kellner zu unserem Tisch führte.

Wortfetzen drangen von überallher an mein Ohr, und die prächtig gekleideten Damen und Herren der feinen Gesellschaft genossen die erlesenen Speisen. Auch Kinder saßen an den Tischen, schienen sich zu langweilen, aber blieben dennoch ruhig und wohlerzogen am Tisch sitzen.

»Walter, Claire! Und natürlich Amabel, wie schön, dass ihr da seid.« Rupert Hold, Johns Vater, erhob sich, um uns zu begrüßen.

John war sein Ebenbild. Rupert Hold hatte schwarze Haare, die genau wie Johns glänzten wie das Gefieder eines Raben. Er war hochgewachsen und stattlich gebaut, die dunkelblauen Augen leuchteten förmlich. Ein sanftes Lächeln legte sich auf seine Lippen, als er zuerst Walter freundschaftlich begrüßte und dann mir sowie Claire einen Kuss auf den Handrücken hauchte.

»Wir freuen uns ebenfalls sehr«, sagte Walter.

Ich begrüßte Cassandra, die wie immer hinreißend aussah in ihrem dunkelgrünen Kleid, mit ihren hochgesteckten blonden Haaren, die wie die Strahlen der Sonne funkelten. Erst dann wandte ich meinen Blick zu John, der mich kaum ansehen konnte.

Es passiert schon wieder, dachte ich erschöpft und reichte ihm dennoch meine Hand. *Er kapselt sich von mir ab, behandelt mich, als wäre ich Luft.*

John hauchte einen Kuss auf meine Hand, und sein Mund verzog sich zu etwas, was einem Lächeln nicht mal nahekam. Nein, es war ein gequälter Ausdruck, der sich in seinem Gesicht zeigte.

»Guten Abend«, sagte ich und neigte den Kopf ein wenig.

John nickte mir nur schweigend zu, ließ meine Hand abrupt wieder los und wandte sich der Speisekarte zu, die vor ihm lag.

Er war ein ganz anderer Mensch als zu dem Zeitpunkt auf Harrietts Anwesen. Dies war der John, den ich seit Bekanntgabe unserer Verlobung kannte. Derjenige, der mich zum Tanz aufforderte, aber dessen Augen niemals auf mir ruhten. Der höfliche Worte mit mir wechselte, in denen kein Gefühl mitschwang.

Das war nicht der John, der voller Leidenschaft Kuchen backte. Nicht der, der mich und Harriett in seine Arme zog.

Weil auch er den Erwartungen seiner Eltern entsprechen muss.

»Amabel?«, riss Cassandras Stimme mich aus meinen Gedanken, und ich schaute erschrocken auf.

»Ja?«, fragte ich und straffte die Schultern.

»Hat Madame Bloom das Hochzeitskleid schon zum Internat bringen lassen?«

Mein Herz wurde schwer wie Blei, und meine Finger begannen zu zittern. Gott, allein der Gedanke an diese Hochzeit ließ mich in Dunkelheit versinken.

»Ja, hat sie. Ich habe es noch mal anprobiert, und es sitzt perfekt.«

Obwohl ich es gar nicht tragen will.

»Wie schön. Es würde mich freuen, wenn ich und deine Mutter dich vorab noch einmal in dem Kleid sehen könnten. Es bedeutet mir viel, dass du das Hochzeitskleid unserer Familie tragen wirst.«

»Na-natürlich«, stammelte ich.

»Eine Bitte hätte ich jedoch noch.« Sie sah mich ernst an, und ihre Stirn legte sich in Falten. »Ich weiß, dass das Heygate in wenigen Tagen für seine Schülerinnen den kleinen Badmintonwettbewerb auf Augustus' und Harrietts Anwesen veranstalten wird ...«

Und?, wollte ich schon fragen, doch ich biss mir rechtzeitig auf die Zunge. Ich wollte meine Eltern nicht mit schlechtem Benehmen beschämen.

»Ich würde es zu schätzen wissen, wenn du nicht am Wettbewerb teilnimmst.«

»Was?«, platzte es nun doch aus mir heraus, lauter als beabsichtigt, sodass Walter und Rupert, die in ein Gespräch über die Politik vertieft waren, uns ihre Blicke zuwandten.

»Amabel«, schalt meine Mutter mich mit sanfter Strenge, »du weißt genau, dass es ›Wie bitte‹ heißt und du deine Stimme im Restaurant nicht erheben sollst.«

»Entschuldige«, murmelte ich peinlich berührt und ließ die Hände in meinen Schoß sinken. »Aber ich verstehe nicht recht, Cassandra …«

Johns Mutter schürzte die Lippen und schüttelte den Kopf. »Du könntest dich beim Wettbewerb verletzen. Die Hochzeit steht in wenigen Wochen an.«

»Beim Badminton verletzen? Ehrlich, Mutter?«, mischte John sich nun doch ins Gespräch ein und schenkte Cassandra ein süffisantes Lächeln.

Oh, er kann sprechen und sogar für mich einstehen.

Es wunderte mich sehr, dass John überhaupt das Wort ergriffen hatte. Aber vielleicht hatte unsere gemeinsame Zeit auch ihn verändert.

»John …« Cassandra warf ihrem Sohn einen pikierten Blick zu, und ich versteckte mein Grinsen eilig hinter meiner Hand.

Seine Worte rührten irgendetwas in mir, während der Druck, eine gute Lady zu sein, schwer auf meinen Schultern lastete.

»Mutter …«, sagte John in dem gleichen leidlichen Tonfall und trank einen Schluck Wein. »Die meisten Mädchen aus Amabels Jahrgang nehmen am Wettbewerb teil, und es ist eher eine kleine spaßige Veranstaltung, in Kombination mit einer Brautschau und dem Sammeln von Spenden. Außerdem habe ich von Harriett gehört, dass Amabel die beste Badmintonspielerin ist …«

»Wirklich?« Claire sah mich an, und plötzlich huschte so etwas wie Erkenntnis über ihre feinen Gesichtszüge. »Natürlich, deine Mutter hat früher so etwas Ähnliches wie Badminton gespielt.«

Mein Herz machte einen heftigen Satz. Also waren diese Erinnerungen nicht nur meine bloße Einbildung.

»Nun ...« Cassandra schürzte die Lippen und stieß dann zischend die Luft aus. »Ich bin aber immer noch nicht der Meinung, dass dies ein Spiel für die feinen jungen Damen der Gesellschaft sein sollte. Wenn das Bürgertum dieses Spiel spielt, in Ordnung, aber eine Lady – nein, das halte ich für keine gute Idee.«

»Ich bin keine Lady«, würgte ich zwischen zusammengepressten Lippen hervor, und meine Finger krampften sich ineinander.

»Bitte?« Cassandra sah mich ernst an, und meine Adoptivmutter neben mir stieß einen Seufzer aus, der so schwer klang, als läge das Gewicht der ganzen Welt auf ihren Schultern.

»Amabel meint es nicht so ...«, mischte Walter sich sogleich ein und hob abwehrend die Hände. »Sie ist nur ein wenig nervös und ...«

Nein, das bin ich nicht, hätte ich am liebsten geschrien, doch mein gutes Benehmen hielt mich davon ab.

Ach, dann bist du doch eine feine Lady?

All die Worte, die ich gerne laut gesagt hätte, verhakten sich auf meiner Zunge und hinterließen einen schalen Geschmack auf meiner Zunge.

Badminton war kein Spiel, das nur die Bürgerlichen spielten. Badminton war ein Spiel, das auch für feine Damen geeignet war. Wenn Cassandra auch nur einen Augenblick nachgedacht hätte, wüsste sie, dass dieser Satz genauso unangebracht war von ihr. Denn jeder an diesem Tisch wusste, dass ich Claires und Walters Adoptivtochter war. Dass ich gebürtig eine Tochter der Bürgerschicht war. Nur hatte man mich nun wie ein Pferd an einen Earl verschachert.

»Ich ...«, setzte ich an und hob den Blick, sah Cassandra tief in die Augen und zwang mich erneut zu diesem Lächeln, welches jedoch sofort auf meinen Lippen zerfiel. »Ich bin die Tochter einer bürgerlichen Frau, einer Frau, die Lehrerin war – vielleicht bin ich auch deshalb so gut im Badminton, weil dies ein Sport des Pöbels ist.«

Ich wusste, dass meine Aussage übertrieben war, doch ich zuckte mit den Schultern. Tränen stiegen in meine Augen, und alle am Tisch wurden still. Meine Mutter neben mir ließ beinah ihr Weinglas fallen, Walters Gesichtszüge entgleisten, und um Cassandras Mundwinkel zuckte ein säuerliches Lächeln.

Nur Johns Vater Rupert schienen meine Worte nicht im Geringsten zu überraschen.

Und John? Der saß neben mir mit zuckenden Schultern, eine Hand auf den Mund gepresst, als hätte er Mühe, ein Lachen zurückzuhalten. Und doch fand seine andere Hand den Weg zu meiner. Er drückte sie fest, gerade so, als ob er mir sagen wollte, dass er auf meiner Seite stand, auch wenn er es nicht offen zeigen konnte.

Niemand wollte zu einer Erwiderung ansetzen, und es schien ganz gelegen, dass ein Kellner an unserem Tisch auftauchte und unsere Bestellungen annahm. Als er ging, sah meine Mutter mich an.

»Amabel, das …« Claire räusperte sich, und auf ihrem Hals zeigten sich hektische Flecken. »Du bist doch nicht …«

»Nicht was?«, bohrte ich nach, als sie nicht weitersprach und beinah beschämt den Blick abwandte.

»Deine Mutter war kein Pöbel und dein Vater ebenso wenig. Lehrerin und Polizist sind ehrbare Berufe.« Claire wand sich hin und her, als würde sie sich unwohl in ihrer Haut fühlen.

»Ach, auch Bürgerliche sind ehrbare Leute?«

Meine Augenbrauen wanderten in die Höhe, und ich schnalzte mit der Zunge. »Das klang bei Cassandra nicht so, als sie über Badminton sprach.«

Ich wusste, dass ich mich auf dünnem Eis bewegte. Meine

Worte waren nicht nur ein Affront gegen meine zukünftige Schwiegermutter, sondern auch gegen meine eigene Familie. Eine Lady sprach nicht so, eine Lady benahm sich nicht so unflätig. Aber ich konnte nicht anders in diesem Augenblick. Als hätte ein Windstoß ein Feuer in meinem Herzen entfacht und alles in Brand gesetzt.

Hitze prickelte in meinem Nacken, und mein Blick huschte zu John, der sich immer noch nicht wieder beruhigt hatte.

»Amabel! Herrgott noch mal!«, herrschte Claire mich nun erzürnt an und hatte Mühe, die Kontrolle über ihre Stimme nicht zu verlieren. »Sei nicht so ungezogen! Cassandra hat mit ihren Worten nicht dich gemeint, sondern …«

»Sondern die Menschen, die mich zur Welt gebracht haben?«, unterbrach ich meine Mutter scharf, während die Wut, die ich all die Jahre unterdrückt hatte, wie eine Klinge die Luft durchschnitt.

Stück für Stück schien sich die Fassade, die ich mir sorgsam aufgebaut hatte, aufzulösen. Alles, was ich die letzten Monate durchlebt und gefühlt hatte, auch durch Lucies Ankunft in Southend, schien nun an der Oberfläche zu brodeln, und ich konnte mich nicht mehr am Riemen reißen.

»Deine Mutter und dein Vater waren ehrbare Menschen, Amabel. Deine Mama war meine beste Freundin, denkst du wirklich, dass ich glauben würde, dass diese Menschen weniger wert sind als wir?« Claires hellblaue Augen füllten sich mit Tränen. Mit einem Mal erfasste mich eine Welle des schlechten Gewissens.

Ich glaubte Claire, aber trotzdem hatten auch meine Adoptiveltern mich in eine Richtung gedrängt. Hatten mich zu einer feinen Lady gemacht und nicht einmal gefragt, was ich wollte.

»Nein, das denke ich nicht«, erwiderte ich mit zittriger Stimme, »aber einige am Tisch scheinen dies zu glauben.«

Mein Blick huschte zu Cassandra, die den Kopf auf ihrer Hand abgestützt hatte und die Augen verengte. Sie musterte mich mit unverhohlener Missbilligung.

Erneut wurden wir unterbrochen, als der Kellner zurückkam und die Vorspeise brachte – eine Suppe für die Damen und für die Herren eine leichte Vorspeise mit Fisch. Der Essensduft verursachte mir jedoch nur Übelkeit.

»Nun ...« Cassandra richtete sich ein Stück auf und straffte die Schultern, beachtete die vor ihr stehende Suppe ebenfalls nicht. »Wir können alle froh sein, dass du eine Lady geworden bist, Amabel. Denn hier ist dein Platz, nicht irgendwo anders. Ich habe dich mit meinen Worten nicht verletzen wollen, Kind. Aber du musst nun mal auch einsehen, dass es Unterschiede zwischen uns und den normalen Bürgern der Gesellschaft gibt. Ich bin immer noch der Meinung, dass Badminton kein Sport für feine Damen ist. Aber womöglich hast du recht und es liegt in deiner Herkunft. Dann tust du aber ebenfalls gut daran, nicht zu vergessen, wer du jetzt bist und was die Hochzeit mit unserem Sohn für deine Stellung bedeutet.«

Ihre Worte waren wie Nadeln, die sich in meine Haut bohrten. Wie scharfkantige Steine, an denen ich mir das Herz aufschlitzte. Ich unterdrückte ein Keuchen und wischte mir wütend über die Wangen.

»Mutter ...« Es war das erste Mal, dass John sprach, seit ich die Kontrolle über meine Gefühle verloren hatte. »Sei nicht so gemein zu Amabel. Und vor allem sprich nicht so verletzend über Menschen, denen es nicht so gut geht wie uns. Über Frauen, die ihren Lebensunterhalt verdienen müssen, weil sie keinen reichen Earl geheiratet haben wie du.«

Autsch, dachte ich und musste nun wiederum mein süffisantes Lächeln hinter der Hand verstecken, denn dieser Seitenhieb traf Cassandra deutlich. Sie zuckte wie vom Schlag getroffen zusammen und riss entsetzt die Augen auf.

»John. Was sagst du da bloß, welcher Einfluss hat dich so verdorben? War es ihrer?« Sie zeigte mit dem Finger auf mich, doch keines ihrer Worte traf mich nun mehr. Sie hatte bereits zu viel Schaden angerichtet. »Oder war es diese impertinente Harriett, mit der du dich wieder rumtreibst?«

Damit entfachte sie nun ein Feuer bei John. Ich wusste es und konnte es sehen, bevor es geschah. An der Art und Weise, wie seine Kiefer mahlten. Daran, wie sein Blick sich verdunkelte und er sich durch die schwarzen Haare fuhr.

»Sprich nicht so abfällig über Harriett«, presste er hervor und umklammerte die Tischkante so fest, dass seine Fingerknöchel weiß hervortraten. »Weder sie noch Amabel verderben mich. Denn sie sind gute und ehrbare Frauen, die genau wissen, was sie wollen. Sie ruhen sich nicht auf dem aus, was ihnen in die Wiege gelegt wurde. Sie hören zu, wenn alle anderen nur reden. Im Gegensatz zu dir, Mutter.«

Ich riss die Augen auf und starrte John an. Tausend Gedanken wirbelten durch meinen Kopf, und ich hatte das Gefühl, dass die Situation uns allen langsam, aber sicher entglitt. Wie Sand, der einem durch die Finger rieselte.

»Sohn ...« Nun richtete sich Rupert in seinem Stuhl auf, doch sein Tonfall hatte nichts Bedrohliches an sich. Er wirkte beinah resigniert. Als wären diese Streitigkeiten zwischen seiner Frau und seinem Sohn an der Tagesordnung.

»Vater ...«, erwiderte John in der gleichen Tonlage und seufzte dann schwer. Ein geisterhaftes Lächeln huschte über seine Züge, als gäbe es da Dinge, die unausgesprochen zwischen diesen beiden Männern in der Luft hingen. Ohne weitere Worte schienen sie sich zu verstehen.

»Nun ...« John erhob sich und reichte mir seine Hand.

Zögerlich ergriff ich sie und stand ebenfalls auf, unschlüssig, was er nun vorhatte.

»Ich denke, wir beenden diesen Abend lieber, bevor es zum

Eklat kommt. Und wir wollen ja nicht, dass sich die feine Gesellschaft über uns das Maul zerreißt, oder?«

»John Edward Hold.« Cassandras Stimme glich einem Donnergrollen, und ihre Lippen waren weiß, so fest hatte sie die Kiefer in den letzten Minuten aufeinandergepresst.

»Nein, Mutter.« John schüttelte den Kopf und zog meinen Stuhl ein Stück zurück. »Wir gehen, dieser Abend führt zu nichts mehr. Denk vielleicht darüber nach, was du zu Amabel gesagt hast. Es würde mich nicht wundern, wenn sie nicht mehr bereit wäre, mich zu ehelichen.«

»Diese Ehe steht hier nicht zur Debatte«, mischte Claire sich ein, doch meine Mutter klang resigniert, schien ihren eigenen Worten keinen Glauben mehr zu schenken.

»Das werden wir sehen. Ich bringe Amabel jedenfalls zu dieser impertinenten Harriett, denn sie ist Amabels Freundin und meine genauso. Also wage es nicht noch einmal, schlecht über sie oder Amabel zu sprechen, Mutter.«

»Das ...« Cassandra verstummte und senkte den Blick. In ihrem Inneren schien es zu brodeln, genau wie in meinem, doch sie schien keine Worte mehr zu haben.

»Das halte ich für eine vernünftige Idee.« Rupert nickte und prostete seinem Sohn zu.

»Dann wünschen wir euch noch einen schönen Abend.« John verbeugte sich ein kleines Stück, zog mich dann ohne ein weiteres Wort mit sich, reichte mir meinen Mantel und stürmte aus dem Restaurant hinaus.

Ich schaute nur noch kurz zurück zu meinen Eltern, doch zu einer richtigen Verabschiedung konnte ich mich nicht überwinden.

»John!«, sagte ich und stolperte ihm mit rasendem Herzen hinterher, während ein fieser Kopfschmerz mich heimsuchte.

Die eisige Luft im Freien ließ mich zusammenzucken, und ein Schauer huschte über meine Glieder. Es hatte zu regnen begonnen, und die Droschken fuhren sehr langsam über die glatte Straße. Das Mondlicht spiegelte sich in den gefrorenen Pfützen.

Ich blies mir warme Luft in die Hände und blieb neben John stehen, der stocksteif auf dem Gehweg verharrte.

»Was ... was machen wir jetzt?«, fragte ich und sah ihn von der Seite an.

Seine Gesichtszüge waren verzerrt, der Blick aus den blauen Augen düster. Ich hatte nicht erwartet, dass er zu mir stehen würde. Dass er meinetwegen einen Streit mit seiner Mutter vom Zaun brechen würde.

Doch irgendwas ließ mich erahnen, dass dies der John war, den ich zuletzt kennengelernt hatte. Der John hinter der Maske.

»Wir fahren zu Harriett. Du vermisst sie sicherlich, oder nicht?«

Ich zog scharf die Luft ein, als John sich zu mir drehte und meine Hände ergriff.

»Ich ... nein, es ...«, stammelte ich und biss mir auf die Unterlippe. Ich sah John schweigend an und senkte dann den Kopf. »Ja«, flüsterte ich heiser und spürte, wie diese vermaledeiten Tränen erneut in meinen Augen brannten.

»Na, siehst du.« John atmete schwer aus und zog mich kurz in seine Arme. »Gott, ihr beide seid furchtbar kompliziert, wenn es um eure Gefühle geht ...«

Er löste sich von mir und winkte einen Droschkenfahrer heran, der seine Kapuze tief ins Gesicht gezogen hatte. Dessen verhärmter Blick ängstigte mich ein wenig.

John sagte dem Fahrer, wo es hingehen sollte, öffnete die Tür der Droschke und half mir hinein. Ich setzte mich und schaute aus dem Fenster, an dem der Regen hinablief, während die Tragweite der Geschehnisse im Restaurant mir langsam bewusst wurde.

»Oh, Gott ...«, flüsterte ich und schlug mir die Hand vor den

Mund. »Was hab ich nur getan? Ich hätte so niemals mit deiner Mutter reden sollen und ...«

»Scht ...« John zog mich in seine Arme und strich über meinen Rücken. »Mach dir keine Sorgen, ich biege das schon wieder gerade.«

»Aber ...« Ich verstummte und schloss die Augen, verweilte in dieser Umarmung, die jeder Außenstehende als Liebe betrachtet hätte.

Doch das zwischen mir und John würde niemals Liebe sein. Aber ich glaubte zu wissen, dass dies der Beginn einer wunderbaren Freundschaft war.

Kapitel 16
Harriett

Southend-on-Sea, Villa von Harrietts Familie

Wie zwei begossene Pudel standen sie vor mir. Regen benetzte ihre Kleidung und hatte sich in Amabels schwarzen Haaren verfangen. Tiefe Schatten lagen unter ihren Augen, John sah auch nicht wesentlich besser aus.

»Kommt rein?«, begrüßte ich sie fragend und öffnete den beiden bereitwillig die Tür.

»Danke«, nuschelte Amabel und ging an mir vorbei. Ihre Hand streifte die meine, und wie immer, wenn das passierte, schien ein Funkenregen auf meiner Haut zu explodieren, und Hitze schoss mir in die Wangen.

Ich schloss die Tür wieder und musterte beide eingehend. »Erzählt ihr mir, was passiert ist? Rosie ist schon schlafen gegangen, aber ich kann uns einen Tee aufbrühen, und bestimmt ist noch ein Rest ihrer leckeren Pastete übrig geblieben ...«

»Ich habe keinen Hunger«, erwiderte John. Im selben Augenblick gab Amabels Magen ein leises Knurren von sich, und sie senkte beschämt den Kopf.

»Amabel aber schon«, entgegnete ich mit einem Lächeln auf den Lippen und trat zu ihr. »Geht in den Salon, ich hole euch etwas zu essen und trinken, und Handtücher. Ihr müsst euch abtrocknen.«

»Harriett, du musst nicht ...«, setzte Amabel an, doch ich beugte mich vor und legte ihr einen Finger auf die Lippen.

»Ich will aber. Und nun husch, husch … geht in den Salon.« Die beiden taten wie geheißen, und ich brachte ihnen zuerst Handtücher, dann ich eilte in die Küche, um Teewasser aufzusetzen. Ich holte die Pastete, ein wenig Brot, Schinken und Käse aus den Vorratsschränken und ließ beinah die Becher für den Tee fallen, als die Stimme meines Bruders in meinem Rücken erklang.

»Haben wir nächtlichen Besuch bekommen?«

»Gus! Erschreck mich nicht so«, schalt ich ihn.

Mein Bruder verschränkte die Arme vor der Brust und schenkte mir ein süffisantes Lächeln. »Du bist immer nur so schreckhaft, wenn Amabel in deiner Nähe ist.«

»Gar nicht wahr«, antwortete ich und räumte alles, was ich mit in den Salon nehmen wollte, auf ein Tablett. »Außerdem ist da nichts zwischen uns. Kann es gar nicht sein, Amabel ist Johns Verlobte, sie wird ihn heiraten, und dagegen kann keiner etwas tun.«

Meine Stimme war leise geworden bei diesen letzten Worten, die bitter auf meiner Zunge schmeckten.

»Ach Harri …« Gus kam auf mich zu und legte eine Hand auf meine Schulter. »Es tut mir leid, dass das Leben so ungerecht zu dir ist. Aber auch zu John …«

Ich hätte wissen sollen, dass mein Bruder schon vor langer Zeit hinter Johns Geheimnis gekommen war. Gus war nicht dumm, er war wahrscheinlich der scharfsinnigste Mensch, den ich kannte, und wäre ein hoch angesehener Mann von Welt geworden, wenn unser Vater unser Erbe nicht mit Füßen getreten hätte.

Mein Bruder hatte mehr Bildung als ich genossen, denn er hatte eine Jungenschule in Southend besucht. Und weil er so ein guter Schüler gewesen war, hatte er ein Stipendium ergattert – welches wir bitter nötig gehabt hatten, nachdem Vater das Geld unserer Familie in Alkohol hatte fließen lassen. Wir waren noch immer wohlhabender als viele andere Menschen, aber wir würden auch unsere Villa verlieren, wenn wir nicht bald ein paar Einnahmen verzeichnen konnten.

Unsere Mutter hatte uns schon früh eine eher unkonventionelle Sichtweise aufs Leben mitgegeben. Vielleicht lag es daran, dass sie selbst eine Freundin hatte, die *vom anderen Ufer* war, wie man es so gerne in der feinen Gesellschaft schimpfte – wenn man es denn überhaupt aussprach. Deswegen hatte Gus keine Vorurteile gegen die gleichgeschlechtliche Liebe, wofür ich sehr dankbar war.

Doch das änderte nichts an der aktuellen Lage. Rein gar nichts. Weil John Angst davor hatte, seinen Eltern zu offenbaren, dass er keine Frauen liebte. Dass er Amabel niemals lieben würde. Das verstand ich nur zu gut und Amabel vermutlich ebenso. Ich wäre niemals auf die Idee gekommen, ihn dazu zu drängen, sich seinen Eltern zu offenbaren.

Aber damit wurde unser Dilemma nur noch größer.

»Ist schon in Ordnung«, murmelte ich und presste die Lippen aufeinander. »Vielleicht hab ich es auch einfach nicht verdient, glücklich zu sein.«

»Sag solche dummen Dinge nicht.« Mein Bruder zog mich sanft in seine Arme und hauchte einen Kuss auf meinen Scheitel. »Du bist eine wunderbare Person, Harri. Dein Herz ist ein wenig wankelmütig, und du bist meistens zu stürmisch und laut, aber genau das zeichnet dich aus. Du verdienst es, wie jeder andere Mensch auf dieser Welt glücklich zu sein.«

Ich vergrub mein Gesicht im dicken Morgenmantel meines Bruders und schniefte leise. Wenn es um Gefühle ging, war ich nicht gut. Nur schwerlich konnte ich Gefühle zulassen, ihnen Raum in mir geben. Ich war *zu* wankelmütig. Aber bei Amabel war das anders, ihr wollte ich mein Herz schenken, bei ihr wusste ich, dass es gut aufgehoben war.

»Bist du denn glücklich?«, wagte ich zu fragen, als ich mich von meinem Bruder löste.

Gus hatte es schwer, viel schwerer als ich, so schien es mir jedenfalls. Auf ihm lastete die Verantwortung für uns. Nur noch er konnte die Geschäfte führen – zusammen mit Handelspartnern verschiffte und verkaufte er Waren, und er organisierte das Badmintonturnier – und sich darum kümmern, dass die Schulden getilgt wurden. Und dann hatte er noch mich an seiner Seite, seine kleine stürmische Schwester, die ihm am Ende nur Kummer bereitete.

»Die meiste Zeit«, antwortete mein Bruder und fuhr sich über den schwarzen Bart. »Ich vermisse unser Leben, wie es früher war. Aber dann denke ich daran, dass damals auch nicht alles besser war. Außerdem habe ich dich, ein Dach über dem Kopf, eine warme Mahlzeit am Abend. Das ist mehr, als die meisten Menschen haben. Zudem war heute Arthur Smith hier, zusammen mit dem Bürgermeister von Southend. Wenn das Turnier erfolgreich ist, sind die meisten unserer Schulden bald Geschichte.«

»Wirklich?« Ich sah Gus überrascht an, und eine Welle der Erleichterung schwappte über mich hinweg. Ein kleines Licht der Hoffnung begann in meinem Inneren zu glimmen.

»Ja ...«, antwortete Gus und zog mich nochmals in seine Arme. »Und nun geh zu deinen Freunden, sie haben sicherlich viel zu erzählen.«

Ich nickte stumm und stieß einen tiefen Seufzer aus. Ich fürchtete mich ein wenig vor dem, was Amabel und John mir erzählen würden. Ich hatte mich in eine Sackgasse manövriert und keine Ahnung, wie ich da wieder herauskommen sollte. Weil ich mich in Amabel verliebt hatte. Aber diese Liebe schien keinerlei Zukunft zu haben.

»Harri ...« Gus sah mich ernst an.

»Keine Sorge ... ich mache deine Erfolge schon nicht kaputt«, gab ich spitzer als beabsichtigt zurück.

Schuldbewusst senkte ich den Kopf, und meine Hände umklammerten das Tablett so fest, dass meine Fingerknöchel weiß hervortraten. Gott, ich wünschte mir so sehr, dass die Welt ein wenig gerechter wäre. Dass ich sie lieben dürfte ohne Konsequenzen.

»Ach Harri …« Gus schüttelte matt den Kopf, und ein sanftes Lächeln zupfte an seinen Lippen. »Das wollte ich nicht sagen.«

»Nicht?«

»Wenn sie dich glücklich macht, dann solltest du dieses Glück auf keinen Fall loslassen. Halt es fest, mit aller Macht.«

»Was?« Geradezu entsetzt sah ich meinen Bruder an. »Ich kann doch nicht …«

»Nein, das kann keiner von euch beiden. Aber ihr dürft trotzdem nicht aufgeben. Ich will dich nicht unglücklich sehen, Harri.«

Ich dachte einen Augenblick über seine Worte nach. »Ich werde es versuchen«, sagte ich dann und hob das Tablett hoch.

Gus erwiderte nichts mehr, und so verließ ich die Küche mit langsamen Schritten. Aus dem Salon drang nur Stille zu mir. Ich steuerte die Sessel vor dem Kamin an, doch Amabel und John saßen auf der weichen Decke am Boden und starrten schweigend ins Feuer.

Ich stellte das Tablett auf den Beistelltisch, setzte mich neben Amabel und schaute ebenfalls ins knisternde Feuer. Wie von selbst fanden sich unsere Hände, und Amabels Wärme sprang auf mich über.

»Wollt ihr darüber reden, oder schauen wir schweigend und Tee trinkend ins Feuer?«, fragte ich nach einiger Zeit.

John stieß ein Schnauben aus. Er lehnte sich zurück, schenkte Tee in die Tassen ein und trank einen Schluck.

»Es gibt nicht viel zu erzählen. Meine Mutter hat sich wieder von ihrer besten Seite gezeigt.«

Ich verzog das Gesicht und schaute zu Amabel, die sich unwillkürlich verspannte. Ich kannte Tante Cassandra ziemlich gut und konnte mir tausend unangebrachte Dinge ausmalen, die sie gesagt haben könnte.

»Was ...«, setzte ich an und brach wieder ab, denn ich sah, wie eine Träne über Amabels Wange glitt und eine Spur über ihre helle Haut zog.

»Sie hat gesagt, dass eine Lady kein Badminton spielen sollte. Es wäre ein Sport für das gemeine Volk ...«, erzählte sie.

Ich zog scharf die Luft ein, und mein Blick kreuzte den von John. Er hatte mir erzählt, dass Amabel adoptiert war und ihre Mutter eine Lehrerin und Gouvernante gewesen war, die Claire und Walter Hastings' Kinder unterrichtet hatte. Gleichzeitig war Claire die beste Freundin von Amabels Mutter gewesen, und nach deren Tod hatten sie Amabel adoptiert.

»Und ich ... ich weiß nicht, was passiert ist, aber es war, als hätte sie mit ihren Worten irgendwas in meinem Inneren zum Explodieren gebracht. Ich habe gesagt, dass ich vermutlich deswegen so gut Badminton spielen kann, weil ich auch vom Pöbel abstamme ...«

»Ach du Schande«, rutschte es aus mir heraus.

Amabel sah zu mir, ihre Augenbrauen wanderten in die Höhe, und ein spöttisches Lächeln huschte über ihre ebenmäßigen Züge.

»Ach du Schande?«, wiederholte sie und lachte auf. »Du hättest ihren Blick sehen sollen. Diese missbilligende Haltung ... John hat sich eingemischt, und alles ist eskaliert, dann sind wir gegangen und ...« Sie brach ab und schlug die Hände vors Gesicht, als Tränen wie Sturzbäche über ihre Wangen rannen und ihr ganzer Körper erzitterte.

»Oh, Gott«, presste sie zwischen Schluchzern hervor, »ich habe Claire und Walter so beschämt mit meinem Benehmen. Cassandra wird mich hassen ...«

»Cassandra hasst jeden, der nicht ihren Ansprüchen genügt«, erwiderte ich trocken und warf John einen entschuldigenden Blick zu.

Er zuckte nur resigniert mit den Schultern. John kannte seine Mutter genauso gut wie ich. Sie war der wahre Grund, warum John niemals mit seinen Eltern über die Tatsache gesprochen hatte, dass er keine Frauen liebte, nicht sein Vater Rupert. Der wirkte manchmal etwas ruppig und streng, aber das täuschte. In seinem Inneren war Rupert ein guter und gerechter Mann. Ich war mir sicher, dass er es verstanden hätte. Aber Cassandra nicht.

Amabel schniefte unfein und wischte sich über die Wangen. »Es tut mir so leid, John. Ich wollte nicht ...«

»Es gibt nichts, wofür du dich entschuldigen musst, Amabel. Meine Mutter hat den Bogen überspannt, nicht du.«

»Nein ...« Amabels Stimme zitterte wie ein Blatt im Wind. »Das ist nicht wahr. Ich bin keine Lady, ich wäre niemals eine geworden, wenn meine Eltern nicht gestorben wären.«

»Man ist doch nicht einfach so eine Lady, nur weil man als eine geboren wird«, warf ich ein und nippte an meinem Tee. »Schau mich an ... ich bin auch keine richtige Lady.«

Amabel schaute auf, und ihr Blick verfing sich mit meinem, während mein Herz geradezu in meiner Brust zu tanzen schien. Ihre Hände strichen über mein Bein, und alles in mir begann zu kribbeln.

»Vielleicht habe ich mich einfach nicht gut genug angestellt, um eine wahre Lady zu werden«, flüsterte sie.

Ich spürte, wie Wut in mir hochkochte.

»Hör auf!« Meine Stimme stolperte über sich selbst, und Amabel riss die Augen auf. »Stell dich nicht schlechter dar, als du bist. Hör auf, dich kleiner zu machen, als du bist. Du bist keine Schande für deine Eltern. Claire und Walter lieben dich von ganzem Herzen und für immer und ewig. Und das sollte das Einzige sein, was wichtig ist. Du hast liebende Eltern und ...«

Amabel ließ ihre Hand meine Schulter hinaufwandern und strich über meine Wange.

»Jetzt geht es gar nicht mehr um mich, oder?«, fragte sie zaghaft.

Nein, dachte ich traurig und spürte erst jetzt, dass ich mich in Rage geredet hatte. Dass es um *mich* ging.

Ich atmete zittrig aus, konnte kein Wort sagen, denn meine Kehle war wie zugeschnürt. Mit der Zunge fuhr ich mir über die Lippen und konnte Amabel nur schweigend ansehen.

»Wir sind alle ziemlich kaputt«, sagte John in die Stille hinein und ließ sich rücklings auf den Boden fallen. Er starrte tief seufzend an die Decke.

»Das Mädchen, das denkt, niemals eine gute Lady sein zu können. Das Mädchen, das niemals eine Lady sein wollte. Und der Junge, der eines Earls nicht würdig ist.«

Seine Worte drangen tief in mein Herz ein. Mit einem Mal fühlte ich mich zu Tode erschöpft. Er hatte recht. Amabel dachte, sie wäre nicht genug. Sie hatte liebende Eltern, die sie aufgenommen hatten, als sie ganz alleine war, und trotzdem sehnte sie sich danach, mehr über ihre Wurzeln zu erfahren. Ich wollte niemals eine feine Lady sein und hatte mich immer mit Händen und Füßen gegen jede Konvention gewehrt. Doch insgeheim sehnte ich mich nach Liebe, die ich nie bekommen hatte, denn mein Vater war ein Säufer gewesen und meine Mutter so weit fort, dass ich sie vermutlich nie wiedersehen würde.

Und John ... er dachte, dass er niemals ein guter Earl sein würde, weil er keine Frauen liebte. Weil er niemals Kinder zeugen wollen würde. Er klammerte sich an eine Lüge, gab sich als guter Earl und versuchte, den Erwartungen seiner Mutter zu entsprechen, obwohl es ihn innerlich zerriss.

Wir waren wahrlich ein kaputter Haufen.

»Ich finde, kaputt ist schön«, sagte Amabel. Sie hauchte mir einen Kuss auf die Wange und ließ sich dann ebenfalls rücklings auf die Decke fallen. »Ich habe ein Herz für kaputte Dinge.«

Sie streckte die Hände nach mir aus, und ich legte mich zwischen die beiden, verschränkte die linke Hand mit Amabels und die rechte mit Johns. Wir starrten alle an die Decke, an der sich unsere Gedanken zu verfangen schienen.

»Ich glaube ...«, sagte John nach einer Weile, »dass wir vielleicht einfach nur anders heil sind.«

Das war ein merkwürdiger, aber auch schöner Gedanke, der mein Herz erwärmte und tief in meinem Inneren erstrahlte.

»Was tun wir jetzt?«, fragte Amabel irgendwann in die Stille hinein. »Ich kann deinen und meinen Eltern nie wieder unter die Augen treten, John.«

»Natürlich kannst du das«, erwiderte John und richtete sich ein wenig auf. »Du bleibst erst mal bei Harriett, du kannst ihr bei den Aufbauarbeiten für den Wettbewerb helfen. Ich werde mit unseren Eltern sprechen. Auf dem Turnier können wir die Wogen sicherlich glätten und ich ...« Er brach ab und verfiel wieder in Schweigen.

Da schwang so viel Ungesagtes in seinen Worten mit. So viele Dinge, die er nicht aussprechen konnte. Amabel hatte John darauf angesprochen, ob er keine Frauen liebte, aber ich hatte das Gespräch unterbrochen. Ich dummes Huhn. Aber Amabel wusste sicherlich, dass ihre Ahnung richtig war. Sie verstand es auch ohne Worte.

»Danke, dass du zu mir gestanden hast, John«, flüsterte Amabel und erhob sich ebenfalls. »Ich habe immer gedacht, dass du mich hasst, weil ich adoptiert bin. Weil ich keine richtige Lady bin und nicht gut genug für dich wäre, für einen edlen Lord ...«

John riss die Augen auf und schüttelte heftig den Kopf. Seine schwarzen Haare fielen ihm in die Stirn.

»War ich so schrecklich zu dir?«, fragte John mit belegter Stimme.

Ich drehte mich auf den Bauch, betrachtete die beiden eingehend.

Amabel zuckte unsicher mit den Schultern. »Nein, aber ich habe mich trotzdem so gefühlt. Wir hätten viel eher miteinander sprechen sollen ...« Sie drückte meine Hand und lächelte mich an. »Nur weil Harriett aufgetaucht ist, konnten wir das endlich tun.«

»Das habt ihr doch nicht mir zu verdanken«, murmelte ich und wandte den Blick ab.

»Doch, Harri ...« John fuhr sich übers Kinn, beugte sich zu mir und küsste mich auf den Scheitel. »Du bist meine beste Freundin, nur durch dich konnte ich auf Amabel zugehen. Nur durch die Verbindung, die du zu uns beiden hast, haben wir ein zartes Band der Freundschaft geknüpft.«

Tränen traten mir in die Augen, und ich presste die Lippen aufeinander. Ich wollte das nicht hören. Das waren zu viele nette Worte für mich. Mein wankelmütiges Herz verkraftete das nicht.

»Aber ...«

... ich habe doch noch einen Keil mehr zwischen euch getrieben. Ich habe mich in Amabel verliebt, meine Gefühle sind ein Verrat an dir.

Diese Worte schwebten durch meinen Kopf, doch sie kamen mir nicht über die Lippen. Es ging einfach nicht.

»Nichts aber.« Amabel fasste mich vorsichtig an den Händen und zog mich auf die Knie. »Kommt her ... alle beide. Ich habe euch sehr gerne, und ich will, dass ihr wisst: Was auch immer geschieht, ihr bleibt meine Freunde und wir halten zusammen.«

Sie zog mich und John in ihre Arme, und zum zweiten Mal innerhalb kurzer Zeit verweilten wir in dieser verknoteten Umarmung, die mein Herz zum Bersten brachte.

Ich wollte daran glauben, dass wir eine Lösung fanden. Dass ich Amabel lieben durfte, ohne John zu verletzen. Dass mein bester Freund irgendwann den Mut aufbringen würde, zu sich selbst zu stehen. Und wir würden immer an seiner Seite sein.

Wir waren wie die drei Musketiere. Einer für alle und alle für einen.

Kapitel 17
Amabel

Southend-on-Sea, Villa von Harrietts Familie

Sonnenlicht fiel durch einen Spalt im Vorhang, und ich öffnete schläfrig die Augen. Gähnend hievte ich mich hoch und betrachtete meine Umgebung. Harriett hatte mich am Abend ins Gästezimmer gebracht. John war noch spät in der Nacht abgefahren, nachdem wir stundenlang miteinander gesprochen hatten.

Gott, ich hätte ihn so gerne noch mal auf die Frage angesprochen, die ich ihm bei unserem Ausritt gestellt hatte. Wenn es so wäre und er Männer liebte, so wie ich Frauen liebte, dann wäre dies der wohl ironischste Wink des Schicksals, den es gab. Dann hatten wir die ganze Zeit genau dasselbe gefühlt. Und hatten beide geglaubt, dass es einen anderen Grund gab, warum da nichts zwischen uns war.

»Mein Leben ist ein Dilemma«, stieß ich hervor und hörte im nächsten Augenblick einen leisen Pfiff.

»Das ist aber keine gute Art und Weise, den neuen Morgen zu begrüßen.« Harriett stand im Türrahmen, die Arme vor der Brust verschränkt, und dieses neckische Lächeln, welches ich so liebte, zierte ihre Lippen. Sie hatte nicht mal an der Tür geklopft, was typisch für sie war.

»Dir auch einen wundervollen Morgen«, begrüßte ich sie und erhob mich vom Bett.

Der Holzboden unter meinen Füßen war eisig kalt, und ich

erzitterte. Im ganzen Zimmer war es recht kühl. Frost klebte an den Fenstern, doch der Himmel war wolkenklar und hellblau.

»Wie geht es dir?«, fragte Harriett sanft und ging auf mich zu.

Ich zuckte mit den Schultern und wusste keine Antwort darauf. Meine Gefühle ließen sich nicht in Worte fassen. Meine Träume waren grausig gewesen. Von meinem Benehmen am Tisch, von Cassandras Worten. Meiner Wut, die sich immer noch in meinem Bauch zusammenballte wie ein heißes Eisen.

»Also nicht so gut?« Harriett fuhr mit den Fingern sanft meinen Arm hinauf, strich über mein Schlüsselbein, und eine Gänsehaut huschte über meine Glieder.

Ich verfing mich im Blick von Harrietts Sturmaugen, betrachtete ihre rotblonden Haare, die sich über ihre Schulter ergossen.

Sie ist so schön, dachte ich lächelnd.

Sie versuchte immer wieder, diese Schönheit hinter einer ruppigen Art zu verstecken. Machte sich nicht viel aus hübschen Kleidern und Teegesellschaften. Und doch war Harriett tief in ihrem Inneren sanft wie die Berührung einer Feder. Wie ein hell leuchtender Stern in finsterer Nacht.

»Ich würde am liebsten mit dir wegrennen«, flüsterte ich und trat noch einen Schritt näher an sie heran.

Küss sie, wisperte mein Herz, und meine Finger wanderten Harrietts Hals hinauf, verschränkten sich in ihrem Nacken.

Ich war ihr schon viele Male zuvor so nah gewesen, und trotzdem schien es nun anders. Ich trug nur ein Nachtkleid, welches Harriett mir geliehen hatte. Sie selbst trug noch einen Morgenmantel über ihrem. Ich konnte ihren wunderschönen Körper unter dem weißen Nachtgewand erahnen, ihre Rundungen und jede Faser ihres Seins.

»Weglaufen?«, echote Harriett. Ihr Atem strich über meine Haut und ließ mich erzittern. »Wohin denn?«

»Egal wohin«, antwortete ich und stellte mich auf Zehenspitzen, denn Harriett war ein wenig größer als ich.

Nur Mut, schien eine Stimme in meinem Inneren zu flüstern. *Es ist gar nicht schwer, und du bist ohnehin schon tief in die Dunkelheit eingetaucht.*

»Einfach fortgehen mit dir, ein Schiff besteigen und die Welt entdecken. Nur du und ich«, sprach ich weiter und senkte den Kopf, als wartete ich auf Harrietts Erlaubnis für diesen Kuss.

Sie zog scharf die Luft ein, ihr Körper verspannte sich ein wenig und dann ... tat ich es einfach.

Beinah schüchtern legte ich meine Lippen auf die ihren. Sie waren warm und weich, Harrietts Duft nach Wildblumen drang in meine Nase. Wärme durchfuhr jede Faser meines Körpers, ließ Funken vor meinen Augen blitzen.

Harriett schien sich für einen winzigen Moment zu versteifen, und ich hatte Angst, dass sie sich von mir lösen würde, doch sie tat es nicht. Ihre Hände legten sich auf meine Hüften, und sie zog mich näher an sich. Presste sich in diesen Kuss und erwiderte ihn voller Begierde.

Ein Stöhnen entglitt mir, als ich meinen Mund ein wenig öffnete und unsere Zungen sich fanden. Beinah spielerisch erkundeten wir uns gegenseitig. Mit geschlossenen Augen versank ich völlig in diesem Moment.

Ich hatte noch nie jemanden geküsst, weder einen Mann noch eine Frau. Doch hier – jetzt auf Harrietts Anwesen –, da wusste ich, dass es Liebe war, was ich empfand. Die Liebe, nach der ich mich sehnte.

Das hier war alles, was ich wollte.

Der Kuss wurde drängender, unsere Hände strichen über den Körper der anderen, erkundeten jeden Winkel, und Hitze ließ mich erschaudern. Ich wollte nie wieder von ihr ablassen, ihr nie wieder fern sein.

Irgendwann, ich hatte keine Ahnung, wie lange wir so eng umschlungen dastanden, lösten wir uns vorsichtig voneinander. Meine Lippen schienen sich sofort nach dem nächsten Kuss zu sehnen, und mein Blut pulsierte heftig in meinem Körper.

»Das ...«, setzte Harriett an und verstummte sogleich. Ihre Wangen waren gerötet, ihre graublauen Augen leuchteten wie ein Saphir, und ihre Haare umrahmten ihre feinen Gesichtszüge.

Noch immer standen wir ganz nah beieinander. Vorsichtig löste ich meine Hände von ihrem Nacken, fuhr durch ihre Haare, über ihre Wangenknochen, stupste ihre Nase und lehnte meine Stirn dann an ihre.

»Ich glaube, Harriett Hold, dass ich mich in dich verliebt habe«, wisperte ich mit heiserer Stimme, und eine Träne des Glücks rann meine Wange hinab. »Nein«, korrigierte ich sanft und trat wieder einen Schritt zurück. »Ich bin dir verfallen ...«

Harriett hob die Hand, verflocht ihre Finger mit meinen und lächelte sanft.

»Du bist so schön.« Ihre Stimme war zittrig vor Tränen, und ich erschrak ein wenig. »Du bist viel zu schön für mich ... ich habe dich gar nicht verdient.«

»Oh, Harri ...« Ich zog sie in meine Arme und strich über ihren Rücken, hielt ihren bebenden Körper. »Du hast alles Glück der Welt verdient, und ich werde dein Herz beschützen – hörst du?«

Sie schniefte leise und nickte an meiner Schulter. »Ich habe mich auch in dich verliebt«, gab sie leise zu. »Du hast mich von Anfang an in deinen Bann gezogen mit deiner Art. Mit all deinen Worten und deinem stürmischen Gemüt. Aber ich kann doch nicht ...«

»Scht ...« Ich umfasste ihr Gesicht mit meinen Händen. »Ich will das nicht hören, Harri. Nicht jetzt. Es ist alles schon kompliziert genug, das wissen wir beide. Aber in diesem Augenblick gibt es nur dich und mich. Und ich liebe dich, das werde ich auch dann noch tun, wenn ich John heiraten muss.«

Ich liebe dich.

Oh, Gott. Hatte ich das wirklich gerade gesagt? War dieser große, so mächtige Satz wirklich meinen Lippen entschlüpft? Offenbar, denn Harriett sah mir tief in die Augen, wirkte fast erschrocken.

»Wirklich?«, fragte sie, als müsste sie sicher sein, dass meine Worte der Wahrheit entsprachen. Dass dies kein Traum war.

»Wirklich, mein Sturmauge«, flüsterte ich und küsste sie zärtlich auf die Nase.

»Sturmauge?« Sie legte die Stirn in Falten und schob die Unterlippe vor. Herr im Himmel, wie konnte es sein, dass sie mich mit allem, was sie tat, so verzauberte?

»Ja, du bist wie ein Sturm auf hoher See. Unberechenbar und doch wunderschön.« Ich strich erneut über ihre Wange, konnte es nicht lassen, sie zu berühren, denn mein Herz hatte sich so lange nach diesem Augenblick verzehrt.

»Wir ... wir sollten frühstücken«, sagte Harriett nach einiger Zeit und räusperte sich. »Die Handwerker, die das große Zelt bringen, werden bald eintreffen, und es gibt noch so viele Vorbereitungen zu erledigen.«

Sie wirkte ein wenig fahrig, versuchte anscheinend, sich abzulenken, und das war in Ordnung. Unsere Gefühle waren übergesprudelt, wir schienen beide ein wenig Zeit zu brauchen, um sie zu verdauen.

»In Ordnung. Ich kleide mich an, und dann helfe ich euch bei den Vorbereitungen.«

»Danke, dass du hier bist«, flüsterte Harriett und drückte meine Hand.

Ich wusste, dass sie damit nicht meine Hilfe bei den Vorbereitungen meinte. Und ich war auch froh, hier zu sein. Ich war dankbar, dass John mich zu Harriett gebracht hatte und nicht zurück nach Heygate. Denn hier wollte ich sein. Es gab keinen Ort, der mein Herz mehr mit Glück erfüllte.

»Immer doch«, erwiderte ich lächelnd und konnte mich nur schwerlich von ihr lösen.

»Bis gleich.« Harriett wandte sich ab und verließ das Gästezimmer.

Ich stand noch einige Zeit wie verloren im Raum, und meine Finger wanderten zu meinen Lippen, die immer noch warm waren. Ich konnte Harrietts Kuss noch spüren. Dieses Kribbeln, welches mein Herz entfachte.

Wir haben uns wirklich geküsst, dachte ich und lächelte versonnen. *Das war das schönste Gefühl der Welt.*

»Und eins, zwei, drei … hochziehen, Männer!«, rief einer der Arbeiter. Alle Mann gemeinsam zogen an der Zeltplane und richteten die Konstruktion auf. Es wackelte, die Balken erzitterten, und dann stand das Zelt plötzlich. Die Planen wehten im eisigen Wind, ein leichter Schneefall hatte wieder eingesetzt und hüllte die Welt in eine weiße Decke.

»Sehr gut!« Augustus neben mir klatschte in die Hände und seufzte erleichtert auf. »Ich hatte wirklich Sorge, dass die Witterung uns das Vorhaben erschwert.«

Neugierig betrachtete ich Harrietts Bruder, mit dem ich noch nicht viele Worte gewechselt hatte. Er schien trotzdem genau zu wissen, was vor sich ging. Der Wind verfing sich in seinen schwarzen Haaren. Er war ein Hüne von einem Mann – groß gewachsen, mit Muskeln, die sich deutlich unter der Jacke abzeichneten, und einer Hakennase, die ihn ein wenig gefährlich aussehen ließ.

Für Harriett schien er ein guter Bruder zu sein, er war ihr Vertrauter und einer der wenigen Menschen, die genau wussten, was sie umtrieb.

»Wollen Sie nicht doch lieber wieder hineingehen, Miss Amabel?«, fragte er mich und rieb seine von der Kälte geröteten Hände aneinander. »Es ist ein eisiger Tag. Ich sorge mich um Ihre Gesundheit.«

»Das ist sehr freundlich von Ihnen, Augustus, aber es geht schon. Ich bin gerne an der frischen Luft, und ich möchte helfen, die Netze aufzuspannen und die Plätze für die feine Gesellschaft herzurichten.«

»Wie Sie möchten, ich beschwere mich nicht über Ihre Hilfe.« Gus machte eine ausladende Handbewegung in Richtung Zelt, und ich folgte ihm ins Innere.

Die Rasenfläche, auf der wir das Netz aufspannen würden, war ein bisschen gefroren, doch das würde die Mädchen hoffentlich nicht davon abhalten zu spielen.

Ich sah mich im Inneren um, steckte im Kopf schon mal ab, wo wir das Netz aufspannen würden und wo Sitzgelegenheiten für die Eltern und Verlobten der Schülerinnen aufgestellt werden würden. Denn natürlich nahmen auch Mädchen am Turnier teil, die bereits versprochen waren, wie Lucie.

Ich musste unwillkürlich an meine eigenen Eltern denken, und ein Schauer lief über meinen Rücken. Es grauste mir davor, sie wiederzusehen, denn das schlechte Gewissen ihnen gegenüber wollte mich nicht loslassen. Doch noch mehr fürchtete ich mich, Cassandra gegenüberzutreten.

Ich wusste nicht, wie ich reagieren würde, wenn sie ihre Meinung zu Badminton noch mal kundtun würde. Gott, ich hatte nicht geahnt, dass diese Frau so spitzfindig und gemein sein konnte.

Doch, eigentlich hast du das, du hast es nur verdrängt, musste ich mir eingestehen.

»Sie mögen meine Schwester wirklich sehr gerne, oder?«, riss mich Augustus' Stimme aus meinen Gedanken, und ich wirbelte herum.

»Ich weiß nicht ...«, setzte ich an und hoffte, dass Gus seine Frage einfach fallen lassen würde. Doch das geschah natürlich nicht, und ich wich dem eindringlichen Blick von Harrietts Bruder aus.

»Sie müssen sich nicht genieren, wenn es so ist«, sprach er weiter.

Zittrig atmete ich aus. Harrietts Bruder wusste mit Sicherheit, dass sie Frauen liebte. Ich glaubte nicht, dass er etwas dagegen hatte oder ein von Vorurteilen geleiteter Mensch war. Und trotzdem ... unsere Liebe war eine Sünde, sie war in der Gesellschaft nicht anerkannt und für die meisten Menschen nicht *normal*.

Dass diese Gedanken falsch waren, war mir bewusst, aber ich konnte nichts daran ändern.

Doch das wirkliche Problem war, dass unsere Liebe weit mehr zerstören könnte als gewöhnliche heimliche Liebschaften. Nämlich Gus' und Harrietts Reputation innerhalb der Familie Hold und meine Hochzeit mit John.

»Es ist kompliziert«, sagte ich deshalb ausweichend und schaute auf meine Schuhspitzen, auf denen der Schnee langsam schmolz.

»Das ist ein nettes Wort für all das, was zwischen euch vorgeht.« Ein merkwürdiges Lächeln huschte über Gus' Züge, als ich meinen Kopf hob und ihn ansah.

»Ich verspreche Ihnen, dass ich nichts tun werde, was den Zusammenhalt Ihrer Familie gefährdet«, presste ich unsicher hervor und verknotete meine Finger ineinander.

»Den Zusammenhalt dieser Familie?« Gus lachte plötzlich auf, rau und trocken, und seine Schultern schienen vor Wut zu beben. »Bitte entschuldigen Sie diesen rohen Gefühlsausbruch, Miss Amabel, aber es gibt keinen Zusammenhalt in der Familie Hold. Harriett und ich sind die schwarzen Schafe der Familie, ein Dorn im Auge dieser perfekten Welt, die Cassandra sich da geschaffen hat ... die jedoch gar nicht so perfekt ist, oder?«

Ich schluckte schwer und stolperte wie getroffen von seinen Worten einen Schritt zurück. Nach diesem grässlichen Abendessen und Cassandras spitzen Worten hatte ich langsam eine Ahnung, dass Johns Mutter nicht die engelsgleiche Frau war, als die sie sich gab. Aber diese rohe Wut, die mir nun entgegenschlug, überraschte mich.

»Das bedeutet, es wäre Ihnen egal, wenn Harriett und ich ...?« Ich ließ den Satz auströpfeln und musterte Gus eingehend, versuchte jede Regung in seinem Gesicht zu deuten.

»Ich habe gedacht, dass es mir nicht egal wäre, habe Harriett gewarnt, dass sie niemals über diese Grenze gehen sollte. Dass sie nicht ...« Er zuckte mit den Schultern und schaute zu den Handwerkern, die gerade das Netz an den Pfosten anbrachten. »Ich hatte Angst, dass ihre Gefühle uns alle ins Verderben reißen. Aber Harriett hat mir erzählt, was Tante Cassandra dir – ich darf doch Du sagen, oder? – an den Kopf geworfen hat. Deswegen ist es mir nun wirklich einerlei, ob unsere Familie noch mehr in Ungnade fällt als ohnehin schon. Ich will, dass meine Schwester glücklich ist, und ich bin mir sicher, dass ihr eine Lösung finden werdet. Meinen Segen habt ihr.«

Tränen brannten in meinen Augen, doch ich blinzelte sie tapfer weg. Gus' Worte hatten mich tief berührt und mich daran erinnert, dass ich dieses Glück, das ich mit Harriett erlebte, definitiv festhalten musste, egal, was geschah.

»Danke, Augustus«, flüsterte ich und fuhr mir durch die Haare. »Du bist ein guter Bruder für Harriett.«

»Das will ich auch hoffen, immerhin ...«

»Amabel!« Harrietts Ruf unterbrach ihn. Sie betrat das Zelt, gefolgt von Lucie. »Du hast Besuch.«

»Lucie ...« Ich eilte zu meiner besten Freundin und umarmte

sie stürmisch. »Was tust du hier? Das Turnier geht doch erst morgen los und ...«

»Du bist nicht ins Internat zurückgekehrt. Ich habe mir Sorgen gemacht und Susanne auch. Gott, ich wollte sogar Achilles satteln und nach dir suchen, aber Mrs Ham hat uns informiert, dass du schon hier bist. Sie hat Bescheid bekommen von deinen Eltern ... was ist geschehen?«

Ich biss mir beschämt auf die Unterlippe und wich Lucies Blick aus. An meine beste Freundin hatte ich gar nicht gedacht. Aber ich war so aufgewühlt gewesen.

»Es tut mir leid, Lu ... es war schwierig beim Essen mit meinen und Johns Eltern ...«

»Ha!« Harriett lachte bitter auf und verschränkte die Arme vor der Brust. »Die Dinge, die Tante Cassandra gesagt hat, als schwierig zu bezeichnen, ist wirklich noch nett.«

Lucie sah zwischen mir und Harriett hin und her und schien ohne große Worte zu verstehen, dass etwas zwischen uns vorgefallen war. Vielleicht erkannte sie es daran, wie Harriett mich ansah. Wie auch ich meinen Blick nicht von ihr abwenden konnte. Und unsere mit Sicherheit geröteten Wangen sprachen wohl auch für sich.

»Wenn ihr mögt ...« Harriett deutete Richtung Haus. »Im Salon gibt es Tee und Biskuits, dort könnt ihr ungestört sprechen ...«

»Du kannst mitkommen, Harri ...«, setzte ich an, doch sie schüttelte den Kopf.

»Ich helfe meinem Bruder hier bei den Vorbereitungen. Es ist wichtig, dass morgen alles gut abläuft ...«

Ich ergriff kurz ihre Hand, drückte diese fest und wandte mich dann mit Lucie zum Gehen. Wie gerne hätte ich Harriett wieder geküsst, noch mal ihre Wärme ganz dicht an meinem Körper gespürt.

Wir gingen in den Salon und setzten uns auf die Chaiselongue. Lucie schlug die Beine übereinander und sah mich abwartend an.

Ich atmete schwer aus und begann langsam zu erzählen. Davon, wie Cassandra darum gebeten hatte, dass ich nicht Badminton spielte.

Davon, wie sie gesagt hatte, dies wäre ein Spiel für das gemeine Volk.

Und davon, wie etwas in meinem Inneren explodiert war und ich zum ersten Mal Widerworte gegeben hatte.

»Das ist ...« Lucie schnalzte mit der Zunge und schien nicht die richtigen Worte zu finden. »Oh, Gott ... ich dachte, deine Schwiegermutter ist ein lieber und herzlicher Mensch.«

»Anscheinend ist das nur eine Maske, die sie trägt.« Ich nippte an meinem Tee und seufzte schwer. »John hat mich vor seiner Mutter verteidigt und mit mir das Restaurant verlassen. Er ist einfach so aufgestanden und gegangen. Ich hätte mich das niemals allein getraut.«

»Und dann hat er dich hierhergebracht?«, fragte Lucie mit zuckersüßer Stimme und einem dümmlichen Grinsen auf den Lippen. »Gerade zu Harriett?«

»Schau mich nicht so ...« Ich senkte den Blick und dachte sofort wieder an unseren Kuss. An Harrietts Geruch und ihre Finger, die über meine Haut fuhren.

Lucie klappte der Mund auf, als ich sie wieder ansah, und sie schüttelte heftig den Kopf. »Ihr habt ... habt ihr euch geküsst?« Ihre Augen sprangen fast aus den Höhlen, und ein Quietschen entkam ihren Lippen.

»Sei still«, herrschte ich sie peinlich berührt an. Lucie ergriff meine Hände und sah mir tief in die Augen. »Oh, Gott ... ihr habt euch wirklich geküsst, oder? Ich habe recht!«

Herr im Himmel, wieso ist meine beste Freundin so anstrengend?, dachte ich und musste doch wider Willen lächeln.

»Warum freust du dich so? Warst du es nicht, die mich gewarnt hat, ich solle nicht über eine Grenze gehen?«

»Also ist es wirklich wahr?«

»Ja, es ist wahr.«

Lucie quietschte erneut und ließ sich in meine Arme fallen. »Wie war es?«

Ich schob Lucie ein Stück von mir weg und schüttelte den Kopf. »Du bist furchtbar ...«, murmelte ich, doch meine Stimme klang nicht im Geringsten abweisend. »Aber du hast gesagt, dass ich das nicht tun soll, und jetzt ist es einfach so geschehen ...«

Lucie lächelte sanft und griff nach meinen Händen. »Das habe ich gesagt, und das denke ich auch immer noch. Aber ich will auch nicht, dass du unglücklich bist, Amabel. Und wenn Harriett dich glücklich macht, dann genieße dieses Quäntchen Glück, solange du kannst.«

Ich schluckte schwer und sah sie an. Da schwang so viel Unausgesprochenes in ihren Worten mit. So viel, was mir Angst machte. Denn auch wenn ich glücklich war in diesem Augenblick, konnte es doch nicht von Dauer sein.

»Ich habe Angst, Lucie«, flüsterte ich nach einiger Zeit.

»Natürlich hast du die«, erwiderte sie sanft, »aber meine Mama hat immer gesagt: Wenn es dir Angst macht, dann ist es das Richtige. Dann musst du es erst recht tun.«

Ich räusperte mich und klimperte eilig die Tränen weg, die sich in meinen Augen sammelten. In den letzten Tagen hatte ich wahrlich genug geweint. Ich musste mich zusammenreißen, dieses vermaledeite Badmintonturnier hinter mich bringen und dann ... dann wusste ich auch nicht weiter.

»Du solltest wirklich mit deinen Eltern reden«, sagte Lucie und erhob sich. »Du kannst das nicht ewig vor dir herschieben.«

Ihre Worte entsprachen der bitteren Wahrheit, und doch entflammte in meinem Inneren ein Zorn, der mich zusammenzucken ließ.

»Wie soll ich das tun?«, rief ich und warf die Hände in die Luft. »Sie sind sicherlich jetzt schon schwer enttäuscht von mir!

Ich habe sie beschämt, und nun soll ich ihnen sagen, dass ich nicht heiraten will ... nicht heiraten kann, weil ich ... weil ich ...« Meine Stimme brach, und ein Schluchzer entkam mir. »Ich bin eine Enttäuschung.«

»Oh, Amabel ...« Lucie zog mich sanft auf die Füße und in ihre Arme. »Du weißt, dass das nicht wahr ist. Du bist keine Enttäuschung, deine Eltern lieben dich.«

»Das kannst du gar nicht wissen«, nuschelte ich abweisend.

»Ich habe auch gedacht, dass ich nur eine Enttäuschung bin, habe meinen Vater verflucht, weil ich ihm die Schuld an der Krankheit meiner Mutter gegeben habe. Doch am Ende war es nicht seine Schuld. Meine Mama hat selbst entschieden, eine mögliche Krankheit in Kauf zu nehmen. Ich würde alles darum geben, dass ich die Zeit zurückdrehen könnte, dass ich früher mit ihnen gesprochen hätte. Ich habe so viel Wut an Dinge verschwendet, die am Ende nur ein Trugbild waren.«

Ich hatte ihren Worten gelauscht, doch ich wusste nicht, worauf Lucie hinauswollte. Vorsichtig löste ich mich von ihr und sah sie fragend an.

»Was meinst du damit?«

»Bei dir ist es sicherlich genauso, Amabel. Du denkst, dass deine Adoptiveltern enttäuscht wären, dass du nicht Lady genug bist. Aber hast du sie ein einziges Mal gefragt, wie sie wirklich fühlen? Hast du ein einziges Mal versucht, richtig mit ihnen zu reden?«

Ich presste die Lippen so fest aufeinander, dass meine Kiefer knirschten, und wandte den Blick ab.

Nein, das hatte ich nicht. Ich hatte zu viel Furcht davor. Ich wollte perfekt sein als Kind, nicht aus der Masse herausstechen. Mich anpassen, um so zu sein wie die anderen feinen Töchter aus gutem Haus. Niemandem eine Last sein.

»Siehst du ...« Lucie lächelte mich sanft an, als ich nicht antwortete. »Du weißt nicht, was sie denken.«

»Nein …«, antwortete ich traurig, »das weiß ich wirklich nicht.«

Es fiel mir schwer, mir das einzugestehen. Ich liebte Claire und Walter, ich war ihnen unendlich dankbar. Aber ich hatte niemals mit ihnen über meine Gefühle gesprochen, darüber, wie es mir wirklich ging. Was ich wirklich *fühlte*.

»Dann solltest du mit ihnen reden. Vielleicht morgen? Sie werden doch ebenfalls hierherkommen, oder?«

Ein dumpfer Knoten zog sich in meinem Magen zusammen. Meine Eltern würden hier sein. Und ich wusste nicht, wie ich das überleben sollte.

»Ich werde es versuchen.«

Lucie nickte und streichelte meinen Arm. »Sehr gut. Und nun komm … ich habe einige Anziehsachen für dich mitgebracht, du brauchst morgen ordentliche Kleider und kannst nicht dein Abendkleid tragen.«

Ich schaute an mir hinunter, auf das mittlerweile getrocknete, aber zerknitterte Kleid von gestern Abend, das ich trug.

»Ich sollte eigentlich zurück ins Internat …«, setzte ich an.

Lucie schüttelte den Kopf.

»Nein, Mrs Ham hat gesagt, dass du hierbleiben sollst.«

»Was?«

Lucie zuckte mit den Schultern und holte aus dem Eingangsbereich eine große Tasche. »Sie hat gesagt, dass ich dir deine Kleidung bringen soll, denn du bleibst eine weitere Nacht hier … John scheint ihr das mitgeteilt zu haben, und deine Eltern haben wohl zugestimmt.«

Ich runzelte die Stirn. »Das verstehe ich nicht …«

»Nun, dein Verlobter scheint sehr überzeugend zu sein. Und jetzt komm … lass uns da draußen ein wenig mit dem Aufbauen helfen.« Lucie steuerte die Eingangstür an.

Ich nickte ihr zu, blieb jedoch noch einen Moment am Fenster stehen, legte meine Hand auf die eisige Scheibe und schaute hinaus. Es hatte wieder begonnen zu schneien, und die weißen Wolken stoben wild durcheinander.

Was soll ich nur tun?, dachte ich wehmütig und seufzte leise. *Was hättest du wohl an meiner statt getan, Mama?*

Doch ich erhielt keine Antwort auf meine Frage. Wie auch? Meine Mutter war schon lange tot, sie hatte mir nichts hinterlassen. Ich war ein Mädchen ohne Wurzeln, wie ein Baum, der sich im Wind bog und irgendwann umzufallen drohte.

Ich würde allein eine Antwort finden müssen, musste das hier allein durchmachen, für mich selbst einstehen und für die Liebe, die ich für Harriett empfand.

Kapitel 18
Amabel

Southend-on-Sea, Villa von Harrietts Familie

Nervös strich ich mir über das senfgelbe Promenadenkleid, das durch seinen weit geschnittenen Rock an den Beinen perfekt für das Badmintonspiel geeignet war.

Ich nahm Bruchstücke von Unterhaltungen wahr, denn das Zelt hatte sich bereits mit Familien und Schülerinnen meines Alters gefüllt. Auch einige jüngere Mädchen waren zugegen. Lucie hatte mir erzählt, dass Susanne ihre Tante regelrecht angefleht hatte, ebenfalls hierherkommen zu dürfen. Das hatte unsere strenge Lehrerin zuerst für keine gute Idee gehalten, doch irgendwie hatte sie sich erweichen lassen.

Ich ließ den Blick schweifen und atmete tief durch, Aufregung zog sich wie ein Knoten in meinem Magen zusammen. Dies war kein ernst zu nehmender Wettbewerb, das war mir bewusst. Aber darum ging es auch nicht.

»Alles in Ordnung?« Harrietts Stimme ließ mich zusammenfahren.

»Erschreck mich nicht so.« Ich legte eine Hand auf meine Brust. Mein Herz schlug viel zu schnell, jetzt, da Harriett neben mir stand.

Wir hatten uns in der gestrigen Nacht noch einmal geküsst. Es war eines der schönsten Gefühle der Welt. Ein Gefühl, welches ich nicht richtig beschreiben konnte. Zwischen wabernder Stille und flackernden Kerzen hatten wir die ganze Nacht geredet. Und ich hatte mir gewünscht, dass der nächste Tag niemals kommen würde.

Doch nun stand ich hier und fühlte mich verloren.

»Bitte entschuldigen Sie, Miss Amabel«, antwortete Harriett mit einem koketten Augenaufschlag. »Aber ...« Sie deutete über ihre Schulter, und ich sah an ihr vorbei, nur um im nächsten Augenblick scharf die Luft einzuziehen.

Meine Eltern waren angekommen und mit ihnen John und seine Eltern. Oh, Gott, warum tat sich in diesem Augenblick kein Loch im Boden auf?

»Wollen wir sie gemeinsam begrüßen?«, fragte Harriett einfühlsam, und ich nickte schweigend.

Ich war dankbar, dass sie an meiner Seite war. Ganz langsam, ohne Hast gingen wir zu meinen Eltern. Artig verschränkte ich die Hände vor dem Körper.

»Guten Tag«, begrüßte ich sie mit rauer Stimme, als wir vor ihnen standen.

»Amabel.« Claire musterte mich eingehend und zog mich dann beinahe stürmisch in ihre Arme. »Du siehst gut aus, mein Kind. Irgendwie befreit«, flüsterte sie mir zu, ohne zu wissen, wie recht sie mit diesen Worten hatte.

»D-danke«, stammelte ich überrascht und wandte mich Walter zu, der mir einen sanften Kuss auf den Scheitel hauchte und mir dieses neckische Lächeln schenkte, welches ich seit meiner Kindheit an ihm liebte.

»Bist du aufgeregt, Bell?«, fragte er und zwinkerte mir zu.

Mir wurde warm ums Herz bei diesem Spitznamen, und tausend Gefühle fluteten mein Herz. *Bell.* Diesen Kosenamen hatte Walter mir als Kind gegeben, weil er immer sagte, dass mein Lachen wie ein heller, klarer Glockenschlag klang.

Ich hatte diesen Namen beinah vergessen. Vielleicht, weil ich älter geworden war, meine Eltern seit meiner Zeit in Heygate weniger gesehen hatte und ich mein Herz abgeschottet hatte von meinen Gefühlen. Weil ich geglaubt hatte, dass meine Gefühle falsch waren. Dass ich mich zusammenreißen musste.

Ich räusperte mich und sah Walter an. »Ein wenig ... aber ich habe viel mit Harriett geübt. Ich hoffe, ich mache eine gute Figur.«

»Da bin ich mir sicher, du wirst die Beste sein.« Walter zog mich noch einmal in seine Arme, und ich wurde den Eindruck nicht los, dass meine Eltern ein schlechtes Gewissen hatten.

Wegen dem, was im Restaurant passiert ist? Wegen meiner Worte?, fragte ich mich im Stillen, wagte aber nicht, sie danach zu fragen. Denn in diesem Augenblick trat Cassandra vor.

»Amabel.« Ihre Stimme klang ernst, ihre Gesichtszüge wirkten wie eine starre Maske. »Und Harriett. Wie schön, dass ihr uns begrüßt.«

»Sehr gerne, Tante Cassandra«, säuselte Harriett mit zuckersüßer Stimme und deutete ein leichtes Nicken an. »Wir freuen uns, dass ihr hier seid, Onkel Rupert, John.« Sie sah Johns Vater und ihn an, die beide weitaus ehrlicher lächelten als Cassandra, die uns ihre Scharade vorspielte.

»Wir sind außerordentlich gespannt auf dieses kleine Turnier. Ich habe früher auch Badminton gespielt, wusstest du das, Liebste?« Rupert sah seine Frau mit einem Blick an, der Bände sprach. Ernst und beinah gebieterisch, seine Worte ließen keinen Widerspruch zu, obwohl ich mir nicht sicher war, ob sie der Wahrheit entsprachen.

»Damals trug das Spiel aber noch den Namen *Battledore and Shuttlecock*, und eure Schläger waren nicht mal ordentlich gearbeitet«, sagte John trocken, und sein Vater stieß ihn mit einer beleidigten Grimasse in die Seite.

»Das musst du den Damen doch nicht sagen, Sohn!«

Irritiert schaute ich zwischen John und seinem Vater hin und her. Ich hatte Rupert noch nicht oft gesehen, doch langsam, aber sicher überkam mich das Gefühl, dass die Beziehung zwischen Vater und Sohn viel inniger war, als ich geglaubt hatte.

»Nun ...« Harriett räusperte sich und sah mich an. »Nehmt doch schon bei den Lounges im Zelt Platz, der Sitzbereich ist geräumig, und bestellt euch ein warmes Getränk. Wir müssen uns auf den Wettbewerb vorbereiten.«

»Das werden wir.« Rupert hielt Cassandra seinen Arm hin, den sie mit einem säuerlichen Lächeln ergriff. Ohne weitere Worte stolzierte sie an uns vorbei.

Ich blieb irritiert zurück und sah dann zu John, der jedoch nur schweigend die Schultern zuckte.

»Was war das?«, zischte ich Harriett zu, die sie ebenso schweigend musterte.

»Amabel ...« Claire legte ihre Hand auf meine Schulter, und ich sah meine Mutter an.

»Mhm?«, machte ich abwesend, denn ich war in Gedanken noch bei Cassandra und Rupert. Eilig lenkte ich meine Aufmerksamkeit wieder auf meine Mutter.

»Wir ...« Claire strich sich eine blonde Haarsträhne aus dem Gesicht und seufzte schwer. »Amabel, was beim Dinner geschehen ist, es tut uns leid. Es ...«

»Nein«, unterbrach ich sie und schüttelte den Kopf.

Ich wollte das nicht hören. Ich hätte mir am liebsten meine Hände auf die Ohren gepresst, die Welt ausgeschlossen und wäre diesem Gespräch entgangen.

»Doch.« Walter trat vor und legte eine Hand auf Claires Schulter. »Wir haben uns nicht für dich eingesetzt, Amabel. Das war ein Fehler. Du bist wunderbar, und auch wenn deine Eltern dich früh verlassen mussten, haben sie doch ebenfalls einen großen Teil dazu beigetragen, dass du bist, wer du bist.«

Diese verdammten Tränen stiegen mir erneut in die Augen, und ich schlug eine Hand vor den Mund. Nicht jetzt, nicht hier, wo alle Welt meine Tränen sehen konnte.

Eine Lady weint nicht in der Öffentlichkeit. Eine Lady zeigt ihre Gefühle nicht vor allen Menschen. Eine feine Lady schweigt, gibt dem Mann an ihrer Seite immer recht.

Die Gedanken rasten durch meinen Kopf, während ich mit aller Mühe versuchte, meine Gefühle unter Kontrolle zu halten.

»Ich ... ich wollte euch nicht beschämen, es ist mir so rausgerutscht, ich habe nicht ...«

»Das wissen wir doch, Bell.« Walter streckte die Hand nach mir aus, und ich ergriff sie wie von selbst. Als hätte mein Körper die Kontrolle übernommen.

»Cassandras Worte haben dich tief verletzt, und wir haben es nicht gleich gemerkt«, sprach Walter weiter, und ich konnte das Zittern in seiner Stimme hören.

»Aber sie hatte doch recht«, murmelte ich abweisend, während ich das Gefühl hatte, dass tausend Blicke auf mir ruhten.

Doch natürlich gab es in diesem Moment nur mich und meine Adoptiveltern.

Und John und Harriett.

Der eine mein Verlobter, der eigentlich nur mein Freund war.

Die andere eine gute Freundin, die eigentlich meine Geliebte war.

Gott, mein Leben war verzwickter als das Heckenlabyrinth auf Johns Anwesen.

»Das hatte sie nicht.« Walter legte eine Hand unter mein Kinn und hob sanft meinen Kopf.

Ich sah ihm in die dunkelbraunen Augen, und ein Lächeln zupfte an meinen Lippen. »Du bist eine Lady, Amabel. Und selbst wenn du keine wärst, würden wir dich genauso lieben, wie wir es jetzt tun. Du bist nicht die Tochter des Pöbels, sondern eine wunderbare junge Frau, die genauso gescheit ist, wie ihre Mutter es war, und genauso mutig wie ihr Vater.«

Ich schniefte unfein, als meine Eltern mich in ihre Arme zogen. Wärme flutete mein Herz, und ich schloss die Augen. Ließ für einige Sekunden einfach *los*. Ich ließ mich fallen in diese sanfte Umarmung, ließ mich einlullen von dieser Wärme, die ich so lange versucht hatte, von mir fernzuhalten.

Um nicht schwach zu wirken. Um keinen Fehler zu machen und meine Eltern nicht zu enttäuschen.

Aber vielleicht hast du sie niemals enttäuscht. Vielleicht kannst du sie gar nicht enttäuschen, weil sie dich lieben, wisperte eine Stimme in meinem Kopf, und ich bildete mir ein, dass es die meiner Mutter war.

Ich wusste nicht, wie lange meine Eltern mich so im Arm gehalten hatten, doch irgendwann lösten wir uns voneinander. Eilig wischte ich mir über die Wangen und straffte die Schultern.

»Es tut mir trotzdem leid, dass ich mein gutes Benehmen vergessen habe bei Cassandras Worten. Das hätte mir nicht ...«

»Doch, das hätte es.« Claire strich mir sanft über die Wangen und sah mir tief in die Augen. »Du hattest jedes Recht, wütend zu sein. Ach, ich mache mir solche Vorwürfe, dass ich nicht bemerkt habe, wie sehr dich diese Worte gekränkt haben ... wie sehr wir dich unter Druck gesetzt haben.«

»Das muss es nicht, ich habe schließlich vorher auch nie etwas gesagt. Das ist nicht eure Schuld.« Ich hob abwehrend die Hände, doch ich sah in Claires Blick, dass sie sich weiterhin Vorwürfe machen würde.

Ich hörte ein Räuspern neben mir, und John trat vor. »Ich möchte mich förmlich für die Worte meiner Mutter entschuldigen.«

»Nein!« Ich sah ihn entsetzt an und schüttelte erneut heftig den Kopf. Einige Haarsträhnen fielen mir in die Stirn. »Das musst du nicht, John, du hast schon genug getan ...« Ich konnte nicht weitersprechen, denn diese Worte würden zu weit gehen, und so senkte ich den Kopf. »Es ist in Ordnung, wirklich. Bitte macht euch keine Sorgen um mich. Es geht mir gut.«

Lüge, Lüge, Lüge.

Ja, es war eine Lüge, aber ich wollte nicht, dass meine Eltern sich noch mehr Sorgen machten.

»Wenn du möchtest, sprechen wir nochmals mit Cassandra, und falls wir diesen Disput nicht klären können, dann wäre es vielleicht sinnvoll, noch einmal über diese Verlobung nachzudenken ...«, führte Walter aus und strich sich über den dunklen Bart.

Was? Ich hatte das Gefühl, keine Luft mehr zu bekommen. Unvermittelt stolperte ich einen Schritt zur Seite und stieß gegen Harriett. In ihren Sturmaugen sah ich für den Bruchteil einer Sekunde so etwas wie Hoffnung aufflammen. Die sofort erlosch, als ich mich räusperte.

»Wir werden sehen. Ich werde heute selbst mit Cassandra sprechen. Ich bin mir sicher, dass wir dieses Dilemma auflösen können und sie ihre Worte nicht böse gemeint hat.«

Wer zur Hölle hat das gesagt?

Es war meine Stimme gewesen, aber diese Worte fühlten sich bitter in meinem Mund an. Mein Herz fühlte sich verklebt an, verloren in der Dunkelheit.

Denn, das wurde mich schmerzhaft bewusst, nicht mein Herz, sondern mein Gewissen hatte gesprochen.

Nicht Amabel, sondern die Lady, die ich sein sollte.

»Dann nehmen wir erst mal Platz. Hab Spaß, Bell, du wirst sie alle besiegen«, ermunterte Walter mich.

Claire hauchte mir einen Kuss auf die Wange. Dann verschwanden sie zwischen den anderen Menschen, die sich langsam alle zum Zelt begaben, um einen guten Platz an den Spielfeldern zu finden.

Ich stand wie festgewurzelt am Boden da, wollte so viel sagen, doch da wirbelte Harriett bereits herum.

»Ich werde auch zu den Spielfeldern gehen und mit eurer Lehrerin noch einmal den Spielplan besprechen.«

»Harri ...« Meine Worte gingen im Trubel unter. Kurz darauf war sie in der Menge verschwunden.

»Oh, Gott ... warum habe ich das gesagt?«, flüsterte ich zerknirscht, und mein Blick huschte zu John.

»Weil ich das Gleiche gesagt hätte.« Er schenkte mir ein schiefes Lächeln und zuckte mit den Schultern. »Wir haben wohl beide keine Kontrolle über unser Gewissen, und uns wurde unser ganzes Leben lang gutes Benehmen eingeschärft.«

Die Wahrheit schmerzte, doch ich konnte sie nicht verleugnen. John hatte recht. Noch immer hatte ich Angst, meine Eltern zu beschämen, wenn wir diese Hochzeit abblasen würden.

»Warum ist das so?«, fragte ich mit belegter Stimme und schlang meine Arme um mich, weil eine plötzliche Kälte mich erfasste.

»Weil die Konventionen unserer Gesellschaft viel zu tief in uns verankert sind ...« John legte mir eine Hand auf die Schulter. »Aber vielleicht benimmt sich meine Mutter bald wieder daneben, und dann kannst du es dir noch mal anders überlegen.«

Schön wär's, dachte ich, obwohl mir eigentlich nicht nach einer weiteren Konfrontation mit Cassandra war.

»Ich sollte auch zum Spielfeld gehen«, sagte ich.

»In Ordnung, ich werde dir und Harriett mit Begeisterung zuschauen.« John drückte meine Hand, bevor ich mich eilig zum Zelt begab.

Ich musste mich ablenken, musste versuchen, an etwas anderes als diese Hochzeit und Cassandras Worte zu denken. Doch das fiel mir unglaublich schwer.

Selbst als Mrs Ham die Zuschauer und Familien begrüßte, den Spielplan vorstellte und die Mädchen sich zum Badmintonspielen aufstellten, waren meine Gedanken überall und nirgends.

Dann tauchte Harriett neben mir auf, und ihre Finger streiften die meinen.

»Auf ein gutes Spiel, Miss Amabel«, flüsterte sie mir zu.

Ein neckisches Grinsen lag auf ihren Lippen, doch ihre Sturmaugen hatten jeglichen Glanz verloren. Verübeln konnte ich es ihr nicht. Ich hatte die Chance gehabt, meinen Eltern zu sagen, dass ich nicht heiraten wollte, weil Cassandra eine biestige Frau war. Doch ich hatte die Chance nicht ergriffen.

»Harri ...«, flüsterte ich ihr zu, doch sie schüttelte den Kopf.

»Später, wenn der Wettbewerb vorbei ist. Oder hast du vergessen, worum wir gewettet haben?«

Ich zog scharf die Luft ein. Wenn ich verlieren würde, wollte Harriett mir einen Kuss von den Lippen stehlen. Und auch wenn das schon geschehen war, käme mir diese Niederlage geradezu gelegen. Eine bittersüße Niederlage, die mit einem Kuss belohnt wurde.

Doch wenn ich gewann, dann würde mir Harriett Johns Geheimnis erzählen. Von dem ich dachte, dass ich es ohnehin schon gelüftet hatte.

Ich sah zu John, der mit seinen und meinen Eltern zusammensaß, und mir wurde bewusst, dass ich gar kein Bedürfnis mehr hatte zu erfahren, was er vor mir verbarg. Nein, ich wollte John einfach als Freund an meiner Seite wissen. Als jemand, dem ich vertrauen konnte.

Gerade wollte ich mich wieder dem Spielfeld zuwenden, als mein Blick an Cassandra hängen blieb. Sie hielt ein Champagnerglas in der Hand, die Beine überkreuzt, ihren Arm aufs Knie gestützt, und hatte mich offenbar die ganze Zeit beobachtet.

Ihre giftgrünen Augen musterten mich argwöhnisch, sie neigte den Kopf zur Seite, und ihr Blick landete auf Harrietts und meinen verschränkten Händen. Ein geisterhaftes Lächeln huschte über Cassandras kirschrote Lippen, und sie prostete mir zu.

Abrupt ließ ich Harrietts Hand los, doch ich hatte das Gefühl, dass es zu spät war.

Cassandra hatte es gesehen. Ihr Blick schien eine Warnung zu sein, die mich in tiefe Finsternis zu reißen drohte.

Kapitel 19
Amabel

Der Federball prallte mit einem dumpfen Klonk vom Schläger ab und flog über das Netz hinweg. Lucie war zu langsam und rutschte beinah im noch feuchten Gras aus, als sie versuchte, ihn zu erwischen. Doch der Ball landete auf dem Boden. Damit hatte ich das Spiel gewonnen. Leises Klatschen hallte durch das Zelt, und ich kam nicht umhin, so etwas wie Stolz zu empfinden.

»Du bist einfach zu gut …« Lucie schüttelte lächelnd den Kopf und klopfte sich ein paar Grashalme von ihrem dunkelblauen Kleid. »Ich hatte nicht die geringste Chance.«

»Du hast dich gut geschlagen.« Ich schlüpfte unter dem Netz hindurch, und wir gaben uns die Hand.

»Damit hat Miss Hastings das Finale erreicht und wird gegen Harriett Hold, deren Familie dieses kleine Turnier organisiert hat, spielen.« Mrs Ham musste die Stimme erheben, damit man ihre Worte verstand.

Mein Herz tat einen kleinen Hüpfer. Natürlich war es von keinerlei Bedeutung, wer das Finale erreichte, aber trotzdem freute ich mich, dass ich gegen Harriett spielen würde. Die meisten Mädchen aus unserem Jahrgang hatten das Spiel ohnehin nicht wirklich ernst genommen. Sie hatten sich zwar Mühe gegeben, aber hauptsächlich versucht, eine gute Figur zu machen, sich zu präsentieren und vielleicht, wenn sie noch nicht verlobt waren, einen Junggesellen und seine Familie von sich zu überzeugen.

Das hatte bei einigen Schülerinnen funktioniert. Carry, ein eher schüchternes Mädchen, welches ich erst heute wirklich wahrgenommen hatte, stand bei einem von Johns Kommilitonen und unterhielt sich angeregt mit ihm und seinen Eltern.

Auch einige andere waren mit verschiedenen Familien ins Gespräch gekommen. Die Atmosphäre im Zelt war entspannt, geradezu ruhig. Nicht so streng und verklemmt wie auf den Bällen. Rückblickend war dieses Turnier eine gute Idee von Mrs Ham gewesen.

»Nun denn ...« Die Lehrerin räusperte sich erneut und sah mich an. »Es wird eine kleine Pause vor dem Finale geben, denn zuerst lädt die Familie Hold Sie in der Villa auf ein deftiges Mittagessen ein.«

Das ließen sich die feinen Herrschaften im Zelt nicht zweimal sagen. Die meisten erhoben sich eilig und begaben sich zum Haus. Ich jedoch blieb stockstill stehen, wartete, bis das Zelt sich langsam leerte und nur noch Lucie, Arthur und Harriett mit mir zurückblieben.

»Du bist wirklich ein Naturtalent, Harriett«, sagte Arthur, der einen Arm um Lucies Schultern legte. Bewunderung schwang in seiner Stimme mit.

»Aber du warst auch nicht übel ...«

Lucie zog einen Schmollmund und schürzte die Lippen. »Amabel ist einfach viel besser, da hatte ich nie eine Chance.«

Arthur lachte rau und hauchte Lucie einen Kuss auf den blonden Haarschopf. »Du bist trotzdem die Frau meiner Träume.«

Versöhnlich lächelte sie und schmiegte sich an ihn. Ein Schauer rieselte über meinen Rücken, und mein Herz schien laut aufzuseufzen. Wie gerne würde ich mit Harriett so unbeschwert sein. Sie vor aller Augen berühren, ohne dass uns Blicke zu erdolchen drohten.

»Aber gegen mich wirst du im Finale trotzdem keine Chance

haben«, sagte Harriett siegessicher. Ich glaubte, in ihrer Stimme immer noch Verbitterung herauszuhören.

»Ich ...« Meine Stimme brach, und mein Blick huschte zu Lucie, die sofort verstand.

Sie ergriff Arthurs Hand und zog ihn schweigend mit sich aus dem Zelt hinaus. Harriett und ich blieben allein in dieser knisternden Stille.

»Harri ...«

»Nein, bitte sag nichts.« Sie wollte sich schon abwenden, doch mein Arm schnellte vor, und ich ergriff ihre Hand.

»Es tut mir leid ...«, flüsterte ich.

»Was tut dir leid?«

»Ich weiß, ich hätte sagen sollen, dass ich die Verlobung abblasen will, dass ich nach Cassandras verletzenden Worten nicht mehr in diese Familie einheiraten will, aber ich ... meine Eltern ... ich will nicht ...«

Ich konnte nicht weitersprechen. Meine Kehle schnürte sich zu, und in mir schienen zwei Mächte miteinander zu kämpfen. Mein Gewissen gegen mein Herz. Die eine Seite voller Begierde, voller Liebe für Harriett und die andere Seite voller Zweifel und Schuld, jemanden zu enttäuschen. Weil ich am Ende doch nicht Lady genug war, auch wenn meine Eltern mir versichert hatten, dass dies nicht der Wahrheit entsprach.

Ich konnte nichts dagegen tun. Meine Gefühle und Ängste ließen sich nicht kontrollieren. Lange Zeit hatte ich die Fäden jeder meiner Gefühlsregungen in der Hand gehalten, doch nun waren sie mir alle entglitten.

»Weißt du ...« Harriett seufzte leise und machte sich von mir los. »Ich weiß, wie du dich fühlst. Ich weiß, dass du nicht das schwarze Schaf sein und niemanden enttäuschen willst. Man sieht an mir, wie das endet. Meine Zukunft ist nicht rosig, aber das wäre mir einerlei gewesen, wenn ich mit dir zusammen sein könnte. Dann würde ich auch in einer winzigen, dreckigen Wohnung leben. Mich von all dem Prunk meiner Kindheit verabschieden. Nur um mit dir zusammen zu sein.«

»Aber ich brauche diesen Prunk doch auch nicht!«, schrie ich wutentbrannt und presste die Kiefer aufeinander.

»Nein?« Harrietts Augenbrauen schossen in die Höhe. »Dann sind es wirklich nur deine Schuldgefühle, die dich zurückhalten?«

Ihre Worte trafen mich mitten ins Herz. Ich stolperte wie von einem Schlag getroffen zurück.

War es wirklich nur das? Oder verbarg ich tief in mir drin noch mehr?

»Ich weiß es nicht«, erwiderte ich nach einigen Sekunden. »Aber ich weiß, dass ich mich in dich verliebt habe, Harriett Hold. Ich weiß, dass du die Frau bist, mit der ich mein Leben verbringen will. Aber ich weiß auch, dass ich Angst habe, die einzige Familie zu verlieren, die ich habe. Denn ich habe schon einmal alles verloren ... aber ich liebe dich, verdammt, ich liebe deine Sturmaugen, dein neckisches Lächeln, deine Berührungen. Du bist mein Vergissmeinnicht.«

Harriett schwieg und sah mich lange an. Ihr Mund klappte auf, doch sie sagte nichts.

»Wenn dir das nicht reicht, wenn dir meine Liebe nicht ausreicht und du nicht damit leben kannst, dass mich Schuldgefühle plagen, dass mir der Mut fehlt, meinen Eltern zu offenbaren, wie ich fühle, dann tut es mir leid. Aber mehr kann ich dir im Moment nicht geben.«

Erschöpft atmete ich aus. Ich hatte all meine Gefühle nach außen gekehrt und fühlte mich nun innerlich leer.

»Du Dummerchen ...«, wisperte Harriett. Mit einem Mal war sie bei mir, zog mich in ihre Arme und hielt mich fest. Wie ein Fels in der Brandung. Ihr Kleid raschelte leise, als ihre Hände über meinen Rücken strichen.

»Natürlich reicht mir das«, murmelte sie an meinem Ohr und löste sich sanft von mir. Sie legte ihre Hände auf meine Wangen, und dann küsste sie mich.

Leidenschaftlich, voller Inbrunst. Mit so viel Sehnsucht, dass es mir das Herz zerriss. Ich erwiderte ihren Kuss gierig, ließ mich erneut fallen in diese Berührungen, diese Innigkeit, die mich sanft umschloss wie eine Decke.

Nur schwerlich kamen wir wieder voneinander los. Harriett sah mir tief in die Augen.

»Deine Liebe reicht mir völlig aus, Bell«, sagte sie liebevoll und strich mit ihrem eiskalten Finger über meine Wangen. »Aber bei Gott, lass mich doch an deiner Seite sein, lass mich doch zusammen mit dir mutig sein und deinen Eltern gegenübertreten. Ich will dir helfen.«

Ich presste die Lippen aufeinander und sah sie an. »Du ... du willst mir helfen?«

Harriett nickte. »Lass uns gemeinsam mutig sein.«

Schniefend zog ich sie erneut in meine Arme. »Gib mir noch ein wenig Zeit, aber dann werden wir das zusammen tun«, flüsterte ich.

Wir verweilten in dieser Umarmung aus gebrochenen und wieder zusammengeflickten Herzen. Ich wusste nicht, wie viel Zeit vergangen war, als mein Magen ein leises protestierendes Knurren von sich gab und Harriett auflachte.

»Du solltest auch ein Häppchen zu dir nehmen, sonst verlierst du noch gegen mich.«

»Niemals!«, erwiderte ich inbrünstig und hauchte ihr einen flinken Kuss auf die Wange. »Kommst du mit?«

»Nein, ich räume noch ein wenig auf, ich habe ohnehin keinen Hunger. Aber ich komme gleich nach.«

Ich nickte und verließ mit tänzelnden Schritten das Zelt. Alles fühlte sich in diesem Augenblick leichter an.

Lass uns gemeinsam mutig sein.

Ja, nach dem Turnier würde ich mit meinen Eltern sprechen, ich würde all meinen Mut zusammennehmen und ihnen erklären, warum ich John nicht heiraten wollte. Ich würde ...

»Deswegen willst du meinen Sohn also nicht heiraten. Deswegen kamen dir meine Worte ganz gelegen. Weil du ein kleines Flittchen bist, was sich von einer Frau hat verführen lassen.«

Die Worte schnitten wie ein Messer durch die Luft. Ich wirbelte herum und starrte die Person an, die mich, an einen Baum gelehnt, mit einem süffisanten Blick musterte.

»Cassandra ...«

Mir wurde heiß und kalt gleichermaßen. Ein Keuchen entkam meinen Lippen, während mir die Tragweite ihrer Worte nur langsam bewusst wurde.

»Du bist wirklich eine Schande, Amabel«, sagte Cassandra in bedrohlichem Ton, und ich wäre am liebsten fortgerannt. Doch meine Füße waren wie festgefroren am Boden.

Die Sicht verschwamm vor meinen Augen, ich hatte das Gefühl, gleich in Ohnmacht zu fallen, als Cassandra sich vom Baum abstieß und mit langsamen Schritten auf mich zukam.

»Ich habe alles gesehen, jedes Wort gehört. Wie lange verhaltet ihr euch schon so sündhaft? Hat es angefangen, bevor oder nachdem du mit meinem Sohn verlobt wurdest?«

»Das ist nicht ...«

»Schweig!«

Ich zuckte heftig zusammen. Angst durchfuhr meine Glieder, und Tränen sammelten sich in meinen Augen, doch ich ballte die Hand zur Faust, krallte meine Nägel ins Fleisch. Vor Cassandra wollte ich auf keinen Fall weinen. Nein, vor dieser Frau würde ich mir diese Blöße nicht geben. Niemals.

»Harriett, dieses Flittchen. Ich habe immer schon gewusst, dass sie einen schlechten Einfluss auf John hat, aber mein Mann wollte nicht hören. Und nun hat sie auch dich mit ihren unkonventionellen Gedanken vergiftet. Oder hattest du diese *Neigungen* etwa schon immer?«

Die Art und Weise, wie sie ihre Worte aussprach, verursachte eine heftige Übelkeit in meinem Magen. Ich schmeckte Bitterkeit auf meiner Zunge.

»An meinen Gefühlen für Harriett ist nichts Falsches«, würgte ich hervor.

»Ach nein?« Cassandra lachte auf und schwang ihr blondes Haar über die Schulter. Gott, sie wirkte so selbstsicher, so arrogant, dass ich ihr am liebsten ins Gesicht gespuckt hätte. Aber mein gutes Benehmen hielt mich zurück.

»Du wirst schnell merken, wie falsch diese Gefühle sind«, zischte sie und beugte sich vor, »wenn deine ganze Familie ruiniert ist.«

»Was?«

Ein diabolisches Lächeln huschte über Cassandras Gesicht. »Glaub bloß nicht, dass ich dir das durchgehen lassen werde. Du wirst meinen Sohn heiraten und dir diese Beziehung mit Harriett aus dem Kopf schlagen, ansonsten werde ich dafür sorgen, dass deine Familie all ihren Respekt in der Gesellschaft verliert. Dein Vater wird seine Tuchfabrik nicht mehr weiterführen können, wenn die ganze Welt erfährt, dass seine Tochter ein Flittchen ist, das sich vor ihrer Ehe sündhaftem Tun zugewandt hat, und das auch noch mit einer Frau.«

Das konnte sie nicht, oder doch? Fieberhaft überlegte ich, ob Cassandra ihre Worte wirklich ernst meinte. Ob sie so viel Macht hatte.

Das hat sie, schoss es mir durch den Kopf, und ein heftiger Schmerz begann in meinen Schläfen zu pulsieren. Sie hatte ein gewisses Ansehen in London, war die Frau eines einflussreichen Earls, der mit Politikern verkehrte. Sie war mit jedem befreundet, den Lords und Ladys der feinen Gesellschaft. Sie kannte sogar den Herausgeber von *The Illustrated London*

News, das hatte mir John einmal erzählt. Da lag es nicht fern, dass sie auch Kontakt zu den Journalisten der *Times* hatte.

»Das kannst du nicht tun ...« Meine Stimme war nur noch ein Hauch im Wind, so leise, so schwächlich, dass meine Worte keinerlei Bedeutung mehr hatten.

»Ich kann und ich werde«, antwortete Cassandra und hob bedrohlich ihre Hand. »Oder willst du alles verlieren, was dir geschenkt wurde?«

Ich schluckte schwer, während nun doch Tränen meine Wimpern verklebten und meine Hände zu zittern begannen. Mein Blick huschte zum Zelt. Ich wollte nach Harriett rufen, sie neben mir haben, brauchte ihre Hilfe.

Doch Cassandra bemerkte meinen Blick und schüttelte den Kopf. »Das wird auch auf Harriett und ihren Bruder zurückfallen, das ist dir doch klar, Amabel?«

Ich sah Johns Mutter wieder an, sah in ihre eisblauen Augen, in denen nichts als Abscheu lag. Zorn verzerrte ihre schönen Gesichtszüge. Ich wich vor ihr zurück. Diese Frau machte mir Angst.

»Hör auf damit«, flehte ich beinah. »Warum tust du das, Cassandra?«

Sie sah mich an, ihre Augen verengten sich, und sie hob erneut die Hand. Mit ihrem Finger piekte sie gegen meine Brust, und ihre Berührung war wie Feuer, das über meine Glieder huschte.

»Weil ich nicht zulassen werde, dass ihr beide meinen Sohn verderbt und irgendetwas von dem, was du tust, auf John zurückfällt. Du wirst ihn heiraten und den Schein einer guten Ehe wahren, ansonsten wirst du alles verlieren. Deinen Reichtum, die Anerkennung deiner Eltern und sogar Harriett. Denn wenn sie alles verliert, wird sie sich von dir abwenden.«

Ungehemmt liefen die Tränen über meine Wangen, während mir schmerzhaft bewusst wurde, dass ich niemals eine Wahl hatte. Ich hatte mich in Tagträumen verloren. In der trügerischen Hoffnung, dass mein Glück von Dauer sein könnte.

»Cassandra ...«, setzte ich an, doch Johns Mutter wandte sich bereits von mir ab.

Sie hob die Hand, um mich zu unterbrechen. »Du hast die Wahl, Amabel. Triff ein einziges Mal die richtige, hörst du?« Mit einem Blick über die Schulter lächelte sie mich süffisant an.

»Wieso ist dir das so wichtig?«, zischte ich ihr zu und spürte, wie Wut über mich hinwegrollte. »John könnte jede Frau heiraten, jede! Warum soll ich es sein? Es ist nicht ungewöhnlich, dass Verlobungen aufgelöst werden, wenn ...«

»Diese Verlobung wird nicht aufgelöst!« Cassandras Worte trafen mich wie ein surrender Pfeil, und ich wich erschrocken zurück.

Wie hatte ich nur so blind sein können, nicht zu erkennen, wie diese Frau wirklich war?

Jeder kann eine Maske tragen und sein wahres Selbst verstecken. Das wurde mir in diesem Moment bewusst.

Fast alle Frauen trugen eine Maske, um den Normen der Gesellschaft zu entsprechen. Doch ich verstand nicht, was Cassandras Problem war. Warum sie unbedingt wollte, dass gerade ich ihren Sohn heiratete.

»Die Leute würden sich das Maul zerreißen, sie würden denken, dass an den Gerüchten über John etwas ...« Sie verstummte, und ihre Lippen wurden schmal. Ganz kurz schien etwas in ihren blauen Augen aufzuflackern.

Ist das Schmerz?, fragte ich mich verwirrt, doch da kehrte der Zorn plötzlich wieder in ihren Blick zurück.

»Ich bin mir sicher, dass du das Richtige tun wirst. Vielleicht solltest du gleich nach diesem Wettbewerb damit anfangen. Ansonsten ...« Sie zuckte mit den Schultern und warf mir einen allerletzten bedrohlichen Blick zu, bevor sie Richtung Haus ging.

Stocksteif stand ich da, während Kälte sich an meine Glieder klammerte und eine Dunkelheit mein Herz zu vergiften schien. Ich presste die Hand vor den Mund, um die Schluchzer zu unterdrücken.

Was sollte ich tun?

Fieberhaft suchte ich nach einer Lösung, doch mir fiel keine einzige ein. Cassandra würde ihre Drohung wahr machen und meine Familie zerstören. Harrietts Familie ebenfalls.

Nein, nein, nein! Verzweifelt und wie in Trance schüttelte ich immer wieder den Kopf.

Es gab keine Lösung für dieses Problem. Das wurde mir in dem Augenblick klar, als ich mit klammen Gliedern das Haus betrat und mein Blick sofort auf Cassandra fiel.

Oder doch: Es gab eine Lösung, aber die würde mich zerbrechen, und ich würde alles verlieren, was mir lieb und teuer geworden war.

Kapitel 20
Harriett

Ein Pfiff ertönte, und Amabel schlug den Federball auf. Er flog mit einem leisen Sausen durch die Luft, und ich wehrte ihren Schlag ab. Das monotone *Klonk,* wann immer der Ball die Schläger traf, setzte sich wie ein Mantra in meinem Kopf fest.

Irgendetwas ging hier vor sich, was ich noch nicht verstand. Da lag eine merkwürdige Schwere in Amabels Blick, die ich nicht richtig deuten konnte. Ihre Bewegungen waren eher träge. Ihre nussbraunen Augen hatten ihren Glanz verloren.

Was ist bloß geschehen?, fragte ich mich im Stillen.

Als ich vor dem Beginn des Finales mit Amabel sprechen wollte, hatte sie kaum auf meine Worte reagiert. Stattdessen hatte sie mich abgewimmelt und nur mit ihrer Freundin Lucie ein paar halbherzige Worte gewechselt.

Während ich Punkt um Punkt gegen Amabel gewann, wurde ich dieses mulmige Gefühl nicht los, dass dieser Tag ein schlechter werden würde. Dass etwas passiert war, das unsere Welt aus den Angeln heben würde.

Amabels Lächeln war verblasst, ihre Augen ein wenig zusammengekniffen, und sie konzentrierte sich kaum auf das Spiel. Der Federball flog immer wieder auf den Boden, und sie schien wie ausgewechselt.

Und dann führte ich den letzten kraftvollen Schlag aus. Der Ball segelte leise zu Boden, während der Schlusspfiff durch das Zelt hallte und Amabels Lehrerin, Mrs Ham, ausrief, dass ich gewonnen hatte.

Das können die Leute hier auch selbst sehen, dachte ich spöttisch. Ich nahm ihren Dank huldvoll entgegen, während einige Diener den Gästen Erfrischungen reichten und damit begannen, Speisen für den Nachmittagstee aufzustellen. Der Geruch von Scones stieg mir in die Nase. Dankend nahm ich die Glückwünsche an und auch die winzige Trophäe, einen kleinen vergoldeten Badmintonschläger.

Gus erhob nun seine Stimme, lud die Menschen zum Nachmittagstee für weitere Konversation ein und machte auf unseren Spendentopf für die Bedürftigen in Southend aufmerksam.

Zwischen all den Menschen, die um uns herumwuselten, verlor ich den Überblick. Ich versuchte, Amabel in der Menge auszumachen, und konnte gerade noch sehen, wie sie das Zelt verließ.

Eilig lief ich ihr hinterher und hastete ebenfalls aus dem Zelt.

»Amabel!«, rief ich, doch sie blieb nicht stehen. Sie hielt auf eine der wartenden Droschken zu und sprach mit dem Fahrer, der eine dampfende Tasse in der Hand hielt.

»Amabel!«

Endlich drehte sie sich zu mir um, und meine Kehle wurde eng. In ihrem Blick lag Resignation. Aber auch Trauer und Verlust.

»Was ... was ist geschehen?«

Amabel sah noch einmal zu dem Kutschenfahrer und zog mich dann ein Stück mit sich hinter unsere Villa. Die Sonne ging langsam unter und tauchte uns in eisige Schatten.

»Ich habe gewonnen«, sagte ich lächelnd und ging einen Schritt näher auf Amabel zu. »Ich darf dir nun einen weiteren Kuss von den Lippen stehlen.« Grinsend neigte ich den Kopf und wollte mich zu Amabel vorbeugen, doch sie hob die Hände und stieß mich von sich.

»Was ...?«, krächzte ich und spürte, wie ich wankte. Wie mein Herz leise aufschrie.

»Harriett.« Amabels Stimme klang eisig, und sie schüttelte matt den Kopf. »Das hier ist keine gute Idee.«

»Keine gute Idee?«, echote ich. »Was meinst du damit? Wenn du mich nicht hier küssen willst, weil du Angst hast, dass uns jemand sehen könnte, können wir nach drinnen gehen und ...«

»Nein«, unterbrach Amabel mich mit scharfer Stimme und verschränkte die Hände vor der Brust. »Ich meine nicht den Kuss. Ich meine das hier zwischen uns.«

Pass auf dein wankelmütiges Herz auf.

Die Stimme meiner Mutter erklang urplötzlich in meinem Kopf, und Tränen füllten meine Augen.

»Das meinst du nicht ernst ...«, flüsterte ich mit zittriger Stimme. »Du liebst mich. Das hast du gesagt.«

»Das war eine Lüge«, presste Amabel zwischen zusammengebissenen Zähnen hervor. »Und selbst wenn es so wäre, hat diese Liebe keine Zukunft. Ich bin mit John verlobt, und ich werde ihn kurz vor dem Weihnachtsfest heiraten. Dies ist meine Pflicht, und die gedenke ich zu erfüllen.«

Ich fühlte nichts mehr. Meine Hände und Füße waren taub, die Tränen schienen auf meinen eiskalten Wangen zu gefrieren. Ich konnte Amabel nur anstarren. Hörte ihre Worte, doch verstand sie nicht.

»Wieso ... wieso hast du mich dann geküsst? Wieso hast du mir gesagt, dass du mich liebst? Du sagst mir nicht die Wahrheit! Was ist passiert? Haben deine Eltern irgendetwas zu dir ...«

»Niemand hat irgendetwas gesagt, Harriett!«, schrie sie, sodass ich erschrocken zurückwich.

Das hier war nicht die Amabel, die ich kannte. Dieses sanftmütige Mädchen, welches mich in ihren Armen gehalten und ihre Lippen auf meine gelegt hatte.

Das hier war jemand anders. Jemand, vor dem ich Angst hatte.

»Es war eine schöne Zeit mit dir, Harriett. Und vielleicht habe ich geglaubt, dass ich dich lieben könnte. Dass wir eine Zukunft zusammen haben könnten. Ich habe mich in Tagträumereien verloren und deswegen Dinge gesagt, die ich nicht so meinte. Das tut mir leid.«

»Es tut dir leid?«, schrie ich wutentbrannt, während die Kälte in jede Faser meines Körpers drang. »Du hast mich geküsst! Du hast ...«

»Es ist vorbei, Harriett.« Amabel atmete zittrig aus, und für den Bruchteil einer Sekunde war da ein merkwürdiger Glanz in ihren nussbraunen Augen. Für einen winzigen Moment schien sie wieder die Amabel zu sein, die ich kannte.

Doch dann war diese Person wieder wie fortgewischt, und sie ging stoisch an mir vorbei.

»Nein!« Ich ergriff ihr Handgelenk und hielt sie fest. »Es kann nicht vorbei sein. Du kannst nicht so tun, als wäre da nichts zwischen uns gewesen! Wieso tust du das?«

Amabel drehte sich noch einmal zu mir um. Ihre Lippen weiß, weil sie so fest aufeinandergepresst waren. Ihr Körper zitterte, und ihr schwarzes Haar flatterte im Wind.

»Weil es meine Pflicht ist, eine gute Ehefrau zu sein. Weil all diese Gefühle trügerisch waren, Harriett. Das hier – zwischen dir und mir – hatte niemals eine Zukunft.«

Sie riss sich von mir los und ging mit schnellen Schritten davon. Ließ mich mitten im Schneefall zurück, während mein wankelmütiges Herz brach.

Stück für Stück.

Ich hatte das Gefühl, nicht mehr richtig atmen zu können, als hätte jemand mir ein Messer in die Brust gerammt. Meine Hände zitterten, die Sicht vor meinen Augen verschwamm, und alles – *alles* – war mit einem Mal ohne Sinn.

Finsternis hatte sich über die Welt gelegt. Der Schneefall war stärker geworden. Selbst in der Dunkelheit konnte ich die weißen Flocken noch erkennen. Meine Finger glitten über die Fensterscheibe, und ich stieß einen Seufzer aus.

Unablässig liefen die Tränen über meine Wangen. Ich konnte nicht begreifen, wieso das geschehen war.

Wieso Amabel diese Worte zu mir gesagt hatte. Wie sie mich von sich stoßen konnte, obwohl wir uns noch heute Morgen geküsst hatten. Obwohl sie mir versprochen hatte, dass sie mit ihren Eltern reden würde.

»Harri?« Die Stimme meines Bruders drang wie durch Watte zu mir durch. Ich hörte Gus' Schritte hinter mir und spürte, wie er eine Hand auf meine Schulter legte. »Harri, rede mit mir.«

Nachdem Amabel unsere Beziehung für beendet, nein, für niemals da gewesen erklärt hatte, war ich ins Haus geflohen. Ich hatte mich in meinem Zimmer verschanzt und niemanden hineingelassen. Hatte am Fenster gesessen und beobachtet, wie nach dem Nachmittagstee die Droschken irgendwann von unserem Grundstück gerollt waren und kurz darauf die Handwerker anrückten, um das Zelt abzubauen.

Ich hatte mit niemandem geredet, kein Abendessen zu mir genommen, und nun saß ich im Nachtkleid auf der Fensterbank meines Zimmers und starrte hinaus in die Dunkelheit. Als könnte sie mir Antworten auf meine Fragen geben.

»Harriett ...« Gus setzte sich neben mich, und endlich schaffte ich es, ihn anzusehen.

Seine schwarzen Haare waren ein wenig zerzaust, aber seine blauen Augen leuchteten. Wenigstens für ihn und für unsere finanzielle Lage war dies ein guter Tag gewesen. Sicherlich hatte Gus viele neue Kontakte geknüpft, um seinen Namen in der Gesellschaft zu etablieren.

»Es gibt nichts zu sagen«, würgte ich hervor und wandte

mich wieder zum Fenster um. Gus umfasste mein Kinn, sodass ich ihm in die Augen schauen musste.

»Meine kleine Schwester weint niemals ohne Grund. Eigentlich weint sie gar nicht.«

Ich schluckte schwer und biss mir auf die Unterlippe. Das war die Wahrheit. Bisher hatte ich nur ein einziges Mal in meinem Leben geweint. Nur ein einziges Mal zugelassen, dass die Schwäche mich heimsuchte.

Das war der Tag, an dem meine Mutter nach Bayern abreiste. Ich hatte mich an sie geklammert wie ein kleines Kind und sie angefleht, mich nicht allein zu lassen.

Danach hatte ich mir kein einziges Mal erlaubt zu weinen, mich so sehr meinen Gefühlen hinzugeben. Bis zum heutigen Tag.

»Sie hat ... Amabel hat unsere Beziehung für beendet erklärt ...«

Gus zog scharf die Luft ein und legte vorsichtig seinen Arm um meine Schulter. »Warum?«

Ich zuckte mit den Schultern und lehnte meinen Kopf an seine Brust. »Sie hat gesagt, dass das, was zwischen uns gewesen ist, nie mehr als Tagträumerei war. Dass sie eine gute Ehefrau sein muss und all das nichts bedeutet hat.«

Die Worte schmeckten bitter auf meiner Zunge. Erneut fing ich an zu weinen und krallte meine Finger in Gus' Hemd.

Schweigend hielt mein Bruder mich in seinen Armen, während ich mein zerbrochenes Herz betrauerte. Zwischen den Schluchzern erzitterte mein Körper immer wieder.

»Diese Worte passen gar nicht zu Amabel«, sagte Gus nach einer Weile zu mir, als ich mich etwas beruhigt hatte.

»Sie hat es aber gesagt!«, rief ich wütend und warf die Hände in die Luft. »Sie hat gesagt, dass es vorbei ist.«

Gus fuhr sich mit der Hand über sein Kinn. »Denkst du wirklich, dass sie diese Worte ernst gemeint hat?«

Die Scherben meines Herzens schrien *Nein*, doch mein Verstand antwortete mit: »Ja, das tue ich.«

»Du lügst, Harri ...«

Ertappt wich ich dem Blick meines Bruders aus, schaute stattdessen auf meine ineinander verschränkten Hände und fummelte an einem Faden meines Nachtkleids herum.

»Ich verstehe es einfach nicht«, flüsterte ich heiser, meine Stimme belegt von den Tränen.

»Es ergibt auch keinerlei Sinn.«

Einige Augenblicke dachte ich über Gus' Worte nach, doch diese Erkenntnis brachte mich auch nicht weiter. Amabel wollte mich nicht mehr an ihrer Seite haben. Was sollte ich schon dagegen tun?

»Ich liebe sie, Gus«, wisperte ich in die Stille hinein und sah meinen Bruder an. »Verdammt, ich habe mich in sie verliebt, ich dachte, sie könnte mein Herz beschützen. Dass sie die Frau sein könnte, mit der ich ein gemeinsames Leben führen kann. Sie wollte sogar mit ihren Eltern sprechen, wollte ihnen erklären, was sie fühlt, damit wir ... damit wir ...« Ich brach ab und senkte erneut den Kopf.

Schlug mir die Hände vors Gesicht und sackte in mich zusammen. Ich hatte das Gefühl, dass mein ganzes Leben nun zerstört war und ich niemals wieder glücklich werden würde.

»Sie liebt dich auch, Harri ...« Sanft strich Gus über meinen Arm.

»Das kannst du nicht wissen.«

»Nein, das kann ich nicht. Aber alles, was sie bisher gesagt und getan hat, spricht dafür. Es passt nicht zu Amabel, dich so zu verletzen. Das ist nicht ihre Art, oder?«

Ich schüttelte schniefend den Kopf und wischte mir über die Nase.

»Aber warum hat sie es dann gesagt?«

Gus zuckte mit den Schultern und seufzte leise. »Weißt du,

Harri, vor einigen Wochen hätte ich noch gedacht, dass es besser so ist. Doch nun ... ich habe gesehen, wie glücklich du mit ihr bist, wie glücklich Amabel ist. Ich habe verstanden, dass John Amabel niemals lieben und keiner von euch am Ende glücklich sein könnte, wenn alles so bleibt, wie es ist.«

Ich sah meinen Bruder entgeistert an und legte den Kopf schräg. »Du hättest unsere Beziehung wirklich geduldet, auch wenn das Schwierigkeiten für unsere Familie bedeutet hätte?«

»Manchmal glaube ich, du hältst mich für einen grausamen Menschen.« Gus schob die Unterlippe vor und verschränkte gespielt beleidigt die Arme vor der Brust.

Ich musste lächeln, als ich meinen Bruder so sah, und schlug ihm gegen die Schulter. »Das tue ich nicht, aber ich wollte dir auch keine Probleme bereiten.«

Gus' Gesichtsausdruck wurde sanft, er zog mich in seine Arme und hauchte einen Kuss auf meine Stirn.

»Harri, ich will, dass du glücklich bist. Und wenn das bedeutet, dass wir in irgendeiner lausigen kleinen Wohnung im Armenviertel leben müssten, dann wäre es in Ordnung für mich. Du bist meine kleine Schwester, und es ist meine Pflicht, dich zu beschützen. Das bedeutet, dass ich alles dafür tun würde, dass du glücklich bist.«

»Danke«, nuschelte ich leise und schniefte erneut. »Aber nun musst du dir wohl keine Sorgen mehr machen ...«

»Ich glaube, es ist irgendetwas vorgefallen, was Amabel zu diesen Worten bewogen hat.«

»Aber was denn?« Ich wollte es so gerne glauben, aber ich hatte Angst, mich an diese Hoffnung zu klammern. Angst, dass man auch auf den Scherben meines Herzens noch herumtreten würde.

»Ich weiß nicht, aber ...« Gus verfiel in Schweigen, gerade so, als wüsste er mehr als ich.

»Verschweigst du mir etwas?« Ich kniff die Augen zusammen und musterte meinen Bruder eingehend.

»Nein, aber ich werde das merkwürdige Gefühl nicht los, dass mehr hinter Amabels Verhalten steckt.«

Ich lehnte mich gegen die Wand und schloss kurz die Augen. Für einen Moment lauschte ich dem Pulsieren meines Herzens und seufzte schwer. »Ich weiß nicht, was ich tun soll. Ich will Amabel nicht belästigen. Wenn sie mich wirklich nicht liebt, dann kann ich nichts dagegen tun.«

»Ach Harri ...« Gus strich sich nachdenklich über den Bart und erhob sich dann langsam. »Gib noch nicht die Hoffnung auf, versprich mir das.«

Unwillig zuckte ich mit den Schultern, und meine Hände ballten sich zu Fäusten. Ich war erschöpft, wollte nicht mehr kämpfen. Aber meinem Bruder hatte ich noch nie ein Versprechen abschlagen können. Denn wir waren eine Einheit, die Einzigen dieses Familienzweigs, die unser Erbe noch bewahren konnten.

»Ich verspreche es dir«, sagte ich und legte feierlich eine Hand auf meine Brust. Es war, als würden die Bruchstücke meines Herzens mir in die Finger schneiden.

Gus nickte, strich erneut über meine Schulter und versuchte sich an einem zaghaften Lächeln.

»Es gibt für jedes Problem eine Lösung. Das hat Mutter doch früher immer gesagt. Erinnerst du dich?«

Ja, das tat ich, und so musste ich wider Willen lächeln. Die Erinnerung an meine Mutter war mit den Jahren verblasst, aber ihre Worte klangen noch ganz klar in meinen Ohren nach.

Ihr könnt alles schaffen, meine liebsten Kinder. Für jedes Problem findet sich eine Lösung, denn das Wichtigste ist, dass ihr glücklich seid. Nichtig, was andere darüber denken.

Und auch wenn meine Mutter so fern war, wollte ich diese Worte in meinem Inneren bewahren und beten, dass es einen Grund für Amabels Verhalten gab. Dass mein Herz noch zu flicken war und ich diese Liebe nicht verlieren würde.

Kapitel 21
Amabel

Heygate-Internat, Ende November

Ich war eine Maschine. Eine zischende, brüchige Maschine, die mit monotonen Bewegungen durch die Welt wandelte.

Seit dem Badmintonturnier funktionierte ich auf Sparflamme, wie eine züngelnde Kerze, die mit aller Macht gegen den Wind kämpfte, während ihre Kraft zur Neige ging.

Ich unterrichtete die jüngeren Mädchen in den Tanzstunden und sogar im Badminton, denn Mrs Ham plante eine Wiederholung des Turniers im folgenden Jahr. Da ich im Finale gestanden hatte, war ich die beste Kandidatin für diese Position. Mrs Ham wollte sich bei der Familie Hold darum bemühen, dass ich auch nach meiner Hochzeit noch Unterrichtsstunden geben durfte – ganz untypisch für sie, denn eigentlich war unsere Lehrerin der Meinung, dass verheiratete Frauen nicht arbeiten sollten.

Aber anscheinend würde dies eher als wohltätiges Tun angesehen und nicht als echte Arbeit. Seit meinem Gespräch mit Cassandra, dem desaströsen Badmintonspiel und der Lüge, die ich Harriett aufgetischt hatte, war nun beinah eine Woche vergangen.

Noch immer hatte ich nicht mit Lucie über das gesprochen, was ich getan hatte. Noch immer plagten mich Albträume. Und mein Herz war zerbrochen.

Wenn ich an den Augenblick dachte, als ich Harriett gesagt

hatte, dass ich sie nicht liebte und all das zwischen uns nur Tagträumerei gewesen war, schossen mir jedes Mal sofort die Tränen in die Augen.

Diese Lüge hatte mich innerlich vergiftet.

»Amabel?« Lucies Stimme schreckte mich auf, und ich schaute erschrocken von meinem Buch auf. Die Worte waren vor meinen Augen verschwommen, und ich hatte keine Ahnung, was ich gelesen hatte.

»Mhm?« Ich schaute meine beste Freundin kurz an, die in mein Zimmer getreten war, und wandte dann hastig den Blick wieder ab.

»Willst du nicht endlich mit mir reden?«

Ich wollte, aber ich *konnte* nicht. Lucie mit in diese ganze Sache hineinzuziehen kam mir falsch vor. Ich wollte unter keinen Umständen, dass meine Konflikte sie mit in die Finsternis rissen. Sie war glücklich jetzt, und sie hatte schon genug Leid erlebt.

Lucie zog sich einen zweiten Stuhl heran, setzte sich neben mich und ergriff meine Hand. Schweigend sah sie mich an.

Ich konnte ihrem Blick kaum standhalten, also schaute ich auf meine Hände, die ich in meinem Schoß knetete, während Trauer und Wut über mich hinwegrollten.

Lucie seufzte leise und ergriff den Bilderrahmen, der auf meinem Schreibtisch stand. Es war eine Fotografie von mir und meinen Adoptiveltern. Tränen schossen mir in die Augen, als ich den Blick hob.

»Ihr wirkt sehr glücklich hier«, sagte Lucie und sah mich wieder an. »Du willst dieses Glück mit Sicherheit bewahren, mit allem, was dir möglich ist.«

Ich zog scharf die Luft ein und musterte meine beste Freundin eingehend. Wusste sie etwa, was vorgefallen war?

»Das ...«, setzte ich an und brach sogleich wieder ab.

»Weißt du ...« Lucie erhob sich und ging zum Fenster. Ihr

Blick schien sich in den kahlen Bäumen zu verfangen. »Ich habe die Ehrlichkeit zwischen uns immer geschätzt. Aber ich verstehe auch, dass es Dinge gibt, die man nicht sagen kann. Doch, Amabel ...« Sie drehte sich wieder zu mir um und lächelte mich an. »Du warst mit Harriett an deiner Seite sehr glücklich, das hat man dir angesehen ... deswegen hoffe ich einfach, dass ihr wieder zueinanderfindet, egal, was euch gerade trennt.«

Sie wandte sich wieder ab und wollte schon mein Zimmer verlassen, als ein Ruck durch meinen Körper ging.

»Cassandra hat uns gesehen«, rutschte es mir heraus, und ich schlug die Hände vor den Mund. Nun hatte ich es doch gesagt. Verdammt.

Lucies Augenbrauen schnellten in die Höhe. »Wie bitte?« Mit offenem Mund sah sie mich an.

»Das hast du mit Absicht gemacht!« Ich verschränkte die Arme vor der Brust. »Du wusstest genau, dass ich dich nicht ohne Antworten gehen lassen würde.«

»Vielleicht ...« Lucie zuckte unschuldig die Schultern und setzte sich wieder zu mir. »Aber da du nun angefangen hast zu erzählen, kannst du auch weitermachen.«

Seufzend schüttelte ich den Kopf. »Vor dem Finale, nachdem ich gegen dich gewonnen hatte, haben Harriett und ich uns geküsst. Als ich das Zelt verlassen habe, stand Cassandra da. Sie hat alles gesehen ...«

»Schlechtes Timing«, erwiderte Lucie und verzog das Gesicht.

Ich nickte, und meine Finger verkrampften sich. »Sie hat mich erpresst. Wenn ich mich nicht von Harriett fernhalte, dann wird sie der feinen Gesellschaft erzählen, dass ich ein Flittchen bin ... sie wird Walter das Geschäft zerstören. Claire und Walter könnten alles verlieren, ich hätte ihr Ansehen beschmutzt ...«

Lucie sah mich entsetzt an. »Wer hätte gedacht, dass deine zukünftige Schwiegermutter solch ein Biest ist?«

»Lucie!«, rief ich aus, doch meine Freundin legte die Stirn nur in Falten und schnaubte unfein.

»Was denn? Das ist die Wahrheit. Cassandra Hold ist ein Biest. Eine feine Dame erpresst doch niemanden ...«

Schweigend sahen wir uns an, während sich eine eisige Hand um mein zerbrochenes Herz legte.

»Ich habe Harriett nach dem Finale erklärt, dass das zwischen uns keinerlei Bedeutung hat«, erzählte ich mit gesenktem Blick. »Dass alles nur eine Tagträumerei war ...«

»Ach du Schande.« Lucie kaute nachdenklich auf ihrer Unterlippe herum und zog mich dann in ihre Arme. »Oh, Amabel ... warum bist du nicht zuerst zu mir gekommen? Warum nicht zu John? Wir hätten doch bestimmt eine Lösung gefunden!«

»Und welche?«, rief ich verzweifelt, stand auf und irrte rastlos im Zimmer umher. »Es gibt keine Lösung! Cassandra will auf jeden Fall, dass ich John heirate. Sie lässt sich von diesem Plan nicht abbringen, und sie wird alles zerstören, was mir lieb und teuer ist, wenn ich nicht tue, was sie will. Ich habe doch keine Wahl!«

Lucie schob die Lippen vor und zog die Stirn kraus. »Findest du das nicht komisch?«

»Was?« Ich hielt mitten in der Bewegung inne und starrte Lucie an.

»Cassandras Verhalten – findest du es nicht äußerst merkwürdig?«

»Nein, sie will John unbedingt unter die Haube bekommen und verhindern, dass ihre Familie in einen Skandal verwickelt wird.«

»Es würde keinen Skandal geben, wenn die Verlobung gelöst wird«, erwiderte Lucie. »Solche Verbindungen werden häufiger gelöst, sei es, weil eine Familie in Ungnade fällt oder die Verlobten sich nicht wohlgesinnt sind. Wenn beide Familien einverstanden sind, dann ist dies nichts Ungewöhnliches.«

Ich verstand immer noch nicht, worauf Lucie hinauswollte, und setzte mich ihr gegenüber wieder auf den Stuhl. Sah sie erwartungsvoll an.

»Denk doch mal nach, Amabel. Niemand außer John, Harrietts Bruder und mir weiß von eurer Verbindung. Keiner hat euch gesehen, niemand würde ein Wort darüber verlieren. Diese Verlobung würde gelöst werden, und ja, die feine Gesellschaft würde sich wundern, aber niemand würde länger darüber nachdenken. Du kennst doch die Menschen, sie streifen mit ihren Gedanken umher und lassen sich schnell ablenken. Außerdem ist John ein begehrter Junggeselle. Die Frauen würden Schlange stehen, um seine nächste Verlobte zu werden.«

»Bitte entschuldige – ich höre deine Worte, aber worauf genau willst du hinaus?«

Lucie verdrehte die Augen und schnaubte frustriert. »Manchmal bist du wirklich merkwürdig. Du verstehst so viele Dinge schneller als ich, aber das hier nicht?«

Lucie band sich ihr blondes Haar zu einem Dutt hoch, erhob sich und schnappte sich die Tageszeitung, die auf meinem Bett lag. Raschelnd blätterte sie durch die Seiten, und ich sah meiner Freundin neugierig und zugleich verwirrt zu.

»Mhm ... hier steht nichts ...«, murmelte Lucie.

»Würdest du mir endlich sagen, worauf du hinauswillst?« Langsam wurde ich wütend, doch Lucie schien von meinem Zorn kaum überrascht.

»Cassandra hat Angst«, stellte Lucie fest und legte die Zeitung auf den Schreibtisch.

»Bitte?«

»Es gibt keinen vernünftigen Grund, diese Verlobung nicht

einfach zu lösen. Außerdem fällt so etwas in den meisten Fällen auf die Frau zurück, nicht auf den Mann.«

»Und?«

»Amabel!«, rief Lucie aus und warf ihre Hände in die Luft. »Hast du ein Brett vorm Kopf?«

Die Leute würden sich das Maul zerreißen, sie würden denken, dass an den Gerüchten über John etwas ...

Cassandras Worte blitzten urplötzlich in meinem Kopf auf, und ich zuckte heftig zusammen.

»Oh, Gott!« Ich schlug entsetzt die Hand vor den Mund. »Cassandra hat gesagt: *Die Leute würden sich das Maul zerreißen, sie würden denken, dass an den Gerüchten über John etwas*, und dann ist sie abgerauscht ...«

»Das hat aber lange gedauert.« Lucie lächelte schmallippig und seufzte leise.

»Aber du konntest doch gar nicht wissen, was Cassandra gesagt hat ...«

»Nein, aber ich weiß, was mir Arthur über John erzählt hat. Dass es Gerüchte über ihn gibt ...«

»Welche?«

Lucie zuckte mit den Schultern. »Das hat er mir nicht erzählt. Nichts für die Ohren von feinen Damen ...« Sie verdrehte in gespielter Verzweiflung die Augen. Ihre Worte sorgten dafür, dass sich ein dumpfer Knoten in meinem Magen zusammenzog. Eine Ahnung sickerte in meinen Verstand. Ich keuchte auf, als sich die Puzzleteile zu einem Bild fügten.

»Es geht hierbei gar nicht um mich ...«, flüsterte ich heiser und hatte das Gefühl, dass mir irgendetwas die Kehle zuschnürte. Schock und Erleichterung, weil meine Vermutung richtig gewesen war, schwappten über mich hinweg.

»Ja ...«, bestätigte Lucie und überschlug die Beine. »Hast du denn niemals etwas von Gerüchten in Bezug auf John gehört?«

Ich schüttelte den Kopf. Vielleicht hatte ich diese Dinge nicht wahrgenommen, weil ich in Heygate lebte, seit ich dreizehn war. Hier hielt man die Mädchen vom politischen Geschehen und dem neusten Tratsch fern. Um ihr Gemüt nicht zu belasten und ihnen keine Flausen in den Kopf zu setzen. Zudem hatte ich mich die letzten Jahre so bemüht, eine perfekte Ehefrau zu werden, dass alles andere an mir vorbeigerauscht war.

»Dann müssen wir wohl auf Spurensuche gehen.« Über Lucies Gesicht huschte ein Lächeln, und sie sprang auf. »Lass uns erneut Detektivinnen sein.«

Ich stöhnte auf und fuhr mir durch die Haare. »Lucie, ich halte das nicht für ...«

»Papperlapapp!« Sie zog mich auf die Füße. »Vertrau mir, das wird spannend! Und ich werde schon dafür sorgen, dass du mit Harriett glücklich sein kannst.«

»Wieso?«

»Wie wieso?« Lucie sah mich irritiert an.

»Warum willst du mir so sehr helfen?«

»Geht's dir wirklich so schlecht, Amabel?«, fragte sie, sah mich schief an und legte eine Hand auf meine Stirn. »Hast du Fieber?«

»Lass das!« Unwirsch fegte ich ihre Hand weg und trat einen Schritt zurück. »Ich meine das ernst.«

»Du bist meine beste Freundin«, antwortete Lucie und ergriff meine Hände. »Du warst die erste Person, die mich hier in Heygate willkommen geheißen hat. Und wir haben gemeinsam viel erlebt, uns in Gefühlen verloren. Ich hatte solche Angst, dich als Freundin zu verlieren, als ich mich in Arthur verliebte. Doch du bist an meiner Seite geblieben, und ich sehe es als meine Pflicht an, dein Glück zu beschützen.«

Ich schniefte leise und umarmte Lucie überschwänglich. »Danke, dass du an meiner Seite bist.«

»Immer doch, Amabel.« Sanft strich sie über meinen Rücken.

Wir verweilten noch ein wenig in dieser Umarmung, bevor Lucie sich von mir löste. »Nun denn ... denkst du, wir müssen für unsere Recherchen nach London, oder reicht Southend?«

Ich wiegte den Kopf hin und her, überlegte einen Augenblick, und dann fiel mir jemand ein, der sicherlich mehr wusste über die Dinge, die in der Londoner Gesellschaft vor sich gingen.

»Wir könnten Arthurs Mutter fragen und Mrs Waring. Du hast mir doch erzählt, dass Elaine Smith oft in London ist, weil Arthur dort studiert. Und Mrs Waring kommt ursprünglich aus London.«

»Gute Idee! Ich gehe schnell zu Mrs Ham und lasse mir etwas einfallen, damit sie uns nach Southend fahren lässt!« Lucie stürmte los und ließ mich allein im Zimmer zurück.

Ich setzte mich wieder auf den Stuhl und nahm das Bild von meinen Eltern und mir in die Hand. Fuhr mit dem Finger über den Rahmen und seufzte tief.

»Ich will euch auf keinen Fall enttäuschen«, flüsterte ich mit belegter Stimme. »Ich will nicht, dass ihr meinetwegen alles verliert.«

Ich schluchzte auf, und erneut rannen Tränen über meine Wangen. Wenn wir keine Lösung finden würden, dann hätte ich meine Chance verwirkt und Cassandra ihr Ziel erreicht. Dann hatte ich Harriett verletzt, ihr das Herz gebrochen und diesen einen Menschen verloren, der mir die Welt bedeutete.

Ich schloss die Augen, und sofort sah ich sie vor mir: ihre Sturmaugen, ihr neckisches Lächeln.

Gott, ich hatte mich in Harriett verliebt, und ich hatte sie so sehr verletzt, weil meine Angst viel stärker gewesen war.

»Bitte ... bitte gib mir ein Zeichen, zeig mir, dass ich noch aus dieser Misere entkommen kann ...« Ich wusste nicht, zu wem ich flehte. Ob zu Gott oder den blassen Erinnerungen an meine Eltern. Ich wusste nur, dass ich nicht für den Rest meines Lebens mit dieser Reue *überleben* konnte.

Und John wollte mich sicherlich auch weiterhin nicht heiraten. Diese Ehe würde uns beide zerstören. Cassandra nahm das willentlich in Kauf, um ihren eigenen Ruf zu retten.

Doch ich würde ihr einen Strich durch die Rechnung machen. Ich würde alles tun, um diese Hochzeit zu verhindern. Weil dies vielleicht die letzte Möglichkeit war, um über meinen Schatten zu springen.

Kapitel 22
Amabel

Southend-on-Sea

Lucies Schritte waren tänzelnd, geradezu anmutig lief sie über die Strandpromenade, und ihr Blick blieb überall hängen.

Ob an den kleinen Ständen auf dem Pier, die warme Getränke und weihnachtliche Keramikfiguren verkauften, oder an den Modeläden, in denen die neusten Kleider für das Weihnachtsfest in den Schaufenstern ausgestellt waren. Ihre grünen Augen leuchteten wie die eines kleinen Kindes, als sie zwei Becher Punsch und Süßigkeiten für uns kaufte.

Im Gegensatz zu mir, der das Herz schwer in ihrer Brust lag und die kaum ein Wort über die Lippen bekam, war sie die Leichtigkeit in Person.

»Tun Detektivinnen das so?«, fragte ich und trank einen Schluck Punsch, der süßlich auf meiner Zunge schmeckte. »Sich ablenken und wie ein kleines Kind benehmen?«

Lucie stieß mir ihren Ellbogen in die Seite. »Sei nicht so gemein, Bell«, neckte sie mich sanft mit dem Spitznamen, den sie meinen Vater beim Turnier hatte sagen hören. Ich stieß zischend die Luft aus. »Wir warten hier auf Mrs Waring«, erklärte sie.

»Was?«

»Das heißt immer noch ›Wie bitte‹, Miss Amabel.« Lucie grinste mich verschmitzt an. »Ihr Ehemann hat ihr auf diesem

Pier den Heiratsantrag gemacht. Sie spaziert beinah jeden Tag um die Mittagszeit hierhin, um sich an ihn und die gemeinsame Zeit zu erinnern. Wir könnten ihr also gleich begegnen.«

Das klang schrecklich traurig und rührend zugleich. Ich hatte mir lange Zeit nicht vorstellen können, solch eine reine Liebe zu empfinden. Das hatte sich in den letzten Wochen geändert. Mit Harriett schien die Vorstellung eines gemeinsamen Lebens bis ans Ende unserer Zeit wie das Schönste der Welt. Doch nun würde diese Liebe vielleicht keine Zukunft haben.

»Du denkst an sie«, stellte Lucie fest und nippte an ihrem Punsch.

Ich nickte schweigend und starrte auf das Meer hinaus. Die Sonne schien blass vom Himmel, der Schnee glitzerte am Strand, und die Wellen türmten sich auf. Das Wasser schien aufgewühlt, geradezu wild.

»Es muss schrecklich gewesen sein, ihr zu sagen, dass du sie nicht liebst.«

»Das war es auch«, erwiderte ich mit belegter Stimme. »Ich bin innerlich zerbrochen, aber ich habe keinen Ausweg gesehen. Ich habe solche Angst vor Cassandra und ihren Drohungen, ich will nicht, dass meine Familie wegen meines Verhaltens leidet.«

Lucie legte sanft den Arm um mich und drückte meine Schulter. »Wir werden eine Lösung finden, das verspreche ich dir und …«

»Miss Lucie! Miss Amabel! Was tun Sie hier?« Die Stimme ließ uns zusammenfahren, und wir wirbelten herum.

Die alte Mrs Waring kam mit langsamen Schritten, auf einen Gehstock gestützt, auf uns zu. Ihre Gestalt wirkte schmal, beinah zerbrechlich, aber ihre Augen schienen zu leuchten.

»Guten Tag, Mrs Waring«, begrüßte Lucie sie und verschränkte die Hände vor dem Körper. »Wir haben auf Sie gewartet.«

»Haben Sie das?« Die Frau schaute neugierig zwischen uns hin und her, dann huschte ein Lächeln über ihre Züge. »Kann ich Ihnen denn irgendwie behilflich sein?«

»Eventuell …« Lucie sah zu mir, und ich atmete tief durch, bevor ich auf die Dame zuging.

»Ich wünsche Ihnen auch einen guten Tag, Mrs Waring. Wir benötigen Ihre Hilfe, denn …« Ich holte tief Luft und sah die alte Dame an. »Wissen Sie irgendetwas über Gerüchte, die sich um John Hold drehen?«

Mrs Waring sah mich ernst an und neigte den Kopf zur Seite. Die Bewegung hatte etwas Vogelhaftes, und es erschien mir, als würde ihr Blick mich durchbohren.

»Wie kommen Sie darauf, dass ich etwas über delikate Gerüchte wüsste?«

»Sie haben in London gelebt, das haben Sie mir selbst erzählt. Sie haben viele Kontakte zur feinen Gesellschaft, allein durch die Arbeit im *Magdalena's House*«, erklärte Lucie.

»Nun …« Mrs Waring räusperte sich, »Mr Hold ist Ihr Verlobter, richtig?«

Ich nickte schwach, und mein Herz zog sich erneut schmerzhaft zusammen. Gott, wenn es Cassandra am Ende nur um John ging, welches Recht hatte ich, ihn an den Pranger zu stellen?

»Dann kann ich Ihre Neugier verstehen, doch lassen Sie uns doch in einem Café Platz nehmen, hier draußen ist es mir ein wenig zu kalt.«

»Wollen Sie nicht noch …?« Lucies Blick wanderte zum Pier, und Mrs Waring lächelte ein wenig wehmütig.

»Dafür habe ich auch später Zeit, die Toten laufen einem nicht weg, oder?« Sie lächelte versonnen.

Ihre Antwort überraschte mich, denn da lag kein Schmerz in ihrer Stimme. Mrs Waring drehte sich um und winkte uns, ihr zu folgen. Ein Anflug schlechten Gewissens überkam mich, weil wir Mrs Waring in ihrem täglichen Tun gestört hatten, doch die Dame schien uns das nicht im Geringsten übel zu nehmen.

Sie steuerte das Café an, das zum *Royal Hotel* gehörte. Eine Welle von unangenehmen Erinnerungen schwappte über mich hinweg: an dieses grässliche Abendessen mit Johns Eltern, an Cassandras bissige Worte. Dies schien der Anfang vom Ende für mich gewesen zu sein.

»Möchten Sie woandershin?«, fragte Mrs Waring, die mein Zögern bemerkte, als ich vor dem Eingang des Cafés stehen geblieben war.

Ich hob die Hände. »Nein, alles in Ordnung. Lassen Sie uns eintreten.«

Die alte Dame stieß die Tür auf, und warme Luft umfing uns, gefüllt mit dem Geruch von frischem Kaffee und süßem Kuchen. Wir wurden von einem Kellner zu einem Tisch am Fenster geführt und bestellten unsere Getränke.

Ich schälte mich aus dem dicken Mantel, legte meine Hände auf die Tischplatte und sah Mrs Waring erwartungsvoll an.

»Sie würden nicht fragen, wenn Sie keine Vermutung hätten«, stellte die Dame fest und lehnte sich auf ihrem Stuhl zurück.

»Das ist korrekt. Aber ich kann Ihnen nicht sagen, warum wir eine Vermutung haben oder was der Auslöser unserer Fragen ist. Ich hoffe, dass Sie das verstehen.«

»Oh, natürlich!« Mrs Waring winkte lächelnd ab und lehnte sich wieder nach vorne. »Wobei ich äußerst interessiert am neusten Klatsch und Tratsch wäre, vor allem, da ich mir denken kann, dass Cassandra Hold wieder etwas ziemlich Unflätiges getan hat.«

Bevor ich zu einer Frage ansetzen konnte, brachte uns ein Kellner die Getränke und wechselte ein paar Sätze mit Mrs Waring – sie schien hier Stammgast zu sein. Erst als er weg war, sprach ich die Frage aus.

»Sie ... Sie kennen Cassandra Hold?«

»Ich kenne beinah jeden Menschen der Londoner Gesellschaft. Nun, vielleicht nicht jeden, aber viele. Das brachte die Stellung meines Mannes mit sich. Und ja, Cassandra Hold kenne ich ebenso. Sie ist die Tochter von ambitionierten Kaufleuten, die sich mit Fleiß und Geschick hochgearbeitet haben. Als Rupert Hold um Cassandras Hand bat, war das für diese Familie das größte Glück. Aber hinter diesem feinen Lächeln und den schönen Kleidern versteckt sich auch nur die Maske einer Parvenü, die in den dunklen Ecken der Gesellschaft aufgewachsen ist.«

»Parvenü?«, fragte ich, und Lucie neben mir verdrehte die Augen.

»Das bedeutet Emporkömmling. Wenn du im Französischunterricht besser aufpassen würdest, wüsstest du das.«

»Besserwisserin«, murmelte ich pikiert und trank einen Schluck Kaffee.

Mrs Warings Worte brachten mich zum Nachdenken. Auch Cassandra war keine geborene Lady, sondern entstammte dem Bürgertum. Dem gehobenen Bürgertum, aber trotzdem weit entfernt von einer Marquess oder einer Countess.

Sie ist wie ich, dachte ich traurig, sie gehört auch nicht in diese Welt. *Vielleicht trägt sie sogar die gleichen Zweifel in sich wie ich.*

»Das bedeutet, Cassandra Hold würde alles dafür tun, um das Ansehen ihrer Familie zu schützen?«, hakte Lucie nach.

»Ja, das würde sie«, erwiderte Mrs Waring. »Und es gab in der Londoner Gesellschaft Gerüchte über die Familie Hold. Zuerst nur über die Familie von Nicholas Hold, dem verstorbenen Vater von Harriett und Augustus. Sie wissen sicherlich, dass er die Familie in großes Unglück gestürzt hat.«

»Ja, das weiß ich. Er hatte Spielschulden und hat beinah das gesamte Vermögen der Familie verspielt. Seine Frau erkrankte an Hysterie und erholt sich immer noch in einem Sanatorium in Bayern.« Mir fiel es schwer, diese Worte laut auszusprechen, weil Harriett wahrlich genug gelitten hatte. Und nun hatte ich sie auch noch so tief verletzt.

»Genau. Diese Gerüchte haben der gesamten Familie Hold zugesetzt, woraufhin man sich von Harriett und Augustus distanzierte. Nachdem der Trubel sich langsam gelegt hatte, gab es in letzter Zeit Gerüchte, dass es mit John Hold ein weiteres schwarzes Schaf in der Familie gäbe.«

Ich hielt die Luft an und starrte Mrs Waring an, wartete, dass sie weitersprach. Doch sie trank nur einen Schluck Kaffee und schwieg eisern.

»Warum?«, fragte Lucie drängend, und ihre Finger umklammerten die Kaffeetasse so fest, dass ihre Knöchel weiß hervortraten.

Ich hatte Lucie nicht von meiner Vermutung erzählt, dass es John vielleicht wie mir ging.

»Sagen Sie mir, die Damen …«, setzte Mrs Waring an und faltete die Hände. »Wie stehen Sie zur Liebe? Der Liebe zwischen Mann und Frau, aber auch der Liebe zwischen gleichen Geschlechtern.«

»Oh.« Lucies Blick huschte zu mir. Sie runzelte ihre Stirn und zog die Nase kraus. Langsam schien sie zu begreifen.

Mrs Warings Frage bestätigte meine Ahnung, und ich stieß einen Seufzer aus. »Jeder sollte so lieben, wie er oder sie es für richtig hält. Egal ob man eine Frau oder einen Mann liebt und auch wenn die Gesellschaft einem weismachen will, dass dies eine Sünde ist.«

Mrs Waring lächelte versonnen und fuhr sich durch ihre silbergrauen Haare. »So sehe ich das auch, denn ich habe im *Magdalena's House* schon jegliche Form von Liebe gesehen. Aber so sieht es, wie Sie es richtig gesagt haben, nicht die Gesellschaft.«

»Moment ...« Lucie hob die Hände und schüttelte verwirrt den Kopf. »Sie wollen sagen, dass John Hold laut der Gerüchte, die es über ihn gab, keine Frauen liebt?«

»Korrekt.«

Schweigen knisterte zwischen uns, und die Wärme schien meine Sinne zu benebeln. Ich hatte es schon lange geahnt und war beinahe dankbar. Wenn es John so ging wie mir, dann wäre auf eine verquere Art und Weise alles in Ordnung zwischen uns. Dann würden wir dasselbe empfinden, und ich war keine schlechte Verlobte. Nein, dann zeigte er mir nur deshalb keine Liebe, weil er es gar nicht konnte.

»Diese Gerüchte ... wie pikant waren sie?«, wagte ich vorsichtig zu fragen.

»Ziemlich pikant. Es gab sogar einige reißerische Artikel in Londoner Magazinen. Hinter vorgehaltener Hand hat man gesagt, dass dieser Junggeselle noch keiner Frau versprochen war, weil er keine Frau wollte. Manche Menschen vermuteten sogar, dass John Hold sich in schäbigen Etablissements aufhielt, wo ...« Mrs Waring beendete den Satz nicht, doch ich wusste, was sie meinte.

»Und dann verflüchtigten sich diese Gerüchte, und all die Stimmen wurden zu einem Flüstern, als die Verlobung von John Hold mit Ihnen, Miss Amabel, bekannt gegeben wurde.«

Eisige Kälte sickerte in meinen Verstand und ließ meine Glieder erstarren. Ich konnte Mrs Waring nur unentwegt anstarren, während ich die Tragweite des Gesagten langsam begriff.

»Ich war ein Mittel zum Zweck für Cassandra«, würgte ich hervor, und ein bitterer Geschmack stieg meine Kehle hinauf, und ich hatte das Gefühl, ich müsste mich übergeben. Schnell stürzte ich meinen Kaffee in einem Zug hinunter.

»Deswegen hat sie dir gedroht!«, sagte Lucie und schlug sich sofort die Hand vor den Mund.

Sie kann niemals ihre Klappe halten, dachte ich wenig überrascht und winkte nur ab, als Lucie mir einen entschuldigenden Blick zuwarf.

»Oh ... Cassandra Hold hat Ihnen gedroht?« Mrs Warings Augen begannen erneut zu leuchten. Neugier huschte über ihre Züge.

»Ja ...«, murmelte ich leise. »Weil ich ... es ist kompliziert ...«

»Sie müssen mir das nicht erzählen, Kindchen. Nur sollten Sie gegen diese Frau nicht klein beigeben ...«

»Wenn ich denn eine Wahl hätte ...«

»Natürlich hast du die!«, ereiferte sich Lucie so laut, dass einige Herrschaften sich zu uns umdrehten und uns missbilligende Blicke zuwarfen. »Du solltest mit John darüber reden«, sprach Lucie mit gesenkter Stimme weiter.

»Ich weiß nicht recht ...«

»Natürlich musst du mit ihm sprechen. Er muss erfahren, wie niederträchtig seine Mutter ist.« Lucie schnaubte unfein und verschränkte die Hände vor dem Körper.

»Aber John ...« Die Worte erstarben auf meinen Lippen, und ich dachte fieberhaft nach.

Cassandra wollte unter keinen Umständen erlauben, dass die Verlobung gelöst wurde, weil sie weitere Gerüchte um John verhindern wollte. Die Menschen würden es als Bestätigung sehen, wenn ich mich von ihm abwenden würde. Und genau davor fürchtete sich Cassandra. Davor, dass man hinter vorgehaltener Hand schlechte Dinge über ihre Familie sagte. Dass man John in den Dreck zog.

Wobei ich mir gar nicht sicher war, ob Cassandra wirklich an ihn dachte.

»Wenn ich die Verlobung löse, dann werden die Gerüchte wieder aufkommen, und wer bin ich, dass ich John solche Probleme bereite? Dass ich ihn am Ende dazu zwinge, sich zu offenbaren? Das wäre nicht gerecht. Diese Entscheidung liegt nicht bei mir.«

»Dann sprich wenigstens mit Harriett. Sag ihr, was vorgefallen ist. Du darfst sie nicht im Dunkeln lassen. Sie liebt dich.«

Lucie biss sich auf die Unterlippe und schüttelte über ihre eigenen Worte den Kopf. Sie hatte schon wieder etwas gesagt, das nicht für Mrs Warings Ohren bestimmt war.

Doch langsam kam mir die vage Ahnung, dass die alte Dame ohnehin schon viel mehr wusste, als wir vermuteten. Ihre Augen und Ohren schienen überall zu sein.

»Junge Liebe ... wie schön es sein muss, noch einmal solch einen Sturm von Gefühlen zu empfinden ...«, sinnierte sie mit einem Lächeln und ließ ihren Blick über die feine Einrichtung des Restaurants des *Royal* schweifen.

Ich tat es ihr gleich. Die Tische waren mit gestärkten weißen Decken bezogen, und das Silberbesteck funkelte im Licht der Kronleuchter. Die Gläser, die auf den Tischen standen, funkelten und waren poliert.

Hier – in dieser Welt der Ladys und Gentlemen, mit ihren maßgeschneiderten Anzügen und Kleidern – schien alles perfekt. Aber all das war mehr Schein als Sein. Wir alle trugen Geheimnisse in unseren Herzen, von denen wir nicht wollten, dass die Welt sie aufdeckte.

»Wollen Sie meinen Rat, Miss Amabel?« Mrs Waring sah mich unvermittelt an, und ich nickte zaghaft.

»Ja. Sie haben sicherlich mehr Lebenserfahrung als ich.«

Die alte Dame lachte leise auf und schüttelte gutmütig den Kopf. »Darum geht es nicht. Ich kann Ihnen nur etwas mit auf den Weg geben, was mein Mann damals zu mir gesagt hat. Er sagte, dass wir niemals aufgeben sollen, wenn es um die Liebe geht. Unwichtig, wie steinig dieser Weg auch sein mag, denn die Liebe ist das Einzige, was diese Welt zusammenhält.«

Ich wusste nicht, wieso, aber Mrs Warings Worte rührten etwas ganz tief in mir. Tränen brannten in meinen Augen – zum tausendsten Mal in wenigen Tagen –, und ich wischte mir eilig über die Wangen.

Unwillkürlich musste ich an Harriett denken. An unsere erste Begegnung auf dem Ball im Hause von Arthurs Familie. An ihr neckisches, beinah biestiges Verhalten. Die Art, wie sie *Miss Amabel* zu mir sagte. Ihre Sturmaugen, die immerzu traurig dreinblickten, wann immer sie dachte, dass niemand hinsah. Daran, wie sie versuchte, alles auf die leichte Schulter zu nehmen. Alles wegzulächeln und niemanden wirklich an sich heranzulassen.

Sie hatte ein so verletzliches Herz, und ich hatte versprochen, es zu beschützen.

Aber ich hatte versagt.

Es ist noch nicht zu spät, schien da eine Stimme in meinem Inneren zu flüstern, und ich war mir beinah sicher, dass es meine Mutter war, die da zu mir sprach. Auch wenn ich mich kaum noch an sie erinnern konnte, war sie doch bei mir, in meinem Herzen.

»Vielen Dank für diesen Rat, Mrs Waring. Und dafür, dass Sie unsere Fragen beantwortet haben, das weiß ich zu schätzen. Wie kann ich mich für diese Ehrlichkeit erkenntlich zeigen?«

»Das ist gar nicht nötig, Kindchen. Aber wenn du mir wirklich etwas Gutes tun willst, dann komm uns mit Lucie im *Magdalena's House* besuchen. Wie ich hörte, scheinst du eine gute Lehrerin zu sein. Vielleicht möchtest du hin und wieder in der neuen Schule vorbeischauen, sobald die Bauarbeiten abgeschlossen sind. Die Mädchen und Jungen könnten sicherlich von dir lernen.«

Hitze stieg in meine Wangen, und ich war mir sicher, dass ich so rot wie eine Tomate anlief bei diesen Worten. Lucie musste Mrs Waring erzählt haben, dass ich den jüngeren Schülerinnen im Internat half. Doch meine beste Freundin klimperte nur unschuldig mit den Augen.

»Das werde ich tun, Mrs Waring. Ich ...«

»Gehen Sie schon. Versuchen Sie, diese Probleme zu lösen, und geben Sie nicht auf. Keine Sorge, ich zahle die Rechnung.« Sie scheuchte uns mit einer wedelnden Handbewegung von unseren Sitzen.

Wir erhoben uns, und Lucie verabschiedete sich eilig von Mrs Waring, während ich bereits zur Tür lief. »Wo gehen wir denn jetzt hin?«, fragte sie verwirrt.

»Wir fahren zu Harrietts Anwesen. Ich habe alle meine Antworten erhalten. Wir brauchen Arthurs Mutter nicht mehr zu besuchen. Aber du kannst natürlich gerne zu ihm fahren, wenn du lieber ...«

»Machst du Witze?«, fragte Lucie beinah empört und stieß einen hohen Pfiff aus, um einen Droschkenfahrer auf uns aufmerksam zu machen. Das brachte ihr nicht nur von den umstehenden feinen Damen, sondern auch vom Kutscher einen merkwürdigen Blick ein. »Ich komme mit! Du bist meine beste Freundin, und ich werde mich für dich einsetzen.«

»Wohin soll es gehen, die ... Damen?«, fragte der Mann auf dem Kutschbock und sah uns mit hochgezogenen Augenbrauen an, als müsste er sichergehen, dass wir wirklich Ladys und nicht dahergelaufene Straßenjungen waren.

»Zum Anwesen von Augustus Hold«, sagte ich und reichte ihm eilig einige Münzen, zu viel für diese Strecke. »So schnell Sie können.«

Der Mann schaute auf das Geld hinab und sah mich irritiert an, doch ich winkte ab. Es war mir gerade einerlei. Vielleicht wäre dies bald das letzte Geld, welches ich ausgeben konnte, wenn ich John nicht heiraten und meine Familie mich verstoßen würde. Da konnte ich auch noch einmal großzügig sein.

Wir stiegen in die Kutsche ein, und die Tür schloss sich mit einem dumpfen Krachen. Dann rumpelte das Gefährt los, und ich zog meinen Mantel enger um mich, denn eine plötzliche Kälte erfasste mich. So sicher ich mir eben noch gewesen war, dass ich sofort zu Harriett fahren musste, so verloren fühlte ich mich jetzt.

Was, wenn sie nicht mit mir reden wollte? Wenn sie niemals wieder etwas mit mir zu tun haben wollte? Ich hatte meine Chance vielleicht vertan und verdiente ihre Wut.

»Hab nur Mut«, flüsterte Lucie mir zu und drückte meine Hand. »Keine Angst, in Ordnung?«

Gemeinsam mutig sein.

Das hatten Harriett und ich uns versprochen.

»Ich versuch's«, wisperte ich und schenkte ihr ein vorsichtiges Lächeln.

Wie merkwürdig das Schicksal doch manchmal war. Vor einigen Monaten hätte ich mir niemals vorstellen können, dass ich eine beste Freundin haben würde. Und dass ich mich in eine Frau wie Harriett verlieben könnte. Und vor allem nicht, dass es meinem Verlobten wie mir ging. Wir beide waren nur Opfer der von der Gesellschaft an uns gestellten Erwartungen.

Ich schaute aus dem Fenster, während die Landschaft in Schemen an uns vorbeizog. Die knorrigen Äste der Bäume waren mit Schnee bedeckt, und schwacher Sonnenschein funkelte auf den Pflastersteinen. Wie schön die Welt doch war, wenn man sich die Zeit nahm, sie *richtig* zu betrachten.

Vielleicht war das eines der Dinge, die ich in diesem Jahr gelernt hatte: mit offenen Augen durch die Welt zu gehen, mich Stück für Stück zu öffnen und auch zuzulassen, dass ich verletzt wurde. Denn nur so konnte ich auch wahrhaftig lieben.

Die Kutsche kam mit einem Ruckeln zum Stehen, und ich rutschte fast von der Sitzbank. Lucie öffnete die Tür, und ich sprang heraus. Doch ich blieb wie angewurzelt vor dem Haus stehen, während meine Kehle sich zuschnürte.

»Soll ich hier warten, die Damen?«

»Nein, machen Sie sich nicht die Mühe, vielen Dank, der Herr«, beantwortete Lucie die Frage des Kutschers, denn ich konnte nicht antworten.

Wie betäubt setzte ich einen Fuß vor den anderen. Mir wurde leicht schwindelig, während mein Herz heftig gegen meine Rippen schlug. Der Kies knirschte unter meinen Schuhen, und die Sicht vor meinen Augen verschwamm, als ich vor der Haustür stehen blieb.

»Ich glaube, ich kann das doch nicht«, murmelte ich leise, doch ich hob meine Hand, als würde mein Körper die Kontrolle übernehmen. Als wäre mein Geist eingeschlafen. Ich klopfte ans Holz, das sich eisig kalt unter meinen Fingerknöcheln anfühlte.

Das Haus lag in Stille da, und ich konnte Lucies Atem in meinem Nacken spüren, während es in meinen Ohren rauschte. Dumpf hörte ich das Klappern von Absätzen, dann wurde die Tür mit einem Quietschen geöffnet.

Vor mir stand Harriett. Sie trug ein blaues, einfach geschneidertes Hauskleid. Ihre rotblonden Haare waren zu einem Zopf geflochten, der über ihre Schulter hing.

»Harriett ...«, setzte ich an, doch im nächsten Augenblick schlug sie mir die Tür vor der Nase zu, sodass ich heftig zusammenzuckte.

»Oh ...« Lucie trat neben mich. »Da hat aber jemand sehr schlechte Laune.«

»Harri!«, rief ich flehentlich und klopfte erneut gegen die Tür. »Bitte lass mich rein, Harri! Bitte, es tut mir leid. Ich habe dich nicht verletzen wollen. Bitte, Harriett, ich ...«

Dann verstummte ich, während Tränen über meine Wangen liefen. Ich hatte das Gefühl, die Dunkelheit, die in den Wäldern um uns herum lauerte, würde mich umarmen und für immer in einen bodenlosen Abgrund ziehen.

Kapitel 23
Harriett

»Bitte lass mich rein, Harri! Bitte, es tut mir leid. Ich habe dich nicht verletzen wollen. Bitte, Harriett, ich ...«

Ihre Worte drangen an mein Ohr, und doch wollte ich sie nicht hören. Ich wollte nie wieder mit ihr reden, doch ihre verzweifelte Stimme drang trotzdem zu mir durch und brach mir das Herz auf jede erdenkliche Weise.

Erschöpft lehnte ich mich gegen die Tür, spürte, wie sie dagegenhämmerte. Die Vibration ging durch meinen Körper, aber ich konnte mich nicht bewegen.

Doch Amabel hörte nicht auf. Sie klopfte immer weiter, sprach immer weiter, während ich mir die Hände auf die Ohren presste und an der Tür hinunterrutschte auf den eisigen Boden. Kälte drang durch den Stoff meines Kleides.

»Harriett?« Das war nicht Amabels Stimme. Als ich träge den Kopf hob, sah ich Gus und John auf mich zukommen.

Schweigend presste ich die Lippen aufeinander und starrte wieder auf meine Füße.

»Ist das Amabel?« John legte den Kopf schräg und sah mich mit zusammengezogenen Augenbrauen an.

Ich antwortete nicht, denn meine Kehle war wie zugeschnürt, während Tränen meine Lippen benetzten.

»Harri ...« Gus kniete sich vor mich hin und legte eine Hand auf meinen Arm. Sanft, aber bestimmt zog er mich hoch.

Ich wollte mich losreißen, doch mein Bruder war größer und stärker. Sein Blick ließ keinen Widerspruch zu. Ich stolperte ihm hinterher, als er mich von der Tür wegzog, und John öffnete sie.

Ein Schwall kalter Luft fegte ins Haus. Dann trat Amabel ein. Ich wagte sie anzusehen, doch ich konnte den Blickkontakt nicht länger als ein paar Sekunden halten. Sofort musste ich an all die Dinge denken, die sie mir beim Badmintonturnier an den Kopf geworfen hatte.

Und vielleicht habe ich geglaubt, dass ich dich lieben könnte. Dass wir eine Zukunft zusammen haben könnten. Ich habe mich in Tagträumereien verloren.

»John ... warum bist du hier?«, fragte Amabel verwirrt.

»Die Frage ist doch eher, warum bist du hier nach dem, was du Harriett angetan hast?«

Ich biss mir auf die Unterlippe, um den Schluchzer zu unterdrücken. Nachdem ich Gus erzählt hatte, was geschehen war, hatte er John davon berichtet. Dieser war innerhalb weniger Tage hier aufgetaucht, um mich zu trösten. Aber er glaubte genau wie Gus nicht, dass Amabel die Wahrheit gesagt hatte. John war ebenfalls der Meinung, dass mehr dahinterstecken musste.

»Ich ...«, setzte Amabel an, und ich wagte wieder einen Blick zu ihr. Sie sah verloren aus, wie sie da in der Halle stand, die Arme um den Körper geschlungen. Die schwarzen Haare umrahmten ihr Gesicht wie Schatten, und tiefe Ringe zeichneten sich unter ihren Augen ab.

»Nun?« John verschränkte die Arme vor der Brust und wippte ungeduldig mit dem Fuß auf und ab.

Gott, dafür liebte ich meinen besten Freund in diesem Augenblick. Er stellte sich schützend vor mich, ließ nicht zu, dass Amabel mich noch mal so verletzte.

»Wir ...«, begann Lucie, die ich vorher nicht wirklich bemerkt hatte.

Doch Amabel hob die Hand und brachte ihre beste Freundin damit zum Schweigen. Sie atmete nervös aus und ging sehr langsam auf mich zu. Ich wollte zurückweichen, doch Gus hielt mich immer noch an den Schultern fest und hatte offenbar nicht vor, mich loszulassen.

»Harriett ...« Amabel wischte sich fahrig übers Gesicht und blieb wenige Zentimeter vor mir stehen.

Ich verlor mich wie viele Male zuvor in dem Blick aus ihren nussbraunen Augen, die so viel Wärme ausstrahlten, dass jede Kälte verging.

»Ich habe gelogen ... ich liebe dich, verdammt, ich liebe dich mehr, als ich in Worte fassen kann. Du hast dich mit deiner wundervollen Art und dem Blick aus diesen Sturmaugen in mein Herz geschlichen, und ich wollte dich niemals so verletzen, aber ...« Sie brach ab und biss sich auf die Unterlippe. Dieses Geständnis schien ihr sehr schwerzufallen.

»Aber was?«, fragte ich und wappnete mein Herz für die Wahrheit.

»Cassandra hat mich dazu gezwungen«, würgte Amabel hervor, und ich hätte schwören können, dass ich ein Erdbeben spürte.

Es war für einige Sekunden gespenstisch still in der Halle.

»Was zur Hölle?«, durchschnitt Johns Stimme die Ruhe wie eine Schere einen Faden.

Amabels Blick huschte zwischen ihm und mir hin und her. »Ich habe Harriett nach unserem Badmintonspiel vor dem Finale geküsst. Als ich dann das Zelt verlassen habe, stand deine Mutter davor. Sie hat uns gesehen und sagte zu mir, dass sie meine Familie und mich zunichtemachen wird, wenn ich nicht tue, was sie sagt. Ich sollte dich um jeden Preis heiraten und Harriett von mir stoßen.«

»Oh, Gott ...« John fuhr sich durch die schwarzen Haare und machte einige Schritte zurück. Schmerz huschte über seine Gesichtszüge. »Das hat sie nicht ...«

Amabel zuckte mit den Schultern und senkte den Blick. Ihr

ganzer Körper bebte. Ich riss mich von Gus los und zog sie in meine Arme.

»Deswegen hast du das alles gesagt«, flüsterte ich heiser, und in diesem Moment brachen alle Dämme.

Amabel schluchzte heftig und klammerte sich an mich, während mein gebrochenes Herz sich Stück für Stück wieder zusammensetzte und mir schmerzlich bewusst wurde, welches Opfer sie in diesem Augenblick auf sich genommen hatte.

Was hätte ich an ihrer Stelle getan?, fragte ich mich im Stillen, während ich sanft über ihren Rücken strich.

Doch ich kannte die Antwort ganz genau. Wenn jemand meine Familie bedroht hätte, hätte ich vermutlich dasselbe getan wie Amabel.

»Sie wollte auch euch zerstören ...«, presste Amabel zwischen heftigen Schluchzern hervor. »Dich und Gus ...«

Ich empfand nichts als Abscheu für Cassandra. Diese Frau war genau das, wofür ich sie immer gehalten hatte: eine biestige, machtversessene Person.

»Aber warum?« John tigerte in der Halle auf und ab. Sein Gesicht war kalkweiß, und er biss sich auf die Unterlippe. »Es wäre doch nichts dabei, wenn wir die Verlobung lösen und ...«

Er stockte, und ein derber Fluch verließ seine Lippen. Als wäre alle Kraft aus seinem Körper gewichen, ließ er sich auf den Boden fallen und bettete den Kopf in die Hände. Ich hielt immer noch Amabel im Arm und verstand nicht, was diese Reaktion bei John ausgelöst hatte.

Vorsichtig löste ich mich von Amabel und strich ihr über die Wange, wischte ihre Tränen fort.

»Wenn du mir nicht verzeihen kannst, dann verstehe ich das ...«, begann Amabel. »Ich kann mir selbst nicht vergeben. Aber ich hatte solche Angst, dass ...«

Ich legte ihr einen Finger auf die Lippen und stoppte ihren Redefluss.

»Ich vergebe dir«, flüsterte ich und küsste sie.

Es war mir einerlei, wer uns sehen konnte. Es war mir auch einerlei, was nun geschehen würde. Sollte Cassandra doch das Ansehen meiner Familie zerstören. Ich würde mir von ihr dieses Glück nicht nehmen lassen. Niemals. Dafür hatte ich schon zu viel verloren.

Amabel presste sich an mich, ließ ihre Finger durch meine Haare wandern und verschränkte sie in meinem Nacken. Am liebsten wäre ich für immer in diesem Kuss versunken, aber es gab noch genügend Dinge, die wir besprechen mussten. Ich löste mich von ihr und schenkte ihr ein sanftes Lächeln.

Dann jedoch fiel mein Blick auf John, der immer noch auf dem Boden saß.

»Warum hat deine Mutter das getan?«, wagte ich vorsichtig zu fragen und kniete mich zu ihm.

»Warum wohl?«, zischte er mir ins Gesicht. Ich wich ob der plötzlichen Wut erschrocken zurück. So kannte ich John nicht.

Schulterzuckend sah ich zu Amabel, die hinter uns stand. Ein gequälter Ausdruck hatte sich auf ihr Gesicht geschlichen, und sie setzte sich neben mich. Ein merkwürdiges Schweigen breitete sich in der Halle aus, wie ein eisiger Schauer rieselte es über meinen Rücken.

Auch Lucie und Gus blickten traurig drein. Alle schienen zu verstehen, was vor sich ging, nur ich nicht.

»Weißt du, …«, sagte Amabel an mich gewandt, und sie berührte John an der Schulter, »… dass Gerüchte über John im Umlauf waren?«

Mir klappte der Mund auf, als es mir wie Schuppen von den Augen fiel. Aber natürlich! Ich hatte diese Zeitungsartikel doch selbst gelesen. Diese Gerüchte, die man sich in der feinen Gesellschaft hinter vorgehaltener Hand erzählte.

John Hold? Ja, der zukünftige Earl der Familie Hold. Er scheint nicht an Frauen interessiert zu sein.

»Herr im Himmel …«, wisperte ich und schlug mir die Hand vor den Mund. »Deswegen will deine Mutter, dass diese Hochzeit stattfindet. Weil diese Gerüchte sonst …«

»Ja«, unterbrach mich John mit schneidender Stimme und hob den Kopf. »Weil meiner Mutter nichts wichtiger ist als ihr eigenes Ansehen. Das Prestige unserer Familie.«

Bitterkeit schwang in seinen Worten mit, und er lehnte sich zurück, stützte sich mit den Händen auf dem Boden ab. »Diese Familie ist wahrlich ein Trauerspiel.«

Damit hatte er leider recht. Ich hatte das Gefühl, dass wir Amabel in dieses Trauerspiel mitten hineingezogen hatten. Dass sie nur unseretwegen so leiden musste.

»Aber … was tun wir jetzt?«, fragte ich und sah Amabel und John an.

»Ich werde meine Mutter zur Rede stellen müssen und außerdem …« John stockte, und sein Blick glitt zu Amabel. Er riss seine Augen auf, und Schock spiegelte sich in diesem dunklen Blau. »Du … du hast es die ganze Zeit geahnt, oder, Amabel?«

Ich wusste erst nicht, was John meinte. Doch dann wurde es mir bewusst: Er hatte ihr noch gar nicht offenbart, dass er keine Frauen liebte. Das hatte diese clevere Frau selbst herausgefunden. Amabel hatte alle Puzzleteile zusammengesetzt, ohne John jemals mit dieser Ahnung unter Druck zu setzen.

»Ja«, antwortete Amabel sanft. »Damals beim Ausritt wurden wir unterbrochen bei diesem Gespräch. Aber ich habe es geahnt, und nachdem Mrs Waring uns von den Gerüchten erzählt hat, war es mir klar. Aber, John …« Sie zog ihn in ihre Arme. »Ich bin so froh, dass es das ist. So unendlich froh, dass du mich aus dem gleichen Grund nicht lieben kannst wie ich dich. Nicht, weil du mich hassen oder verabscheuen würdest, weil ich aus einer bürgerlichen Familie stamme. Sondern einfach, weil du keine Frauen liebst.«

John wirkte einen Augenblick überfordert mit dieser plötzlichen Umarmung und Amabels Ehrlichkeit. Doch dann legte er dankbar seine Arme um sie.

»Hast du wirklich gedacht, dass ich dich hasse?«

Sie löste sich von ihm. »Ja, ich habe mir die ganze Zeit Vorwürfe gemacht, dass ich nicht genug bin. Nicht Lady genug, um dem stattlichen Earl der Familie Hold zu genügen. Aber nun ... nun weiß ich, dass es niemals meine Schuld war.«

Und so saßen wir drei dort auf dem eisigen Boden unserer Halle und hielten uns gegenseitig an den Händen. Wie waren erneut ein verheddertes Knäuel aus tausend Gefühlen.

Irgendwann räusperte sich mein Bruder hinter uns. »Ich will eure *Dreisamkeit* nicht stören, aber das löst noch kein einziges unserer Probleme.« Ich konnte Gus an der Nasenspitze ansehen, dass er sich nicht wohl damit fühlte, auf den Schwierigkeiten herumzuhacken, vor denen wir standen. Doch leider hatte er recht.

Mühsam erhob ich mich und wankte leicht, denn ich musste all das, was in den letzten Minuten geschehen war, erst mal begreifen.

»Ich sollte vermutlich gehen«, merkte Lucie an und schaute zu Amabel.

»Nein, du kannst bleiben. Du hast mir geholfen, und ohne dich hätte ich nicht den Mut gehabt, überhaupt hierherzufahren. Außerdem ist die Kutsche fort und ...«

»Ich sattle die Pferde und sorge dafür, dass Miss Lucie sicher nach Heygate zurückkommt.« Gus trat vor und sah mich an. »Ihr bleibt hier, denn ihr werdet Zeit brauchen, um nachzudenken.«

»Ich werde nicht zulassen, dass meine Mutter euch irgendwie schadet, Augustus«, sagte John, und seine Hände ballten sich zu Fäusten.

Gus zuckte nur mit den Schultern. »Das ist mir nicht mehr

wichtig. Ich will nur, dass meine kleine Schwester glücklich ist. Aber ich danke dir trotzdem für deine Worte, John.«

Lucie verabschiedete sich von Amabel und uns, dann verließ sie gemeinsam mit Gus das Haus, die Tür fiel mit einem dumpfen Krachen ins Schloss.

»Wir ... wir sollten in den Salon gehen, dort ist es wärmer«, schlug ich vor.

»Ich gehe schon mal vor«, sagte John, zog Amabel und mich erneut in seine Arme und hauchte jeder von uns einen Kuss auf den Scheitel. »Ich hab euch sehr gerne, ihr beiden. Vergesst das niemals, in Ordnung?«

Wir nickten schweigend und schauten ihm hinterher, während er in den Salon ging. Ich sah zu Amabel, die ihre Hände ineinander verknotet hatte und auf den Boden starrte.

»Sieh mich an«, bat ich sie.

Nur mühsam hob Amabel den Kopf und seufzte leise. »Es tut mir alles so schrecklich leid.«

»Nein, das muss es nicht. Ich glaube, ich hätte das Gleiche getan wie du ...«

»Das hättest du nicht.« Amabel trat näher an mich heran und strich über meine Wange. »Du bist so viel mutiger. Du hättest Cassandra zum Teufel gejagt.«

Da war ich mir nicht so sicher. Cassandra hatte Amabel unter Druck gesetzt. Ihr gedroht, nicht nur ihrer Familie zu schaden, sondern auch Gus und mir. Es war ein moralisches Dilemma gewesen, für das es keine Lösung zu geben schien.

»Ich bin gar nicht mutig«, wisperte ich mit rauer Stimme und sah Amabel in die Augen. »Ich habe immerzu Angst, zu meinen Gefühlen zu stehen. Bei dir dachte ich, dass mein Herz jetzt endlich ein Zuhause gefunden hätte. Aber dann hast du diese Dinge gesagt, und ich dachte, ich wäre es am Ende doch nicht wert, geliebt zu werden ...«

»Oh, Harri«, murmelte Amabel und küsste mich beinahe

schüchtern. »Ich liebe dich. Ich wollte das nicht tun, aber ich habe keinen Ausweg gesehen. Ich habe solche Angst, dass ich meine Adoptiveltern enttäusche, dass sie mich verstoßen ...«

»Das verstehe ich. Bitte mach dir keine Vorwürfe mehr, Amabel. Ich liebe dich auch, und ich werde immer an deiner Seite sein. Wir finden eine Lösung.«

»Versprochen?« Ihre Stimme klang zaghaft wie die eines kleinen Kindes, das jegliche Hoffnung verloren hatte.

»Fest versprochen.« Ich zog sie in meine Arme, bedeckte ihren Hals mit Küssen und sog ihren blumigen Duft ein.

Ich lass dich nie wieder los, Amabel Hastings, dachte ich und drückte sie fest an mich. *Nie wieder.*

Kapitel 24
John

Ich war fuchsteufelswild. Nein, dieses Wort schaffte es nicht mal im Ansatz, meinen Zorn zu benennen. Ich strich mir durch die Haare, lief vor dem prasselnden Kamin auf und ab, während ich immer wieder an meine Mutter denken musste.

Warum? Warum? Warum?

Das war die Frage, die durch meine Gedanken streifte. Ich verstand es einfach nicht. Ich wollte – nein, ich *konnte* – mir nicht vorstellen, dass es meiner Mutter wirklich nur um das Ansehen unserer Familie ging.

Hatte ich mich so sehr in ihr geirrt? War ihr am Ende nur wichtig, dass niemand schlecht über uns sprach, und nicht, wie ich mich fühlte? Was ich *wirklich* fühlte.

Am liebsten wäre ich sofort zu ihr gefahren und hätte sie zur Rede gestellt. Sie angeschrien und meinem Zorn freien Lauf gelassen. Aber so war ich eigentlich nicht.

Und am Ende würde Mutter doch ihre Ankündigung wahr machen und Amabels Familie zerstören. Das konnte ich auch nicht zulassen.

Vielleicht solltest du deinen Eltern endlich die Wahrheit sagen.

Ich legte eine Hand auf meine Brust, spürte meinen stolpernden Herzschlag unter meinen Fingerkuppen. Gott, ich war so ein Feigling. Wäre ich früher ehrlich gewesen mit mir selbst und meiner Familie, dann hätte meine Mutter diese Verlobung mit Amabel niemals in Gang gesetzt.

Oder doch?

Ich raufte mir die Haare und stieß ein frustriertes Seufzen aus. Ich wusste es nicht.

»John?« Amabels Stimme riss mich aus meinen verworrenen Gedanken.

Da standen sie. Diese beiden Frauen, die einander im Sturm erobert und nun wieder zueinandergefunden hatten. Sie hielten sich an den Händen und lächelten mich zaghaft an.

Gott, ich hätte es mir nie verziehen, wenn meine Mutter diese Liebe zwischen Amabel und Harriett zerstört hätte, weil ich nicht ehrlich war.

»Geht es euch gut?«

Was für eine dumme Frage. Eine hohle Phrase, deren Antwort nur »Nein« lauten konnte. Nichts war mehr gut.

Doch Amabel und Harriett nickten simultan und setzten sich auf die Chaiselongue vor dem Kamin. Amabel klopfte auf das Polster neben ihr, und ich setzte mich ebenfalls. Meine Füße wippten nervös auf und ab, ich zurrte an einem losen Faden meines Jacketts und starrte verloren ins Feuer.

»John, bitte mach dir keine Vorwürfe«, sagte Harriett, und ich sah sie an.

In ihrem Blick lag kein Groll, obwohl ich das verstanden hätte. Ich selbst konnte meinen Zorn nicht bändigen. Ich war nicht in der Lage, meine Gedanken zu kontrollieren.

»Sie ist meine Mutter, wie soll ich mir da keine Vorwürfe machen?«, presste ich zwischen zusammengebissenen Zähnen hervor.

»Familie sucht man sich nicht aus«, antwortete Harriett lapidar, und Amabel nickte zustimmend.

»Trotzdem ...« Ich streckte die Beine aus und lehnte mich in die Kissen zurück. »Wenn es ihr solche Sorgen macht, dass ich keine Frauen lieben könnte, wenn sie ahnt, dass etwas an diesen Gerüchten dran ist ... wieso hat sie nie mit mir darüber gesprochen?«

»Nun, deine Mutter ist nicht gerade das, was man umgänglich nennen würde.« Harriett verzog das Gesicht, und Amabel stieß ihr den Ellbogen in die Seite.

»Das war gemein.«

»Nein, war es nicht. Harriett hat leider recht. Meine Mutter ist wahrlich nicht umgänglich. Das war sie nie. Aber ich hätte nicht erwartet, dass sie so weit gehen würde, Amabel zu erpressen.«

Wir verfielen in ein trauriges Schweigen und lauschten dem knisternden Kaminfeuer. Diese Situation war wahrlich ausweglos. Wenn ich meine Mutter zur Rede stellen würde, dann müsste ich wohl oder übel mit der Wahrheit rausrücken. Aber ich hatte keine Ahnung, wie meine Eltern darauf reagieren würden. Wobei mein Vater sicherlich gelassener wäre als meine Mutter.

Vermutlich wusste er von meinen Gefühlen, obwohl wir nie darüber gesprochen hatten. Er war immer derjenige gewesen, an den ich mich als Junge gewendet hatte, wenn ich Probleme hatte. Er war ausgeglichen und weniger konservativ als meine Mutter. Nicht zum ersten Mal fragte ich mich, warum er gerade sie geheiratet hatte.

»Ich werde sie zur Rede stellen. Ich habe doch gar keine Wahl, und ich lasse nicht zu, dass meine Mutter zwischen uns steht«, sagte ich in die Stille hinein und lehnte mich wieder vor.

»Aber John ...« Amabel sah mich beinahe entsetzt an und schüttelte vehement den Kopf. »Ich will nicht, dass du meinetwegen deinen Eltern die Wahrheit über deine Gefühle sagen musst. Das ist nicht gerecht und ...«

»Es ist nicht gerecht, dass ich mit meiner Feigheit und meiner biestigen Mutter eure gemeinsame Zukunft zerstöre«, unterbrach ich sie unwirsch.

Amabel biss sich auf die Unterlippe und zog hilflos die Schultern hoch.

»Ich bin an allem schuld ... hätte ich doch nie versucht herauszufinden, was du verbirgst, dann wäre all das nie so weit gekommen ...«

»Nein.« Ich ergriff Amabels Hand und drückte diese fest. »Dann wärt du und Harriett nicht so glücklich miteinander, wie ihr es seid. Was geschehen ist, musste so geschehen, und ich hege keinen Groll gegen euch. Genauso wenig, wie ihr mir grollt. Und das ist doch, was Freundschaft bedeutet, oder nicht?«

»Wir sollten einfach fortgehen ...«, warf Harriett ein und lehnte ihren Kopf an Amabels Schulter. »Ein Schiff besteigen und nach Amerika gehen, ins Land der unendlichen Möglichkeiten.«

»Ha!« Ich lachte bitter auf. »Wie schön es wäre, wenn wir das einfach tun könnten.«

»Das könnten wir«, sagte Amabel ernst. »Eigentlich hält uns nichts auf. Jedenfalls nicht, wenn dieses Dilemma ohnehin dafür sorgen wird, dass wir jeden Rückhalt unserer Familien verlieren.«

»Ich habe keine Familie, ich habe nur Gus«, murmelte Harriett, und ihre Stimme klang bleiern.

»Du hast uns, du Dummerchen«, flüsterte Amabel und hauchte ihr einen Kuss auf die Wange.

»Genau, du hast uns.« Ich zog die beiden in meine Arme und atmete tief aus. Ich konnte gar nicht fassen, was für ein Glück ich hatte, diese beiden Frauen meine Freundinnen zu nennen. Ich wollte sie unter keinen Umständen verlieren. Und deswegen musste ich mutig sein.

»Wir sprechen gemeinsam mit unseren Eltern, und du wirst mitkommen, Harriett«, sagte ich und erhob mich.

»Bist du dir sicher?«, fragte Amabel sanft.

»Ja, das bin ich, es ist die einzige Möglichkeit. Außerdem muss mein Vater erfahren, was meine Mutter getan hat.« Ich schüttelte den Kopf und spürte erneut, wie Zorn meine Sinne benebelte.

Dieser Schritt würde so viel verändern. Und vielleicht würden wir am Ende wirklich alle vor dem Nichts stehen. Doch das mussten wir in Kauf nehmen. Außerdem konnte ich mir nicht vorstellen, dass mein Vater das Tun meiner Mutter akzeptieren würde. Er war ein ehrbarer Mann, dem Ehrlichkeit am wichtigsten im Leben war. Nicht mal beim Kartenspiel betrog oder log er.

Mein Vater hatte mir immer beizubringen versucht, dass Ehrlichkeit die größte Tugend von allen war. Deswegen musste ich daran glauben, dass er auf unserer Seite stehen würde.

»Ich werde zu meinen Eltern fahren, sie sollen eine Verabredung zum Essen mit Claire und Walter veranlassen. Am besten ...«

»Auf neutralem Boden, aber kein feines Restaurant«, unterbrach mich Amabel und schauderte.

Ich nickte zustimmend und dachte fieberhaft nach, wo wir uns treffen könnten. London war zu weit weg für solch ein Gespräch, Harrietts Anwesen war ebenfalls keine gute Idee.

»Arthurs Anwesen«, schlug Amabel vor.

»Wieso?«, fragte ich verwirrt.

Sie zuckte mit den Schultern. »Seine Villa ist ein neutraler Ort. Lucie könnte Arthur darum bitten, er sagt mit Sicherheit Ja. Außerdem ist seine Mutter Elaine eine wunderbare Frau, die auch intervenieren kann, wenn es eskaliert.«

Es behagte mir eigentlich nicht, noch jemanden mit in dieses Dilemma hineinzuziehen, doch wir hatten keine Wahl.

»Ich frage Arthur selbst und melde mich, sobald wir einen Termin ausgemacht haben«, erwiderte ich und blickte wieder in die züngelnden Flammen. »Ich mache mich am besten sofort auf den Weg zu meinen Eltern. Ihr beide bleibt hier.«

»Aber ...«, setzte Harriett an, doch ich hob die Hand, um sie zu unterbrechen.

»Nichts aber. Ihr habt sicherlich eine Menge zu bereden. Ich schaffe das schon.«

Amabel erhob sich und schlang ihre Arme um mich.

»Bitte vergiss nicht, dass du nichts tun musst, was dir nicht behagt. Nicht für uns, in Ordnung, John?«

»Ich verspreche es«, entgegnete ich leise, obwohl sich die Worte wie eine bittere Lüge auf meiner Zunge anfühlten.

Ich löste mich von ihr, umarmte auch Harriett noch einmal und verließ dann den Salon. Eilig zog ich mir meinen Mantel an und stieß beinah noch mit der alten Köchin zusammen.

»Sir John!«, rief sie überrascht und schüttelte lächelnd den Kopf.

Ihre grauen Haare waren zu einem Dutt im Nacken zusammengebunden, in den Händen trug sie einen Einkaufskorb.

»Rosie ...« Irritiert legte ich die Stirn in Falten. »Ist es nicht reichlich spät, jetzt noch zu kochen?«

»Natürlich, Sir John«, erwiderte sie leichthin, doch ihre Stimme schien ein wenig zu zittern. »Ich bringe einige Lebensmittel von der Vorratskammer in die Küche, um morgen früh gleich frisch ans Werk zu gehen.«

»Aha«, machte ich und seufzte leise. Der Geruch der frischen Zutaten kitzelte in meiner Nase, und mein Magen begann leise zu rumoren.

»Sehen Sie!« Rosie hielt den Korb vor sich und lächelte höflich. »Genau deswegen tue ich diese Dinge erst abends, wenn die Herrschaft im Salon verweilt und dann schlafen geht. Sonst bekommen sie noch Hunger auf eine Kleinigkeit um Mitternacht.«

Ich nickte Rosie zu und fuhr mir über den Nacken, der merkwürdig zu kribbeln begann. »Dann haben Sie noch einen schönen Abend und eine geruhsame Nacht, Rosie.«

»Das wünsche ich Ihnen auch, Sir John, gehaben Sie sich wohl.« Sie winkte mir mit dem Korb in der Hand zu, und ich verließ mit schnellen Schritten das Anwesen.

Vorratskammer?, dachte ich, als ich die Pferdeställe ansteuerte. *Dieses Haus hat doch schon lange keine Vorratskammer mehr, oder?*

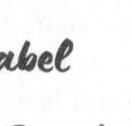

Kapitel 25
Amabel

Southend-on-Sea, Villa von Harrietts Familie

Die Stille zwischen uns war angenehm. Es war ein schönes Schweigen, das mein Herz mit Glück erfüllte. Wie von selbst verschränkten sich Harrietts und meine Finger miteinander, während wir uns in die Kissen der Chaiselongue kuschelten und das knisternde Feuer beobachteten.

»Fürchtest du dich?«, wisperte Harriett und legte die dicke Wolldecke über uns.

Ich drehte den Kopf zur Seite und sah sie an. Ihr wunderschönes Gesicht mit diesen markanten Wangenknochen, der kleinen Stupsnase und den Sturmaugen. Einige Haarsträhnen umrahmten ihre Züge, und ich kam nicht umhin, daran zu denken, wie viel Glück ich doch hatte.

Ich hob meine Hand und strich über Harrietts Wange, während wir uns zueinander drehten. Ihr Atem streifte über meine Haut, und ich verlor mich in ihrem Blick.

»Ein wenig«, gab ich leise zu. »Ich habe mein ganzes Leben lang das Gefühl gehabt, dass ich niemals genug sein würde. Und nun ... nun könnte es sein, dass meine Eltern mich verstoßen, dass genau diese Angst wahr wird.«

»Aber du hast doch mich«, erwiderte Harriett zaghaft und versuchte sich an einem diebischen Grinsen, das jedoch sofort wieder auf ihren Lippen erstarb. »Doch vielleicht bin ich nicht genug.«

»Sei still«, flüsterte ich und drückte Harriett einen Kuss auf den Mund, ließ meine Hände zu ihrer Hüfte hinunterfahren und zog sie noch enger an mich. »Du bist genug für mich, und wenn das alles hier in einem Knall endet, der dafür sorgt, dass wir alles verlieren, dann haben wir uns«, erwiderte ich zwischen begierigen Küssen.

Harrietts Hände verschränkten sich in meinem Nacken, und ein leises Stöhnen entglitt ihren Lippen. »Und was machen wir dann? Wo gehen wir dann hin?«

Ich rückte ein winziges Stück von Harriett ab, stützte meinen Kopf auf die Hand und sah sie an.

»Erinnerst du dich daran, dass eine Schule neben dem *Magdalena's House* eröffnet wird? Mrs Waring, mit der wir heute gesprochen haben, sagte, ich könnte dort gerne unterrichten. Sie hat es zwar darauf bezogen, dass ich auch als verheiratete Lady Gutes tun könne, aber vielleicht kann ich ein Lehrerinnenseminar besuchen, um später im *Magdalena's House* zu unterrichten. Ich muss doch sehen, wo ich bleibe, wenn ich den Rückhalt meiner Familie verliere.«

Es schmerzte, diese Worte laut auszusprechen, aber ich brauchte eine Alternative. Und irgendwie erschien mir diese verlockend. Sie erinnerte mich daran, dass meine verstorbene Mutter ebenfalls Lehrerin gewesen war. Selbst Mrs Ham hatte mich gelobt, wenn ich die jüngeren Schülerinnen unterrichtet hatte. Vielleicht könnte ich mit Miss Heartwell sprechen, sie hatte ein solch renommiertes Lehrerinnenseminar in London besucht. Sicherlich würde mir mein Abschluss in Heygate zugutekommen.

In jedem Fall kam es für mich nicht infrage, eine Scheinehe mit John zu führen, in der wir beide unseren eigenen Vorstellungen von Liebe im Geheimen nachgingen. Diese Möglichkeit gab es zwar, aber weder John noch ich hatten sie laut ausgesprochen – vermutlich, weil er das genauso wenig wollte wie ich. Kein Verstecken mehr, nicht jetzt und auch niemals wieder.

»Und ich?«, fragte Harriett und strich mit ihren Fingern über mein Bein. Die Berührung sorgte dafür, dass ein heißer Schauer meinen Rücken hinunterrieselte. »Was soll ich tun?«

»Mhm ...« Ich lächelte sie an und genoss ihre Nähe mehr als alles andere. »Wir könnten uns eine kleine Wohnung in Southend oder London mieten. Ich besuche das Lehrerinnenseminar und du ... du verdienst unseren Unterhalt mit deiner Kunst.«

»Mit meiner Kunst?« Harriett schnaubte und schüttelte den Kopf. »Ich bin keine Künstlerin, und vor allem würde ich damit niemals Geld verdienen.«

»Das weißt du nicht ... außerdem hast du dein Kunstwerk von mir niemals fertig gezeichnet. Ich bin mir sicher, dass du damit Geld verdienen könntest.«

Harriett warf mir einen kritischen Blick zu, doch dann huschte dieses neckische Lächeln über ihre Züge. »Bleib hier«, flüsterte sie mir zu und hauchte mir einen Kuss auf die Schläfe.

Überrascht sah ich ihr hinterher, blieb jedoch zwischen den gemütlichen Kissen und Decken liegen. Ich lauschte auf Harrietts Schritte, die sich langsam entfernten, und schloss die Augen. Es war geradezu gespenstisch still im Anwesen. Nur der Sturm rüttelte an den Fensterläden, und irgendwo krächzte ein verirrtes Käuzchen.

Ich hörte, wie sich Schritte näherten, und öffnete wieder die Augen. »Harriett?«, fragte ich, drehte mich um und spähte in die Dunkelheit, die sich hinter der Tür des Salons erstreckte.

Doch es kam keine Antwort. Ich zog verwirrt die Augenbrauen zusammen, lauschte angestrengt, aber die Geräusche waren verklungen. Im nächsten Augenblick betrat Harriett nun doch den Salon.

»Ist was?« Sie legte den Kopf schräg, während sie ihre Staffelei und die Malutensilien in den Salon brachte und vor der Chaiselongue drapierte.

»Ich ...« Erneut drehte ich mich um, kniff die Augen zusammen und bildete mir ein, irgendetwas in der Dunkelheit zu erkennen. »Nein, nichts.«

Harriett schien mir nicht wirklich zu glauben, doch sie erwiderte nichts weiter. Stattdessen ergriff sie meine Hand und zog mich hoch.

»Setz dich vors Feuer, hier auf die Decke«, wies sie mich an, und ein Kribbeln huschte über mich hinweg.

»Du ... du willst mich jetzt zeichnen?«

»Ja, natürlich. Oder ist das der feinen Lady Amabel zu intim?«

Ich keuchte auf und schlug Harriett gegen die Schulter. »Du gemeines Biest!«, rief ich, ließ mich hinunterrutschen und balgte mit Harriett herum.

Wir rollten auf der Decke vor dem Kamin umher, während unser heiseres Lachen in die Ritzen des Fußbodens entfloh. Ich blieb über Harriett liegen, schaute ihr tief in die Augen. Ihr Gesicht war vom Schein des Feuers erleuchtet, die Wangen gerötet.

Bei dieser plötzlichen Nähe erfasste mich ein leichter Schwindel, und mein Herz drohte aus dem Brustkorb zu springen.

»Du bist wunderschön«, flüsterte ich und strich über ihre Wangen. »Mein Sturmmädchen ...«

Harriett zog scharf die Luft ein und errötete noch mehr. Beschämt wandte sie den Blick ab, doch ich legte meine Finger an ihr Kinn, drehte sanft ihren Kopf.

»Du weißt gar nicht, wie wunderbar du bist, oder?«

Harriett fuhr sich mit der Zunge über die Lippen, und sie zuckte unsicher mit den Schultern. »Vielleicht, weil mir das nie jemand gesagt hat ...«

Ich lächelte versonnen und beugte mich zu ihr herunter. Küsste sie voller Begierde und Leidenschaft, presste mich ihr entgegen und ließ mich von der Hitze ihres Körpers verbrennen.

»Dann werde ich dir immer und immer wieder sagen, wie schön du bist. Wie sehr ich dich liebe ...«, murmelte ich und strich mit meinen Lippen über die Haut an ihrem Hals.

Ich spürte, wie Harriett unter mir erschauderte und ein Stöhnen ihrer Kehle entglitt. Also küsste ich sie weiter. Meine Lippen wanderten von ihrem Hals zu ihrem Schlüsselbein, während meine Hände sich mit ihren verschränkten.

»Bell ...«, keuchte Harriett, und ich hob den Kopf ein wenig, ein Lächeln zupfte an meinen Lippen.

»Soll ich aufhören?«

»Untersteh dich ...«, wisperte Harriett heiser, und ich senkte meinen Kopf wieder hinab, küsste ihren Hals und legte meine Lippen auf die ihren.

Mein Körper sehnte sich nach jeder Berührung. Hitze stieg in mir auf, als Harriett ihre Arme um mich schlang. Herz an Herz lagen wir da auf dem Boden und versanken in tausend Küssen, während die Welt um uns herum immer kleiner zu werden schien.

»Leg den Kopf ein wenig schräg, dann sieht dein Hals länger aus«, wies Harriett mich an.

»Bin ich eine Giraffe?«

»Vielleicht«, antwortete sie neckend, und ich tat, was sie wollte.

Nur noch mit einem leichten Hauskleid von Harriett bekleidet saß ich vor dem Kamin. Der Stoff war ein wenig von meiner Schulter gerutscht, sodass sie ungeniert auf meine nackte Haut und mein Schlüsselbein schaute. Doch es gefiel mir, wie sie mich ansah. Wie wir uns beide nicht sattsehen konnten am Anblick der anderen.

Gott, ich hatte mich noch nie so wohlgefühlt mit einem anderen Menschen. Jedenfalls nicht, wenn echte Liebe und nicht nur Freundschaft in der Luft knisterte.

»Deine Haare glänzen so wunderschön im Licht des Feuers«, sagte Harriett, und ich beobachtete fasziniert, wie ihre Hand über das Papier huschte, wie schnell und gleichzeitig präzise ihre Bewegungen waren.

Ich lächelte sie an und verlagerte mein Gewicht ein wenig, weil meine Hand, auf der ich lehnte, langsam taub wurde.

»Nicht bewegen, Miss Amabel«, flüsterte Harriett, und ich verdrehte in gespielter Verzweiflung die Augen.

»Du quälst mich«, nuschelte ich, und Harriett hob grinsend den Kopf.

»Dafür bekommst du eine wunderschöne Zeichnung von dir. Eine Erinnerung für die Ewigkeit.«

Das klang schön, wie ein Versprechen zwischen uns, welches wir in unseren Herzen einschließen würden.

Nur Harriett und ich.

Und all diese Augenblicke zwischen uns.

Jeder einzelne Moment, der sich wie ein Puzzlestück in ein Ganzes einfügte. In unser Leben, das ich mit allem, was ich hatte, bewahren wollte.

»So ...« Harriett setzte den Kohlestift ab und lächelte mich an. »Fertig.«

Ich räusperte mich und streckte meine Glieder. »Darf ich sehen?«

Harriett drehte die Staffelei zu mir um, und ich riss überrascht die Augen auf. Es war nicht das erste Mal, dass ich ein Bildnis von Harriett sah. Sie hatte mich bereits im Wintergarten gezeichnet, aber dieses Bild hier vor dem Kamin ... es war anders.

Es war, als würde ich mich selbst betrachten und dabei tief in Harrietts Seele blicken. Die einzelnen Linien und Striche setzten sich beim genaueren Betrachten zu einem Gesamtbild zusammen. Es war wild und roh, aber zugleich wunderschön.

»Harri ...«, flüsterte ich, und meine Kehle schnürte sich zu, während Tränen über meine Wangen rannen. »Es ist so schön ...«

Eine sanfte Röte zeigte sich auf Harrietts Wangen, und sie ließ sich zu mir auf den Boden sinken. »Das liegt daran, dass die Person, die ich gezeichnet habe, wunderschön ist«, murmelte sie, während sie mich in ihre Arme zog und wir uns erneut stürmisch küssten.

Zum ersten Mal in meinem Leben fühlte ich mich lebendig. Ohne all die Fesseln, die ich mir über die Jahre selbst auferlegt hatte. Ohne all die Zweifel, die an meinem Herzen genagt hatten.

Hier wollte ich sein. Bis ans Ende aller Tage gemeinsam mit Harriett.

Sie strich über meine Wange und sah mir tief in die Augen. Ihre Hände wanderten über mein Schlüsselbein, zogen sanft an den Schnüren, die am Dekolleté das Kleid zusammenhielten. Harriett neigte den Kopf, als würde sie um Erlaubnis bitten.

Ich nickte heftig. Hitze brachte meinen Körper zum Glühen, und ich ließ mich erneut in einen tiefen Kuss sinken, als Harriett das Kleid aufschnürte und ich dasselbe bei ihr tat. Noch nie war ich einer Person so nahe gewesen, noch nie hatte ich all meinen Gefühlen freien Lauf gelassen. Ich ließ mich auf den Boden sinken, Harriett war über mir, und die Dunkelheit der Nacht schloss uns in sich ein, während ein Stöhnen über meine Lippen glitt und Harrietts Hand über meine nackte Haut am Bauch strich.

Ja, dachte ich, *das hier will ich. Und ich werde Harriett niemals gehen lassen, egal, wohin uns dieser Weg führt.*

Kapitel 26
Amabel

Southend-on-Sea, Villa von Harrietts Familie, am nächsten Tag

Der erste Dezembermorgen weckte mich mit sanften Sonnenstrahlen, die durch einen Spalt in den Vorhängen fielen und über den Holzfußboden tänzelten. Ich streckte mich mit einem leisen Seufzen und sah auf die andere Seite des Bettes. Harriett schlief noch selig.

Sie trug keine Schlafhaube, sodass ihre rotblonden Haare ins Gesicht fielen und um sie herum drapiert waren wie ein Fächer. Mit einem freudigen Schaudern dachte ich an die letzte Nacht, an unsere miteinander verschlungenen Körper, unsere hitzigen Berührungen.

Zum Glück war heute Samstag, und wir hatten keinen Unterricht in Heygate. Zwar hatte ich mich ohne Erlaubnis vom Internat entfernt und war über Nacht weggeblieben, aber das war mir einerlei. Mrs Ham war sicherlich fuchsteufelswild. Ich hoffte, dass Lucie sich irgendeine Ausrede für mich ausgedacht hatte oder Miss Heartwell vielleicht interveniert haben mochte. Immerhin hatte niemand hier Sturm geklingelt, also schien alles in Ordnung.

Harriett regte sich, und ich streckte vorsichtig die Hand nach ihr aus, strich über ihre Wange, während die Laken raschelten. Wir hatten im selben Bett geschlafen, waren zum Atmen der anderen in den Schlaf gefallen. Gott, wir hatten damit jede Regel der Gesellschaft gebrochen, und es fühlte sich gut an.

»Guten Morgen«, flüsterte ich, als Harriett schläfrig die Augen öffnete und ein Gähnen über ihre Lippen huschte.

»Morgen«, nuschelte sie und hauchte mir einen Kuss auf die Nasenspitze.

»Hast du gut geschlafen?«

»Ich habe noch nie so gut geschlafen wie letzte Nacht«, erwiderte Harriett grinsend und verflocht ihre Finger mit meinen.

»Mir geht es genauso.«

Am liebsten wäre ich mit ihr für immer hier liegen geblieben. Hätte mich vor der Welt versteckt und dieses Zimmer niemals verlassen. Hier war ich heil, hier fühlte ich mich geborgen.

Doch da klopfte es plötzlich an der Tür, und wir zuckten beide zusammen. Wir rafften die Laken vor unseren nur mit Nachtkleidern bedeckten Körpern zusammen.

»Harri? Ich bin's, Gus!«, kam es von hinter der Tür, und wir sanken erleichtert wieder in die Kissen.

Gott bewahre, wenn es das einzige Dienstmädchen im Haus oder sogar die Köchin Rosie gewesen wäre, die ebenfalls Tätigkeiten im Haushalt übernahm, die über das Kochen hinausgingen.

»Erschreck uns doch nicht so, du Tölpel!«, rief Harriett. »Aber du darfst reinkommen.«

Mein Mund klappte auf, und ich sah Harriett entsetzt an, die nur lapidar mit den Schultern zuckte. »Nun ist es auch nicht mehr wichtig, und Gus weiß doch, dass wir ...«

Sie sprach nicht weiter, als die Tür sich öffnete. Ich senkte beschämt den Blick. Ich bereute nicht, was Harriett und ich letzte Nacht getan hatten, und auch meine Liebe zu ihr nicht, aber es war mir doch peinlich, dass Augustus nun den Raum betrat.

Harrietts Bruder wirkte nicht im Geringsten überrascht. Seine schwarzen Haare waren ordentlich frisiert, und er trug schon einen hellblauen Anzug mit passender Weste und einer Fliege. Seine Wangenknochen waren genauso definiert wie die von Harriett.

»Ich wünsche euch einen guten Morgen.« Augustus setzte sich auf die Truhe am Ende des Bettes und betrachtete uns mit einem milden Lächeln.

»Morgen«, flüsterte ich und wagte es immer noch nicht, aufzusehen.

»Ihr seht gut aus«, sagte Gus, und Harriett lachte leise auf.

»Möchtest du wissen, was wir die letzte Nacht noch getrieben haben?«

»Nein, kein Bedarf. Ich kann es mir ohnehin schon denken.«

Es überraschte mich immer noch, dass Augustus so weltoffen und wenig konservativ mit dieser Sache zwischen mir und Harriett umging. Jeder andere Mensch hätte das hier niemals akzeptiert, denn die Gesellschaft war noch lange nicht so weit, zu verstehen, dass es viele Formen der Liebe gab. Selbst wir Mädchen in Heygate lernten, dass Beziehungen zwischen Personen des gleichen Geschlechts verboten und sündig waren. Aber daran glaubte ich schon lange nicht mehr.

Harriett hatte mir erzählt, dass ihre Mutter sie beide so weltoffen erzogen hatte – bevor sie an Hysterie erkrankt war.

Natürlich würden Harriett und ich niemals offen unsere Liebe vor der Gesellschaft zeigen können. Doch hinter verschlossenen Türen könnten wir alles tun, was wir wollten.

Wenn denn die Verlobung mit John gelöst wird, erinnerte mich eine schnippische Stimme daran, dass noch nicht all unsere Probleme gelöst waren.

Aber wenn nicht, würde ich wirklich weglaufen und mich mit Harriett irgendwie durchschlagen.

»Warum bist du schon angekleidet?«, fragte Harriett ihren Bruder und schälte sich aus den Laken, um zu ihrem Kleiderschrank zu gehen.

»John hat telegrafiert – euer Treffen mit seinen und deinen Eltern, Amabel, findet schon heute in der Villa von Arthur Smith statt.«

»Was?«, platzte es aus mir heraus, und ich sah Augustus schockiert an. »So zeitig?«

»Offenbar duldet dieses Gespräch keinen Aufschub ...« Harrietts Bruder warf mir einen bedeutungsschweren Blick zu.

John hatte sich wahrscheinlich sehr am Riemen reißen müssen, um seine Mutter nicht schon vor diesem Gespräch mit Vorwürfen zu bombardieren. Doch noch immer fühlte ich mich nicht wohl damit, dass unser Handeln und auch das Tun seiner Mutter ihn dazu drängten, die Wahrheit über seine Gefühle zu offenbaren.

»Ich möchte mich in aller Form für die Umstände entschuldigen«, sagte ich und sah Augustus an. »Ich hatte nicht vor, eurer Familie so viele Probleme zu bereiten.«

»Das tust du ...«, setzte Harriett an, doch Augustus hob die Hand.

»Tu mir einen Gefallen, Harriett, kleide dich an und sag Rosie Bescheid, dass sie uns ein Frühstück zubereiten soll. Danach informierst du unsere Marybell, dass sie dem Kutscher ebenfalls eine kleine Erfrischung bringt, wenn die Droschke eintrifft, die John hierherbestellt hat.«

Harriett verzog das Gesicht, und die Geschwister lieferten sich ein stummes Blickduell, welches sie wohl verlor. Denn Harriett nickte nur schweigend, warf mir einen Luftkuss zu und verließ das Zimmer.

Ich starrte ihr hinterher, richtete dann meine Aufmerksamkeit auf Augustus, der mich immer noch mit diesem Blick aus graublauen Augen ansah, die Harrietts so ähnelten.

»Amabel, was wirst du tun, wenn die Verlobung nicht gelöst wird? Wenn deine Eltern dich zwingen würden, John zu heiraten?«

»Ich würde mit Harriett fortlaufen!« Die Worte waren schneller aus meinem Mund geschlüpft, als ich hatte nachdenken können. Erschrocken wandte ich den Blick ab.

»Soso ...« Augustus schien beinah belustigt und schlug die Beine übereinander, ein Lächeln zupfte an seinen Lippen. »Ich muss dich warnen, meine Schwester ist eine miserable Reisebegleitung. Ständig am Meckern und immerzu müde.«

»Du ... du würdest uns nicht aufhalten?«

»Wer bin ich, dass ich meiner Schwester irgendetwas verbiete? Nein, ich würde euch ziehen lassen, auch wenn ich Harriett schrecklich vermissen würde. Ich würde euch nicht aufhalten.«

»Du bist ein guter großer Bruder.«

»Ich bemühe mich jedenfalls ... außerdem müsst ihr euch keine Sorgen machen. Ich denke, durch das Badmintonturnier habe ich gute Kontakte zum Bürgermeister von Southend und auch zu Arthur Smith knüpfen können. Sie werden hoffentlich auch noch auf meiner Seite stehen, wenn Cassandras Zorn uns ereilt.«

»Arthur sicherlich, dafür wird meine Freundin Lucie schon sorgen. Aber trotzdem ... ich will nicht, dass ihr leidet, und ich mache mir Sorgen um Harriett.« Meine Finger verkrampften sich um die Decke. »Sie tut so unbesorgt, aber das ist sie nicht.«

»Damit wirst du recht haben, sie wird dich brauchen. Aber, Amabel ...« Augustus sah mich ernst an. »Ich kenne meine Schwester sehr gut, sie liebt dich, doch es kann passieren, dass die Situation sie am Ende doch überfordert und sie wegläuft.«

Mir wurde schwer ums Herz, und ich seufzte leise. Das konnte ich mir leider viel zu gut vorstellen. Hinter dieser starken, unbekümmerten Fassade, die Harriett zur Schau stellte, steckte in Wirklichkeit ein tief verletztes Mädchen. Eine Träumerin, die manchmal verloren war.

»Ich würde ihr nicht grollen, aber ich würde ihr immer hinterherlaufen, um sie in meinen Armen zu halten.«

»Dann wünsche ich euch viel Glück bei eurem Vorhaben und stehe an eurer Seite.«

»Danke, Augustus.«

»Nenn mich Gus, Augustus hat mich nur mein Vater genannt, wenn er wütend auf mich war.«

»In Ordnung.« Ich lächelte ihn zaghaft an, und Gus erhob sich.

»Dann lasse ich dich jetzt allein. Soll ich Marybell hochschicken, um dir beim Ankleiden zu helfen?«

»Das wäre sehr freundlich.«

Gus nickte mir zu und verließ das Zimmer. Ein wenig verloren in meinen eigenen Gedanken blieb ich noch auf dem Bett sitzen.

Ich fürchtete mich. Bis jetzt hatte ich keine Zeit, an diese Furcht zu denken. Denn die Gespräche mit John und Harriett, die Zeit mit Harri im Salon – all das hatte dafür gesorgt, dass ich diese Angst hatte verdrängen können.

Doch nun schien sie wie ein Damoklesschwert über mir zu schweben und schnürte mir die Kehle zu. Es fiel mir schwer zu atmen, und ich wusste nicht, wie es werden sollte, wenn ich heute noch meinen Eltern gegenübertreten würde.

Du schaffst das, schärfte ich mir ein und schaute hinaus zur goldenen Sonne und dem strahlend blauen Himmel. *Du schaffst das, Amabel.*

Meine Hände waren schweißnass, und ich atmete stoßweise ein und aus. Die Kutsche ruckelte gefährlich über den Weg, der zu Arthurs Villa hinaufführte. Der Schnee glitzerte in der Sonne, doch ich hatte keine Augen für diesen schönen Wintertag. Meine Gedanken rasten durch meinen Kopf, ein merkwürdiges Rauschen klang in meinen Ohren.

»Amabel?« Harrietts Stimme drang nur dumpf zu mir durch, und ich sah zu ihr. »Geht es?«

Ich schüttelte schweigend den Kopf, nickte und stieß ein frustriertes Seufzen aus.

»Ich weiß es nicht«, flüsterte ich erstickt. »Ich kann nicht mehr klar denken.«

»Liegt das an meiner wundervollen Anwesenheit?«

»Harri ...«, rügte ich sie, doch Harriett machte nur eine wegwerfende Handbewegung, als die Kutsche mit einem Quietschen zum Stehen kam.

Auf wackligen Beinen stieg ich aus, während Harriett mir die Hand reichte und so tat, als wäre sie weiterhin unbesorgt. Doch ich hatte so viel Zeit mit ihr verbracht, dass ich nun hinter ihre Maske blicken konnte.

Außerdem gingen mir Gus' Worte nicht aus dem Kopf.

Es kann passieren, dass die Situation sie am Ende doch überfordert und sie wegläuft.

Gott, ich wollte mir gar nicht vorstellen, dass dies geschehen würde. Ich hätte es verstanden, aber ich wusste nicht, wie ich ohne Harriett diesen Augenblick durchstehen sollte. Wie ich meinen Eltern ...

»Harriett! Amabel!« Johns Stimme ließ mich zusammenfahren. Er trat gerade nach draußen. Ich bemerkte sofort, dass etwas nicht in Ordnung war. Ein unangenehmer Knoten zog sich in meinem Magen zusammen, als John mit schnellen Schritten auf uns zukam. Doch es war zu spät.

Denn im nächsten Augenblick traten seine und meine Eltern aus der Villa hinaus, und ich konnte Claire ansehen, dass sie erzürnt war.

»Was habt ihr getan?«, rief sie uns zu. John verzog das Gesicht zu einer schmerzverzerrten Grimasse.

»Sie wissen es«, flüsterte er mir zu, und ich keuchte erschrocken auf, während mein Körper zu Eis erstarrte und ich am Boden festzufrieren schien.

»Wie kann das sein?«, fragte Harriett und wollte meine Hand

ergreifen, doch ich trat ein Stück von ihr weg, als meine Mutter bei uns angelangt war.

Mein Herz pochte heftig in meiner Brust, mein Atem ging stoßweise, und ich sah meiner Adoptivmutter ins Gesicht. Abscheu schien sich in ihren Augen zu spiegeln, und Übelkeit erfasste mich.

»Wie konntest du nur, Amabel?« Sie klang enttäuscht, und ihr Blick huschte zu Harriett, die trotzig das Kinn hob und die Arme vor der Brust verschränkte.

Was passiert hier?, dachte ich verzweifelt und sah zu Cassandra, die mit einem süffisanten Lächeln ebenfalls vor uns zum Stehen kam. *Wieso hat sie das getan? Sie konnte doch gar nicht wissen, dass ich bei Harriett war. Das wusste niemand außer Lucie, und die würde mich niemals verraten.*

»Ich verstehe nicht ...«, setzte ich langsam an und hob abwehrend die Hände.

»Willst du es etwa leugnen?«, zischte Claire, die sichtbare Mühe hatte, ihren Zorn im Zaum zu halten. »Du machst uns zum Gespött der Leute, wenn du dich mit dieser ... dieser Göre ...«

»Nenn Harriett nicht Göre!«, unterbrach ich Claire wütend. »Sie ist eine ehrbare junge Frau, und niemand von euch hat das Recht, sie in den Dreck zu ziehen!«

»Seht ihr? Genau das habe ich gemeint.« Cassandra zeigte auf uns und lächelte uns beinahe traurig an. »Amabel ist vom rechten Weg abgekommen. Sie hat sich der Sünde hingegeben und die letzte Nacht im Anwesen von Harriett verbracht.«

»Mutter«, brummte John zwischen zusammengebissenen Zähnen, doch sie ignorierte ihren Sohn geflissentlich.

»Ich habe es von Anfang an für eine schlechte Idee gehalten, dass Amabel sich mit Harriett anfreundet. Dieser Teil der Familie hat uns bisher nur Scherereien eingebracht.«

»Nun wollen wir die Kirche aber im Dorf lassen, Cassandra.«

Rupert Hold räusperte sich und schenkte uns ein vorsichtiges, geradezu mildes Lächeln. »Lass die jungen Damen doch auch zu Wort kommen.«

»Was sollen sie schon sagen? Es gibt nichts, was diese Sünde rechtfertigen würde! Sie waren zusammen ...«

»Woher willst du das überhaupt wissen, Tante Cassandra?«, fragte Harriett und trat einen Schritt vor. »Ich kann mich nicht daran erinnern, dass du uns gestern besucht hättest.«

Das ist wahr, schoss es mir durch den Kopf, und ich sah zu John, der ebenso ratlos mit den Schultern zuckte. Doch da war etwas in seinem Blick aus dunkelblauen Augen, was ich nicht richtig deuten konnte. Hatte er einen Verdacht?

»Nun, ich habe meine Quellen, und außerdem habe ich euch zuvor schon im Zelt bei diesem Badmintonspiel bei eurem Techtelmechtel beobachtet!« Cassandra schürzte die Lippen, und Abscheu lag in ihrem Blick. »Sündige Frauen, das seid ihr. Eine Enttäuschung für die Gesellschaft. Ist euch überhaupt bewusst, dass dieser Fehltritt nicht nur euch, sondern auch eure Familien alles kosten könnte? Und dass ihr Johns Namen ebenfalls in den Dreck zieht?«

John biss sich auf die Unterlippe, und ein Ruck ging durch seinen Körper. Ich konnte ihm an der Nasenspitze ansehen, dass er mit sich haderte. Er wollte es aussprechen, aber seine Lippen schienen wie zugeklebt, kein Wort drang aus seiner Kehle.

Du musst es nicht tun, dachte ich traurig und atmete zittrig aus. *Nicht für uns.*

»Mutter ...«, setzte ich an und versuchte zu Claire durchzudringen, die mich mit einer Mischung aus Enttäuschung und Abscheu ansah. »Bitte lass es uns erklären, wir haben nicht ...«

»Schwachsinn!«, unterbrach mich Cassandra heftig, ergriff mein Handgelenk und zog mich zu sich. »Du bist eine Schande, Amabel!«, schimpfte sie. »Am Ende doch nur das Kind des Pöbels. Du weißt gar nicht, wie viel Glück du hattest, von Claire und Walter adoptiert zu werden. Welch Glück es war, dass deine Eltern starben, denn sonst würdest du jetzt ...«

»Halt den Mund!«

Das war zu viel. Viel zu viel. Die Worte waren aus mir herausgeplatzt, und ich riss mich wütend von Cassandra los. »Halt deinen Mund, Cassandra!«, zischte ich ihr zu und kämpfte gegen die Tränen an. »Glück, dass meine Eltern starben? Bist du völlig von Sinnen, so etwas zu sagen? Du bist ...«

»Sag es ruhig, dann wirst du jedoch nie wieder glücklich.« Cassandra neigte den Kopf und sah mich auffordernd an.

»Cassandra ...«, versuchte Rupert erneut, sie zu besänftigen, doch sie hörte ihrem Mann gar nicht zu.

Sieht er wirklich nicht, was für ein Mensch sie ist?, fragte ich mich entsetzt.

»Wollt ihr etwa leugnen, dass ihr ein Stelldichein miteinander hattet? Dass ihr sündige Frauen seid, die die Strafe Gottes ereilen wird?«

Ihr gehen die Argumente aus.

Ich lachte bitter auf und wollte nach Harrietts Hand greifen, doch dieses Mal entzog sie sich mir. Sie verschränkte die Arme vor der Brust und schüttelte heftig den Kopf.

»Es ist nichts geschehen«, leugnete Harriett all die Gefühle, die zwischen uns waren. All das Knistern, das sich auf unsere Haut gelegt hatte. »Wir haben nichts getan, was sündig ist. Wir sind uns näher gekommen, als es schicklich ist, das gebe ich zu. Aber ich habe Ihre Tochter nicht mit Sünde befleckt, Mr und Mrs Hastings.«

Lügnerin!, wollte ich schreien, doch ich blieb stumm, während Gus' Worte wie ein Messer meine Gedanken durchschnitten.

Es kann passieren, dass die Situation sie am Ende doch überfordert und sie wegläuft.

Mit Schrecken realisierte ich, dass genau das passierte, was Gus erwartet hatte. Harriett machte einen Schritt zurück anstatt nach vorne.

»Ist das wahr, Amabel?« Walter sah mich ernst an, und ich seufzte schwer.

Nein, wollte ich sagen, *nein, verdammt. Ich habe mich in Harriett Hold verliebt. Ich will John nicht heiraten und er mich auch nicht. Ihr versteht das alles nicht!*

Doch stattdessen stieß ich zischend die angestaute Luft aus meinen Lungen und sah meinen Vater an.

»Wir haben nicht ...«

»Lügnerin! Alles Lügner sind sie!«, keifte Cassandra. Gott, am liebsten hätte ich diese Frau erwürgt. »Dafür, dass du solch eine gute Erziehung genossen hast, steckt viel zu viel von diesem Pöbel in dir, Amabel.«

Ich werde sie schlagen, dachte ich und begann langsam rotzusehen. Meine Nerven waren zum Zerreißen gespannt, als Cassandra sich Harriett zuwandte, die zur Salzsäule erstarrt war.

»Und du!« Sie stieß mit ihrem Finger gegen Harrietts Brust. »Deine Familie war schon immer eine Schande für uns. Dein Säufervater und deine inkompetente Mutter, die der Hysterie verfallen ist. So wird dein Bruder Augustus niemals wieder in dieser Welt Fuß fassen, jedenfalls nicht, wenn du dich nicht von Amabel fernhältst. Dann bin ich bereit, das Ganze vielleicht zu vergessen.«

»Harriett, du musst nicht ...«

»Ich werde mich von Amabel fernhalten und sie nie wiedersehen«, sagte Harriett und ballte ihre Hände zu Fäusten.

»Nein ...«

»Doch!«, schrie Harriett und wirbelte zu mir herum. »Auf Wiedersehen, Amabel.«

Mit diesen Worten rauschte sie davon, hin zur Droschke, die

noch am Tor stand. Sie stieg stolpernd hinein, und ich konnte nur wie betäubt zusehen, wie das Gefährt davonfuhr.

Und mit ihm Harriett, die vor ihren Gefühlen geflohen war.

Ich streckte verzweifelt die Hand aus, wollte toben, ihr hinterherlaufen, ebenfalls fortrennen, doch erneut ergriff Cassandra mein Handgelenk und hielt mich zurück.

»Du bleibst hier, Amabel, damit wir das klären.«

Ich hatte keine Kraft mehr, irgendetwas zu erwidern. Ich stand nur da. Und die Welt wurde in Dunkelheit gehüllt, weil ich nun keine Hoffnung mehr hatte, dass jemals alles gut werden würde.

Kapitel 27
Harriett

Ich bin keine Träumerin, ich bin ein Feigling.
Eine gottverdammte Idiotin, die von sich gedacht hatte, dass sie nicht nachgeben würde. Ich hatte geglaubt, dass ich an ihrer Seite bleiben würde, egal, was geschah.

Schwächling, schimpfte ich mich selbst und ballte die Hände so fest zu Fäusten, dass meine Fingernägel ins Fleisch schnitten. Immer hatte ich versucht, diese Maske der Stärke aufrechtzuerhalten. Doch in diesem Augenblick hatte ich es nicht mehr gekonnt. Ich hatte aufgegeben, und es zerriss mich, dass ich das getan hatte.

Da waren keine Tränen mehr, die ich weinen konnte. Kein Schluchzen erschütterte meinen Körper.

Ich empfand rein gar nichts mehr außer Wut auf mich selbst.

»Verdammt«, flüsterte ich und schlug mit der Faust auf den gepolsterten Sitz der Droschke, die den Waldweg entlangfuhr. Am liebsten hätte ich alles zusammengeschrien und wäre am Pier auf das nächste Schiff gestiegen, das mich so weit weg wie möglich gebracht hätte.

Wir hatten es nicht mal geschafft, Amabels Eltern und Rupert die Wahrheit über Cassandra zu sagen. Über ihre Drohungen und den Grund für all das: weil sie wusste, dass John keine Frauen liebte.

Alles war gründlich schiefgegangen, und ich Feigling hatte mich der Situation entzogen. Ich hatte alles noch schlimmer gemacht, als es ohnehin schon war.

»Miss?« Die Kutsche kam mit einem heftigen Ruck zum Stehen, und ich spähte irritiert aus dem Fenster.

Wir hatten mitten in Southend angehalten. Ich konnte einen Blick auf das imposante Theatergebäude erhaschen und realisierte, dass wir uns in der Southend Lane befanden, der Einkaufsmeile, in der normalerweise immer reger Betrieb herrschte. Doch heute hatte sich eine beinah gespenstische Stille über die Gegend gelegt, und es hatte erneut angefangen zu schneien.

Der Kutscher öffnete die Tür.

»Warum halten wir an?«, fragte ich ärgerlich. »Bringen Sie mich gefälligst zurück zum Hause meines Bruders!«

Der Mann lupfte seinen Hut und trat einen Schritt zurück, eine andere Person erschien in meinem Sichtfeld, und ich stöhnte auf.

»Lucie Farber ...«, würgte ich hervor, als ich Amabels beste Freundin sah.

»Ihnen auch einen wundervollen Tag, Miss Harriett«, sagte sie und stieg ein. Sie wandte sich noch einmal dem Kutscher zu. »Bringen Sie uns zum *Magdalena's House*, ich möchte Miss Harriett etwas zeigen.«

»Was soll das? Ich will nach Hause und ...«

»Bitte tun Sie, was ich sage.« Lucie ließ einige Münzen in die ausgestreckte Hand des Mannes fallen, und er schloss mit einem Nicken die Tür.

»Sie entführen mich gerade«, stellte ich bockig fest.

Lucie lächelte mich an.

»Wenn Sie es so nennen wollen, gerne. Aber wir haben eine Menge zu bereden ...«

Wusste sie etwa, was vor Arthur Smiths Villa geschehen war? Nein, sie war doch nicht mal da gewesen oder ...

»Was tun Sie hier?«

»Ich war bei Arthur und seiner Mutter, als Amabels und Johns Eltern eintrafen. Wir hatten die Tafel im Salon gedeckt und alles für das Gespräch vorbereitet, doch dann …« Sie presste die Lippen aufeinander und fummelte an einem losen Faden ihres Mantels herum. »Der Streit begann sofort, nachdem John angekommen war. Seine Mutter Cassandra erzählte Amabels Eltern, dass sie die Nacht bei dir verbracht hat und ihr vor dem Kamin …« Lucie lief ein wenig rot an.

»Ha!«, machte ich und verschränkte die Arme vor der Brust. »Und du hast es nicht für nötig gehalten, der Kutsche entgegenzulaufen, um uns zu warnen?«

Lucie hob eine Augenbraue und warf mir einen so bitterbösen Blick zu, dass ein Schauer über meinen Rücken lief. Sie schnalzte missbilligend mit der Zunge.

»Natürlich habe ich das getan. Sofort als die Streitereien begannen, habe ich zu John gesagt, dass ich versuche, euch entgegenzulaufen.«

»Aber?«, fragte ich gedehnt und schlug die Beine übereinander. Ich wusste, dass meine Wut gegenüber Lucie fehl am Platz war. Aber sie war nun mal die einzige Person, die hier war, und ich konnte mich nicht am Riemen reißen.

Lucie zuckte mit den Schultern. »Ich habe die Kutsche nicht erreicht. Vielleicht seid ihr einen anderen Weg zu Arthurs Anwesen gefahren, es gibt mehrere Waldwege, die hinaufführen. Ich hab's versucht, aber ehe ich michs versah, stand ich hier unten in Southend und hatte euch verpasst.«

»Verdammt …«, flüsterte ich und fuhr mir erzürnt durch die Haare. »Und du bist dir sicher, dass du Cassandra nicht erzählt hast, dass Amabel bei mir war?«

»Du bist eine unmögliche Person, Harriett Hold«, erwiderte Lucie flapsig und schob trotzig die Unterlippe vor. Die Kutsche kam erneut zum Stehen.

»Deswegen werde ich mich von nun an auch von Amabel fernhalten«, antwortete ich und verschränkte die Arme vor der Brust. »Damit sie niemand mehr in den Dreck ziehen kann.«

»So ein Unfug.« Lucie öffnete die Tür der Kutsche, und ich folgte ihr wider Willen und voller Argwohn hinaus.

Wir standen vor dem *Magdalena's House*. Der Schneefall war erneut stärker geworden, und die Flocken wirbelten um uns herum.

»Was tun wir hier? Ich möchte wirklich gerne nach Hause und mich für immer dort einschließen«, sagte ich ruppig, obwohl ich größte Mühe hatte, diese Fassade aufrechtzuerhalten.

Mir war zum Heulen zumute. Ich hasste mich selbst, fand alles an mir abscheulich. Wie konnte Amabel mich überhaupt lieben?

»Weißt du was, Harriett?« Lucie drehte sich zu mir um und strich sich einige Schneeflocken aus dem Haar. »Ich glaube, dass es falsch ist, vor Konflikten wegzulaufen.«

»Du weißt rein gar nichts über mich!«

»Nein, das weiß ich nicht. Aber Amabel weiß fast alles über dich, und sie liebt dich, das ist sonnenklar. Es ist nicht gerecht, dass du sie mit alldem allein gelassen hast.«

»Du weißt nicht, was überhaupt passiert ist.«

»Nun, ich kann es mir denken«, erwiderte Lucie und griff nach meinem Handgelenk.

Bestimmt zog sie mich über den Bürgersteig zu einem kleinen Gebäude neben dem *Magdalena's House*.

»Die Schule«, flüsterte ich und stolperte beinah die Treppen hinauf.

Lucie stieß die massive Tür auf, und der Geruch von frischer Farbe und gehobeltem Holz stieg mir in die Nase. Das Licht im Inneren war schummrig, aber der Raum, den wir betraten, hatte etwas Gemütliches an sich. Es war ein kleiner Vorraum, der mit einigen alten Sofas und Tischen ausgestattet war. In einer Ecke waren mehrere flauschige Decken drapiert, und allerlei Spielzeuge standen darauf.

»Warum bringst du mich hierher?«, fragte ich spitz und riss mich von Lucie los.

»Weil ich dir zeigen will, dass Amabel und du eine Zukunft haben könnt, wenn ihr es denn wollt. Dass ihr aufhören müsst, immer zu fliehen. Zurückzuschrecken vor den Widrigkeiten im Leben.«

Mir klappte der Mund auf, und ich starrte Lucie Farber an. Sie wirkte weise, schien in sich selbst zu ruhen. Amabel hatte mir erzählt, dass sie in die Fußstapfen ihrer Mutter, die vor einiger Zeit verstorben war, getreten war und im *Magdalena's House* als Hebamme aushalf. Sie lebte ihre Träume und hatte dazu mit Arthur Smith noch einen guten Mann an ihrer Seite.

Solch ein Glück war mir nicht vergönnt.

Ist das wirklich so?, flüsterte eine Stimme in meinem Inneren. Nun rannen die Tränen doch über meine Wangen, und meine Beine gaben unter mir nach. Staub und Holzspäne wirbelten auf, als ich mich völlig in meiner Trauer fallen ließ.

»Ich hatte solche Angst ... vor Cassandra ...«, sagte ich zwischen heftigen Schluchzern. »Ich will nicht, dass alle meinetwegen leiden ... ich habe doch ...«

Lucies Kleid raschelte leise, als sie sich vor mich hinkniete und eine Hand auf meine Schulter legte. »Das kann ich verstehen, aber du musst dieser Angst gegenübertreten. Für Amabel ...«

Ich hob den Blick und sah in Lucies wiesengrüne Augen, die traurig und sehnsuchtsvoll dreinblickten. Doch da lag auch Hoffnung in diesem Lächeln, das sie mir schenkte.

»Sie wird alles zerstören ...«, wisperte ich, »und ich habe geglaubt, dass es mir egal wäre. Selbst mein Bruder hat mir versichert, dass wir klarkommen werden. Aber ich will nicht schuld sein an all dem Leid ...«

»Besser daran, als schuld an Amabels gebrochenem Herzen zu sein«, gab Lucie trocken zurück und half mir auf die Füße.

»Sieh es dir an, Harriett. Das hier könnte eure gemeinsame Zukunft sein. Amabel würde hier unterrichten, und in einem kleinen Hinterzimmer eröffnen wir ein Atelier für Harriett Hold, die neue aufstrebende Künstlerin in Southend, wie klingt das?«

»Wie ein Traum«, antwortete ich abweisend und wischte mir die Tränen von den Wangen.

»Jede Zukunft beginnt mit einem Traum, und Amabel würde sich sicherlich freuen, wenn ihr das hier gemeinsam macht. Und glaub mir, Mrs Waring hat ausgezeichnete Kontakte. Es wollen sicherlich viele Damen von dir gezeichnet werden ...«

»Von der Schande aus dem Hause Hold?«

»Herrgott, ich verstehe, dass Amabel sich in dich verliebt hat. Du bist genauso stur wie sie.«

»Danke schön«, antwortete ich sarkastisch.

Lucie ließ den Blick durch den Raum schweifen und seufzte leise. »Geh zu Amabel, steht das gemeinsam durch. Deine Furcht darf dich nicht aufhalten, sie hat Amabel schon einmal aufgehalten. Aber ihr solltet jetzt gemeinsam mutig sein.«

Ich lächelte traurig und zuckte mit den Schultern.

Gemeinsam mutig sein.

Ja, das wollten Amabel und ich sein. Doch ich konnte das nicht. Gott, die Angst lähmte mich.

»Wir haben nicht mal erzählen können, was Cassandra getan hat ...«

»Aber gerade deswegen dürft ihr jetzt nicht aufgeben. Außerdem würde John doch auch nicht wollen, dass ihr unglücklich seid.«

Ich nickte und drehte mich um, verließ mit langsamen Schritten das kleine Gebäude, atmete den frischen Duft des gefallenen Schnees ein und schloss kurz die Augen. Dann schaute ich über die Schulter zurück.

»Lucie Farber?«

»Ja?« Lucie verschränkte die Hände hinter dem Rücken und sah mich schief an.

»Amabel kann froh sein, dass du ihre beste Freundin bist. Ich danke dir.«

Mit diesen Worten ließ ich Lucie allein zurück und lief zur Kutsche, die immer noch am Bordstein wartete. Ich schaute nicht zurück, ehe ich einstieg, aber ich wusste auch so, dass Lucie mir mit diesem unverwechselbaren Lächeln hinterhersah.

Ich musste meine vielleicht letzte Möglichkeit nutzen, mutig zu sein.

Vielleicht nicht sofort und nicht heute, aber möglicherweise morgen. Denn noch hatte ich das Gefühl, dass ich Zeit hatte.

Kapitel 28
Amabel

Außerhalb von Southend-on-Sea, Grafschaft der Familie Smith

Das Ticken der riesigen Standuhr machte mich schier wahnsinnig. Es schraubte sich in meinen Kopf, und ich wippte unruhig mit dem Fuß auf und ab. Mit schweißnassen Händen starrte ich auf den dicken Teppichboden.

»Amabel, sieh uns bitte an«, sagte Walter mit weicher Stimme, doch ich brachte es nicht über mich, den Kopf zu heben.

Ich brachte gar nichts mehr über mich. Denn ich fühlte mich innerlich leer. Nichts ergab mehr einen Sinn, und eigentlich war auch alles egal geworden. Meine Welt war klein und nichtig geworden. *Ich* war klein und nichtig.

Ich konnte Harriett nicht mal verübeln, dass sie weggelaufen war. Wir teilten diese grausame Angst, alles zu verlieren, wenn man erfuhr, dass wir uns liebten.

Und diese Angst war real geworden. Ich selbst hatte wegen dieser Angst Harriett von mir gestoßen. Und nun … nun war mein Leben ein Scherbenhaufen. Ich glaubte nicht mehr daran, dass wir noch einen Ausweg finden könnten.

Dazu müssten John oder ich es über uns bringen, seine Mutter wirklich an den Pranger zu stellen. Cassandra war clever, sie würde alles leugnen, mich eine Lügnerin nennen.

Und sie hätte recht, dachte ich traurig.

Ich hatte gelogen. Die ganze Zeit hatte ich mich selbst belogen. Hatte meine Gefühle verdrängt. Hatte John angelogen.

Und als ich mich ihm hatte öffnen können, da war es eigentlich schon zu spät gewesen. Denn ich hatte nicht den Mut gefunden, meinen Eltern die Wahrheit zu sagen.

Und nun war es zu spät.

»Amabel …« Zaghaft berührte Claire mich am Arm, und ich zuckte zusammen, hob nun doch den Kopf.

Meine Adoptiveltern musterten mich beide mit einem merkwürdigen Ausdruck, den ich nicht zu deuten vermochte.

Meine Eltern saßen im Salon am gedeckten Tisch, ich auf der Chaiselongue, während John und seine Eltern im Herrenzimmer sprachen. Ich konnte Johns wutentbrannte Stimme durch die geschlossene Tür hören, aber genauso Cassandras giftige Worte, die sich in mein Herz bohrten.

Ich wischte mir über die Augen und seufzte leise. »Es … es tut mir leid«, würgte ich hervor.

Walter schüttelte verwirrt den Kopf. Seine schwarzen Haare standen wirr vom Kopf ab, als hätte er sie mit den Händen zerzaust. Er sah müde aus, seine Haut irgendwie zerknittert.

»Dann ist es also wahr?«, fragte Claire, und ich schüttelte ihre Hand von meiner Schulter ab und schlang meine Arme um den Körper. Seit Harriett gegangen war, war mir eisig kalt. Als würde der Hauch des Winters mein Herz befallen.

»Ist das denn noch wichtig?«, fragte ich gepresst und senkte erneut den Kopf. »Ich bin doch ohnehin nichts weiter als eine Enttäuschung für euch.«

»Amabel!«, rief Claire entrüstet. »Wieso sagst du das?«

Wieso?, dachte ich erzürnt und hob den Kopf, wollte ihr all die Dinge an den Kopf schleudern, die sich über die Jahre in mir eingenistet hatten. Doch ich gab kein Wort von mir.

Weil mir niemand glauben würde, dass Cassandra Hold eine hinterlistige Frau war, die sich nur um ihr Ansehen sorgte. Die genau wusste, dass ihr Sohn mich nicht heiraten wollte, und ihm trotzdem diese Hochzeit aufzwängte.

»Haben wir dich wirklich so sehr unter Druck gesetzt?« Aus den Augenwinkeln sah ich, wie Walter sich erhob und sich neben mir auf der Chaiselongue niederließ. Der herbe Duft seines Parfums drang in meine Nase.

Vorsichtig legte Walter seinen Arm um mich, und eine merkwürdige Geborgenheit flutete mich.

Erinnerungen an unsere gemeinsamen Momente zogen an mir vorbei. Unser Lachen, wenn Walter mit mir im Garten Fangen gespielt hatte. Seine weiche Stimme, wenn er mir beim Zubettgehen eine Geschichte vorgelesen hatte. Wenn er mich liebevoll für mein Benehmen getadelt und mir kleine Geschenke gemacht hatte.

»Vater ...«, flüsterte ich, und das Wort fühlte sich fremd auf meiner Zunge an, obwohl es das gar nicht war. So nannte ich ihn, seit ich ein kleines Kind und er zu meinem Vater geworden war. Er hatte die Lücke in meinem Herzen gefüllt und ich ... ich hatte ihn enttäuscht, ebenso wie Claire.

»Wenn du nicht mit mir sprichst, Bell, dann kann ich dir nicht helfen. Du weißt doch, dass ich keine Gedanken lesen kann.«

Zärtlich zog Walter mich zu sich in seine Arme und schnipste mit dem Finger leicht gegen meine Nase. Ich zuckte zurück und musste wider Willen lächeln, denn das hatte er bei mir gemacht, als ich noch ein Winzling gewesen war.

»Ich habe euch enttäuscht, oder nicht?«, wisperte ich. »Ihr habt mich aufgenommen, nachdem meine Eltern gestorben waren. Habt mir ein Zuhause geschenkt, ein gutes Leben, Bildung in Heygate und ich ... ich habe euch beschämt.«

»Denkst du das wirklich, Amabel?« Claire sah mich traurig an und erhob sich ebenfalls.

Sie setzte sich auf meine andere Seite und legte ebenfalls ihren Arm um mich. Wärme flutete mein Herz.

»Ist es denn nicht so?«, wagte ich zu fragen und spürte, wie die Erschöpfung an meinen Nerven zehrte.

»Du hast uns noch nie enttäuscht, Bell«, sagte Walter und lächelte mich sanft an. »Du bist eine wunderbare junge Frau. Aber wenn du …«

Er sprach nicht weiter, und das musste er auch nicht, ich wusste ohnehin, was er sagen wollte.

Wenn du eine Frau liebst.

Ja, das tat ich. Schon mein ganzes Leben lang fühlte ich so, und ich hatte versucht, es zu ändern. Aber Gefühle konnte man nicht ändern oder abstreifen wie eine zweite Haut.

»Ich hab's wirklich versucht …« Ein heiserer Schluchzer entrann meiner Kehle. »Ich habe versucht, John zu lieben, versucht, die perfekte Tochter für euch zu sein. Ehrbar und höflich, perfekt erzogen. Aber ich … ich kann ihn nicht lieben, weil ich …« Meine Stimme erstarb, und die Worte verloren sich auf dem Weg aus meiner Kehle hinaus.

»Weil du für Frauen mehr empfindest als für Männer«, sprach meine Mutter diese unumstößliche Wahrheit aus, die mich heftig zusammenfahren ließ.

Die nun folgende Stille war erdrückend. Sie schien mein Herz zu zerfetzen, und ich presste die Hand auf den Mund, um ein weiteres Schluchzen zu unterdrücken. Mein ganzer Körper erbebte, und ich wäre am liebsten weggerannt. Doch meine Eltern umarmten mich beide, hielten mich schweigend, während ich das Gefühl hatte, dass die Welt untergehen würde.

Ich wusste nicht, wie viel Zeit vergangen war, doch irgendwann lösten sie sich von mir, und Claire legte mir sanft ihre Hand unters Kinn.

»Hattest du solche Angst, es uns zu sagen?«

»Natürlich!«, rief ich und wunderte mich im selben Augenblick, warum Claire diese Worte so leicht ausgesprochen hatte. »Aber wieso wisst ihr … wieso seid ihr nicht? Vorhin draußen habt ihr …«

Claire seufzte schwer. »Als wir hier angekommen sind, haben deine Freundin Lucie, ihr Verlobter und seine Mutter Elaine uns begrüßt und willkommen geheißen. Wir haben ein wenig geplaudert, bis John und seine Eltern aufgetaucht sind. Dabei kam das Gespräch auf eine entfernte Tante von Arthur, die mit einer Frau zusammenlebt. Ich glaube, dass Elaine unsere Unterhaltung absichtlich in diese Richtung gelenkt hat, sie ist immerhin eine gescheite Frau. Und als Johns Eltern dann eintrafen und Cassandra mit ihren Vorwürfen um sich warf, da wurde es uns langsam, aber sicher bewusst ...«

Claire wiegte den Kopf hin und her, während ich sie nur fassungslos anstarren konnte und tausend Fragen durch meinen Kopf rauschten.

»Aber ihr ... ihr wart entsetzt, als Harriett und ich hier eintrafen. Du hast Harriett eine Göre genannt, du warst so wütend, wie ich dich noch nie erlebt habe. Hast mir die Frage an den Kopf geworfen, wie ich euch das antun konnte ...«, murmelte ich und wollte meinen Kopf senken, doch meine Mutter ließ mein Kinn nicht los. Ich sollte ihr weiterhin in die Augen schauen bei diesem Gespräch, ich *musste*. Irgendwie war ich ihr das schuldig.

»Ich weiß, und das tut mir leid.« Claire fuhr sich mit der Zunge über die Lippen, und in ihren Augen schimmerten Tränen. »Cassandras Wut, all ihre Worte, sie haben mir Angst eingejagt, haben einen Zorn in mir entfacht, der völlig falsch war. Ich habe befürchtet, dass du einen Weg eingeschlagen hast, der dich ins Unglück stürzt. Das war nicht richtig von mir, und ich weiß, dass dies keine Entschuldigung ist, aber ich habe mich um dich gesorgt ...«

»Und um euer Ansehen«, spuckte ich aus, doch sofort taten mir meine Worte leid. Claire versuchte, sich gerade ehrlich bei mir zu entschuldigen, und ich benahm mich so gemein ihr gegenüber.

»Ja«, gab sie unverblümt zu, »ich habe wirklich daran gedacht, dass man sich über uns das Maul zerreißen würde. Aber als wir uns hier hingesetzt haben, da habe ich mich erinnert, dass dies doch schon mal geschehen ist und es mich damals auch nicht gekümmert hat ...«

»Was?« Mein Herz machte einen merkwürdigen Stolperer. »Wieso ... ist das schon mal geschehen? Was meinst du ...«

»Nun, ich störe dieses Familienbeisammensein ungern«, drang Cassandras süffisanter Ton an mein Ohr, »aber es gibt eine Menge Dinge, die wir zu bereden haben.« Ihre Stimme verursachte mir sofort Übelkeit. Sie stand im Türrahmen, die Arme vor der Brust verschränkt, und sah mich mit zusammengekniffenen Augen an.

»Cassandra ...«, sagte Walter vorwurfsvoll, »wir haben unser Gespräch mit Amabel noch nicht beendet und ...«

»Diese Unterhaltung könnt ihr auch später führen und eurer Tochter nochmals die Leviten lesen. Jetzt haben wir Dringenderes zu klären«, unterbrach Cassandra meinen Vater scharf.

»Sprich nicht von mir, als wäre ich nicht zugegen.« Schwankend erhob ich mich. »Ich bin genau hier.«

Johns Mutter schnalzte mit der Zunge und schüttelte missbilligend den Kopf, als würde sie mit einem unbelehrbaren Kind sprechen.

»Siehst du, Amabel, genau diese Haltung, dieses Benehmen hat doch dazu geführt, dass wir jetzt alle in dieser misslichen Lage stecken. Du solltest deine zukünftige Schwiegermutter nicht unterbrechen, sondern mit gesenktem Kopf vor mir stehen und mich um Verzeihung bitten.«

Ich will nicht, dass du abscheuliche Frau meine zukünftige Schwiegermutter bist, schoss es mir durch den Kopf, doch ich biss mir rechtzeitig auf die Zunge.

Hinter Cassandra traten Rupert und John in den Salon. Ich konnte John sofort ansehen, dass er seinen Eltern in diesem

Streitgespräch nicht die Wahrheit offenbart hatte. Und vermutlich hatte er es auch nicht übers Herz gebracht, seinem Vater zu erzählen, dass dieser ein Monster geheiratet hatte.

»Cassandra, es genügt.« Meine Mutter erhob sich und legte eine Hand auf meine Schulter.

Ich spürte genau, dass sie immer noch wütend und vermutlich auch enttäuscht von mir war. Trotzdem hielt sie in diesem Augenblick zu mir, und das bedeutete mir die Welt.

»Wie bitte? Eure Tochter hat uns alle beschämt«, zischte Cassandra und erinnerte mich mit ihren verengten Augen, den spitzfindigen Worten und ihrer ganzen Gestalt wahrlich an eine Schlange. An eine Frau, die alles mit einem Fingerschnippen zerstören könnte, was ich liebte.

»Aber ich will gnädig sein ...« Sie ließ die Arme sinken und lächelte mich honigsüß an. Erneut wurde mir schlecht, und ich hätte ihr am liebsten vor die Füße gespuckt.

»Gnädig?«, echote ich atemlos.

»Ich werde vergessen, was geschehen ist, liebe Amabel. Ich werde niemandem erzählen, dass du ein kleines Flittchen bist und ...«

»Nenn Amabel nicht Flittchen!«, unterbrach John seine Mutter so heftig, dass sie zusammenzuckte.

»John, bitte.« Cassandra schürzte die Lippen. »Ich verstehe, dass du mit aller Mühe die Risse in eurer Beziehung zu kitten versuchst, aber man muss die Wahrheit beim Namen nennen. Nur so könnt ihr von vorne anfangen.« Sie richtete ihren Blick wieder auf mich. »Du wirst Harriett nie wiedersehen, Amabel. Du wirst John in drei Wochen heiraten, dann wirst du auf eines unserer Anwesen in Yorkshire mit ihm ziehen und dort ein ehrbares Leben führen. Ich werde die ersten Jahre bei euch leben, um diesen Wandel in deinem Leben zu begleiten.«

Die Welt verschwamm vor meinen Augen. Cassandras Worte sickerten langsam, zäh wie Marmelade in meinen Verstand.

Sie will mich unter ihrer Kontrolle haben. Sie will mich unter ihren Fittichen wissen und wird mich einsperren.

»Nein ...«, flüsterte ich und schüttelte immer wieder den Kopf, unfähig, dieses Grauen in Worte zu fassen.

»Doch, genau das wird passieren, Amabel. Wenn du nicht tust, was ich sage, dann wird die ganze Welt erfahren, was du getan hast. Und das wird nicht nur Harriett in Schwierigkeiten bringen, sondern auch dich und deine Familie.«

»Genug der Drohungen, Cassandra«, mischte sich Walter ein. »Wir werden mit Amabel über alles in Ruhe sprechen und dann ...«

»Ihr entscheidet euch jetzt!«, rief Cassandra erzürnt und ballte ihre Hände zu Fäusten. »Jetzt oder nie! Ansonsten telegrafiere ich meinen Kontakten beim *London Magazine* und dann ...«

»Nein!«, schrie ich. Ein Tränenschleier ließ den Raum und die Menschen um mich herum verschwimmen. »Tu das nicht, du kannst nicht ...«

»Ich kann und ich werde, Amabel.« Cassandras Absätze klackerten auf dem Holzfußboden, als sie auf mich zukam und wenige Zentimeter vor mir stehen blieb.

Ihre ganze Gestalt schüchterte mich ein, sorgte dafür, dass ich mich nichtig und unbedeutend in dieser Welt fühlte, die viel zu groß war und sich viel zu schnell drehte.

»Du zerstörst diese Verlobung nicht, du undankbare Göre. Ohne uns wärst du nichts ...«, raunte sie mir zu, und in diesem Augenblick zerbrach irgendetwas in mir.

Ich rannte an Cassandra vorbei, hörte nicht mehr auf die Stimmen in meinem Rücken. Mein Atem rasselte in meinen Ohren, als ich die Tür aufstieß und einfach weiterrannte. Der Kies knirschte unter meinen Schuhen, und der eisige Wind ließ meine Haut gefrieren.

Weg. Ich musste hier weg, fort von diesem Ort. Fort von Cassandra, deren Beeinflussung und gemeine Worte ich nicht mehr ertragen konnte. Schnee wirbelte um mich herum, ich stolperte den Waldweg hinunter und hatte keine Ahnung, was ich tun sollte.

»Amabel ...«

Die Stimme schien von überallher zu kommen, hallte im Wald um mich herum wider. Ich hielt verwirrt an. Da erblickte ich Lucie.

Ihre Wangen waren gerötet, Schnee hatte sich in ihren blonden Haaren verfangen, und sie stand stocksteif da.

»Lucie ...«, flüsterte ich und schlug die Hand vor den Mund.

Plötzlich gaben meine Beine unter mir nach, und ich fiel auf den gefrorenen Boden. Ich hörte das Rascheln von Lucies Mantel und ihre Schritte, und dann umarmte sie mich.

»Ich bin da«, sagte sie. »Ich bin hier und gehe nicht weg, Amabel. Lass es raus, lass all diesen Gefühlen freien Lauf. Alles wird wieder gut.«

Ich hatte keine Ahnung, wie sie das sagen konnte, aber ich wollte ihr glauben. Deswegen schloss ich die Augen und ließ all meine Trauer zu, während der Schnee fiel und mein Körper die Kälte um mich herum annahm.

Kapitel 29
Amabel

Die Wellen brachen mit einem ohrenbetäubenden Rauschen am Strand, und der Schnee rieselte sanft zu Boden. Lucie und ich standen am Pier, während der Wind um uns herumpeitschte und unsere Haare durcheinanderwirbelte.

Nachdem ich mich irgendwann beruhigt und Lucie erzählt hatte, was passiert war, hatte sie mich hinunter nach Southend geführt. Ich wusste mittlerweile von ihr, dass sie versucht hatte, Harriett und mich zu finden, und sogar mit Harriett geredet hatte.

Vielleicht gibt es noch Hoffnung für uns, wenn Lucie mit ihr gesprochen hat, dachte ich und ließ eine Schneeflocke in meine offene Hand fallen. Ein winziges Lächeln huschte über meine Züge, obwohl mein Herz sich verloren fühlte.

»Sie wird zurückkommen«, sagte Lucie, als hätte sie meine Gedanken gelesen. »Ganz bestimmt. Sie wirkte nicht so, als hätte sie aufgegeben. Harriett war nur voller Furcht.«

»Das verstehe ich ... mir geht es nicht anders ...« Ich fuhr mir über die von Tränen geschwollenen Augen und seufzte tief.

»Ihr seid euch viel zu ähnlich. Ihr habt beide Angst, die Menschen zu enttäuschen, die ihr liebt. Selbst wenn sie euch tausendmal versichern würden, dass es nichts gibt, womit ihr sie enttäuschen könnt.« Lucie legte ihre Arme auf die Brüstung am Pier.

»Du bist mir viel zu weise geworden seit deiner Verlobung

mit Arthur«, sagte ich, doch ich wusste, dass Lucie mir diese Worte nicht übel nahm.

»Deswegen hast du mich doch so gerne.« Sie stieß mit ihrer Schulter gegen meine und lächelte.

»Du hast Harriett wirklich die Schule beim *Magdalena's House* gezeigt?«, fragte ich.

Lucie nickte. »Das könnte eure gemeinsame Zukunft sein. Ihr müsst nur mutig genug sein, diese Chance zu ergreifen. Egal, welche Konsequenzen das nach sich zieht.«

»Aber wenn John unseretwegen wieder diesen schrecklichen Gerüchten ausgesetzt ist, dann will ich das nicht. Ich will, dass er auch glücklich ist ... dass er ...«

»Wie wäre es, wenn du mich das selbst entscheiden lässt?«

Ich wirbelte herum, und mir klappte der Mund auf, als John und meine Mutter plötzlich vor uns standen.

»Was ... was tut ihr hier?«

»Wir haben dich gesucht, was denn sonst?« John stemmte die Hände in die Hüften. »Ich muss mich für das Benehmen meiner Mutter entschuldigen«, fügte er in gequältem Ton hinzu.

Ich zuckte resigniert mit den Schultern, und mein Blick glitt zu Claire, die sich unwohl in ihrer Haut zu fühlen schien.

John bemerkte das ebenfalls, ging zu Lucie und reichte ihr seinen Arm. »Dürfte ich Sie auf eine Tasse Kaffee ins *Royal* einladen, Miss Lucie?«

»Nur, wenn es auch Kuchen gibt«, erwiderte Lucie kokett, bevor sie mich in ihre Arme zog. »Sprich mit deiner Mutter, erzähl ihr alles. Keine Geheimnisse mehr, keine Angst.«

Ich schluckte schwer und winkte den beiden noch hinterher, während sie den Pier verließen. Unschlüssig blieb ich bei Claire stehen. Meine Hände verkrampften sich um die Brüstung, und ich starrte hinunter auf das rauschende Meer.

»Du hast wirklich gute Freunde«, begann Claire.

Ich hob den Kopf und lächelte sie zaghaft an. »Das habe

ich ... dass Lucie hier in Southend aufgetaucht ist, hat vieles für mich leichter gemacht. Hat mich vieles begreifen lassen ...«

»Hattest du solche Angst, uns die Wahrheit zu offenbaren?«

Ich fuhr mit der Zunge über die Lippen und seufzte leise. »Was hast du damit gemeint, dass sich die Menschen schon einmal über euch das Maul zerrissen haben?«

Claire zog die Stirn kraus und schien es nicht gut zu finden, dass ich auf ihre Frage nicht einging. Doch sie sagte nichts dazu, deutete auf eine Bank am Pier und hakte sich bei mir unter. Als wir uns auf die Bank setzten, von der wir vorher den Schnee entfernen mussten, überkam mich ein seltsames Kribbeln. Meine Mutter schaute aufs Meer hinaus.

»Du wirst es damals nicht bemerkt haben, denn Catherina und ich haben versucht, dich davon fernzuhalten, aber die feine Gesellschaft hat es nicht gerne gesehen, dass ich – die Lady eines Earls – so gut mit einer bürgerlichen Lehrerin befreundet war.«

Ich zog scharf die Luft ein und spürte, wie eine Welle der Traurigkeit über mich hinwegschwappte. Ich wusste nicht, was ich dazu sagen sollte, doch zum Glück sprach Claire weiter.

»Aber wir haben uns nichts daraus gemacht ... Catherina war meine beste Freundin, ich hätte niemals zugelassen, dass das Gerede diese Freundschaft zerstört.«

Ich schluckte schwer und sah Claire an. »Das bedeutet, auch damals wart ihr dem Spott der Menschen ausgesetzt?«

»Ja, vor allem meine adligen Freundinnen haben nicht verstanden, warum ich mich mit einer bürgerlichen Frau abgebe. Und dann ... als unsere Kinder starben und deine Mutter, als wir beschlossen, dich zu adoptieren, da war jegliches Verständnis verschwunden ...«

Ich keuchte auf und musste den Blick senken. Niemals hatte ich darüber nachgedacht, dass meine Adoption für Ärger gesorgt haben könnte. Die Menschen hatten über Walter und

Claire hergezogen, weil sie ein bürgerliches Kind adoptiert haben.

»Das tut mir leid«, flüsterte ich. »Hätte ich das gewusst, dann ...«

»Was dann, Amabel?« Claire wandte sich zu mir, und ich schaute sie an. »Dann wärst du fortgelaufen, um irgendwie alleine als kleines Mädchen auf der Straße zu leben, damit du uns keinen Ärger machst?«

Das klang genauso lächerlich, wie es war. Ich hätte nichts daran ändern können, dass schlecht über meine Eltern gesprochen wurde. Vor allem als kleines Kind nicht.

»Dann hätte ich euch wenigstens jetzt nicht so viel Ärger gemacht ... wenn Cassandra das alles an die große Glocke hängt, dann gefährde ich Vaters Geschäfte in der Tuchfabrik und euer Ansehen, es wird ...«

»Scht ...«, unterbrach Claire mich sanft und ergriff meine Hände. »Das ist nichts, worüber du dir Sorgen machen solltest, Amabel.«

»Aber es ist doch meine Schuld!«, widersprach ich und spürte, wie Zorn und Enttäuschung sich schmerzhaft in meinem Kopf einnisteten.

Claire presste die Lippen zusammen und schaute hinauf in den Himmel. Tränen glitzerten in ihren Augen, und sie seufzte schwer. »Gott, ich habe dich enttäuscht, Catherina ...«, wisperte sie, und ich zuckte zusammen.

Sie spricht zu Mama, dachte ich wehmütig und schüttelte heftig den Kopf.

»Nein, das hast du nicht!«

Claire sah mich an, und ihre Unterlippe zitterte ein wenig. Ihre Gesichtszüge waren zu einer traurigen Maske verzerrt.

»Nicht?«

»Ihr seid die besten Eltern, die ich mir hätte wünschen können. Ihr habt mir ein Zuhause gegeben und mich mit Liebe überschüttet. Es gibt so viel, wofür ich euch dankbar bin. Du hast meine Mutter und sicherlich auch meinen Vater nicht enttäuscht ... nein, ich war es doch, die euch enttäuscht hat ...«

»Vielleicht hat keiner von uns den anderen enttäuscht und wir hätten viel früher miteinander sprechen sollen.«

Ich dachte einen Augenblick über ihre Worte nach. Ja, vielleicht hätten wir das wirklich sollen. Aber ich hatte mich so lange schuldig gefühlt. Verloren, ohne einen Platz in dieser Welt zu haben.

»Ich wollte einfach nicht, dass ihr bereut, mich adoptiert zu haben. Ich habe die ganze Zeit versucht, die perfekte Tochter zu sein und euren Ansprüchen zu genügen, doch das konnte ich nie, weil ich John niemals geliebt hätte. Aber ...« Ich sackte in mich zusammen.

Das alles war zu viel. Ich hatte keine Worte mehr, ich konnte einfach nicht mehr. Es fühlte sich an, als würde ich in Dunkelheit versinken. Als gäbe es keine Hoffnung mehr.

»Wir hätten uns gewünscht, dass du mit uns über deine wahren Gefühle sprichst. Deswegen war ich so zornig, als du mit Harriett Hold aufgetaucht bist. Ja, ich hatte für einen Augenblick Angst, dass diese Beziehung unser Leben beeinträchtigen würde. Aber gleichzeitig habe ich mir Vorwürfe gemacht, dass du es uns nicht erzählen konntest. Deswegen war ich enttäuscht, nicht, weil du eine Frau liebst, Amabel.«

Stumm nickte ich und wischte mir zornig die Tränen von den Wangen, die erneut über meine Augen schwappten. Ich hatte nicht gewusst, dass ein Mensch so viel weinen konnte.

Schweigend starrte ich auf das rauschende Meer, lauschte dem Krächzen der Möwen über unseren Köpfen und beobachtete die tänzelnden Schneeflocken.

»Aber sag, Amabel ...« Claire musterte mich aufmerksam. »Was ist wirklich zwischen dir und Cassandra Hold vorgefallen?«

Mein Herz machte einen Satz, und ich wollte mich schon abwenden und fortrennen. Aber ich hatte Lucie versprochen, dass es keine Geheimnisse und keine Angst mehr geben würde.

»Wieso fragst du? Was ist passiert, nachdem ich fortgelaufen bin?«

»Cassandra ist fuchsteufelswild geworden, sie hat uns vorgeworfen, keine guten Eltern zu sein ...«

Ich wollte schon widersprechen, doch meine Mutter hob die Hand, und ich hörte ihr weiter zu.

»Walter sagte, dass wir mit dir in Ruhe reden würden, dich aber nicht zu einer Ehe zwingen würden, in der du niemals glücklich sein könntest. Da hat Cassandra uns erneut gedroht, doch dein Vater hat sich nicht davon einschüchtern lassen. Er war standhaft wie ein Berg ...«

Das konnte ich mir nur zu gut vorstellen. Walter war immer so gewesen. Wenn mein Vater von etwas überzeugt war, dann ließ er sich kaum umstimmen. Wie ein Fels in der Brandung. Und ich hatte nicht bemerkt, wie sehr meine Eltern mich liebten.

»Und dann?«, wagte ich vorsichtig zu fragen, denn ich fürchtete mich immer noch vor Cassandra.

»Es war merkwürdig ...« Claire zupfte an ihrem Mantel herum, und ihre Stirn legte sich in Falten. »Cassandra wurde immer ungehaltener, sodass Rupert sie sogar zurechtgewiesen hat. Sie wirkte regelrecht verzweifelt und versuchte uns mit allen Mitteln zu überzeugen, dass diese Hochzeit stattfinden müsste. Doch ihre Drohungen gingen ins Leere, und dann ist dein Vater einfach aufgestanden und gegangen. Er hatte im Gefühl, dass Cassandra nichts von diesen Dingen tun würde, mit denen sie gedroht hat, und schlussendlich war es ihm egal, denn er wollte sich von ihr nicht einschüchtern lassen. Immerhin hat auch unsere Familie einen gewissen Einfluss.«

»Das passt zu ihm ...« Ein Schmunzeln stahl sich auf meine Züge, und ich lehnte mich erschöpft zurück.

»Aber deswegen frage ich dich, Amabel, was ist zwischen dir und Cassandra passiert? Du schienst genau zu wissen, welche Konsequenzen dein und Harrietts Handeln haben würde, obwohl du vorher nicht mit uns gesprochen hast ...«

Keine Geheimnisse, keine Angst, dröhnte Lucies Stimme in meinem Kopf, und ich richtete mich wieder auf. Ich musste meiner Mutter sagen, was Cassandra getan hatte.

»Cassandra hat Harriett und mich auf dem Badmintonturnier dabei beobachtet, wie wir uns geküsst haben ...« Die Worte schmeckten bitter auf meiner Zunge, und ich musste schnell weitersprechen, bevor meine Kehle sich vollends zuzog. »Als ich das Zelt verließ, da stellte sie mich zur Rede und hat mir gedroht ... sie sagte, wenn ich mich nicht von Harriett abwenden würde, wenn ich auch nur auf die Idee kommen würde, dass ich diese Verlobung lösen will, dann würde sie Harrietts und meine Familie zerstören. Sie würde alles kaputt machen und ...«

Meine Stimme brach, und ich schluchzte. Es war, als fiele eine schwere Last von meinen Schultern, als könnte ich erst in diesem Augenblick wieder frei atmen, auch wenn mich die Trauer komplett einnahm.

»Herr im Himmel!«, stieß Claire aus und schüttelte den Kopf. »Diese Frau ist wahrlich ein Biest.«

Ich zuckte nur mit den Schultern und sah meine Mutter an.

»Was hast du getan?«, fragte sie zaghaft und zog mich vorsichtig in ihre Arme.

»Ich hab Harriett gesagt, dass ich sie nicht liebe. Dass das alles eine Tagträumerei war. Danach war ich am Boden zerstört, und Lucie hat mich geradezu dazu gedrängt, Harriett alles zu erklären. Auch, weil John ...« Ich brach abrupt ab und biss mir ertappt auf die Unterlippe.

Das durfte ich meiner Mutter nicht erzählen. Nein, das musste John der Welt selbst offenbaren, wenn er denn wollte.

»Ah ...«, machte meine Mutter da und strich mir über die Haare. »Ich glaube, ich verstehe es nun.«

Ich linste zu ihr hoch und sah ihr wissendes Lächeln. Meine Stirn legte sich in Falten, doch da fiel mir ein, dass auch meine Eltern in London lebten. Sicherlich hatten auch sie von diesen Gerüchten über John Wind bekommen.

Aber Gott sei Dank drängte meine Mutter mich nicht dazu, die Wahrheit zu sagen. Sie saß einfach schweigend mit mir da, und ich spürte, wie mein aufgeregtes Herz langsam zur Ruhe kam.

»Und ihr wärt wirklich bereit, diese Verlobung zu lösen, auch wenn Cassandra ihre Drohung wahr macht?«, fragte ich nach einiger Zeit.

»Hast du dich in Harriett Hold verliebt?«

»Ja«, sagte ich sofort, und Wärme flutete meine Gedanken. »Ich habe mich in sie verliebt, und ich werde niemals in meinem Leben einen Mann lieben können. Wenn ich euch damit enttäusche, dann tut es mir leid. Aber ich kann nichts gegen meine Gefühle tun.«

»Das musst du auch nicht, mein Engel.« Claire legte eine Hand auf meine Schulter. »Gott, deine Mutter würde einen Blitz vom Himmel herab auf mich niederfahren lassen, wenn ich dich zu etwas zwinge, was du nicht willst. Du hättest uns sagen müssen, wie du dich fühlst ...«

»Ich weiß, aber ich habe mich nicht getraut, und als Cassandra mir dann noch gedroht hat, da wusste ich nicht mehr, was ich tun sollte ...«

»Dafür werde ich Cassandra zur Rechenschaft ziehen, wir müssen das deinem Vater sagen.«

»Du glaubst mir das alles einfach so?«

»Sollte ich denn nicht? Du bist meine Tochter, Amabel, und

es tut mir schrecklich leid, dass dein Vater und ich deine wahren Gefühle nicht erkannt haben. Dass wir dir das Gefühl gegeben haben, nicht genug zu sein. Denn das bist du: Du bist genug. Du bist das größte Geschenk auf Erden für uns, die Tochter, die wir versprochen haben zu beschützen.«

»Oh, Mutter …« Ich benutzte dieses Wort nicht oft für sie, weil ich mein Herz in den letzten Jahren vor meinen Eltern verschlossen hatte. Doch nun fühlte es sich richtig an, sie so zu nennen.

Ich umarmte sie heftig, und Claire erwiderte die Umarmung mit voller Inbrunst, während uns beiden Tränen über die Wangen liefen.

»Sorge dich nicht«, versprach sie mir, »wir werden diese Verlobung lösen, und egal, was geschieht, ich will, dass du glücklich bist, Amabel. Das hätte deine Mutter für dich gewollt.«

Ich schniefte leise und nickte an Claires Schulter. Für einen Moment gönnte ich mir, die Zeit stillstehen zu lassen und diese Umarmung in mein Herz einzuschließen.

Ich hatte die ganze Zeit eine Familie, doch ich habe sie nicht richtig gesehen.

»Bist du sicher, dass du ins Internat zurückkehren willst?«, fragte Claire, während wir auf dem Gehsteig vor dem *Royal Hotel* auf John und Lucie warteten, die gerade ihre Rechnung bezahlten.

»Ja, ich brauche die Sicherheit, die mir das Internat gibt, um meine Gedanken zur Ruhe kommen zu lassen. Ich kann diesem Konflikt nicht jetzt gegenübertreten.«

»Das verstehe ich. Aber ich halte es für eine gute Idee, wenn du mit John sprichst und wir alle gemeinsam ein weiteres Treffen ausmachen, um zu versuchen, die verhärteten Fronten zu klären und die Verlobung zu lösen.«

»Das werde ich. Aber ...«, zögerlich sah ich durch die gläserne Tür nach drinnen, »ich frage mich immer noch, woher Cassandra gewusst hat, dass ich in der Nacht bei Harriett war.«

»Das hat sie nicht gesagt. Du bist dir sicher, dass es keiner wusste?«

»Außer Lucie und John niemand. Aber keiner der beiden hätte es Cassandra gesagt.«

»Nein, das glaube ich auch nicht ...«

Dieses winzige Detail ließ mir keine Ruhe, und ich dachte fieberhaft darüber nach, wie Cassandra davon Wind bekommen hatte. Dieser Frau traute ich sogar zu, Spione zu haben, die uns beobachteten.

John und Lucie traten aus dem Restaurant hinaus, und ich winkte ihnen müde zu. Meine beste Freundin kam sogleich auf mich zu und zog mich in ihre Arme.

»Alles in Ordnung?«, wisperte sie mir zu.

»Ich denke schon ...« Ich sah sie lange an und lächelte dann. »Meine Mutter sagt, dass wir die Verlobung lösen werden, wenn ich nicht glücklich damit werde. Aber wir wollen vorher noch einmal alle miteinander sprechen.«

Lucie verzog skeptisch das Gesicht. »Sprechen mit Cassandra Hold?«

»Einen Versuch ist es wert.«

»Ich werde meiner Mutter mitteilen, dass wir uns erneut treffen, und auch eine Einladung an Harriett schicken ...«, sagte John, der neben uns stand.

»Bist du sicher, dass man mit deiner Mutter sprechen kann?«, hakte Lucie spitzfindig nach. »Sie ist wirklich nicht ...«

»Nett?«, fragte John mit hochgezogener Augenbraue. »Da erzählst du mir leider nichts Neues.«

Ich musste schmunzeln. Mit jedem Atemzug fühlte sich das Leben wieder ein wenig leichter an. Jetzt, da ich keinen Mann heiraten musste.

»Dann werde ich deinen Vater abholen, ich glaube, er ist ins Casino gegangen, und das kann gefährlich werden ...« Claire zwinkerte mir zu und hauchte mir einen Kuss auf die Stirn. »Und nicht vergessen, Amabel: Du kannst immer mit uns reden, egal, worüber. Und wir werden dich immer lieben.«

»D-danke«, nuschelte ich und spürte, wie Hitze in meine Wangen stieg.

»Wenn das alles geklärt ist, habe ich noch ein Geschenk für dich von deiner Mutter.«

»Von Mutter?«

»Ja, sie hat dir Briefe geschrieben, von denen sie wollte, dass du sie am Tag deiner Hochzeit bekommst. Da das ...«, Claire sah zu John und zuckte mit einem nur leicht bekümmerten Lächeln mit den Schultern, »nun hinfällig ist, will ich dir die Briefe geben, sobald die Verlobung gelöst ist.«

»Ich freue mich drauf.«

»Ach, und dann stellst du uns diese Harriett Hold auch mal in Ruhe vor, ja? Ich möchte immerhin die Frau kennenlernen, die dein Herz berührt.«

»Sie gehen überraschend offen mit der Situation um, Mrs Hastings«, stellte Lucie unverblümt fest, und ich stieß ihr meinen Ellbogen in die Seite.

»Lucie!«

»Was denn? Ich bin eine verlobte Dame, die Frau eines Earls, ich darf so mit anderen Ladys sprechen«, erwiderte sie im Brustton der Überzeugung, und ich konnte mir ein Kichern nicht verkneifen.

»Nun ...«, Claire lächelte Lucie an, »ich glaube, Elaine, die Mutter deines Verlobten, hat einen großen Teil dazu beigetragen, dass ich mit diesen unerwarteten Nachrichten so gut umgehen kann.«

»Wieso?«

»Sie hat uns von ihrer Tochter Mary erzählt.«

»Oh.« Lucies Lächeln zerbröselte auf ihren Lippen.

»Ja, eine schreckliche Geschichte. Aber es hat Walter und mir bewusst gemacht, dass wir Amabel zu nichts zwingen dürfen, dass wir als Eltern die Pflicht haben, unser Kind so zu akzeptieren, wie es ist. Außerdem würde Amabels Mutter sich wahrlich im Grab umdrehen, wenn wir das nicht täten. Auch wenn solch eine Liebe unkonventionell ist, so will ich doch, dass meine Tochter glücklich ist.«

Ich umarmte sie noch einmal mit Tränen in den Augen, bevor sie sich auf die Suche nach meinem Vater machte.

»Du hast es ihr nicht erzählt«, stellte John fest, als sie fort war.

»Dass du ... keine Frauen liebst?«

»Ja, genau. Das hast du ihr nicht erzählt, warum?«

»Weil es deine Entscheidung ist, wem und wann du es erzählen willst. Ich werde dieses Geheimnis niemals ausplaudern, wenn du nicht selbst darüber sprechen willst. Außerdem ist meine Mutter vermutlich selbst darauf gekommen ...«

»So wie Mrs Waring und ich«, mischte Lucie sich ein und grinste uns beide an.

»Hast du nicht irgendetwas zu tun? Ein Pferd striegeln oder Tanzstunden für deine Hochzeit nehmen?«, fragte ich trocken.

»Nerve ich die feine Lady Amabel etwa?«

»Nein, niemals. Ohne dich wäre ich heute verloren gewesen, aber du weißt mir einfach zu viel.«

»Ach ...« Lucie machte eine wegwerfende Handbewegung und sah dann zu John. »Keine Sorge, dein Geheimnis ist bei mir sicher.«

»So geheim sind meine Gefühle gar nicht mehr«, murmelte John und fuhr sich durch den Bart. »Und das werden sie auch nicht mehr lange bleiben. Ich verschicke die Einladungen für Ende dieser Woche, bis dahin sind es nur noch vier Tage. Dann werde ich meinen Eltern reinen Wein einschenken. Meine Mutter muss mit dieser Scharade aufhören.«

»Ich möchte nicht, dass du dich unseretwegen dazu gezwungen fühlst«, sagte ich und trat auf ihn zu.

»Das tue ich nicht, Amabel. Ich habe in dir eine Freundin fürs Leben gefunden, ich weiß, dass du und Harriett immer an meiner Seite sein werdet. Komme, was wolle.«

»Dann muss ich nur noch Harriett erzählen, dass alles gut ist. Dass sie nicht mehr weglaufen muss«, flüsterte ich.

»Sag es ihr kurz vor dem Treffen, wenn wir uns alle sehen. Ich sorge dafür, dass auf ihrer Einladung eine frühere Uhrzeit steht.«

»Wo wollen wir dieses erneute Treffen denn stattfinden lassen?«

»Ich werde Arthur fragen, ob ihr erneut in seine Villa kommen könnt«, erwiderte Lucie und lächelte mich an.

»Ist das wirklich in Ordnung?«

Sie legte den Kopf schräg. »Wieso sollte es das nicht sein? Du bist meine beste Freundin, John ist Arthurs Studienkollege, und ihr braucht unsere Hilfe. Natürlich ist das in Ordnung.«

»Ich danke dir.«

»Lasst uns zum Telegrafenamt gehen, dann kann ich gleich die Einladungen schreiben und verschicken lassen«, schlug John vor.

Ich nickte zustimmend, und gemeinsam gingen wir los, bogen in die Southend Lane ein, um die Nachricht verschicken zu lassen. Ich konnte kaum glauben, dass es erst früher Nachmittag war, dass all diese Dinge – der Streit mit Cassandra, ihre Drohungen vor meinen Eltern, das Gespräch mit Claire – heute erst passiert waren. Es fühlte sich an, als wären Jahre vergangen. Genauso erschöpft wie mein Geist fühlte sich nun auch mein Körper an.

So tief war ich in Gedanken versunken, dass ich nicht bemerkte, wie John abrupt anhielt, sodass ich in ihn hineinknallte.

»Aua, was …?« Ich rieb mir verwirrt die Nase und linste an ihm vorbei, erkannte zunächst nicht, warum er angehalten hatte, bevor eine Person sich in mein Sichtfeld schob.

»Ist das Rosie, die Köchin von Harriett und Gus?«

»Ja …« Johns Stimme war ganz leise geworden, ein bedrohlicher Klang hatte sich darin eingeschlichen.

»Sie macht offensichtlich die Einkäufe für die Familie, oder?« Ich deutete auf den Korb, den Rosie in der Hand hielt.

John sah sich um, dann zog er Lucie und mich zur Seite in den Schatten eines Hauses.

»Was soll das?« Lucie schaute John mindestens genauso verwirrt an wie ich.

»Vorratskammer …«, murmelte John wenig erhellend und fuhr sich in einer fahrigen Geste übers Kinn. »Gibt es in Harrietts Anwesen eine Vorratskammer?«

»Was soll diese Frage?«

»Bitte, sag schon, Amabel«, drängte er mich, und ich kniff nachdenklich die Augen zusammen.

»Nein … Harriett hat mir erzählt, dass es früher eine gab. Aber seit Harri und Gus allein sind, nicht mehr. Sie haben die ehemalige Vorratskammer sogar zweckentfremdet. Dort bewahren sie die Badmintonschläger und Federbälle sowie alles Nötige für das kleine Turnier auf. Ebenso befindet sich dort aller möglicher Krempel, Haushaltszeugs und so …«

»Ich wusste es!«, stieß John wütend hervor, während ich sah, wie Rosie ins Armenviertel abbog.

»Was tut sie da?« Lucie linste an uns vorbei und warf John einen fragenden Blick zu.

»Oh, Gott …«, wisperte er. »Ich glaube, ich weiß, wer meiner Mutter erzählt hat, dass du gestern bei Harriett warst und ihr …«

»Rosie? Wie kommst du darauf?«

John ergriff Lucie und mich an den Handgelenken und zog uns mit sich.

»John! Was machst du denn da?«, fragte ich und stolperte ihm hinterher. Lucie sah genauso irritiert aus wie ich.

»Gestern Abend, als ich Harriett und dich allein gelassen habe, um mich auf den Weg zu machen, bin ich im Flur beinahe mit Rosie zusammengestoßen.«

»Erscheint mir nicht ungewöhnlich, dass die Köchin des Hauses im Anwesen unterwegs ist«, warf Lucie ein.

»Eigentlich schon. Es war spätabends, und normalerweise ist Rosie zu der Zeit nicht mehr zugegen. Außerdem sagte sie mir, sie habe gerade Lebensmittel aus der Vorratskammer geholt.«

»Bitte was?« Wir hatten das Ende der Southend Lane erreicht, und ich erhaschte erneut einen Blick auf Rosie, die sich mit zielsicheren Schritten durch das ärmere Viertel der Stadt bewegte.

»Sie geht zum *Magdalena's House*«, stellte Lucie fest.

Rosie steuerte das Gebäude an, begrüßte einige Frauen, die gerade einige Kinder beaufsichtigten, die im Schnee herumtollten. Dann war sie im Inneren verschwunden, und wir blieben wie ein Pack Verbrecher hinter einer Ecke stehen.

»Moment ...« Lucie hob die Hand und streckte einen Finger aus. »Lasst mich das Ganze einmal zusammenfassen, denn ich weiß nicht, ob ich es richtig verstehe.«

John sah sie auffordernd an.

»Du bist der Köchin begegnet, die dich offensichtlich belogen hat.« Sie hielt einen zweiten Finger in die Höhe. »Du vermutest, dass sie für deine Mutter spioniert und ihr erzählt hat, dass Harriett und Amabel die Nacht gemeinsam verbracht haben.«

So, wie Lucie es aussprach, sorgten ihre Worte dafür, dass Hitze in meine Wangen stieg. Sofort musste ich an Harrietts

Berührungen auf meiner Haut denken, an ihre Finger, die über meine Wangen gestrichen hatten.

Lucie atmete tief durch und hielt den dritten Finger in die Höhe. »Diese Köchin geht nun zum *Magdalena's House* und besucht dort mutmaßlich jemanden? Denn ich vermute, dass sie nicht selbst schwanger ist.«

»Sehr gut zusammengefasst, Frau Detektivin«, lobte John Lucie mit einem süffisanten Lächeln auf den Lippen.

»Charmeur«, erwiderte sie und richtete ihren Blick wieder auf das *Magdalena's House*. Eine steile Falte zeigte sich auf ihrer Stirn.

»Ich verstehe nicht, warum sie deiner Mutter von Harriett und mir erzählt haben sollte«, murmelte ich.

»Oh, ich schon.« Lucie drehte sich wieder zu mir um. »Nehmen wir an, dass dort eine Verwandte von Rosie untergebracht ist – ob Tochter oder Schwester, ganz egal – und diese ein Kind erwartet.«

»Und?« Mein Gehirn schien heute nicht mehr richtig zu funktionieren, denn ich verstand beim besten Willen nicht, worauf Lucie hinauswollte.

»Herrgott, hast du deinen Verstand zwischen den Decken bei Harriett vergessen?«, schalt Lucie mich trocken, und ich wandte beschämt den Blick ab. »Eine Geburt ist immer eine heikle Angelegenheit, und die Frauen, die ins *Magdalena's House* kommen, haben in den meisten Fällen kaum Rückhalt in der Familie oder einen gewalttätigen Mann. Wenn die Verwandte von Rosie solche Probleme hat, dann will sie diese sicherlich mit Zuwendungen unterstützen.«

»Zuwendungen, die sie sich als einfache Köchin gar nicht leisten kann«, sprach John weiter.

Ich brauchte noch einige Augenblicke und die auffordernden Blicke meiner Freunde, bis es klick in meinem Kopf machte.

»Ihr meint, dass Rosie von deiner Mutter gekauft wurde, Informationen weiterzugeben. Sie bekommt dafür Geld für jemanden im *Magdalena's House*?«

»Das hat lange gedauert«, sagte Lucie. »Aber ja, genau das meinen wir.«

»Nein, das glaube ich nicht«, erwiderte ich kopfschüttelnd.

»Du *willst* es nicht glauben, das ist ein Unterschied«, korrigierte Lucie mich. »Aber Cassandra hat dir und deinen Eltern gedroht. Ich finde es nicht allzu weit hergeholt, dass sie das Gleiche bei der Köchin tut – entschuldige, John.«

»Nein, schon in Ordnung.« John winkte mit einem grimmigen Lächeln ab. »Ich muss mich wohl daran gewöhnen, dass meine Mutter wahrlich kein guter Mensch ist.«

»Aber was machen wir denn jetzt?« So ganz wollte dieser fiese Gedanke noch nicht in meinen Kopf, auch wenn es Sinn ergab. Nur Rosie und Augustus waren gestern Abend mit uns im Haus gewesen, das Dienstmädchen war erst am Morgen zurückgekehrt von ihrer Familie.

»Wir werden wohl oder übel auch Rosie zu diesem Treffen einladen müssen, und wir fragen im *Magdalena's House* nach, wen Rosie besucht.«

»Das erledige ich«, entgegnete Lucie. »Geht ihr zum Telegrafenamt und verschickt die Einladungen. Ich spreche mit den Damen im Frauenheim und besuche danach Arthur und Elaine, um den Termin festzuzurren.«

»Danke, Lucie.«

»Sehr gerne, und jetzt macht euch auf den Weg. Ich werde euch ausrichten lassen, was ich herausfinde.«

Wir verabschiedeten uns von Lucie und gingen zurück zur Southend Lane. John war seltsam schweigsam, und es war beinahe, als könnte ich hören, wie seine Gedanken brodelten.

»Bist du sicher, dass du deinen Eltern die Wahrheit erzählen willst?«, fragte ich ihn, als wir vor dem kleinen Telegrafenamt haltmachten.

»Ja, ich will es jetzt tun. Die halbe Welt ahnt es ohnehin schon, und ich darf nicht zulassen, dass meine Mutter uns alle am Ende zerstört. Außerdem ...«, er atmete schwer, »glaube ich ohnehin, dass mein Vater es weiß. Es ist Zeit, reinen Tisch zu machen.«

Ich hauchte ihm einen Kuss auf die Wange und lächelte matt. »Ich bin froh, dass ich in dir so einen guten Freund gefunden habe, John Hold.«

Er drückte meine Hand und erwiderte das Lächeln. »Das bin ich ebenso, und ich will, dass du mit Harriett glücklich wirst, Amabel.«

Ich zog ihn für den Bruchteil einer Sekunde in meine Arme, gerade so lange, wie es noch halbwegs schicklich war, dann betraten wir das Telegrafenamt.

Meine Gedanken drehten sich nur noch um den schweren Gang, der uns bevorstand. Doch gemeinsam würden wir auch diese letzte Hürde nehmen.

Kapitel 30

Harriett

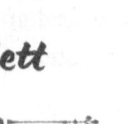

Southend-on-Sea, Villa von Harrietts Familie, Anfang Dezember 1860

Zwei Tage waren vergangen, seit ich aus der Villa von Arthur Smith geflüchtet war und das Gespräch mit Lucie Farber in der Kutsche geführt hatte.

Zwei Tage lang hatte ich mich in meinem Zimmer eingeschlossen, mein Leben betrauert und mich dabei unendlich erbärmlich gefühlt.

Ich wollte mit Amabel reden, aber ich wusste nicht, wie. Nur mit Mühe hatte Gus aus mir herausgequetscht, was geschehen war, und mir ordentlich die Leviten gelesen. Dass ich niemals hätte weglaufen und vor Cassandra kuschen sollen, denn wir mussten sie nicht fürchten.

Doch in jenem Augenblick hatte ich schreckliche Angst gehabt. Außerdem wollte ich nicht, dass Amabels Eltern ihre Tochter hassten. Deswegen hatte ich gelogen. Und nun saß ich hier, verloren in meinen Gedanken und wieder am Anfang.

Allein.

Es klopfte an meiner Tür, und ich zuckte zusammen, als Gus' Stimme erklang.

»Harri? Lässt du mich hinein?«

Schwerfällig erhob ich mich von meinem Bett und ging mit wackligen Schritten zur Tür, die ich unter leisem Quietschen öffnete.

»Du siehst grausig aus«, sagte mein Bruder.

»Vielen Dank, es ist auch schön, dich zu sehen, Bruder«, antwortete ich schnippisch und verschränkte die Arme vor der Brust. »Was kann ich für dich tun?«

Gus hielt einen Brief in die Höhe. »Es ist eine Einladung gekommen, von John und Amabel. Du sollst am Wochenende erneut zu Arthur Smiths Anwesen kommen. Es scheint noch einiges zu geben, was geklärt werden muss.«

Ich riss meinem Bruder den Brief aus der Hand und überflog die Zeilen mit klopfendem Herzen. Es war tatsächlich eine Einladung, und in dem Brief stand auch, dass Tante Cassandra und Onkel Rupert ebenfalls zugegen sein würden. Darauf konnte ich getrost verzichten.

»Vielen Dank, aber ich passe.«

Ich wollte mich schon wieder aufs Bett werfen, als Gus' Hand vorschnellte und er mich am Arm festhielt.

»Das wirst du nicht tun«, sagte er, und sein Ton schien keinen Widerspruch zuzulassen.

»Doch, ich passe«, presste ich zwischen zusammengebissenen Zähnen hervor.

»Und wieso? Willst du den Rest deines Lebens immer weglaufen, Harri? Immer verzagen, wenn es schwierig wird, und die Menschen enttäuschen, die du liebst?«

»Sei still!«, schrie ich mit Tränen in den Augen.

Gus' Worte schmerzten mehr, als ich es zugeben wollte. Sie waren wie scharfe Nadeln, die in meine Haut stachen.

»Harri...«, sagte Gus nun sanfter. »Ich habe es dir schon einmal gesagt: Es wird nichts geschehen. Egal, was Großtante Cassandra uns antun will, es ist in Ordnung. Ich möchte, dass du glücklich bist, kleine Schwester.«

»Aber ich tue allen Menschen in meiner Umgebung nur weh! Ich bin nicht gut für sie und mache sie am Ende traurig.« Ich schüttelte heftig den Kopf, Tränen rollten über meine Wangen, und der Geschmack der Traurigkeit legte sich auf meine Lippen.

»Das ist nicht wahr, Harri ...« Mein Bruder zog mich sanft in seine Arme und strich über meinen Rücken. »Du wirst geliebt, von so vielen und so sehr, das darfst du niemals vergessen.«

Ich schniefte leise und spürte, wie die Worte meines Bruders in meinem Herzen widerhallten.

»Ich soll dorthin gehen?«, nuschelte ich an seiner Brust.

»Natürlich sollst du das, und ich werde dich begleiten, wenn du magst.«

»Das wäre sehr schön.« Ich löste mich von meinem Bruder und strich mir unsicher über das hellblaue Hauskleid, das ich heute Morgen achtlos übergestreift hatte. »Aber ich glaube, so kann ich nicht gehen, oder?«

»Wir haben noch vier Tage, um dich wieder präsentabel herzurichten, wie Tante Cassandra so schön sagt. Das wird genügen.« Mein Bruder strich mir übers Haar, so wie er es früher immer getan hatte. »Aber du musst mir etwas versprechen, Harriett.«

Ich schluckte schwer und verknotete meine Finger ineinander. »Was denn?«

»Versprich mir, dass du nicht wieder verzagst, Harriett. Versprich mir, dass du dieses Mal bis zum Ende an Amabels Seite bleibst und dich nicht von Cassandra einschüchtern lässt. Was sie getan hat, ist unverzeihlich. Und ich will, dass du begreifst, dass dein Glück wichtiger ist als dieses Anwesen, unser Ansehen oder alles Geld der Welt.«

Ich fuhr mir über die Lippen und schmeckte den Nachhall der Tränen auf der Zunge. Die Worte schienen mir im Mund zu kleben, doch ich atmete tief durch und sah dann meinen Bruder wieder an.

»Ich verspreche es dir, Gus.«

»Das ist gut, ich möchte nicht noch mehr Traurigkeit in dieses Haus einziehen lassen.«

Er ließ mich allein in der Stille meines Zimmers zurück. Ich sah mich um, und mein Blick fiel auf das Bildnis, das ich von Amabel gezeichnet hatte. In dieser schicksalhaften Nacht vor dem Kamin.

Ich konnte immer noch das Kribbeln spüren, das ihre Berührungen auf meiner Haut hinterlassen hatten. Die Hitze, die in meinem Nacken geprickelt hatte. Meine Finger fuhren über die Zeichnung, und ein Lächeln streifte meine Züge.

Ob das die Liebe ist, von der Mutter damals gesprochen hat?, fragte ich mich im Stillen und kniete mich vor die Zeichnung.

Gott, ich hatte mich in sie verliebt, ich wollte so sehr mit ihr glücklich sein. Bis ans Ende unserer Zeit. Doch dafür musste ich kämpfen und ein einziges Mal nicht vor Angst davonlaufen.

Ich konnte nur hoffen, dass dieses erneute Treffen nicht wieder in einem Dilemma enden würde. Ich fragte mich, ob Amabels Eltern mich mögen würden. Denn das war mir wichtig – Familie war mir wichtig, obwohl ich ungern zugab, wie sehr mir meine Eltern fehlten.

Ich hatte meinen Vater verloren, und meine Mutter war weit fort. Ich sehnte mich nach der Geborgenheit, die Amabel mir gab. Nach allem, was ein Blick von ihr in mir auslöste.

Dann musst du für diese Liebe kämpfen, flüsterte eine Stimme in meinem Inneren, und ich war mir sicher, dass meine Mutter mir genau diese Worte gesagt hätte, wenn sie hier wäre.

»Ja«, flüsterte ich, »dieses Mal will ich standhaft bleiben.«

Außerhalb von Southend-on-Sea, Grafschaft der Familie Smith, Dezember 1860

Mit wackligen Beinen stieg ich aus der Kutsche, klammerte mich an Gus' Hand, der mir hinaushalf. Ich hatte eines meiner feinsten Kleider mit ausladender Tournüre und seidigem Stoff angezogen. Es schimmerte hellblau im Licht der Wintersonne, die mein Gesicht sogar ein wenig wärmte, aber dennoch fröstelte es mich.

»Nervös?«, fragte Gus und stieß mit seiner Schulter gegen meine.

»Du bist ein Idiot«, neckte ich ihn und erstarrte im nächsten Augenblick zur Salzsäule, als Amabel aus der Villa trat.

Meine Kehle schnürte sich zu, während sie mit anmutigen Schritten auf uns zukam. Sie trug dezente Schminke und ein atemberaubendes Kleid, das sich ab der Hüfte aufbauschte und um ihre Knöchel herum raschelte. Der dunkelrote Stoff war mit einigen schwarzen Stickereien durchzogen.

»Wie schön, dass du deine Schwester begleitest, Gus«, begrüßte sie uns und reichte meinem Bruder die Hand.

Gus lächelte sie an und hauchte ihr einen Kuss auf den Handrücken. »Ich werde schon einmal nach drinnen gehen. Sicherlich kann ich ein heißes Getränk zu mir nehmen, oder?«

»Natürlich, geh nur. Bisher sind außer John und mir ohnehin noch keine Gäste eingetroffen«, erwiderte sie.

»Was?«, platzte es aus mir heraus.

»Das habe ich mir doch beinahe gedacht, bis gleich, die Damen.« Gus winkte uns zu und betrat die Villa.

»Ich verstehe nicht …« Scheu sah ich zu Amabel, deren Wangen gerötet waren. Ihre nussbraunen Augen glänzten schelmisch, sie ergriff meine Hand.

»Wir haben dich früher hierher eingeladen, denn ich wollte mit dir noch ein wenig allein sprechen«, erklärte sie und zog mich mit zu der kleinen Bank, die vor dem Springbrunnen stand. Dieser war in der kalten Jahreszeit ausgeschaltet, doch einige Vögel pickten trotzdem in der Bepflanzung rings um den Brunnen herum.

»Mit mir reden?«, fragte ich dümmlich, setzte mich aber auf die Bank. »Amabel, ich wollte nicht …«

»Ich bin dir nicht böse«, unterbrach sie mich sanft und strich mir mit einer Hand über die Wange. »Ich kann verstehen, dass du fortgelaufen bist, dass dich diese ganze Situation doch zu sehr überfordert hat. Das ist in Ordnung, denn mir ging es ähnlich.«

»Aber du warst mutiger als ich ...«

»Darum geht es doch nicht, Harriett.« Amabel sah mir tief in die Augen, und mein Herz schien in meiner Brust zerspringen zu wollen. Am liebsten hätte ich sie an mich gezogen und ihr einen Kuss auf die Lippen gedrückt.

»Ich fühle mich aber trotzdem schuldig, dass ich weggelaufen bin ...«, murmelte ich mit gesenktem Kopf.

»Das musst du nicht«, erwiderte Amabel sanft, und ich hob wieder den Blick. »Ich verstehe es. Ich habe mich doch vor all dem hier genauso gefürchtet wie du. Aber ich habe mit meinen Eltern gesprochen, habe meiner Mutter erzählt, was Cassandra getan hat. Dafür werden wir sie heute zur Rede stellen.«

»Wirklich?« Ich wollte nicht recht glauben, dass Cassandra für ihr Tun zur Rechenschaft gezogen würde. Sie schien sich immer wie eine Schlange aus Problemen herauszuwinden.

»Ja, meine Eltern glauben mir, und sie verstehen auch, dass ich John nicht heiraten kann. Als sie es erfahren haben, da waren sie zornig und überfordert, aber vor allem enttäuscht, dass ich nicht eher mit ihnen gesprochen habe ...«

»Oh, Amabel ...«

Sie kaute auf ihrer Unterlippe und stieß zischend die Luft aus. »Meine Mutter hat gesagt, es täte ihr leid, dass sie mich so unter Druck gesetzt hat. Sie liebt mich und akzeptiert, dass ich John nicht heiraten will. Sie wollen die Verlobung lösen, egal, was Cassandra dann tun wird.«

Mir klappte der Mund auf, doch ich konnte kein Wort sagen. Beinahe erschien mir das alles zu einfach, doch eigentlich hatten wir schon genug gelitten. Uns genug versteckt und sogar versucht, diese Liebe im Keim zu ersticken.

»Außerdem ...«, Amabel warf mir einen koketten Blick zu, »wollen meine Eltern dich kennenlernen.«

Mir wurde heiß, und ich schaute beschämt zur Seite. »Vielleicht finden sie mich schrecklich, wenn sie mich erst richtig kennengelernt haben ...«

»Du schätzt dich viel zu gering, Harriett.« Amabel drehte sanft meinen Kopf und hauchte mir einen Kuss auf die Wange. »Du bist eine wunderbare Frau, und meine Eltern werden das sicherlich erkennen.«

»Und wenn nicht?«

»Harri!« Amabel schüttelte entrüstet den Kopf. »Du musst damit aufhören, dich immer kleiner zu machen, als du bist. Verdammt noch mal, du bist liebevoll, lustig, und du bringst mein Herz zum Flattern. Selbst wenn meine Eltern dich nicht mögen, würde das niemals etwas an meinen Gefühlen für dich ändern.«

Ich schluckte schwer und nickte langsam. »In Ordnung, dann lass uns diese letzte Schlacht hinter uns bringen.«

Amabel lächelte versöhnlich, und wir erhoben uns. Sie ergriff meine Hand und ließ diese auch nicht los, als wir ins Innere der Villa gingen. Ein Hausmädchen nahm uns die Mäntel ab, während ich meinen Blick über die maritime Einrichtung schweifen ließ.

Wir wurden in den Salon geführt, wo uns das Dienstmädchen einen Tee anbot. John und Gus saßen auf einer Récamiere nahe dem Kaminfeuer und unterhielten sich in einem angespannten Flüsterton.

Sie schauten auf, als wir zu ihnen traten, und John erhob sich sofort. »Harri«, sagte er und zog mich in seine Arme.

Ich war so überrascht, dass mein Körper sich für eine Sekunde versteifte, bis ich die Umarmung meines Cousins erwidern konnte.

»Gott sei Dank bist du da«, murmelte John.

Ich trat einen Schritt zurück. »Es tut mir leid, dass ich euch damit allein gelassen habe.«

»Das muss es nicht, das weißt du. Aber jetzt werden wir alle gemeinsam meine Mutter zur Rede stellen, und ich werde meinen Eltern die Wahrheit erzählen ...«

»Aber unseretwegen musst du nicht ...«, sagte ich.

»Ich schätze deine Besorgnis, aber ich habe dieses Gespräch schon mit Amabel geführt. Ihr beide seid meine Freundinnen, ihr beide bleibt an meiner Seite, unwichtig, was heute geschieht. Und mit diesem Wissen kann ich nun auch zu mir selbst stehen. Das ist gut so.«

»Bist du dir sicher?« Eine Welle des schlechten Gewissens erfasste mich. Auch wenn John sagte, dass er bereit dafür war, wollte ich nicht, dass er sich dazu gezwungen fühlte, nur weil ich sein Leben durcheinandergewürfelt hatte.

»Ja, das bin ich. Vertrau mir, Harri ...«

»In Ordnung.«

Als es an der Haustür klopfte, beschleunigte sich mein Herzschlag. Das mussten Amabels und Johns Eltern sein.

»Keine Angst ...«, flüsterte Amabel und griff wieder nach meiner Hand. »Wir stehen das gemeinsam durch, okay?«

»Ja, gemeinsam.« Trotzdem wappnete ich mich für den Moment, der nun folgen würde. Ich straffte die Schultern und lauschte dem Klang meines Herzens, das ich von nun an nie wieder vor den Menschen verschließen würde, die ich liebte.

Kapitel 31
Amabel

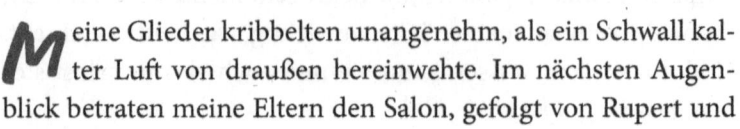

Meine Glieder kribbelten unangenehm, als ein Schwall kalter Luft von draußen hereinwehte. Im nächsten Augenblick betraten meine Eltern den Salon, gefolgt von Rupert und Cassandra.

»Wo ist eigentlich Lucie?«, wisperte Harriett mir zu, und ich schaute auf unsere ineinander verschränkten Finger.

Ich war so dankbar, dass sie bereit war, zu uns zu stehen. Es war nicht schwer gewesen, zu Harriett durchzudringen. Außerdem schien Gus' Anwesenheit sie zu beruhigen. Wir brauchten keine Angst zu haben, denn alle waren auf unserer Seite. Wir waren eine Einheit. Cassandra würde gegen eine Wand laufen.

»Lucie, Arthur und Elaine sind in der Bibliothek, damit wir das unter uns regeln können«, erwiderte ich und wusste, dass meine beste Freundin diesem Gespräch wahrscheinlich trotzdem lauschen würde.

»Guten Tag … was für eine illustre Runde …«, begrüßte uns Cassandra und warf ihr blondes Haar über die Schulter zurück. »Nun sind alle schwarzen Schafe hier versammelt.«

»Mutter.«

»Cassandra«, sagten John und sein Vater gleichzeitig und wechselten einen Blick miteinander.

»Was habt ihr beide denn?« Cassandra runzelte verärgert die Stirn. »Ist euch dieses Dilemma etwa recht?«

»Darum geht es nicht, Mutter«, knurrte John und ballte seine Hände zu Fäusten. »Es geht darum, dass es hier nur ein einziges schwarzes Schaf gibt, und das sind weder Harriett noch Amabel.«

»Bitte, was meinst du damit, Sohn?« Vielleicht bildete ich es mir auch ein, doch ich hatte das Gefühl, dass Cassandras Stimme ein wenig zitterte und sie blasser wurde.

»Was du getan hast, Mutter, ist unverzeihlich.« John sah zu mir, und ich trat vor.

Mein Blick kreuzte den meiner Eltern, die mir aufmunternd zunickten. Ich atmete ein und aus, dann sah ich Cassandra herausfordernd an.

»Du hast mir gedroht, Cassandra. Mich erpresst und mit meinen Gefühlen gespielt.«

»Ich soll was getan haben? Das ist lächerlich! Sprich nicht in solch einem Ton mit mir«, keifte sie.

»Ist es nicht. Am Tag des Badmintonturniers hast du mir gedroht. Du hast mich und Harriett zusammen gesehen, hast gesagt, dass du alles zerstören wirst, was ich liebe, wenn diese Beziehung bestehen bleibt.«

Stille breitete sich im Salon aus. Es war, als würde die Welt den Atem anhalten. Ein Holzscheit im Kamin knisterte gefährlich, während ich noch einen Schritt auf Cassandra zutrat.

»Du hast mir gedroht: Jeder würde erfahren, dass ich ein Flittchen bin und eine Sünde begangen habe, wenn ich auf die Idee komme, diese Verlobung zu lösen. Du würdest meine Familie und Harrietts Familie in den Dreck ziehen und deine Kontakte zu Magazinen und Zeitungen spielen lassen, um uns zu zerstören. Das hast du zu mir gesagt, Cassandra. Und ich habe getan, was du wolltest, ich habe Harriett von mir gestoßen, um zu verhindern, dass dies geschieht.«

»Flausen sind das!«, rief Cassandra, doch ihre Fassade schien zu bröckeln. Dieses süffisante Lächeln auf ihren Lippen war verrutscht, und sie hielt meinem Blick nicht mehr stand.

»Und, was noch viel schlimmer ist: Du hast diese Drohung

nochmals ausgesprochen, als du meinen Eltern verkündet hast, dass ich in Harrietts Anwesen geblieben bin. Aber vor allem hast du eine arme, unschuldige Frau dazu getrieben, für dich zu spionieren.«

»Bitte was?« Nun trat Rupert vor und stemmte die Hände in die Hüften. »Bei aller Liebe, Amabel, aber hast du dafür Beweise?«

»Für das, was Cassandra beim Badmintonturnier zu mir gesagt hat, nicht. Aber beim zweiten Mal haben Sie diese Drohung Ihrer Frau selbst gehört. Für das Ausspionieren habe ich hingegen Beweise ...«

Mein Blick glitt zur Tür, die in die Empfangshalle hinausführte. Dort tauchte gerade Lucie auf – wie aufs Stichwort. Meine beste Freundin hatte ein wunderbares Timing. Gemeinsam mit Rosie betrat sie den Salon. Die Köchin sah elend aus, völlig in sich zusammengesunken mit krummem Rücken und tränenbefleckten Wangen.

»Rosie?«, fragte Harriett neben mir entsetzt. »Was tust du ...?« Sie hielt inne, dann zuckte Schmerz über Harrietts Gesicht. »Du warst das! Du hast Cassandra erzählt, dass Amabel bei mir war. Du hast uns beobachtet!«

Ein klagender Laut kam über Rosies Lippen, und sie fing an zu weinen. Ihre grauen Haare hatten sich aus dem Dutt gelöst und fielen ihr ins Gesicht.

»Ich habe das nicht gewollt«, brachte sie zwischen Schluchzern hervor.

»Warum?« Bittere Enttäuschung zeichnete sich auf Harrietts Gesichtszügen ab. »Wieso hast du das getan?«

»Ganz einfach«, antwortete Lucie und strich Rosie sanft über den Rücken. »Weil Cassandra Hold auch Rosie erpresst hat. Rosies Nichte Lena, die Tochter ihres verstorbenen Bruders, lebt im *Magdalena's House,* wo sie in wenigen Wochen ein Kind zur Welt bringen wird. Die Welt war Lena nicht wohlgesinnt, der Mann, von dem sie dachte, er würde sie heiraten, ließ sie fallen wie eine heiße Kartoffel. Die Familie, bei der Lena als Gouvernante arbeitete, kündigte ihr und warf sie auf die Straße. Doch sie ist im *Magdalena's House* untergekommen. Irgendwie haben Sie, Cassandra, davon Wind bekommen, und Sie haben Rosie gedroht, nicht wahr?«

Harriett neben mir zog scharf die Luft ein. Mich hatte diese Nachricht ebenso schockiert, als Lucie es vor einigen Tagen bei ihren Nachforschungen im *Magdalena's House* herausgefunden hatte.

»Das ist ausgemachter Unfug, alles Lügner!« Cassandra fuchtelte wild mit den Händen, und ihr Gesicht wurde rot vor Zorn. »Das habt ihr euch alles ausgedacht, damit ich ...«

»Nein, Mutter«, sagte John nun. »Ich war selbst dabei, als wir mit Rosie gesprochen haben. Sie sagt die Wahrheit, und wieso sollte gerade sie lügen? Wir wussten davon nichts, bis wir sie zufällig auf dem Weg zum *Magdalena's House* entdeckten.«

»Was hat meine Frau Ihnen angedroht, Mrs ...?« Rupert sah fragend zu Harriett.

»Harper. Ihr Name ist Rosie Harper«, erwiderte sie.

»Sagen Sie mir bitte, was meine Frau getan hat, Mrs Harper«, wandte sich Rupert an die Köchin.

Wieso kann er so ruhig bleiben, wenn wir alle vor Zorn beben?, fragte ich mich und sah zu meinen Eltern. Selbst sie waren in diesem Moment wütend, obwohl ich diese neuen Informationen schon mit ihnen geteilt hatte. Walter schien Mühe zu haben, sich zu kontrollieren. Seine Arme zuckten leicht, als wäre er Cassandra am liebsten an die Gurgel gesprungen.

»Sie hat ...«, setzte Rosie an und tupfte sich mit einem Taschentuch über die Wangen. »Sie hat von mir verlangt, Miss Harriett und Sir Augustus auszuspionieren, genau wie Miss Amabel. Ich sollte ihr Bescheid sagen, sobald Miss Amabel zu Besuch kommt oder mit Miss Harriett intim wird. Ebenfalls sollte ich herausfinden, welche wirtschaftlichen Schritte Sir Augustus plant, um das Anwesen zu retten und wieder Geld einzunehmen.«

»Wie bitte?« Das war Gus, der sich nun die Haare raufte. »Oh, Gott, diese Familie bringt mich ins Grab.« Schwankend setzte er sich auf einen Stuhl.

»Womit hat meine Frau Ihnen gedroht?«, fragte Rupert sanft, aber beharrlich weiter.

»Sie hatte herausgefunden, wer der Vater von Lenas ungeborenem Kind ist – ein Tuchmacher aus London, der kurz vor seiner Hochzeit steht. Mrs Hold drohte mir, dass sie diesen Tuchmacher dazu bewegen würde, Lena wegen Unzucht und sündiger Verführung vor Gericht zu stellen und ihr das Kind wegzunehmen, wenn es auf die Welt kommt. Sie sagte, sie würde jedem davon erzählen, sodass Lena, selbst wenn es nicht zu einer Verurteilung kommt, niemals wieder eine Arbeit finden wird ...«

»Herr im Himmel, was für ein gemeines Biest du doch bist, Tante Cassandra«, stieß Harriett voller Abscheu hervor und ging zu Rosie.

»Es tut mir so leid, Miss Harriett ... aber ich hatte solche Angst. Lena hat doch nur noch mich, und ich habe meinem verstorbenen Bruder versprochen, gut auf sie achtzugeben. Ich wollte nicht ...«

»Scht ...«, unterbrach Harriett die Köchin sanft. »Ich vergebe dir, Rosie. Niemand wird Lena etwas tun. Doch du hättest auch zu mir kommen können. Gemeinsam mit Gus hätten wir eine Lösung gefunden ...«

»Ich wollte Ihnen nicht zur Last fallen, Sie haben es doch ohnehin schon schwer genug«, murmelte Rosie und wischte sich fahrig über die Augen.

Ich konnte Harriett ansehen, wie viel es sie kostete, sich am Riemen zu reißen. Ihre Fingerknöchel waren weiß, so fest ballte sie die Hände zusammen, und ihr Körper schien zum Zerreißen gespannt.

»Wie konntest du das tun, Cassandra?«, ergriff Rupert Hold wieder das Wort. Seine Stimme war schneidend, und eine steile Falte zeigte sich auf seiner Stirn.

»Du glaubst dieser mittellosen Köchin? Du glaubst diesen Lügen, die sie alle über mich erzählen?«

»Es sind keine Lügen!«, wandte ich ein und brannte vor Wut.

»Du hast all das getan, Cassandra, um zu verhindern, dass diese Verlobung gelöst wird. Du hast in Kauf genommen, dass du Menschenleben damit zerstörst, hast gelogen und Rosie erpresst, genau wie mich.«

»Das habe ich ...«

»Hör auf, Mutter«, unterbrach John sie wütend und schüttelte den Kopf. »Hör bitte auf mit dieser Scharade, alle in diesem Raum wissen, was du getan hast. Du kannst es nicht länger leugnen.«

Cassandra presste die Lippen aufeinander und warf ihrem Sohn einen vernichtenden Blick zu. »Du solltest dankbar sein«, zischte sie ihm zu, »ich habe das alles nur für dich getan.«

Da. Sie hatte es endlich gesagt.

John presste die Lippen so fest aufeinander, dass sie weiß wurden und nur noch ein schmaler Strich waren.

»Für John?« Rupert fuhr sich durch die schwarzen Haare. »Ich verstehe nicht, es ...« Er brach ab, und es schien, als würde sich Erkenntnis in seinen Gesichtszügen spiegeln.

»Natürlich für John!«, brauste Cassandra auf und zeigte auf Harriett und mich. »Die beiden haben alles zerstört. Endlich haben wir eine halbwegs passable Partie für ihn gefunden, und dann machen diese Mädchen alles kaputt und ...«

»Hör auf!«, schrie John. Sein Gesicht war verzerrt, seine Wangen hochrot. »Amabel und Harriett haben gar nichts kaputt gemacht. Im Gegenteil. Sie haben dafür gesorgt, dass ich mich endlich wie ein Ganzes fühle, dass ich endlich begreife, dass ich ...«

»Sag es nicht!« Cassandra fuchtelte wild mit den Armen herum. »Du wirst alles kaputt machen, John, es wird dich deine Zukunft kosten, wenn ...«

»Meine Zukunft? Oder eher *deine*?«, fragte er bissig und schüttelte voller Enttäuschung den Kopf.

Er tat mir unendlich leid. Das hatte John nicht verdient. Er war so ein guter Mensch, auch wenn ich am Anfang gedacht hatte, er wäre ein Eisklotz. Aber er hatte genau wie wir seine Gefühle versteckt und sich in dieses Schneckenhaus zurückgezogen. Er verdiente das gleiche Glück wie wir.

»Ist dir deine Familie so egal, John?« Cassandra funkelte ihren Sohn zornig an. »Begreifst du denn nicht, dass du heiraten musst, um ...?«

»Ich muss gar nichts, verdammt!«, schrie John seine Mutter an, und ein Ruck ging durch seinen Körper. »Ich kann das alles nicht mehr! Du musst begreifen, dass ich nicht der Sohn bin, den du dir gewünscht hast, Mutter. Du musst verstehen, dass ich nicht heiraten will, weil ich niemals eine Frau lieben kann.« Johns Stimme bebte. Er schien innerlich so zerrissen, so kaputt von all diesen Lügen und der Fassade, die er der Welt gezeigt hatte.

Die folgende Stille dröhnte in meinen Ohren, und ich wechselte einen Blick mit Harriett, die wie betäubt dastand. Sie sah zu John und strich zaghaft über seinen Arm.

»Nein ...«, flüsterte Cassandra.

John hörte ihr nicht mehr zu, sah nur uns kurz an, schenkte uns ein beinahe dankbares Lächeln und stürmte dann aus dem Salon.

Harriett und ich wollten ihm hinterherlaufen, doch Rupert stellte sich uns in den Weg.

»Das erledige ich, die Damen.« Johns Vater klang nicht wütend, eher resigniert und erschöpft. Vielleicht war ihm diese Tatsache immer schon bewusst gewesen.

»Aber ...«, setzte Harriett an.

Rupert legte ihr beruhigend eine Hand auf die Schulter.

»Ich weiß, ihr seid immer für ihn da ... Aber habt Vertrauen in mich, schafft ihr das?«

Ich nickte kaum merklich, und Harriett zuckte mit einem leisen Seufzen die Schultern.

»Wir sprechen später, Cassandra«, wandte sich Rupert an seine Frau, sein Ton bedrohlich wie ein Gewitter, das über sie hinwegzog. »Was du getan hast, ist unverzeihlich. Ich denke, dieses Mal bin ich es, der die Zügel in die Hand nimmt. Und ich sollte eventuell über eine Scheidung nachdenken.«

»Was?« Sie starrte ihren Mann schockiert an. Auch wenn es nicht richtig war, machte sich ein kleines Gefühl des Triumphs in mir breit. »Das kannst du nicht ...«

»Ich kann eine Menge, das wirst du schon sehen, Gattin.« Rupert wandte sich ab und sah meine Eltern an. »Ich kann nur um Verzeihung bitten für das, was geschehen ist. Ich werde alles in die Wege leiten, um diese Verlobung zu lösen. Aber können Sie mir Zeit geben, damit ich erst mal mit meinem Sohn sprechen kann?«

»Natürlich«, sagte meine Mutter. »Familie ist alles, was am Ende bleibt, gehen Sie zu John.«

»Vielen Dank.« Rupert straffte die Schultern und verließ mit eiligen Schritten den Salon.

Und ich betete zu Gott, dass dieses Gespräch ein gutes werden würde. Dass John nun sein eigenes Glück finden würde.

Kapitel 32
John

Blindlings war ich hinausgerannt. Vorbei an dem kleinen Springbrunnen, während mein Atem in meinen Ohren rasselte und Tränen meine Sicht verschwimmen ließen. Mein Herz klopfte so wild in meiner Brust, dass ich dachte, es würde explodieren und ich auf der Stelle umfallen.

Ich rannte in den Wald, hielt erschöpft an und stützte mich an einem Baum ab. Der Schnee wirbelte um mich herum, und die Geräusche der Natur schienen mich langsam zu beruhigen.

Ich hatte es gesagt. Oh, Gott, ich hatte es wirklich gesagt.

Du musst verstehen, dass ich nicht heiraten will, weil ich niemals eine Frau lieben kann.

Ich legte meine Hand auf meine Brust, wollte mir das Herz herausreißen und nichts mehr fühlen. Ich hatte gedacht, dass es erleichternd wäre, wenn ich diese Worte sagte. Doch nun wusste ich gar nichts mehr. Nun fühlte ich mich verlorener als zuvor, obwohl es die richtige Entscheidung gewesen war. Mit einem kläglichen Laut sank ich auf die Knie, der Schnee schmolz unter meinen Beinen und sickerte durch meine Hose. Die Kälte betäubte meine Sinne.

»John ...« Es war die Stimme meines Vaters, die mich aus der Starre riss.

Da stand er. Mein stolzer Vater, dem ich wie aus dem Gesicht geschnitten war: die schwarzen Haare, die ein wenig krumme Falkennase, die scharfen Wangenknochen und diese steile Falte auf der Stirn.

»Bist du hier, um mir zu sagen, dass du mich nun aus der Familie verstößt?«, fragte ich voller Bitterkeit, und ein Knoten zog sich in meinem Magen zusammen.

Mein Vater kniete sich neben mir auf den Boden und sah mich schweigend an. Er hatte mir meinen Mantel mitgebracht und legte ihn mir über die Schultern. Ich konnte seinen Blick kaum ertragen, obwohl ich keine Enttäuschung in seinen Gesichtszügen erkennen konnte. Vielleicht verdiente ich nicht mal Enttäuschung, vielleicht war ich gar nichts mehr wert.

»Wie kommst du darauf, dass ich dich verstoßen würde?« Mein Vater zog mich sanft wieder auf die Beine. Dann lehnte er sich gegen einen Baumstamm.

Ich war schockiert, denn er ruinierte sich seine feine Kleidung, was gar nicht zu dem Bild passte, das ich von meinem Vater hatte.

Vielleicht ist dieses Bild immer falsch gewesen.

Ich öffnete den Mund, doch ich blieb stumm wie so viele Male zuvor.

»Sprich mit mir, mein Sohn«, forderte mein Vater.

»Was soll ich noch sagen?«, brauste ich auf und lehnte mich ebenso an einen Baumstamm. Die Rinde knackte leise, und irgendwo stob ein Vogel in den Himmel auf. »Es gibt nichts zu sagen! Ich bin eine Enttäuschung auf ganzer Linie, oder nicht? Ich werde das Erbe dieser Familie nicht weiterführen. Meine eigene Mutter hat meine Verlobte, die nun eine meiner besten Freundinnen ist, erpresst. Sie hat gelogen und betrogen, weil ihr das Ansehen der Familie wichtiger ist als meine Gefühle.«

»Das hat sie in der Tat.« Vater fuhr sich übers Kinn und seufzte tief. »Cassandra hatte schon immer schreckliche Angst, dass sie diesen Reichtum, den ihr die Hochzeit mit mir verschafft hat, verlieren würde.«

»Das ist keine Entschuldigung.«

»Nein, das ist es nicht. Aber eine Erklärung ist es trotzdem, nur das versuche ich dir zu sagen. Ich hätte nur nicht gedacht, dass sie so weit gehen würde.«

Ich zuckte mit den Schultern und erwiderte nichts. All das hier ergab keinen Sinn. Was wollte mir mein Vater damit sagen?

Dumpf erinnerte ich mich an meine Kindheit. An unsere Augenblicke zu zweit. Daran, dass er immer für mich da gewesen war.

Der Vater, der mit mir auf Bäume geklettert war.

Der Vater, der meine Liebe für Bücher gefördert hatte.

Der Vater, dem ich immer alles hatte erzählen können, nur diese eine Sache nicht.

»Ich werde fortgehen«, murmelte ich. »Ihr könnt sagen, dass ich verschollen bin oder verstorben – wie es euch beliebt.«

Klatsch.

Die Ohrfeige war aus dem Nichts gekommen, und ich realisierte erst, als der Schmerz kam, was mein Vater getan hatte. Hitze strömte in meine Wange, und Tränen traten mir in die Augen.

Es war weiß Gott nicht das erste Mal, dass ich eine Ohrfeige oder eine Tracht Prügel kassierte, aber ich war kein kleiner Junge mehr, und der Schock darüber zehrte mehr an mir als der Schmerz.

»Bin ich dir so ein miserabler Vater gewesen, dass du solche Worte unbedacht in den Mund nimmst?«

Ich berührte meine lädierte Wange und schüttelte stumm den Kopf. Nein, das war er nicht. Aber aus mir sprach die Wut, die Enttäuschung über meine Mutter.

»Ich scheine dich verloren zu haben, John. Wahrscheinlich geschieht mir das recht. Ich habe es gesehen, aber niemals mit dir darüber gesprochen. Weil es bequemer war, weil ich dachte, dass du es irgendwann von selbst sagen würdest.«

»Was?«

Ich habe es gesehen, aber niemals mit dir darüber gesprochen.
Die Worte klingelten in meinen Ohren, und ich starrte meinen Vater an. »Du wusstest es?«

»Ich mag ein viel beschäftigter Mann sein, aber blind bin ich nicht, John.« Er schnalzte missbilligend mit der Zunge. »Du hast Jungen schon immer anders angesehen als Mädchen. Deine Augen haben dann geleuchtet, du warst ganz anders.«

»Wieso hast du nie mit mir darüber gesprochen?«

»Wieso hast du es nicht getan?«, konterte mein Vater, und ich zuckte zurück.

Er hatte recht. Wenn es einen Menschen in meinem Leben gab – außer Harriett, die es immer schon gewusst hatte –, dem ich es hätte erzählen können, dann wäre es mein Vater gewesen. Aber ich hatte mich nicht getraut. Ich hatte nicht den Mut gehabt, diese Worte laut auszusprechen.

Ich linste zu meinem Vater, der immer noch unbewegt gegen den Baum gelehnt dastand. Als würde ihm die Kälte gar nichts ausmachen. Als wären wir hier wie eingeschlossen in unserer eigenen Welt.

»Es tut mir leid, dass ich nicht der Sohn bin, der ich hätte sein sollen«, murmelte ich.

»Du fängst dir gleich noch eine, wenn du so etwas noch mal sagst.« Mein Vater hob die Hand, doch ein winziges Lächeln zupfte an seinen Lippen. Als wäre er gar nicht wütend auf mich, als würde er das einfach akzeptieren.

»Du hast es die ganze Zeit gewusst, und doch bin ich immer noch dein Sohn? Obwohl ich sündige Gedanken habe, obwohl meine Gefühle das Ende dieser Familie sein werden?«

»Sündige Gedanken! Solch ein Schwachsinn«, brauste mein Vater auf. »Männer, die Männer lieben, Frauen, die Frauen lieben, all das gab es immer schon, nur versteckt im Schatten. In geflüsterten Worten und hinter geschlossenen Türen. Schon als ich in Cambridge studiert habe, gab es da Jungen, die kein Interesse an Mädchen hatten. Alle wussten es, doch keiner sprach es aus. Weil man nicht über die Gefühle anderer Menschen herzieht. Ich weiß, dass gleichgeschlechtliche Liebe eine Sünde in unserer Gesellschaft ist, dass es strafbar ist. Aber nur wirklich böse Menschen haben Interesse daran, jemanden wegen seiner Gefühle anzuschwärzen.«

Ich konnte meinen Vater nur verblüfft anstarren, konnte nicht glauben, was er sagte. Er war mir immer ein liebender Vater gewesen, doch trotzdem hatte ich angenommen, dass er konservativ war in Bezug auf diese Themen. So wie der Rest unserer Gesellschaft.

»Vater ...«, murmelte ich verwirrt.

»Nun schau mich nicht so an, Sohn«, erwiderte er ruppig und wich meinem Blick aus. Ich bildete mir ein, dass eine sanfte Röte seine Wangen zierte.

Wir waren beide vermutlich nicht gut darin, unsere Gefühle zu zeigen.

»Das ... das bedeutet, dass du mich nicht verstoßen wirst?«

»Humbug! Natürlich werde ich das nicht. Obwohl ich trotzdem zugeben muss, dass ich mir Enkelkinder gewünscht hätte. Aber das ist nicht wichtig, viel wichtiger ist, dass du mein Sohn bist, John. Und ich will, dass du glücklich bist. Egal, was die Leute über uns sagen.«

Ein ersticktes Schluchzen entrann meinen Lippen, und Tränen schwappten über meine Lider. Ich hatte mich so lange zusammengerissen, versucht, diese Gefühle zu unterdrücken, sodass sie nun alle gleichzeitig aus mir herausbrachen.

Etwas ungeschickt zog mein Vater mich in seine Arme, strich kurz über meinen Kopf, bevor er sich wieder von mir löste. Ein schiefes Lächeln zierte seine Züge.

»Wollen wir zurück?«, fragte er sanft. »Sonst erfrieren wir hier sicherlich noch.«

Ich schaute zur Villa hinter den Bäumen und biss mir auf die

Unterlippe. »Ich bin mir nicht sicher, ob ich Mutter unter die Augen treten will.«

»Ich glaube ihr, dass sie es auch für dich getan hat. Aber noch mehr für sich selbst und ihr Ansehen, was wirklich kopflos ist. Als ob wir alles verlieren würden, nur weil mein Sohn nicht heiratet. Das ändert nichts.«

»Danke«, flüsterte ich mit heiserer Stimme und legte eine Hand auf meine Brust. Mein Herz schlug gleichmäßig im Takt meiner Atemzüge. Ich hatte nicht mehr das Gefühl, dass ich es mir herausreißen wollte. Nein, es gehörte zu mir. Alles, was ich fühlte, gehörte zu mir.

»Wir werden die Verlobung lösen. Ich werde deine Mutter schon davon abhalten, Gerüchte in die Welt zu setzen oder irgendjemandem zu schaden. Vor allem nicht Harriett und Augustus, immerhin gehören sie zur Familie.«

»Für dich«, gab ich ein wenig ruppig zurück.

»Für deine Mutter auch, sie kann es nur nicht so zeigen.«

Ich verschränkte die Arme vor der Brust und neigte den Kopf zur Seite. »Ich bin mir da nicht sicher. Sie war bösartig und hinterhältig zu so vielen Menschen.«

Vater verzog den Mund, und seine Schultern sanken herab. »Vielleicht habe ich die falsche Frau geheiratet.«

Er klang todtraurig bei diesen Worten.

Ich berührte ihn kurz an der Schulter. »Ich weiß einfach nicht, ob ich ihr verzeihen kann ...«

»Das verstehe ich, John. Aber du sollst wissen, dass ich auf jeden Fall auf deiner Seite stehe. Du musst dieses Erbe nicht annehmen, und wenn du lieber die Welt entdecken und Patissier werden willst, dann freue ich mich auf viele leckere Süßspeisen.«

Mir klappte der Mund auf, und vor meinen Augen begann es zu flimmern. »Gibt es irgendetwas, was du nicht schon vorher wusstest, Vater?«

»Ich habe nicht bemerkt, dass Amabel und Harriett sich so nahegekommen sind, aber das ist vermutlich kein Wunder. Diesen Teil unserer Familie habe ich sträflich vernachlässigt, aber das werde ich nun ändern.«

»Ich wusste nicht, dass du so weltoffen bist ...«

Eine seiner Augenbrauen wanderte in die Höhe. »Du weißt eine Menge nicht, mein Sohn. Aber die Schuld daran liegt mehr bei mir als bei dir. Aber ja, normalerweise wäre der Vater der Böse in dieser Geschichte und nicht die Mutter ...«

Das stimmte in der Tat. Von einer Mutter erwartete die Gesellschaft mehr Verständnis als von einem Vater. Das war genauso unsinnig wie die meisten Konventionen, nach denen wir lebten, aber die Welt war nun mal so.

»Nun denn ... lass uns zurückgehen. Ich glaube, ich brauche einen guten Sherry, und danach muss ich mir Gedanken machen, wie ich mit deiner Mutter umgehe.«

»Gibst du mir noch einige Sekunden allein?«

»Natürlich.« Vater legte seine Hand auf meine Schulter und drückte sie fest. »Soll ich die Damen zu dir schicken?«

»Ja, das wäre schön.«

Er nickte und ging zurück zur Villa. Ich ließ meinen Tränen erneut freien Lauf, ließ zu, dass all die Gefühle wie eine Welle über mich hinwegrollten.

Alles, was so lange in mir eingesperrt war, durfte nun hinaus in die Welt. Ich spürte Erleichterung, dass mein Vater mich nicht verstoßen würde. Dass ich immer noch eine Familie hatte. All diese Ängste hatten viel zu lange nur in meinem Kopf existiert.

Irgendwann hörte ich Schritte hinter mir, spürte, wie Arme sich um mich legten.

»Wir sind da«, flüsterte Amabel.

»Wir halten dich«, murmelte Harriett.

Kapitel 33
Amabel

Southend-on-Sea, Dezember 1860,
zwei Tage später

Die Welt schien zu glühen. Mein Herz schlug im Takt mit Harrietts Herz, und ihre Hand lag auf meiner, während John auf meiner anderen Seite saß. Der Wind summte eine leise Melodie, die meine Glieder vibrieren ließ.

Wir saßen auf der Mauer der Promenade, während die Sonne langsam hinter dem Horizont hochstieg. Noch war der Himmel in dunkles Rot getaucht. Gierig atmete ich die salzige Luft ein.

»Woran denkst du?«, fragte Harriett.

»Daran, dass mein Leben sich innerhalb von drei Monaten schlagartig verändert hat«, antwortete ich und schaute zur anderen Seite. Wir hielten alle einen Becher Tee in der Hand, den John uns vom *Royal Hotel* geholt hatte.

»Wir sind wirklich ein merkwürdiger Haufen«, murmelte John leise, und ein Lächeln zupfte an seinen Lippen.

»Ja, wahrlich komisch«, erwiderte Harriett und lehnte ihren Kopf an meine Schulter. »Was wirst du jetzt tun, da die Verlobung gelöst wird?«

Das fühlte sich immer noch surreal an. Meine Eltern hatten lange und ausgiebig mit Rupert Hold geredet, während Cassandra die Villa verlassen hatte und nun auf dem Anwesen in London allein war.

Ich wusste nicht, ob John seitdem ein Gespräch mit seiner

Mutter hatte. Vermutlich brauchte er dafür noch Zeit. Cassandras Intrigen würden für sie vermutlich keine großen Konsequenzen nach sich ziehen. Aber sie hatte trotzdem etwas verloren: die Liebe ihres Sohnes und das Vertrauen ihres Mannes.

»Ich weiß nicht …«, antwortete John und blinzelte in den Himmel. Er sah zum ersten Mal seit so langer Zeit wirklich zufrieden aus, als würde er tief in sich selbst ruhen. »Vielleicht verreise ich wirklich, lerne die Welt außerhalb von Southend kennen. Paris wäre eine schöne Idee, da soll es die besten Patisserien der Welt geben.«

»Das klingt schön«, murmelte ich, und erneut wurde mein Herz von Dankbarkeit geflutet.

»Und ihr beide?«, fragte John und sah uns an.

Harriett zuckte mit den Schultern und wich seinem Blick aus.

»Wir werden heute mit meinen Eltern essen gehen«, erwiderte ich. »Sie möchten Harriett richtig kennenlernen, und wir besprechen unsere gemeinsame Zukunft.«

John grinste und wackelte mit den Augenbrauen. Ich stieß ihm lachend meinen Ellbogen in die Seite. Auch Harriett stimmte zaghaft in dieses Lachen ein. Obwohl meine Eltern sich in Arthurs Villa herzlich mit ihr unterhalten hatten, schien ihr diese Situation immer noch unwirklich. Als würde sie dem Frieden noch nicht trauen.

»Hey …«, sagte ich sanft und verschränkte meine Finger mit ihren, während die ersten Sonnenstrahlen das Meer zum Glitzern brachten und über den Strand tanzten. »Meine Eltern werden dich lieben, alles wird gut.«

»Es wird niemals alles gut«, antwortete sie beinahe schnippisch, doch dann erschien ein versöhnliches Lächeln auf ihren Lippen. »Aber ich glaube, dass es von nun an besser wird.«

»Daran glaube ich ebenso, mein Sturmauge«, erwiderte ich und hauchte ihr einen Kuss auf die Wange.

»Nun denn ...« John räusperte sich und erhob sich langsam. »Ich sollte mich auf den Weg zu Augustus und meinem Vater machen, es gibt eine Menge organisatorischer Dinge, die wir zu besprechen haben.«

»Strebsam wie immer«, neckte Harriett ihn sanft.

Offenbar wollte Rupert sich nach diesem grausigen Dilemma und den Taten seiner Frau wieder Gus und Harriett annähern. Er hatte angekündigt, Augustus bei seinen Projekten, wie einem erneuten Badmintonturnier, zu unterstützen und die Schulden der Familie zu tilgen.

»Weißt du, Miss Harriett«, entgegnete er und beugte sich zu ihr herunter, bis ihre Nasenspitzen sich beinah berührten. »Du kannst dankbar sein, dass ich so strebsam bin. Denn wenn Augustus und mein Vater zu einer Übereinkunft kommen, wird er vielleicht sein Nachfolger, und du musst dir keine Sorgen mehr machen.«

Harriett blinzelte verwirrt und schüttelte ein wenig unsicher den Kopf. »Dafür müsste er Augustus und mich adoptieren oder die Vormundschaft für uns übernehmen und das ...« Sie schien nach den richtigen Worten zu suchen.

»Das erscheint Harriett Hold, der Frau mit den scharfen Worten und fliegenden Gedanken, nicht wahrscheinlich?«

Ich kicherte verhalten und sah zwischen den beiden hin und her. Sie waren mir wahrlich ans Herz gewachsen. Mein bester Freund und die Frau, der ich mein Herz geschenkt hatte.

»Also mir erscheint nichts mehr unmöglich«, mischte ich mich ins Gespräch ein und erhob mich ebenfalls. »Immerhin haben wir alle unser Glück gefunden und uns von den Fesseln der Gesellschaft gelöst.«

»Das ist wahr.« John zog mich kurz in seine Arme, und ich genoss seine Nähe. Als Freund, nicht als mein Verlobter. Das fühlte sich unfassbar gut an.

Natürlich war Harriett und mir bewusst, dass wir niemals

die gleichen Rechte haben würden wie ein verheiratetes Paar. Wir würden nicht heiraten können, aber davon wollte ich erst mal nichts wissen. Ich wollte von nun an frei sein, mit Harriett zusammen sein und erkunden, was ich von diesem Leben wollte.

»Dann sehen wir uns nächste Woche zur ›Nicht-Hochzeitsfeier‹, ihr beiden?«, fragte John und zwinkerte mir zu.

Das war Ruperts Idee gewesen. Da ohnehin schon ein Hotel in Southend für die Hochzeitsfeier gebucht worden war, wollten wir die Gelegenheit nicht verstreichen lassen, trotzdem zu feiern. Keine Hochzeit, sondern eine Familienzusammenführung. Er hatte zwar beinahe alle Gäste ausgeladen, sodass es nur eine kleine Feier wäre, aber John und mir war das recht.

»Ja, bis dahin!«, rief ich ihm noch hinterher, bevor er sich zum Kutschstand in der Southend Lane begab.

Harriett starrte immer noch aufs Meer, und ich setzte mich erneut neben sie. »Ist alles in Ordnung?«

Sie zuckte mit den Schultern und sah mich an. »Ist es dumm, wenn ich dir sage, dass ich diesem Glück noch nicht traue? Dass ich Angst habe, eines Tages aufzuwachen und alles ist wie zuvor?«

»Nein, das ist nicht dumm. Das ist absolut verständlich.«

»Wirklich?« Sie zog die Stirn kraus, und ihre Hand streifte meine.

»Jedes Gefühl ist in Ordnung, darüber haben wir doch gesprochen«, erwiderte ich sanft und lehnte meine Stirn an ihre.

Ich konnte es manchmal auch noch nicht so recht glauben, dass dies alles kein Traum war.

»Danke, dass du da bist«, flüsterte sie heiser, und ich sah ihr tief in diese Sturmaugen, in die ich mich verliebt hatte. Ich war Harriett Hold rettungslos verfallen, und das, obwohl ich ihr bei unserer ersten Begegnung am liebsten den Hals umgedreht hätte.

»Immer«, erwiderte ich und hauchte ihr einen raschen Kuss auf die Lippen, bevor ich mich eilig erhob.

Die Welt erwachte langsam zum Leben, und die ersten Menschen waren auf den Straßen unterwegs. Dienstmädchen, die mit großen Körben den Markt ansteuerten. Botenjungen, die Aufträge erledigten und Nachrichten überbrachten. Geschäftsleute in feinen Anzügen und mit braunen Ledertaschen.

»Du musst zurück ins Internat, oder nicht?«, fragte Harriett und erhob sich nun ebenfalls.

»Ja, ich habe noch einige Dinge mit Mrs Ham zu klären, denn ich würde nun gerne meinen Abschluss in Heygate machen.«

»Und danach?« Harrietts Stimme klang beinahe etwas furchtsam. Die Frage nach der Zukunft schwebte über uns wie eine Gewitterwolke.

»Das werden wir sehen ... Mrs Ham hat mir mitgeteilt, dass eine ihrer Freundinnen ein Seminar für Lehrerinnen in London eröffnet hat. Ich denke, das wäre etwas für mich.«

»Ich werde dich überallhin begleiten.« Harriett drückte meine Hand.

»Das weiß ich doch ...« Ich sah sie an und hätte sie am liebsten in eine schattige Ecke gezogen, um sie zu küssen. Sie nie wieder loszulassen. Aber wir hatten noch alle Zeit der Welt gemeinsam.

»Dann bis heute Abend, Miss Amabel«, erwiderte sie neckend.

»Ich freue mich drauf.«

Wir winkten uns zum Abschied zu, und ich entschied mich, den Weg nach Heygate zu Fuß zurückzulegen. Mein Magen knurrte leise, während ich den gewundenen Waldpfad hinaufging. Die Sonnenstrahlen tänzelten am Boden, und ich atmete die frische Luft ein.

Wie sehr sich mein Leben verändert hatte, seit Lucie im

Frühling hier angekommen war. Wie sehr auch sie einen Anteil daran hatte, dass ich mit meinen Gefühlen nun offener umgehen konnte.

Ich war nicht mehr verlobt. Ich war frei, hatte Harriett an meiner Seite und das Gefühl, alles schaffen zu können. Egal, wie steinig der Weg werden würde, ich würde von nun an alles überstehen.

Ich hatte den Torbogen erreicht, der aufs Gelände des Internats führte, und entdeckte einige der jüngeren Mädchen – unter ihnen auch Susanne – auf dem Vorplatz. Sie unterhielten sich aufgeregt miteinander, ihre Wangen waren gerötet, und keine von ihnen schien stillstehen zu können.

Da fiel mir ein, dass die Mädchen heute einen Ausflug machen würden, um die Schneiderei von Madame Bloom kennenzulernen, von der sie im neuen Jahr ihre ersten feinen Kleider für die Bälle bekommen würden. Ein Theaterbesuch stand ebenfalls auf dem Plan.

»Guten Morgen«, begrüßte ich Susanne, die mit Mary etwas abseits stand.

»Amabel!«, rief sie erfreut.

»Wie geht es dir?« Ich hatte Susanne in den letzten Wochen sträflich vernachlässigt. Vielleicht, weil meine eigenen Gedanken mich so auf Trab gehalten hatten und ich gefangen war in diesem ganzen Dilemma.

Susanne zuckte mit den Schultern und schob ihre Brille ein Stück weiter auf die Nase. »Ganz gut«, antwortete sie ausweichend, doch ich konnte die Lüge an diesem verräterischen Glanz in ihren braunen Augen erkennen.

Ich nahm Susanne am Arm und zog sie ein wenig fort von der Gruppe schnatternder Mädchen.

»Was machst du? Mrs Ham wird sicherlich gleich …«

»Papperlapapp!«, sagte ich und grinste Susanne an. »Weißt du denn nicht, dass deine Tante morgens erst mal zwei Tassen

Kaffee braucht, um richtig wach zu werden? Sie wird nicht eher als in einer halben Stunde hier sein.«

Susanne verzog den Mund. »Und warum lässt sie uns dann hier in der Kälte Spalier stehen?«

Ich zog eine Augenbraue in die Höhe und musterte Susanne. »Ja, warum bloß?«

Susanne biss sich nachdenklich auf die Unterlippe, dann huschte Erkenntnis über ihre noch ein wenig kindlichen Züge.

»Damit wir Benehmen und Anstand lernen«, leierte Susanne die Dinge herunter, die Mrs Ham uns jeden Tag einbläute. »Eine feine Lady verbringt viel Zeit mit Warten und muss dabei stets höflich und wohlgesinnt sein.«

»Korrekt«, bestätigte ich ihr, »und nun erzähl mir, was dich bedrückt.«

Susanne senkte den Kopf und starrte auf ihre Fußspitzen. »Tante Abigail hat gesagt, dass sie einen adretten Mann für mich gefunden hat …«, flüsterte sie.

Ich stieß einen Seufzer aus und strich Susanne über den Arm. »Wann sollst du ihn kennenlernen und was weißt du über ihn?«

»Er heißt Edward und wird ab nächstem Jahr das neue Jungeninternat besuchen, welches in Southend eröffnet werden soll. Er stammt aus einer einflussreichen Familie in Yorkshire, ist laut meiner Tante groß gewachsen, wohlerzogen und gut aussehend. Und er spielt Cricket.«

Ich konnte mir ein Kichern nicht verkneifen und hielt mir hastig die Hand vor den Mund, als Susanne mir einen vernichtenden Blick zuwarf.

»Bitte entschuldige …« Ich winkte eilig ab. »Das klingt nur nach genau den Dingen, die du nicht über ihn wissen willst, die aber deine Tante für wichtig hält.«

»Ja, genauso ist es«, murrte Susanne und verschränkte die Arme vor der Brust.

»Hat deine Tante dir seine Adresse gegeben, damit ihr euch Briefe schreiben könnt, bevor er hierherkommt?«

»Hat sie, aber ich will ihm gar nicht schreiben.«

Kleine Rebellin, dachte ich ein wenig amüsiert, denn Susanne ähnelte Lucie frappierend.

»Nun ... versuch es doch wenigstens mal. Erzähl Edward etwas von dir, schau, ob er gut mit Worten umgehen kann und welchen Eindruck er in seinen Briefen auf dich macht.«

»Und was, wenn er schrecklich ist?«

»Dann wirst du deiner Tante sagen, dass er nicht der richtige Mann für dich ist.«

»Das wird sie niemals verstehen!«, ereiferte sich Susanne und schüttelte so heftig den Kopf, dass ihre zwei geflochtenen Zöpfe hin und her flogen.

»Ich denke doch. Deine Tante will, dass du glücklich bist. Aber sie will dich auch gut versorgt sehen. Das wäre sicherlich der Wunsch deiner Eltern gewesen.«

Ein trauriger Ausdruck stahl sich auf Susannes Gesicht, und sie wich meinem Blick aus. »Meinst du?«

»Natürlich.« Ich legte einen Arm um ihre Schulter. »Wenn ich eines in den letzten Monaten gelernt habe, dann, dass die meisten Eltern und Verwandten nur das Beste für einen wollen. Manchmal ist dieses aber nicht das, was du willst, was das Beste für dich wäre. Aber dann musst du den Mund aufmachen und deine Zweifel kundtun. Sonst wertet man dein Schweigen am Ende als Zustimmung.«

»Du bist ganz schön weise geworden in der letzten Zeit.«

»Das habe ich meinen Freunden zu verdanken, wir haben über vieles miteinander gesprochen. Deswegen denk daran: Wenn dich etwas bedrückt, kannst du immer zu Lucie und mir kommen, in Ordnung?«

»Danke ...«, erwiderte Susanne ein wenig versöhnlicher und schenkte mir ein Lächeln.

»Und vielleicht wirst du diesen Edward gerne mögen. Gib ihm wenigstens eine Chance, sich zu beweisen.«

»Ist es wahr, dass du nicht mehr mit John verlobt bist?«, platzte es aus Susanne heraus, bevor wir uns zurück zur Gruppe ihrer Mitschülerinnen begaben.

»Gehen hier etwa schon die Gerüchte herum?«

»Also ist es wahr?«

Ich stöhnte auf und fuhr mir durch die Haare. »Zu neugierig und zu schlau, als es gut für dich wäre. Aber ja, es ist wahr. Ich bin nicht mehr mit John verlobt. Das ist eine lange Geschichte. Aber wenn du magst, erzähle ich sie dir heute Abend, wenn ich von meinem abendlichen Essen mit meinen Eltern zurück bin.«

»Ja, bitte tu das!«, rief Susanne etwas zu begeistert. Dann senkte sie die Stimme und beugte sich zu mir. »Ist Harriett Hold jetzt deine Geliebte?«

»Susanne!«, tadelte ich sie lächelnd. »Das erfährst du heute Abend.«

Sie zog einen kleinen Schmollmund. »Na gut, dann werde ich mich gedulden müssen.«

»Sehr gut. Hab einen schönen Tag heute. Ich muss noch Miss Heartwell aufsuchen.« Ich winkte ihr zu und ging mit schnellen Schritten ins Internat hinein.

Ich fand Miss Heartwell in der Bibliothek, wo sie gerade Bücher ins Regal einsortierte.

»Miss Heartwell, haben Sie eventuell einige Minuten Zeit für mich?«

Die junge Lehrerin sah mich überrascht an. »Natürlich, Miss Hastings. Worum geht es?«

Ich atmete zittrig aus. »Würden Sie mir etwas über das Lehrerinnenseminar erzählen, welches Sie in London besucht haben?«

Miss Heartwell legte die Bücher zurück auf die Ablage vor

ihr und musterte mich nachdenklich. »Ich habe bereits von Mrs Ham gehört, dass Sie nicht mehr verlobt sind. Daher nehme ich an, dass Ihre Frage nicht aus dem Nichts kommt und Sie schon länger über dieses Thema nachgedacht haben, richtig?«

»Ja, das habe ich. Wenn Sie nicht darüber ...«

»Oh, natürlich möchte ich Ihnen alles über dieses Seminar erzählen, Miss Hastings!« Ein funkelndes Lächeln erschien auf ihren Lippen. »Klopfen Sie in einer halben Stunde an meine Tür, dann koche ich uns eine Tasse Tee und stibitze noch ein wenig vom Frühstück für uns.«

»V-vielen Dank ...«, stammelte ich überfordert, denn ihre Begeisterung traf mich ein wenig unvorbereitet.

»Sehr gern, Miss Hastings, bis gleich.«

Ich verabschiedete mich von ihr und blieb ein wenig verloren im Eingangsbereich stehen. Ein warmer Schauer rieselte über meinen Rücken, und ein Lächeln stahl sich auf meine Lippen.

Vielleicht war es der Gedanke an die Zukunft, die vor mir lag, der mich mit Freude erfüllte. Weil ich endlich den Mut gefunden hatte, einen Schritt auf dem Weg zu machen, den ich gehen wollte, nachdem der Wunsch so lange verborgen in mir geschlummert hatte.

»Du siehst glücklich aus«, bemerkte Lucie, als ich nach meinem Gespräch mit Miss Heartwell mit leichten Schritten unser Zimmer betrat.

»Das bin ich auch«, erwiderte ich und schloss die Tür hinter mir.

Ich hatte lange und ausgiebig mit der jungen Lehrerin gesprochen und danach noch in aller Eile Mrs Ham aufgesucht, um über meine weitere Zeit in Heygate und meinen Abschluss zu sprechen. Nun begann es draußen bereits zu dämmern, und ich musste mich beeilen, um nicht zum Essen mit Harriett und meinen Eltern zu spät zu kommen.

»Erfahre ich auch, warum? Oder haben wir ab jetzt wieder Geheimnisse voreinander?«, fragte Lucie in gespielter Empörung und legte ihr Buch zur Seite.

»Vor dir kann man doch gar keine Geheimnisse haben«, neckte ich sie liebevoll und ging zu meinem Kleiderschrank. »Aber ich erzähle es dir gerne.«

Lucie folgte mir in mein Zimmer, während ich unschlüssig meine Kleider betrachtete. »Ich habe mit Miss Heartwell über das Lehrerinnenseminar gesprochen, das sie besucht hat. Darüber, was dort gelehrt wird, was ich dafür brauche und wie lange so etwas dauert.«

»Und weiter?«, drängte Lucie.

Ich nahm das roséfarbene Kleid aus dem Schrank, das ich auf dem Ball getragen hatte, bei dem ich Harriett zum ersten Mal gesehen hatte. Ein Lächeln huschte über meine Züge, als ich an diese erste Begegnung dachte. An ihre Worte und dieses süffisante Lächeln.

»Zu viel?«, fragte ich Lucie und drehte mich mit dem Kleid in den Händen um.

Meine beste Freundin hatte es sich in meiner Bettnische gemütlich gemacht und legte die Stirn in Falten.

»Du beantwortest meine Frage nicht ...« Sie tippte sich mit dem Finger an ihr Kinn und erhob sich dann schwungvoll. »Aber nein, ich würde nicht sagen, dass es zu viel ist. Immerhin stellst du Amabel deinen Eltern vor, und es ist ja fast so, als wäre sie deine Verlobte ... da kann man sich auch schick anziehen.«

»Das klingt schön ...«, murmelte ich und dachte wieder an Harriett. Eigentlich dachte ich immerzu an Harriett. »Aber um auf das eigentliche Thema zurückzukommen: Nach dem Gespräch mit Miss Heartwell habe ich mit Mrs Ham gesprochen.«

Lucie verzog das Gesicht. Sie hatte immer noch nicht richtig

Frieden mit unserer Lehrerin geschlossen nach all dem, was im Frühjahr zwischen ihnen vorgefallen war.

»Das bedeutet, du willst hier in Heygate bleiben und dann das Lehrerinnenseminar besuchen?«

»Genau«, bestätigte ich Lucie. »Ich werde bis zum Sommer hierbleiben und alles an Unterrichtsstoff mitnehmen, was ich kann. Nebenbei unterrichte ich die jüngeren Mädchen. Mrs Ham wird mir sogar ein Empfehlungsschreiben mitgeben für das Seminar, und Miss Heartwell hat mir den Kontakt der Dame gegeben, die das Seminar leitet.«

»Wie schön!« Lucie umarmte mich überschwänglich. »Du wirst wirklich Lehrerin! So wie deine Mama.«

Ein Kloß bildete sich in meinem Hals bei diesen Worten, und Tränen traten mir in die Augen.

»Ich hoffe, sie schaut voller Stolz auf mich herab aus dem Himmel«, flüsterte ich erstickt.

»Aber natürlich tut sie das, und dabei sitzt sie neben meiner Mutter, und sie trinken gemütlich eine Tasse Tee.« Lucie drückte mich noch fester an sich, sodass ich kurz das Gefühl hatte, keine Luft mehr zu bekommen.

Doch es war eine schöne Vorstellung.

»Danke, dass du die ganze Zeit an meiner Seite warst, Lucie.« Ich löste mich von ihr, und sie sah mich irritiert an.

»Werden wir jetzt sentimental?«

Ich zog die Nase kraus und wischte mir über die Augen. »Dafür habe ich keine Zeit, ich bin ohnehin schon viel zu spät dran.«

»Dann sollten wir uns beeilen.«

»Wir?«

Lucie zuckte mit den Schultern. »Ich bin bei Arthurs Mutter zum Essen eingeladen. Und ich soll dort das Hochzeitskleid meiner Mutter anprobieren, welches mein Vater hierhergeschickt hat ...«

Ein wehmütiger Ausdruck schlich sich auf Lucies feine Gesichtszüge, und ihre grünen Augen glänzten verräterisch.

»Bist du traurig deswegen?«, fragte ich vorsichtig und begann damit, mir die Schuluniform abzustreifen, um das Ballkleid anzuziehen.

Lucie fuhr sich mit der Zunge über die Lippen. »Ein wenig ... aber wenn ich Mutters Kleid trage, dann bedeutet das, dass sie bei mir ist. Ich trage ihre Vergangenheit mit mir an diesem Tag.«

»Das tust du, und sie wäre ebenfalls sehr stolz auf alles, was du erreicht hast.«

Die Stille zwischen uns knisterte leise, und die Luft schien aufgeladen mit Sentimentalität und Erinnerungen.

»Du musst mir eines versprechen«, sagte Lucie nach einiger Zeit und straffte die Schultern.

»Ja?« Ich drehte ihr den Rücken zu, damit sie mein Kleid zuschnüren konnte, und Lucie tat wie geheißen.

»Wir bleiben immer Freundinnen, hörst du? Egal, wohin uns unser Weg führt, wir verlieren uns nicht aus den Augen. Versprochen?«

Nun rannen doch Tränen über meine Wangen, und ich presste die Lippen fest aufeinander. Ich wartete, bis Lucie die Bänder am Rücken meines Kleides verknotet und festgeschnürt hatte, dann erst drehte ich mich zu ihr um.

»Fest versprochen«, erwiderte ich und ergriff ihre Hände. »Natürlich bleiben wir immer Freundinnen. Ohne dich hätte ich das alles doch nicht überstanden.«

»Und ich nicht ohne dich.« Sie schniefte leise, und ich vermutete insgeheim, dass die bevorstehende Hochzeit ihre Gefühle bereits mächtig durcheinanderwirbelte.

Sie liebte Arthur von ganzem Herzen und freute sich, bald mit ihm zusammenzuleben. Aber bis dahin war es auch eine emotionale Zeit.

»Und nun hör auf zu weinen und geh in dein Zimmer. Wir müssen dich auch noch ankleiden, und schau dir nur deine Haare an.« Mit einer Handbewegung scheuchte ich sie lachend aus meinem Raum.

Lucie stimmte in mein Lachen ein. Mit gemächlichen Schritten folgte ich ihr in ihr Zimmer, und zum ersten Mal, seit ich vor so vielen Jahren hier allein in Heygate angekommen war, war ich dankbar dafür, wie vertraut mir dieser Ort mittlerweile war.

Ich hatte gar nicht bemerkt, dass Heygate auch meine Heimat geworden war. Die Menschen, die mir hier am Herzen lagen. Der immer gleichbleibende Trott, an den ich mich gewöhnt hatte. Das alte Mauerwerk, das zu flüstern schien. Die Tanzstunden auf dem glänzenden Parkett und auch dieses Zimmer hier, welches mir die ganze Zeit gehört hatte.

Doch bald würde ich einen neuen Ort – nein, eine Person – meine Heimat nennen, und dieser Aufbruch fühlte sich gut an.

»Bis später! Du musst mir alles haarklein berichten.« Lucie winkte mir eilig zu, bevor sie in die Droschke stieg, die rumpelnd davonfuhr.

Ich winkte ihr noch nach und drehte mich dann um. Es hatte erneut geschneit und war bitterkalt. Eis glänzte auf dem Gehsteig, und die Lichter der Laternen funkelten. Vorsichtig setzte ich einen Fuß vor den anderen, passte höllisch auf, um nicht zu fallen.

»Miss Amabel!«, hörte ich da Harrietts Stimme.

Sie hatte sich gegen das Mauerwerk des *Royal Hotel* gelehnt und lächelte mich kokett an. Eilig stieß sie sich von der Wand ab und lief auf mich zu.

»Sei vorsichtig!«, rief ich, doch da verlor Harriett schon das Gleichgewicht und rutschte beinahe in mich hinein.

Ich hielt sie fest und zog sie näher zu mir, sodass unsere Nasenspitzen sich beinahe berührten.

»Ich habe dich vermisst«, flüsterte Harriett und drückte mir einen Kuss auf die Lippen. Hier im Schatten des Hauses, wo uns niemand sah.

Sanft strich ich über ihre Wange. »Ich dich auch … aber du musst vorsichtiger sein. Ich will nicht, dass du dir ein Bein brichst.«

Harriett trat ein Stück von mir weg und seufzte leise. »Denkst du, dass deine Eltern mich mögen werden?«

Ich lächelte. »Natürlich werden sie das. Komm, wir gehen hinein.«

Ich hielt Harriett meinen Arm hin, und sie ergriff ihn nach kurzem Zögern. Dann betraten wir das Restaurant des *Royal Hotel*.

Epilog
Amabel

Southend-on-Sea, Villa von Harrietts Familie,
12. Dezember 1860

Ich stand auf dem Balkon von Harrietts Anwesen, ließ meinen Blick über die Wiesen und den Wald schweifen, während der Morgen erwachte. Mit zittrigen Händen öffnete ich den Brief meiner Mutter. Claire hatte ihn mir nach dem Essen mit Harriett vor einigen Tagen gegeben. Das erste Kennenlernen zwischen Harriett und meinen Eltern war wunderbar verlaufen. Claire und Walter hatten Harriett sofort in ihr Herz geschlossen, und wir hatten einen großartigen Abend miteinander verbracht. Bisher hatte mir der Mut gefehlt, den Brief meiner Mutter zu öffnen. Gestern war ich zu Harriett gefahren, um mir eine Portion Mut bei ihr zu holen. Wir saßen bei Kerzenschein vor dem Kamin und redeten stundenlang, unsere Finger waren dabei die ganze Zeit miteinander verflochten, und erhitzter Atem hatte über gerötete Haut gestrichen.

»Willst du ihn allein lesen?«, fragte Harriett sanft, die neben mir stand. Sie trug ihren Morgenmantel, und ihre Haare waren zerzaust.

»Nein, bleib bei mir«, bat ich sie und zog den Brief aus dem Kuvert.

Das Papier fühlte sich kalt unter meinen Fingern an und war schneeweiß, genau wie der Umschlag. Als hätte Claire ihn in einer Schublade aufbewahrt und vor dem Sonnenlicht geschützt. Als hätte sie die Worte meiner Mama gehütet wie einen Schatz.

Ich atmete tief durch und faltete den Brief auf. Kurz schloss ich noch einmal die Augen, und dann begann ich zu lesen.

Meine liebste Amabel,

Wenn du diese Zeilen hier liest, bedeutet das, dass du einen Wendepunkt in deinem Leben erreicht hast. Dass du vor deiner Hochzeit oder einer großen Reise stehst. Denn nur dann soll Claire dir diesen Brief geben. Wenn du kein kleines Kind mehr bist, sondern eine Frau.
Bei Gott, dein Vater und ich hätten gerne so viel mehr Zeit mit dir gehabt. Doch ihm waren noch viel weniger Augenblicke mit dir vergönnt als mir. Er hat dich sehr geliebt, ich möchte, dass du das weißt.
Und ich ... ich liebe dich ebenfalls unendlich doll, mein Schatz. Meine anmutige Amabel. Ich hoffe, dass du glücklich bist, wann immer du diese Zeilen liest. Dass du jemanden gefunden hast, der dein Herz höherschlagen lässt. Jemanden, der dir das Gefühl gibt, ganz zu sein.
Ach mein liebes Kind, ich merke bereits, wie die Kraft aus meinem Körper schwindet, wie ich immer schwächer werde.
Ich wünsche mir für dich, dass du ein wunderbares und erfülltes Leben hast. Ein Leben voller Freude.
Jag deinen Träumen nach, mein Engel. Geh den Weg, den du gehen willst, egal, was andere sagen. Ich glaube, du wärst eine wundervolle Lehrerin. Ich höre deine Stimme aus dem Nebenraum, wie du den Kindern der Bediensteten von Claire und Walter eine Geschichte vorliest und ihnen die Bedeutung dieses Märchens erklärst. Du warst immer schon so liebevoll, so wissbegierig. Du wolltest schon immer anderen Menschen helfen, ihnen die Welt erklären.

Bleibe so neugierig, meine liebe Amabel.
Lebe, liebe, lache. Hab ein gutes Leben voller Augenblicke, die du in deinem Herzen verwahren kannst. Ich bin mir sicher, dass du eine großartige Frau geworden bist.

Ich liebe dich von Herzen.
Deine Mutter

Ein heftiger, unkontrollierter Schluchzer brach aus mir heraus. Meine Hände verkrampften sich um den Brief, und Tränen rannen über meine Wangen.

»Oh, Mama ...«, flüsterte ich und presste ihre Worte an meine Brust.

Harriett zog mich in ihre Arme. Hielt mich, während ich nicht aufhören konnte zu schluchzen. Sanft strich sie über meinen Rücken.

Ich schniefte und hob nach einiger Zeit den Kopf, löste mich vorsichtig von Harriett. Meine Wangen fühlten sich geschwollen an von den Tränen.

»Lebe, liebe, lache«, flüsterte Harriett die Worte, die meine Mama in dem Brief geschrieben hatte. »Das klingt doch schön, oder nicht?«

Ich lächelte tapfer und schaute erneut auf das nun zerknitterte Papier. »Ja ...«, murmelte ich, »ich wünschte nur so sehr, dass sie mir diese Worte hätte selbst sagen können. Damit ich wüsste, ob sie stolz auf mich ist ...«

Harriett umfasste sanft mein Kinn und sah mir tief in die Augen. »Ist das denn so wichtig? Sie hat dich geliebt, Amabel. Von ganzem Herzen geliebt. Sie hat dich in die Obhut der Menschen gegeben, denen sie am meisten vertraute. Sie wäre sicherlich immer stolz auf dich gewesen. Egal, welche Entscheidung du getroffen hättest.«

»Bist du dir sicher?«

»Ja«, erwiderte Harriett und küsste mich liebevoll.

Mein Körper presste sich ihr sofort entgegen, meine Hände strichen über ihre Hüfte. Ein leises Stöhnen entglitt meinen Lippen, als ich meinen Mund ein wenig öffnete und unsere Zungen sich liebkosten.

So verharrten wir einige Sekunden inmitten der klammen Kälte eines anbrechenden Wintertags. Nur schwerlich löste ich mich von Harriett, und ich lehnte meine Stirn an die ihre, als ein klapperndes Geräusch erklang und ich zu Boden sah.

»Der Anhänger ...«, murmelte ich und hob ihn auf. »Der, den du mir damals auf dem Pier in Southend geschenkt hast.«

Ich hatte völlig vergessen, dass ich ihn die ganze Zeit bei mir getragen hatte. Diesen goldenen Vogel, der seine Flügel ausbreitete.

»Ich habe ihn dir damals nur gegeben, damit du eine Ahnung hast, wer ich bin ... dass ich zur Familie Hold gehöre«, flüsterte Harriett und sah mich an. »Doch vielleicht ...«

»... war es Schicksal«, erwiderte ich leise und drückte den Anhänger an mein Herz. »Wir können jetzt so frei wie dieser Vogel sein. In der Liebe liegt die Wahrheit«, rezitierte ich den Spruch auf dem Anhänger.

»Ja«, erwiderte Harriett und küsste mich erneut. »Unsere Geschichte fängt jetzt erst an.«

Ich sah noch einmal auf den Brief meiner Mutter. »Es wäre schön gewesen, wenn du sie kennengelernt hättest«, wisperte ich und strich mit dem Daumen über Harrietts Wange.

»Ja, das wäre es«, erwiderte sie leise. »Aber ich kenne deine Adoptiveltern und bin sehr dankbar, dass sie unsere Liebe akzeptieren. Dass sie uns so nehmen, wie wir sind ... und außerdem ...« Zögerlich wich sie meinem Blick aus.

»Außerdem was?«

»Würdest du mich nach Bayern begleiten?«, platzte es aus Harriett heraus, und sie biss sich erschrocken auf die Zunge.

»Nach Bayern?«

»Zu meiner Mutter. Ich habe Gus gefragt, ob ich sie besuchen kann. Im Frühling könnte ich hinfahren. Ich will sie wiedersehen, ich will, dass du sie kennenlernst ...« Tränen schimmerten in Harrietts Augen, und ihr Blick brach mir beinah das Herz.

Ich wusste, wie schwer ihr diese Frage gefallen war. Wie schwer allein die Entscheidung gewesen sein musste, ihre Mutter wirklich zu besuchen.

»Aber natürlich begleite ich dich, Harriett Hold, ich begleite dich überallhin.« Ich beugte mich zu einem erneuten Kuss vor und schlang meine Arme um sie.

Nie wieder wollte ich sie loslassen. Nie wieder wollte ich, dass etwas zwischen uns stand. Und während wir da so auf dem Boden hockten, hatte ich das Gefühl, dass der Wind mit der Stimme meiner Mutter zu säuseln schien: *Ich bin stolz auf dich, Amabel. Du hast ein wunderbares Leben.*

Im Restaurant des *Royal Hotel* hatten wir einen abgetrennten Bereich für diese Hochzeitsfeier, die keine war. Leise Musik wurde gespielt, Getränke wurden gereicht, und ich stand gemeinsam mit John und Harriett an die Fensterbank gelehnt.

Wir hielten Gläser mit Champagner in den Händen und beobachteten das Treiben auf der Tanzfläche.

Lucie und Arthur wiegten sich eng umschlungen im Takt der Musik hin und her, schienen völlig gefangen in ihrer eigenen, wundervollen Liebe. Ich war so froh, dass meine beste Freundin ihr Glück in Arthur gefunden hatte. Ich freute mich sehr auf die anstehende Hochzeit der beiden, auch wenn es bedeuten würde, dass Lucie und ich uns von dann an nicht mehr jeden Tag sehen würden. Aber beste Freundinnen wären wir für immer.

Mein Blick glitt zu meinen Eltern, die ebenfalls miteinander tanzten. Sie sahen aus wie frisch verliebt, obwohl sie schon ewig verheiratet waren. Manchmal glaubte ich, dass ich blind gewesen war für all die Zuwendung, die sie mir entgegengebracht hatten. Zum Glück hatten wir nun all die Dinge, die zwischen uns gestanden hatten, geklärt.

Und das habe ich nur Harriett und John zu verdanken, dachte ich versonnen und schaute nach links und rechts zu ihnen. Ich stand in der Mitte, als wäre ich irgendwie zum Zentrum dieser eigenartigen und trotzdem wunderbaren Freundschaft geworden.

»Mein Vater scheint Gefallen an diesem kleinen Fest zu finden«, bemerkte John und deutete mit dem Kopf zu Rupert Hold und Elaine, Arthurs Mutter, die gemeinsam am Büfett standen. Sie lachten und scherzten miteinander. Ich war froh, dass Rupert seinen Sinn für Humor nicht verloren hatte. Obwohl seine Frau über so viele Grenzen gegangen war und ihn hintergangen hatte.

»Denkst du, er wird sich mit deiner Mutter aussöhnen?«, fragte ich und nippte an meinem Getränk.

John zuckte mit den Schultern. »Ich weiß es nicht. Das, was Mutter getan hat, ist für mich jedenfalls unverzeihlich. Ich habe beschlossen, ihr einen Brief zu schreiben, bevor ich nach Paris reise. Vielleicht kann ich ihr verzeihen, wenn ich zurückkehre, vielleicht können wir uns dann wieder annähern.«

»Das klingt nach einem guten Plan«, erwiderte ich.

John würde tatsächlich nach Paris fahren und dort die Geheimnisse der gehobenen Konditorei kennenlernen.

»Wir werden dich schrecklich vermissen, das weißt du hoffentlich, oder?« Harriett stieß sich von der Fensterbank ab und stellte sich vor John. »Du musst uns schreiben, mindestens einmal im Monat, hörst du?«

»Muss ich das?«

»Natürlich!«, rief sie aus und piekte mit dem Finger gegen seine Brust.

»Wenn Miss Harriett es befiehlt.« John legte seine Hand auf die Brust und machte einen Diener.

»Du Schuft!« Sie schlug ihm gegen die Schulter und fing an zu lachen.

John zog sie und mich in seine Arme und hauchte uns beiden einen Kuss auf den Haarschopf. »Was hätte ich nur ohne euch getan?«

»Du wärst verloren gewesen«, erwiderte ich grinsend.

»Das stimmt wohl«, erwiderte John. »Ich danke dir, Amabel, dass du mich nicht verurteilt hast, obwohl ich so scheußlich zu dir gewesen bin.«

»Du hattest einfach Angst, so wie wir«, entgegnete ich und drückte seine Hand. »Aber jetzt müssen wir keine Angst mehr haben. Jetzt haben wir uns, und du wirst einen Mann finden, der deine Gefühle erwidert.«

»Das hoffe ich.« Lächelnd nahm John Harrietts sowie meine Hand und legte sie ineinander. »Und jetzt geht ihr beide tanzen.«

»Aber ...«, setzte ich an, doch John schüttelte nur den Kopf.

»Hier sind nur Menschen, die deine Gefühle kennen und verstehen.«

»Na komm schon«, sagte Harri kichernd und zog mich mit sich auf die Tanzfläche.

»Aber, Harri ...«

»Still jetzt«, flüsterte sie mir zu und legte mir eine Hand auf die Hüften. »Sieh nur mich an. Nur mich. Hör nur die Musik um uns herum.«

Ich schluckte den dicken Kloß in meinem Hals hinunter und legte eine Hand auf Harrietts Schulter. Ihr Atem strich über meine Haut, und ich verlor mich im Blick ihrer Sturmaugen.

»Ich ...«, begann ich zögerlich, als wir uns langsam im Takt der Musik im Kreis drehten.

»Ich dich auch, Amabel Hastings. So sehr, viel mehr, als mein Herz jemals geglaubt hätte, jemanden zu lieben.«

Tränen traten mir in die Augen, und ich konnte nur Harriett ansehen. Alles um uns herum verstummte, die Welt hielt an und wurde still.

»Lass mich niemals alleine«, flüsterte ich und hauchte einen Kuss auf ihre Wange. »Denn ich liebe dich mehr als alles andere, Harri.«

»Nein, niemals«, versprach sie mir mit brüchiger Stimme. »Denn wir gehören zusammen.«

Ja, das taten wir. Wir gehörten zusammen. Eine Einheit, zwei Herzen, die gemeinsam in einem Takt schlugen.

Dies war mein neues Leben, mit Harriett an meiner Seite.

Und es war perfekt. So perfekt wie wir beide.

»Ich liebe dich, mein Sturmauge«, wisperte ich ihr zu und legte meine Arme um sie, während Wärme über meine Glieder huschte und ich wusste, dass ich nun zu Hause angekommen war.

Ich habe mein Schicksal gefunden, Mama, dachte ich im Stillen und lauschte dem heulenden Wind draußen.

Ja, mein Engel, das hast du, schien er mit der Stimme meiner Mutter zu antworten.

Selig schloss ich die Augen, genoss Harrietts Nähe und wusste, dass dies mein kleines *Für immer* war.

Danksagung

Mit *My Dearest Enemy* endet nun die Reise der »Heygate Girls«, und ich könnte nicht glücklicher über den Abschluss dieser Dilogie und der Geschichte von Harriett und Amabel sein. Die beiden haben mir einiges beim Schreiben abverlangt, aber sie sind perfekt geworden.

Natürlich gibt es wieder viele Menschen, denen ich danken möchte und ohne die dieses Buch nicht das wäre, was es ist.

Mein erster Dank geht immer an meinen großartigen Agenten Dirk Meynecke und meine ebenso großartige Agentin Nina Wegscheider. Danke für euer offenes Ohr, für den Scharfsinn und den Humor, mit denen ihr meine Projekte betreut, und dass ich immer mit tausend Fragen auf euch zukommen kann!

Meiner lieben Lektorin Anne M. Hilliges möchte ich ebenso danken! Für die wundervolle Zusammenarbeit an diesen beiden Projekten und deine Leidenschaft für diese Bücher.

Meiner großartigen Außenlektorin Christin Ullmann möchte ich für die scharfsinnigen Anmerkungen und das superschöne Lektorat danken, welches das Buch noch mal um einiges besser gemacht hat.

Danke an das großartige Team von Droemer Knaur für die tolle Betreuung des Buches und die Mühe, die ihr in die Titel steckt.

Regina – mein Sackgesicht, mein absolut kompatibelster Mensch (bis auf das Wetter, aber da arrangieren wir uns :D). Ohne dich wäre diese ganze Zeit, in der ich die »Heygate Girls« geschrieben habe, nur halb so schön gewesen. Danke für alles. Für jede Sprachnachricht, für unsere weirden Insider, für das gegenseitige Hypen und dafür, dass ich in dir jemanden gefunden habe, bei dem ich genauso irre und komisch sein kann, wie ich eben bin, ohne mich zu verstecken.

Kathi – einfach danke. Für alles. Für jedes Wort, das mich wieder aufbaut, fürs Kopfwaschen, gemeinsam Lachen und Freuen und Füreinander-da-Sein.

Sharon – danke für die Grafiken, die du für mich bastelst, für all die Zeit, die du da hineinsteckst. Für unsere Shoppingdates und deine Freundschaft.

Kira – danke, meine Lieblingsbuchhändlerin, dass ich immer zu euch signieren kommen darf, für deine Leidenschaft, fürs Bücherempfehlen und die Shoppingdates!

Meine wundervollen Testleserinnen: Celine und Nicole. Danke für eure Anmerkungen, die wertvollen Tipps, das Hypen dieses Buches und die Zeit, die ihr euch genommen habt, um die Geschichte vorher zu lesen.

Danke an meine Eltern, Großeltern und Freunde, die meine Bücher weiterempfehlen, sie lesen und mir immer wieder sagen, wie unglaublich stolz sie auf mich sind.

Und dieses Mal gehört mein letzter Dank auch wieder dir (so, wie es immer sein soll): Sascha. Für alles. Für die Liebe, die du mir schenkst, für all die gemeinsamen Momente. Dafür, dass du dir alles anhörst, was ich dir über meine Bücher erzähle, auch wenn es mal dunkle Momente gibt. Danke, dass du an meiner Seite bist. Ich liebe dich.

Manchmal verliebt man sich in die Person, von der man es am wenigsten erwartet ...

Anna Husen

My Dearest Lovers

The Heygate Girls

Roman

England, 1861: Amabel ist mit dem attraktiven, jungen Adligen John verlobt und freut sich auf ihre baldige Hochzeit. Doch auf dem Sommerball zeigt er ihr nicht zum ersten Mal die kalte Schulter. Dafür gerät Amabel heftig mit Johns bester Freundin Harriett aneinander, die mehr über sein seltsames Verhalten zu wissen scheint. Hat John etwa eine heimliche Geliebte? Auf der Suche nach Antworten bemerkt Amabel, dass sie in Harriets Nähe immer öfter weiche Knie bekommt und Schmetterlinge in ihrem Bauch tanzen ...

Für Fans von »Bridgerton«, die von romantischen Bällen und selbstbestimmter Liebe träumen!

»My Dearest Enemy« ist der zweite Band der Academy-Dilogie »The Heygate Girls«.